Manel Loureiro

La Puerta

Manel Loureiro

Planeta

Certificado PEFC

Este libro procede de bosques gestionados de forma sostenible y fuentes controladas

PEFC
PEFC/14-38-00305

www.pefc.es

Avinguda Diagonal, 662, 6.ª planta. 08034 Barcelona (España)
www.planetadelibros.com

Diseño de la colección: Booket / Área Editorial Grupo Planeta
Ilustración de la cubierta: Lookatcia.com y © Yolande de Kort / Trevillion Images
Fotografía del autor: © Nines Mínguez
Primera edición en Colección Booket: octubre de 2021

Depósito legal: B. 13.232-2021
ISBN: 978-84-08-24801-9
Impresión y encuadernación: Rodesa, S. L.
Printed in Spain - Impreso en España

Para Manel y Roi, que me dan todo y más

NOTA DEL AUTOR

Muchos de los lugares que aparecen en este libro existen, así como varios de sus protagonistas. A la mayoría se les ha cambiado el nombre, por motivos obvios.

Parte de los eventos que se narran en esta historia han sucedido en la realidad.

Alguno de ellos aún continúa teniendo lugar.

Ahora mismo.

1

En algún lugar de las estribaciones del monte Seixo (Galicia)
06:00 a. m.

El cielo no había parado de descargar agua en las últimas setenta y dos horas. No era una llovizna fina, ni una serie de chaparrones espaciados, sino una lluvia densa y constante, con gotas grandes y pesadas que impactaban como balas de fusil en un suelo ya empapado durante horas, sin tregua. El agua corría por los tejados, chorreaba por las paredes y transformaba las cunetas en riachuelos salvajes que salpicaban espuma blanca cada vez que tropezaban con un atasco de ramas y piedras arrastradas por la corriente.

Cuando el todoterreno del servicio de mantenimiento salió de la base, su conductor se tuvo que esforzar para vislumbrar el camino entre la catarata de agua que se derramaba por el cristal delantero del vehículo. Los limpiaparabrisas casi no daban abasto para evacuar todo el chaparrón que se deslizaba sobre el cristal. Por si no fuera suficiente, el frío del exterior, que mordía con fuerza, hacía que el vaho de los dos ocupantes del todoterreno empañase las ventanillas, aislándolos casi por completo del mundo de ahí fuera.

—No se ve nada —gruñó Santiago mientras se revolvía en el asiento del copiloto—. Y allá arriba se va a ver aún menos. Deberíamos habernos quedado en casa.

Era un hombre grande, demasiado corpulento —según algunos— para su trabajo y que con su barba espesa, su mirada profunda y envuelto en el grueso chubasquero impermeable y las botas de faena parecía un enorme oso enfadado que alguien hubiese decidido atar en aquel asiento para gastar una broma pesada. A sus cuarenta años, era uno de los «funambulistas» del equipo de mantenimiento, la manera algo macabra que tenían en la empresa de aerogeneradores para referirse a los técnicos que trepaban por los altos postes eólicos hasta llegar a la zona de las aspas para realizar el mantenimiento.

Santiago casi no cabía por el estrecho hueco de las escaleras interiores de las turbinas, y aun así había pocos en el gremio que pudiesen llegar a la peligrosa zona de trabajo a más de veinte metros de altura en tan poco tiempo como aquel gigantón. Pero ni siquiera a él le apetecía trepar por un molino de viento en medio de una tormenta como aquella.

—¿Y si lo dejamos para mañana? —volvió a murmurar mientras sus cejas saltaban como dotadas de vida propia.

—Mañana será otro día asqueroso como hoy —le respondió su compañero con la mirada fija en la carretera—. Y los próximos tres días, también.

Era difícil que hubiese más contraste entre aquellos dos hombres. Todo lo que Santiago tenía de grandullón, Javier lo tenía de menudo. Más joven que su compañero, era enjuto hasta el punto de parecer frágil y tenía una cabeza ligeramente desproporcionada con respecto a su cuerpo, lo que acentuaba su aspecto quebradizo. Sin embargo, era un mecánico de sistemas reputado y su profunda mirada oscura barría la calzada sin perder un detalle mientras mantenía al mismo tiempo aquella conversación.

—¿Tres días? —gimió el barbudo—. ¿Cuándo va a parar esta lluvia?

—«Ciclogénesis explosiva», lo llaman en la tele —resopló el conductor escupiendo las palabras como si le dejasen un mal sabor en la boca—. Ya no saben qué inventar para asustar a la gente. Esto es una borrasca de toda la vida y punto. Lo normal en Galicia en esta época del año. Y con estas rachas de viento no nos podemos permitir tener tres aerogeneradores parados.

—No son nuestros. Son de la empresa.

—La empresa que paga nuestros sueldos, idiota. —Javier dio un volantazo para esquivar un profundo charco de agua y siguió guiando el vehículo por la carretera medio anegada, a una velocidad que arrancaba miradas inquietas de su compañero hacia la calzada.

—Nos van a pagar igual, aunque no arreglemos esos generadores hoy.

—Eso se lo explicas tú al jefe. —Javier se arriesgó a desviar la mirada hacia él un segundo, con aire burlón—. ¿De acuerdo?

—¿Y si…?

—Y si, nada —le interrumpió—. Tenemos que ir y punto, tío. No le des más vueltas.

—Nos vamos a empapar —musitó Santiago al fin, con la voz derrotada del que sabe que se ha quedado sin argumentos de peso. Y a continuación, algo enfurruñado, se hundió en el silencio.

Javier casi no se dio cuenta. Pese a su pericia al volante y al fingido desdén por el mal tiempo, no las tenía todas consigo. Una cosa era circular bajo aquella tormenta por la carretera general, con firme ancho y asfalto en condiciones, y otra muy distinta cuando un par de kilómetros más adelante empezasen a tomar desvíos por comarcales cada vez más estrechas y en peor estado hasta llegar a la base del monte Seixo, en cuya cima más de cincuenta molinos de viento generaban casi treinta y cinco megavatios de potencia. El Nissan Navara que conducía tenía tracción a las cuatro ruedas, pero nadie podía saber cómo se encontrarían las pistas forestales que llevaban hasta la cima, sobre todo después de tantos días consecutivos de lluvia y viento.

El interior del vehículo olía a ropa húmeda y material eléctrico, con un leve regusto a tabaco rancio dejado por algún conductor que se había fumado un cigarrillo al volante. El calor de la calefacción había adormilado a Santiago y en la radio sonaban en bucle viejos clásicos de música rock. A Javier le encantaba aquella emisora, por más que repitiesen tanto los mismos temas que ya casi podía predecir lo que iba a continuación. El *California Dreamin'* de The Mamas and The Papas sonaba incongruentemente feliz en medio de aquella atmósfera cada vez más fría y desagradable.

El cielo de madrugada aún estaba de un color casi negro, y entre las ráfagas de lluvia, Javier podía ver cómo el viento zarandeaba con violencia los eucaliptos de las cunetas, salpicando la carretera de ramas rotas y hojas. De vez en cuando, un trueno retumbaba como un martillazo seco en el interior del coche, recordando que en algún lugar en lo alto acababa de caer un rayo.

Y precisamente ellos iban hacia uno de los puntos más altos de la zona. El monte Seixo, una mole de granito salpicada de árboles en medio de un área montañosa, en la que destacaba como un gigante entre pigmeos. Aquel era precisamente su gran valor y, al mismo tiempo, su enorme dificultad. Abrir el acceso hasta la cima para colocar los aerogeneradores había costado una fortuna en horas de trabajo y material, pero por fin lo habían conseguido tiempo atrás, no sin problemas. La cantidad de accidentes, retrasos y averías inexplicables que se habían acumulado el año anterior daría para un capítulo de *La Dimensión Desconocida.*

Javier dio un volantazo para esquivar una rama atravesada en medio de la calzada justo cuando la lluvia se transformó en un granizo grueso que tamborileaba como perdigonazos sobre la carrocería del todoterreno. Soltó un gruñido de enfado. Un rato antes habían entrado en la red de carreteras comarcales y en aquel instante avanzaban por una estrecha calzada que no había visto un asfaltado decente en más de tres décadas. De súbito, pegó un frenazo seco que lanzó el cuerpo de Santiago hacia el salpicadero.

—¿Qué pasa? —preguntó saliendo del sueño—. ¿Hemos llegado?

Por toda respuesta, Javier señaló hacia la calzada. El desvío de tierra por el que tendrían que subir hacia lo alto de la montaña se abría a su derecha y parecía cualquier cosa menos un camino. El agua bajaba con fuerza, ya que la tormenta había saturado los drenajes y el torrente buscaba el sitio más fácil para escapar de las faldas del Seixo. La lluvia arrastraba piedras y una tonelada de tierra oscura que se derramaba por todas partes.

Se quedaron allí parados un momento, con el único sonido del limpiaparabrisas a toda velocidad y el zumbido quedo del motor.

—Demos la vuelta —gimió el hombretón al final—. No podemos subir.

—Claro que podemos —contestó Javier, aunque no pudo evitar que la duda tiñese un poco su voz.

—Me da mal rollo.

—Solo es agua, cobardica.

—Es algo más que eso. Este sitio no me gustaría ni a pleno sol. Dicen que hay fantasmas allí arriba.

—Solo es una montaña, pedazo de bobo. Y no me imagino el tamaño que debería tener un fantasma para mover tu culo gordo. Venga, hombre.

—Además, nunca hemos venido a hacer mantenimiento en este parque. Con este día, hasta nos podemos perder.

Javier suspiró mientras se giraba hacia su compañero.

—Vamos a ver... ¿Ya has acabado con las excusas o podemos seguir de una vez?

—No me gusta —repitió el otro por toda respuesta, pero no tenía nada de más peso que añadir.

Javier metió la primera marcha y activó la reductora de la transmisión. El todoterreno arrancó de nuevo, levantando un surtidor de agua y lodo con las ruedas al acelerar mientras se metía en el camino. A partir de allí el viaje sería movido.

El Navara rugía mientras se abría paso por la pista de tierra. El agua había bajado con tanta fuerza durante los dos últimos días que le había dado tiempo a trazar profundos canales entre la grava y la arena de la pista. Javier tenía que prestar toda su atención a la conducción para no meter ninguna de las ruedas en aquellas pequeñas zanjas. Si eso pasaba, se quedarían inmovilizados en el sitio hasta que subiese un tractor a sacarlos del atolladero. Eso supondría un montón de horas allí tirados bajo la lluvia, quizá incluso pasar la noche en aquel lugar.

Y además, no se quería imaginar el cachondeo que tendrían que soportar después en la central. Los dos domingueros que habían atascado un cuatro por cuatro en una pista de tierra por la que unos meses antes habían subido camiones pesados. No, gracias.

Las suspensiones del vehículo chillaban cada vez que pegaban un bote sobre alguna de las piedras que el lavado del agua había hecho aflorar en la pista. De vez en cuando el paisaje se iluminaba con un fogonazo espectral, seguido de un trueno que reverberaba en la cabina. Santiago se agarraba con fuerza a la puerta, con los dientes apretados. Cada sacudida del camino se transmitía por su columna como un latigazo seco.

El paisaje en torno a ellos estaba envuelto en sombras. Pese a ser las seis de la mañana, la oscuridad aún los rodeaba por doquier. A medida que subían, las nubes bajas se habían convertido en un espeso banco de niebla sucia, entre la que asomaban de vez en cuando las siluetas fantasmagóricas de un árbol retorcido por el viento o un conjunto de rocas de formas extrañas. Daba la sensación de que una colección de apariciones atemporales se había congregado en aquel lugar desolado y lejano para contemplar el trabajoso ascenso de los dos hombres.

Fue casi una hora de camino para un trayecto que, en circunstancias normales, no debería haberles llevado más de veinte minutos. Para cuando llegaron a lo alto de la montaña, el ventilador del motor zumbaba y Javier sentía los brazos adormecidos después de la lucha titánica por sujetar el volante. Entre la densa niebla, los enormes postes de los aerogeneradores iban surgiendo a la vista, similares a monolitos de una raza antigua abandonados en aquel lugar por accidente.

—Parece que llueve menos —gruñó Santiago.

—Te dije que no era para tanto —contestó su compañero, mientras con una mano sujetaba una tablilla en la que tenía anotadas las órdenes de trabajo y con la otra mantenía el vehículo dentro del carril—. Torres ocho y catorce. Ya casi estamos.

El Navara se detuvo al lado de una masa espesa de matorrales. La lluvia y el viento habían bajado de intensidad y los dos hombres pudieron recoger el material de la parte trasera sin empaparse. Cargados como dos *sherpas* caminaron resoplando hacia el primer aerogenerador, y una vez allí abrieron la portezuela de la base. Sobre sus cabezas sonaba el zumbido grave de las aspas de los restantes molinos, aunque aquel en concreto se mantenía en un obstinado silencio.

—Todo tuyo, bonito. —Javier hizo un gesto burlón hacia el oscuro interior.

Santiago le lanzó una mirada indescifrable, pero se embutió en el hueco de entrada como pudo. Al otro lado se abría un tubo vertical con una escalera que se perdía en la negrura de la parte más alta. Puso el pie en el primer escalón, pero de golpe se detuvo, como si acabase de recordar algo.

—Oye, no te vayas sin mí a ninguna parte. —Había un cierto temblor en su voz.

—¿Y dónde coño quieres que me meta? —Javier abrió los brazos—. Aquí solo hay piedras, matorrales y humedad. Venga, sube de una vez y vámonos de este sitio cuanto antes.

Santiago gruñó y comenzó a trepar arrastrando consigo su bolsa de herramientas. De vez en cuando un jadeo o el tintineo metálico de una llave al chocar con algún puntal de soporte bajaba por el hueco envuelto en ecos, pero al cabo de un minuto dejó de oírse.

Mientras tanto, Javier se inclinó sobre el panel de control situado en la base y lo conectó con la PDA de diagnóstico. De espaldas al monte solitario, por primera vez fue consciente de lo aislados que estaban allí arriba. El lugar habitado más cercano se encontraba a varios kilómetros de distancia y en la cima desolada de aquella montaña solo estaban ellos dos y un puñado de aerogeneradores casi automáticos. Un mal sitio para tener un accidente.

Durante un rato trabajó concentrado sobre la pantalla. Por lo que podía ver, un pico de tensión, quizá de un rayo caído en las cercanías, había desconfigurado el sistema de aquella turbina. No era nada complicado de reparar, aunque sí algo tedioso.

Fue en aquel momento cuando se dio cuenta.

El silencio.

La lluvia había cesado por completo, quizá por primera vez en varios días, y hasta el viento había parado de soplar. Las palas de los otros aerogeneradores ya no lanzaban su zumbido y tan solo se oía el goteo del agua cayendo en los charcos y el gorgoteo de los arroyos que se deslizaban hacia el fondo del valle, allá a lo lejos. Por lo demás, la niebla se había vuelto tan espesa que ni siquiera acertaba a divisar el todoterreno, aunque estaba aparcado a apenas treinta metros.

Javier sintió aquel picor extraño en la nuca, la sensación de sentirse observado por una o varias personas. Se dio la vuelta e intentó escrutar entre la niebla, pero solo veía las sombras somnolientas de unas enormes rocas entre los jirones de niebla.

Aquella bruma pesada y densa como un puré de patatas, que distorsionaba todo lo que envolvía. Hasta el sonido del agua sonaba de una forma diferente.

Fuera de aquí. Marchaos.

El susurro sonó con tanta fuerza en medio del silencio de la montaña que casi deja caer la PDA al suelo. Parecía una voz masculina, algo cascada. Vieja. Y sonaba furiosa.

Javier se giró con la velocidad de un rayo y los ojos saltando de un lugar a otro. No podía estar seguro de si realmente había oído aquel murmullo o si había sonado dentro de su cabeza.

—¿Hola? —gritó con voz vacilante—. ¿Quién anda ahí?

No hubo respuesta. La niebla giraba en volutas perezosas y ¿era quizá un poco más espesa que un momento antes? No tenía manera de saberlo.

Soltó un juramento por lo bajo y se volvió de nuevo hacia la PDA, y en ese preciso instante volvió a escuchar la voz. O, mejor dicho, las voces. Era un bisbiseo acelerado, iracundo y rápido, pero el significado de las palabras se le escurría entre los dedos. Por más que intentaba entender lo que decían, era tan inútil como tratar de sostener un litro de agua con las manos desnudas.

—¡Eh! —gritó—. ¡Salid!

Su voz sonó amortiguada entre la niebla, atrapada entre la humedad que los envolvía como un sudario.

Javier soltó la PDA y rebuscó en la bolsa de herramientas hasta sacar una llave de carraca. Era un chisme pesado, de dos palmos de longitud y con un cabezal romo. Como arma era la cosa más fea y poco práctica que se podía imaginar, pero con ella en las manos se sintió más seguro.

Entonces la niebla viró y por un segundo podría haber jurado que un par de sombras se alejaban a toda velocidad, a unos veinte metros a su izquierda. Sin pensar en lo que hacía, salió tras ellas sujetando la llave ante él como una espada. Caminó a paso rápido entre las rocas sueltas, con las zarzas rascando los costados de su grueso pantalón de trabajo. El suelo de aquel lugar estaba tan retorcido y torturado que tuvo que dar un par de rodeos para avanzar, pisando con cuidado rocas cubiertas de musgo, de forma que cuando levantó de nuevo la vista no sabía muy bien dónde estaba.

Había perdido de vista el aerogenerador y a su alrededor todo tenía un aspecto parecido. Javier tardó un par de segundos en aceptar que se había perdido.

Seguramente no había modo de evitarlo. Por un instante sintió una sensación desagradable enroscada en la base del cabello. El pulso se le aceleró y pese al frío sintió el tacto de la llave de carraca escurridizo por el sudor de sus manos.

Tranquilízate, idiota. Es solo una montaña. Rezongando, avanzó unos cuantos metros mientras intentaba encontrar algo que le resultase familiar. Estaba convencido de que la pista de tierra y el coche quedaban a su derecha, así que lo único que tenía que hacer era caminar en línea recta hasta tropezar con la grava amarillenta del camino. Desde allí, volver sobre sus pasos sería pan comido.

Pero la realidad y la niebla parecían conspirar en su contra. Avanzó durante lo que le pareció un rato interminable, trepando sobre rocas empapadas hasta que de repente tropezó con la primera de las cosas que no deberían estar allí.

Era una vela, una vulgar vela roja de las que se usan en las iglesias, y aún estaba caliente. Apenas unos minutos antes debía de haber estado encendida, pero la lluvia torrencial o el viento habían extinguido la llama, por más que quien la puso allí se había tomado la molestia de cubrirla con un capuchón de plástico. Javier sostuvo la vela en las manos extrañado. Aquel objeto, allí, en medio de ninguna parte, no tenía el menor sentido. Por un instante pensó que quizá era un artefacto preparado para provocar un incendio, pero se corrigió enseguida. Con el monte absolutamente empapado de agua, no se conseguiría provocar una fogata ni con un lanzallamas. Y mucho menos con una simple vela.

Intrigado, la apoyó de nuevo en su sitio. Le había dejado un tacto pegajoso en los dedos. Con aire distraído, se frotó la mano contra el mono de trabajo y siguió caminando. Captó un repentino movimiento con el rabillo del ojo y se giró a tanta velocidad que perdió el equilibrio y cayó de culo sobre un montón de zarzas. Las espinas se engancharon en su ropa de trabajo y tardó en incorporarse, entre maldiciones y jadeos. Cuando por fin se puso en pie, no había nadie cerca.

Javier tragó saliva. Estaba empapado de sudor y su respiración era pesada. Ya tenía más que suficiente. Que les dieran a los aerogeneradores. Santiago tenía razón, podrían volver cualquier otro día, uno en el que pudiesen ver más allá de su brazo. Y con toda una maldita cuadrilla, de paso.

Esovetevetenopuedesestaraquivetevete...

Sintió como un calambrazo en la piel al oír aquellas palabras. Habían sonado con total claridad, aunque juraría que nadie las había pronunciado. Aquella niebla amortiguaba sus sentidos y era enloquecedora.

Retrocedió un paso, cauteloso, y su espalda chocó contra algo. Se dio la vuelta y contempló una enorme piedra vertical, de varias toneladas de peso, plantada de manera antinatural en aquel paisaje. A sus pies había labrados un par de escalones toscos que subían hacia un lugar escondido entre la bruma.

Era el tipo de cosa que no debería estar allí, en medio de una montaña perdida. Su cerebro trató de procesar aquella información y por un momento pensó que quizá era algo construido por alguna de las brigadas que habían levantado los aerogeneradores unos meses antes.

Pero entonces habrían usado acero y hormigón, se corrigió. Además, aquellos escalones estaban tallados directamente en las piedras que asomaban del suelo del monte Seixo y por su aspecto llevaban allí mucho tiempo. Siglos, probablemente. El musgo verdoso que cubría sus huecos apenas podía disimular el paso de innumerables tormentas como la que le envolvía. Además, tenían algo extraño en sus proporciones que no era capaz de explicar, como si sus constructores hubiesen usado un sistema de medida que no se correspondía con nada que él conociese.

Subió los tres primeros peldaños de piedra casi sin darse cuenta. No era consciente de que había dejado caer la llave de carraca sobre uno de los zarzales situados al pie de la estructura, ni de que tenía la boca abierta en una curiosa expresión relajada, pero le daba igual. Solo quería saber qué había al final de aquellas escaleras.

Tampoco fue consciente de que al subir había pisoteado unos lirios cuidadosamente dispuestos en un círculo. Ni del olor pesado y metálico que flotaba en el ambiente.

Ni de que a su alrededor se iban congregando una serie de formas oscuras envueltas en la niebla, silenciosas como sombras y que estaban cada vez más cerca de él.

—Esto ya está —gruñó Santiago satisfecho mientras le daba un par de apretones a la tapa de la caja de registro.

Tan solo había tenido que cambiar uno de los relés fundidos por un pico de tensión. Una pequeña pieza que apenas valía unos céntimos, pero cuya ausencia había paralizado por completo aquel mastodóntico aerogenerador de casi un millón de euros. No era la primera vez que realizaba aquella reparación en otras torres. Los capullos de la central rateaban en calidades de material para ahorrarse cuatro perras y Santiago se veía obligado a instalar aquella basura de relés chinos que se chamuscaban a la mínima de cambio.

—Pero, claro, siempre están los idiotas de mantenimiento para jugarse el culo a veinte metros de altura —murmuró para sí exasperado—. ¡Eh, Javi, esto ya está!

Solo le respondió el sonido ululante del viento por el interior del tubo. Santiago se removió a duras penas. En la parte superior del aerogenerador no había demasiado espacio, sobre todo para alguien grande como él, y además la ropa de abrigo le restaba capacidad de movimiento. Sentía el sudor deslizándose por su cuello y la camiseta térmica se le pegaba de manera desagradable en la espalda.

—¡Javi, activa el testeo! —Al cabo de unos segundos volvió a gritar a través del tubo—: ¡Javi!

Pasó un minuto, luego dos. A Santiago se le agotó la paciencia y comenzó a descender por el estrecho conducto, teniendo mucho cuidado de apoyar los pies en cada uno de los zunchos de hierro que salpicaban el camino. Cuando llegó a la plataforma inferior, exhaló un suspiro de alivio y se estiró. Solo entonces fue consciente del silencio absoluto que flotaba a su alrededor. Y de que no había el menor rastro de su compañero.

Al principio pensó que quizá se habría alejado unos metros para mear, así que se inclinó sobre la consola de testeo y recalibró otra vez el aerogenerador. Gruñó de satisfacción cuando todas las luces se pusieron en verde. Se estiró de nuevo con un bostezo y justo en ese momento comenzó a inquietarse. La niebla que le envolvía era tan espesa que apenas se podía ver a un par de metros. En su cabeza empezaron a formarse imágenes inquietantes: la de Javier resbalando sobre una piedra cubierta de musgo y golpeándose la cabeza, o con el tobillo destrozado retorciéndose de dolor, o cayendo por un terraplén oculto entre la bruma y totalmente desmadejado en el fondo de una zanja…

—Ya sabía yo que no era buena idea venir hoy —musitó contrariado antes de echarse a andar.

El camino que había hecho el otro operario era fácil de seguir. El rocío que cubría el suelo estaba mancillado allá donde el hombre había pisado al pasar. Algunas ramas rotas punteaban los lugares en los que Javier se había quedado enganchado entre las zarzas. Desde luego, si había decidido echarse una meada, aquel idiota había buscado un sitio bien escondido. Santiago sentía que su irritación iba en aumento a medida que se internaba entre la niebla. ¿Qué necesidad tenía de esconderse así? ¿Quién le iba a ver allí arriba, en medio de la nada más absoluta?

Entonces su bota izquierda golpeó una de las velas que rodeaban la estructura y su cabreo se evaporó por arte de magia, sustituido por la perplejidad. Y esta aumentó varios grados cuando llegó a los escalones de piedra excavados en el peñasco que asomaba del suelo.

—Javier, pedazo de idiota. ¿Dónde coño te has metido?

No era consciente de que estaba susurrando. El sudor de su cuerpo se había congelado un buen rato antes. De hecho, se dio cuenta de que estaba tiritando de frío. O eso quería pensar.

Detuvo la mirada en un montón de aulagas espinosas que crecían con fuerza a través de una grieta de las rocas. Entre ellas brillaba el mango metálico de una llave de carraca que conocía muy bien.

Santiago tenía la extraña sensación de que todos sus movimientos se habían transformado en una moviola a cámara lenta. Agarró la llave, que estaba helada, y la sacó de entre las zarzas. Con ella entre las manos subió pesadamente los escalones, hasta alcanzar una plataforma superior. Y ahí llegó la primera sorpresa.

Frente a él se alzaba una estructura compuesta por un puñado de piedras ciclópeas que formaban algo parecido a una puerta. Las dos piedras laterales, cada una de varias toneladas de peso, se levantaban entre la niebla y sostenían un peñasco basto y poco trabajado que hacía de dintel. Quedaba el hueco suficiente para que por aquel vano cruzasen dos personas sin estorbarse, e incluso un tipo tan grande como Santiago pudo cruzar la puerta sin rozar tan siquiera los lados. Parecía algo sacado de otra época. No, se corrigió a sí mismo, *era* algo sacado de otra época, de un tiempo tan remoto que las personas que habían levantado aquel lugar seguramente ni siquiera pensaban como él.

Entonces tropezó con la segunda sorpresa. Al principio pensó que era un resto que había quedado abandonado por las brigadas de construcción del parque eólico, quizá un envoltorio de plástico de alguna pieza, o una basura por el estilo. Era una mancha blanca en el suelo, medio oculta por los jirones de la niebla, pero que destacaba con claridad sobre el fondo oscuro de las rocas y el musgo. Avanzó un par de pasos y se detuvo como si le hubiesen dado una descarga de alto voltaje.

Santiago era un tipo valiente —tenía que serlo para subirse a aquellos condenados chismes—, pero sus pelotas se transformaron en un par de canicas de hielo que pugnaban por esconderse dentro de su cuerpo.

A sus pies, justo al otro lado de la puerta, yacía una chica joven, de no más de veintitantos años. Era rubia y estaba muy pálida, casi del mismo color que el vestido blanco de novia que llevaba puesto. Tenía las manos cruzadas sobre su regazo y el pelo estaba desparramado alrededor de su cabeza, dispuesto de forma cuidadosa a modo de corona dorada. A sus pies había numerosas flores, pero lo más perturbador era lo que sostenía entre las manos.

Aquella chica estaba muerta. Total y absolutamente muerta, y no hacía falta ser un forense para dictaminar aquel hecho. Porque entre sus dedos largos y delicados sostenía un trozo de carne de color rojo brillante y aspecto acuoso. Su propio corazón.

En medio de su pecho había un enorme boquete de bordes sonrosados que iba creciendo como una flor a medida que la sangre que aún manaba lentamente iba tiñendo el vestido blanco de color rojo, y el órgano que debería estar dentro del pecho se había convertido en el ramo de novia más insano y perturbador que nadie pudiese haber imaginado jamás.

Un regusto ácido trepó por su garganta, en una oleada incontrolable. Santiago se inclinó para vomitar contra la puerta, pero solo fue capaz de emitir unos jadeos agónicos. Entonces su mirada se detuvo en una mancha oscura situada a sus pies.

Al ritmo lento de una pesadilla, levantó los ojos y siguió el reguero de *(sangresangresangre)* aquella cosa hasta llegar al fardo de ropa que estaba al final del camino de gotas. Tirado como un saco de desperdicios, en una pequeña hondonada, el cuerpo sin vida de Javier le contemplaba con una expresión de terror infinito dibujada en los ojos. Alguien había abierto una extraña sonrisa roja en su cuello y a través de la herida se veían trozos de tendón y músculo que no deberían estar a la vista.

Santiago dejó caer la llave, sin saber que estaba repitiendo el mismo gesto que había hecho su compañero apenas diez minutos antes. Un gemido sordo, más un balido de terror que otra cosa, se escapaba de su garganta. Con los ojos fuera de las órbitas miraba en todas direcciones, mientras una sensación húmeda y cálida se extendía por sus pantalones.

Más tarde no recordaría cómo había hecho el trayecto hasta el Navara aparcado al lado del camino. Cuando intentó reconstruir aquel momento, a lo largo de las noches siguientes, siempre le faltaba aquel pedazo, como si su cerebro estuviese tan sobrecargado que se hubiese negado a seguir almacenando información. Solo los arañazos en las manos y la cara le hacían sospechar que había ido a tropezones, medio caminando y medio a rastras, hasta llegar al todoterreno.

Pero de lo que sí se acordaba perfectamente era de la sensación inequívoca de que allá arriba, mientras huía gimiendo, meado como un niño pequeño y devorado por el terror, no había estado solo.

2

RAQUEL

Todo empezó con una mala decisión. Con una metedura de pata hasta el fondo.

Es cierto, todo el mundo toma malas decisiones en algún momento, por supuesto. Pero hay errores y errores. Algunos pueden ser irreversibles.

Y estaba segura de que, por culpa de esa decisión, mi hijo iba a morir.

Dicen que estamos programados para intentar tener siempre razón. Que la parte de nuestro cerebro en la que aún habita un mono primitivo, subido en un árbol de la selva, odia tener que reconocer que ha tomado una decisión incorrecta, porque eso significa, a un nivel muy profundo, que el depredador que esperaba oculto entre la hojarasca nos ha hincado el diente mientras bajábamos de las ramas para comer en el suelo. No sé si eso tiene algún sentido o no, pero de lo que estoy segura es de que odio equivocarme, como la mayoría de la gente.

Y cuando el error, además, tiene unas consecuencias tan terribles como la muerte de tu propio hijo, la sensación amarga de vergüenza, fracaso y dolor es tan complicada que tienes que vivirla en carne propia para entenderlo.

Además, no se podría decir que los aciertos abundasen demasiado en la última parte de mi vida. Realmente, lo único que me apetecía era salir corriendo, no importaba hacia dónde. Y gritar, gritar hasta quedarme ronca. Y llorar hasta secarme.

Pero ya está bien de lamentos. No podía permitírmelos.

La mirada inocente y llena de amor infantil de Julián me

obligaba a mantener una máscara de serenidad. A aguantar una sonrisa de «todo irá bien» pintada en la boca. Aunque con solo nueve años mi hijo supiese que las cosas no podían ir demasiado bien, especialmente cuando se había pasado casi la mitad de ese tiempo entrando y saliendo de hospitales con su madre.

Sobre todo cuando su cabeza, pese a que yo no quisiera verlo, no lucía un solo pelo a causa de la quimioterapia, la radioterapia y todos los venenos que estaban inundando su cuerpo para luchar contra sí mismo. Cada vez que le miraba, tenía que respirar hondo y sonreír, aunque por dentro me estuviese muriendo de dolor.

Era mi hijo, la carne de mis entrañas. Lo llevé nueve meses dentro de mí, lo tuve durmiendo sobre mi pecho, dio sus primeros pasos sujeto a mi mano. Era capaz de recordar a la perfección su primera sonrisa, su primer diente, su primera palabra. Y de repente, por una broma macabra del destino, se estaba muriendo. Muriendo. Nunca me imaginé que algo pudiese doler tanto, de una forma casi física. No podía respirar bien, no podía comer, no podía dormir, no podía vivir. No, nada iba bien. Y yo no estaba ayudando.

El refrán dice que, cuando el hambre entra por la puerta, el amor salta por la ventana. Además del hambre, me atrevería a asegurar que la enfermedad también tiene algo que ver. O al menos en nuestro caso, porque cuando las cosas se empezaron a poner feas de verdad, el padre de Julián desapareció de nuestra vida. No fue el clásico ejemplo de «salió a comprar tabaco y nunca más se le vio». Fue algo más gradual, como un castillo de arena en la playa desmoronándose con las olas de la marea alta.

Al principio se implicó en la pelea, pero cuando los primeros diagnósticos se transformaron en algo mucho más sombrío, comenzó a estar ausente. Sus viajes de trabajo se alargaban cada vez más y las excusas se iban acumulando en la puerta como los pecios de un naufragio traídos por las corrientes. Hasta que un día dijo «basta». Que aquella situación le estaba afectando demasiado. Que no podía vivir con aquella presión. Que, por supuesto, él se haría cargo de los gastos médicos y que podíamos contar con todo su apoyo y blablablá.

Maneras elegantes de decir que era un cobarde y que el olor de la muerte le ponía los pelos de punta. Que era incapaz de mirar a los ojos a su propio hijo mientras el hilo de su vida se desgastaba a una velocidad pavorosa e injusta.

Qué más da. Ya no importaba.

Por eso entonces estábamos los dos allí, saliendo de un hospital gallego, solos, con la pequeña mano de mi hijo sujeta a la mía, sintiendo las miradas conmiserativas de la gente.

Lejos de casa.

Si es que aún teníamos algún sitio al que llamar «casa», claro.

3

Dos horas más tarde estábamos en la habitación del hotel. Mientras yo tecleaba en el portátil en busca de soluciones para el día siguiente, Julián estaba sentado en el suelo, a los pies de la cama, viendo un episodio de *Bob Esponja* que ponían por la tele. Le encantaban esos dibujos animados. Repartidos a su alrededor tenía los muñecos de casi todos los personajes de la serie, una guardia de honor de plástico de colores que le acompañaba a todas partes. Alguien podría decir que con nueve años era demasiado mayor como para seguir jugando con esos muñecos, pero su vida no había sido la de un niño normal. Además, me negaba a eliminar una de las pocas cosas que le hacían feliz.

El primer diagnóstico llegó cuando tenía cuatro años y medio. Al principio nadie sabía lo que era, hasta que después de un millón de pruebas un médico de aspecto compungido pronunció las cuatro palabras que cambiarían nuestra vida para siempre. «Glioblastoma Multiforme Grado 4». Cáncer en el cerebro, por decirlo de una manera muy básica. Otros nos lo explicarían de una forma diferente a lo largo de los siguientes años, pero las caras siempre eran graves, y las respuestas, quedas. Cada vez tenía peor pinta y nada de lo que la medicina guardaba en su cajón de trucos parecía funcionar con mi hijo.

En el momento en que se te empiezan a agotar los recursos es cuando recurres a medidas desesperadas. Que quede claro que siempre he sido una mujer muy racional. Después de todo, me pasé los dos últimos años en el Equipo Central de Inspecciones Oculares de la Guardia Civil, una unidad pequeña, de apenas un puñado de personas, que se encarga de peinar al milímetro cualquier escenario del crimen que se estuviese resistiendo a los investigadores. Me obligaron a entrenar mi mente de forma analítica, aprendiendo a fijarme en lo importante, a descartar lo que no merecía la pena, a separar lo auténtico de lo probable y despreciar abiertamente lo imposible. Así que creo que nadie podría juzgarme a la ligera. No soy una pirada.

Pero, cuando no te queda otra alternativa, acudes incluso a aquello que jamás te habrías tomado en serio, por si acaso hubiese el más mínimo resquicio de esperanza. Los seres humanos somos así.

Después del último ciclo de quimioterapia, el veredicto fue claro: a Julián le quedaban tres meses de vida, como mucho medio año. Ya no había nada más en el arsenal médico. Podía recordar palabra por palabra aquella conversación, la única que no desearía haber tenido nunca.

—¿Cómo que no pueden hacer nada? —había balbuceado sentada en una silla de la consulta—. Algo habrá, algún tratamiento que no hayamos probado, alguna cosa que…

La doctora meneó la cabeza, con el gesto amargo de quien ha pasado por aquel trance más de una vez.

—Si hubiese algo más, lo intentaríamos, créame.

—Pero, pero… —Rompí a llorar, como cualquier madre en mi situación. El espejo situado al lado de la puerta reflejaba mi imagen, una rubia de cuarenta años demacrada, con lágrimas rodando por las mejillas, con ojeras y demasiado delgada.

—Haga que Julián sea feliz durante este tiempo —me dijo la doctora de forma patosa mientras me apoyaba una mano en el hombro—. Es un niño muy valiente. Se lo merece.

Como si me plantease otra alternativa.

Por supuesto, no me di por vencida. Lo estudié todo y todo lo descarté casi de inmediato: flores de Bach, piedras curativas, psicomagia, reiki e incluso un tipo que aseguraba que podía «ver» las auras y limpiar las energías negativas que provocaban las enfermedades.

Nada valía, por supuesto. Y entonces, en una misma mañana, poco después de aquel veredicto, dos llamadas de teléfono.

La primera, del hospital. Nos ofrecían participar en una terapia experimental, algo que todavía estaba en estudio. No prometían nada, pero los ensayos habían resultado esperanzadores. El único problema era que tenía ciertas posibilidades de provocar una cascada de efectos secundarios catastrófica. Mientras la voz profunda de la doctora desgranaba por el teléfono todos los cuadros médicos que se podrían desencadenar mientras jugaban con las células de Julián, pude leer entre líneas el porqué de la etiqueta de «experimental».

Aquella terapia, aunque con mínimas posibilidades de éxito, era un tiro al aire. Algo parecido a jugar a la ruleta rusa, pero con un gotero y radiación en vez de un revólver. Algo que, probablemente, solo se le podía ofrecer a desahuciados y desesperados sin correr el riesgo de que te denunciasen al colegio médico por falta de ética profesional.

La otra llamada llegó media hora más tarde. Aunque esta la hice yo.

No era de extrañar. Había dedicado meses a buscar alternativas al callejón sin salida en el que parecíamos estar. Estoy segura de que en mi lugar cualquiera habría hecho lo mismo. Habría dado mi propia vida a cambio de la suya, sin pestañear, si eso fuese posible.

Entre la tonelada de tonterías que había hecho esos días, una de ellas había sido apuntarme en foros, grupos de WhatsApp y listas de correo —sí, esas cosas aún existen— en los que gente en situaciones similares buscaba soluciones que no existían. Aun así, de vez en cuando, entre usuarios que desaparecían de forma ominosa o que dejaban un último mensaje de ánimo desde el Más Allá escrito por un familiar al revisar sus cosas, había algún chispazo de esperanza. Pacientes que se recuperaban. Curaciones casi milagrosas.

Y en tres días había podido leer cómo una mujer de cincuenta y dos años con cáncer de pecho en fase terminal y un hombre de treinta y tantos dueño de un páncreas que se devoraba a sí mismo anunciaban entusiasmados que se estaban curando. Y justo después de la llamada del hospital, cuando aún estaba por casa paseando como un boxeador sonado, con el móvil en la mano y el dedo sobre el número de la doctora, un mensaje de otro paciente destelló en la pantalla del móvil. Otra curación milagrosa. Otra derrota inesperada del enemigo común.

Los tres casos eran de personas de distintos puntos del país, pero todos tenían algo en común: Ramona Valongo.

Ya lo sé. Con ese nombre es fácil imaginarse a una señora de noventa años con las manos retorcidas por la artritis, más arrugas en la cara que un shar pei y la muerte susurrándole «calienta, Ramona, que sales» al oído. Así que la primera sorpresa fue mayúscula al descubrir, por una foto borrosa de internet, que se trataba de una mujer joven, de entre cuarenta y cincuenta años, algo gruesa, de aspecto anodino, gafas de montura fina y pelo recogido en una coleta. La segunda, al leer que era una *menciñeira*, un cruce entre bruja, sanadora y herborista, que vivía en un pueblo perdido en el interior de Galicia. Y la tercera y última, al comprobar que los pacientes, que no se conocían entre sí y que jamás se habían visto el uno al otro, habían pasado por las manos regordetas de Ramona a lo largo de las últimas semanas. Y en los tres casos, y de manera inexplicable, habían comenzado a recuperarse y a ganar una batalla que ya estaba casi perdida.

Dudé. Y me apostaría algo a que noventa y nueve de cada cien personas en mi lugar habrían hecho exactamente lo mismo. Pero, entre un disparo arriesgado de la ruleta rusa y la posibilidad tangible de encontrarme a alguien capaz de curar, no pude evitarlo. Me daba igual lo que la gente pensase de mí. Así que no llamé al hospital. Y después de una búsqueda no demasiado difícil, una de las pacientes curadas de la *menciñeira* me envió un correo electrónico con el teléfono de Ramona. Y llamé.

Y ahí empezó todo.

4

Evidentemente, no me lancé a lo loco. Estaba desesperada, pero no había perdido la cabeza por completo. Tampoco me iba a arrojar en los brazos de la primera supuesta curandera milagrosa sin haber hablado con ella en persona.

Lo primero que hice fue la llamada de teléfono, pero no me atendió la mujer. En su lugar, un hombre muy educado, con un fuerte acento rural gallego, me contestó al otro lado de la línea.

—Sí. ¿Quién es?

—Hola… —vacilé—. Creo que me he equivocado. Quería hablar con Ramona Valongo, pero…

—No, no, no se ha equivocado. Es este número, pero doña Ramona está en una consulta ahora mismo. Yo soy su ayudante. ¿Quién la llama?

—Soy Raquel Colina, pero Ramona no me conoce. Quisiera…

—¿Es por *vostede*? —La voz del hombre, que sonaba tan tranquila como si yo estuviera encargando unas barras de pan, me interrumpió—. ¿Quiere que doña Ramona la trate?

—No, es por mi hijo, Julián. —Y acto seguido me lancé en una explicación embarullada de su enfermedad, sintiéndome idiota y a la vez aliviada por contarle a un perfecto desconocido la batalla que mi hijo estaba librando.

El hombre me escuchó con calma y, cuando terminé, me explicó cómo trabajaba la *menciñeira*. Daba la sensación de que lo había hecho muchas veces.

—Serán bastantes sesiones, varios días por semana —dijo—. De entre una hora y dos, a lo largo de un par de meses... como mínimo.

—¿Como mínimo? ¿Cuánto tiempo podría llevar?

—La duración total del tratamiento varía en función de la gravedad del paciente. —Y entonces añadió algo que me hizo sentir esperanza por primera vez—: Pero siempre se curan. Siempre. Con *seu fillo* no será una excepción.

Le describí el estado general de Julián según el último diagnóstico médico. La voz me temblaba mientras le desgranaba el informe de varias páginas, arrugado y releído mil veces.

—Suena complicado, no la voy a engañar. —Casi podía ver cómo se rascaba la cabeza al otro lado del teléfono—. Calcule seis meses *coma* mínimo y de ahí *en diante.*

Según la doctora, a mi hijo no le quedaba ni siquiera ese tiempo, así que daría lo que fuera por que existiese ese *en diante.* Llegamos entonces a la parte de la conversación que sin duda sería la más correosa.

—No sé cuánto cuesta el tratamiento de Ramona. —Tragué saliva avergonzada—. No tenemos mucho dinero, pero...

—Ah, pero no se preocupe por eso —me interrumpió el hombre sorprendido—. Creo que no lo ha entendido bien. Doña Ramona no les va a cobrar nada. Ni un euro.

—¿Cómo?

—La *menciñeira* jamás cobra a sus pacientes. —Debió de notar mi vacilación al otro lado de la línea, porque añadió—: Las cosas no funcionan así.

—No comprendo...

—Mire —suspiró paciente—, ¿qué precio le pondría usted a una vida?

No supe qué responder. Tenía toda la razón.

—Doña Ramona tiene un don, un regalo de Dios. Ella cree que sería un pecado usar esa bendición para obtener un beneficio económico. No se preocupe por el dinero, porque no será necesario. Debería usted hablar con ella en persona —añadió—. Deje que se lo explique con calma.

Así que a la mañana siguiente, muy temprano, después de

dejar a Julián con su cuidadora, tomé un taxi hacia Barajas para volar a Galicia. Siempre me gustaron los aeropuertos, la sensación de bullicio constante, la energía vital que desprenden cientos de personas yendo de aquí para allá. Sin embargo, en aquella ocasión no disfruté del lugar como solía sucederme cada vez que me plantaba en la T4. Mi cabeza estaba en otra parte.

Había quedado con Ramona en Pontevedra, la ciudad más cercana al lugar en el que ella vivía. No soy capaz de explicar lo insegura que me sentía mientras caminaba hacia la cafetería donde nos habíamos citado. Mientras caminaba por la ciudad, no podía evitar fijarme en lo distinta que era de Madrid. La mayor parte de las calles estaban cerradas al tráfico y la sensación de moverme por el medio y medio de la calzada, rodeada de gente ocupada en sus cosas, sin que se viese ni un solo coche cerca, me ponía todavía más nerviosa. Aquello era como una cita a ciegas de Tinder, solo que, si al final salía mal, el resultado no sería un polvo para olvidar, sino un clavo más en el ataúd de mi hijo. ¿Y si Ramona no aparecía? ¿Y si todo aquello era una forma rebuscada de estafa? ¿Y si estaba persiguiendo una quimera?

Sin embargo, Ramona estaba allí esperándome, sentada en una mesa de la pequeña cafetería situada detrás del Santuario de la Peregrina, cerca de una pandilla de funcionarias guapas y muy arregladas que discutían en voz alta sobre algo, mientras las camareras volaban entre las mesas cargadas con bandejas humeantes.

Me tomé un rato para observarla desde la puerta. Bajita, regordeta, de una edad indefinida, pero más cerca de los cincuenta que de los cuarenta, vestida con ropa barata de tonos oscuros que no la favorecía en absoluto y un corte de pelo de menos de diez euros que necesitaba un repaso en las raíces. Parecía incómoda rodeada de gente, aunque eso es algo bastante común en quienes no viven en las ciudades. Mientras removía el café mantenía la mirada gacha, concentrada en la cucharilla. O era muy tímida o tenía un mal día, concluí.

No había el menor indicio del hombre de fuerte acento con el que había hablado por teléfono.

—Buenos días. —Mi voz le sobresaltó y levantó la mirada de golpe—. Ramona, ¿verdad?

Ella asintió e hizo un gesto vago con las manos invitándome a sentarme. Para mi sorpresa, tenía una sonrisa muy bonita.

—¿No ha venido él? —preguntó a bocajarro. Sonaba algo desconcertada—. El niño, quiero decir.

—No me parecía prudente viajar con Julián en su estado... hasta haber hablado con usted. —Arqueé las cejas—. Supongo que me entiende.

—¡Sí, sí, por supuesto! —Se removió inquieta en la silla—. ¿Qué quiere saber?

—Todo —respondí—. Qué hace, cómo lo hace y sobre todo necesito que me convenza de que esto es una buena idea. Hágame creer.

Ramona negó con la cabeza, mientras se rascaba la mejilla con una de sus manos rollizas. Me fijé en que le faltaba la primera falange del dedo meñique.

—No hace falta que usted crea. La que tiene que creer soy yo.

—Pues ayúdeme a decidirme.

Ella suspiró, con el aire cansado del que ya ha mantenido una conversación similar muchas veces.

—Tampoco hace falta. Si está aquí es que ya se ha decidido. Seguramente, porque no tiene ninguna alternativa más, o al menos ninguna que sea mejor, *non si?*

No respondí. En lugar de eso, estiré sobre la mesa las tres fotografías que usaban en sus perfiles del foro las tres personas que aseguraban haber sido curadas por las manos milagrosas de Ramona.

—¿Los conoce?

Ella se inclinó sobre las fotos y bizqueó tratando de enfocarlas.

—Sí —asintió vigorosamente mientras golpeaba con la uña una de las fotos—. Los he tratado en los últimos meses. Esta fue un poco más difícil, pero también se curó.

—Si los llamo, ¿me confirmarán su historia?

—Hágalo si lo desea. Yo solo quiero ayudar.

Lo cierto es que ya había hablado con una de aquellas personas antes de subirme al avión: había enviado un privado a los tres en el foro, en busca de información, y uno de ellos había contestado enseguida e incluso me llamó por teléfono. «Tenemos que apoyarnos», decía. Se trataba de una muchacha de fuerte acento que me había contado maravillas de aquella mujer. Se podría pensar que soy una desconfiada. Una paranoica. Pero iba a poner la vida de mi hijo desahuciado en sus manos, y cuando solo te queda una bala en la recámara, procuras estar segura de que todo irá bien.

Ramona Valongo y yo seguimos un rato de charla, lo que me sirvió para tranquilizarme un poco. No parecía una estafadora, y de serlo era la mejor actriz que había visto en mi vida. En ningún momento se habló de dinero. Lo único que me quedó claro era que estaba ansiosa por ponerse manos a la obra cuanto antes. «Cada minuto cuenta —me dijo muy seria—. Hasta lo que yo hago tiene unos límites». La verdad es que parecía una persona sencilla, de carácter afable y que no le daba la mayor importancia a lo que hacía, pese a lo increíble de sus capacidades. Decía que era algo que había descubierto cuando era una niña y que le parecía egoísta por su parte no compartir aquel don con quien lo necesitaba, como Julián. Parecía tan segura y me transmitía tal seguridad que después de tanto tiempo de desazón y miedo sentí renacer mis esperanzas. Me despedí de ella con un abrazo lleno de alivio, aunque la pobre mujer se puso de todos los colores ante mi repentina muestra de afecto.

Tenía un par de horas libres antes de volar de vuelta a Madrid, así que aproveché para callejear un poco mientras hacía tiempo. Terminé sentada en una terraza, en el lateral de una coqueta plaza de piedra que tenía el pintoresco nombre de «plaza de la Leña». En su centro se levantaba un viejo *cruceiro* alrededor del cual brincaban, despreocupados, unos niños de la edad de Julián. Mientras los veía jugar, di buena cuenta de una ración de zamburiñas y de unas *xoubas* fritas que aún olían a mar. Solo en aquel momento caí en la cuenta de que era la primera vez que disfrutaba de verdad de una comida desde hacía meses. Es curioso cómo la esperanza puede cambiar hasta el sabor de las cosas. Me prometí a mí misma que volvería a aquel lugar con mi hijo una vez que estuviese curado, para que fuese él quien jugase alrededor de aquel antiguo monumento mientras yo le contemplaba feliz. Y entonces empezaríamos de nuevo.

Por eso un par de horas después, mientras le devolvía las llaves del coche de alquiler al empleado del aeropuerto, ya me había mentalizado de que aquella ciudad y la cara de Ramona Valongo serían parte de mi paisaje diario durante los siguientes seis meses.

Por supuesto, medio año de tratamiento, aunque fuese gratuito, implicaba un desafío complicado de resolver. Viajar todas las semanas desde Madrid a Arufe, que así se llamaba la aldea donde estaba la mujer, quedaba totalmente descartado. Eran seis horas de coche en cada sentido, y viajar en avión, en el estado delicado de mi hijo, no era una opción válida. La última vez que habíamos subido a un avión, Julián se había pasado el vuelo aullando de dolor a causa de la presurización de la cabina. Lo que para otro era un mero taponamiento de oídos, para su organismo debilitado por la quimio era un tormento.

No podía pedir una excedencia. Me había pasado los últimos tres años en un vaivén constante de bajas, permisos y demás, lo que tampoco me dejaba demasiado margen de maniobra. Así que la única opción viable que se me ocurrió fue la de pedir el traslado a alguna comandancia que estuviese lo más cerca posible de aquel pueblo perdido de la mano de Dios.

Y por eso, al día siguiente de haber hablado con aquella mujer, estaba tramitando mi traslado al puesto auxiliar de Viascón, un pequeño destacamento rural en el interior de la provincia de Pontevedra, el sitio donde Cristo perdió las sandalias y del que no había oído hablar ni una vez antes de pedir trabajo allí.

Quizá parezca un tanto precipitada mi decisión, pero es que normalmente medimos nuestra vida por años o décadas. La vida de Julián era una cuenta atrás que se medía por semanas. No podía permitirme pasar ni una sola de ellas valorando los pros y los contras. Había aparecido una oportunidad y tenía que tomarla.

Por supuesto, muchos de mis compañeros no lo entendieron. No demasiada gente conocía el Equipo Central de Inspecciones Oculares de la Guardia Civil hasta hace poco. Es un grupo de élite, los mejores entre los mejores, los que cuentan con más fondos, el equipamiento más moderno y la mejor preparación. Si existe algo parecido en España a los flipados de la serie *CSI*, esos éramos nosotros. Por descontado, la mitad de las chorradas que se ven en la tele no son reales, pero aun así somos los mejores. O son, mejor dicho. Porque yo me fui. A un puesto residual, con solo media docena de agentes, la mitad de los cuales estaban más cerca de la edad de jubilación que del inicio de su carrera. Para ocupar la única plaza libre que pude encontrar en la zona con tan poco tiempo.

Todo el mundo lo entendió mal. Pensaban que estaba dinamitando mi carrera. Tirando mi futuro por la borda.

Yo solo pensaba en salvar a mi hijo. El resto me daba igual.

Tres días después, a punto de despedirnos del mes de octubre y con la mayoría de nuestras cosas metidas en cajas dentro de un guardamuebles, Julián y yo nos subimos en el coche de alquiler y dejamos Madrid, rumbo a Galicia. No puedo decir que fuese un viaje agradable: tuvimos que parar al menos en cinco ocasiones a causa de las náuseas de mi hijo, y atravesar los puertos de montaña nos llevó más de dos horas a causa de una tremenda nevada. A pesar de todo, Julián sonreía de verdad mientras cruzábamos aquella extensión blanca y su mirada de asombro y excitación cada vez que adelantábamos a un camión atrapado por la nieve en una cuneta me llenaba de energía. Para él, todo aquel viaje era una aventura sin parangón. No se daba cuenta de que, si aquello salía mal, no tendría un viaje de vuelta.

Nos instalamos en un hotel de Pontevedra nada más llegar. Era un viejo establecimiento que ya había visto tiempos mejores, pero estaba situado en un buen sitio. La ciudad, de unos ochenta mil habitantes, que me había parecido pequeña y desasosegantemente tranquila la primera vez, me resultaba para entonces un lugar cargado de promesas de un futuro mejor.

Esa noche, Julián durmió de un tirón por primera vez en casi un año. Lo consideré una buena señal. Yo no pude pegar ojo pensando en el día siguiente. Mi hijo, por fin, iba a conocer a la *menciñeira* que salvaría su vida.

5

Salimos por la mañana del hotel, recién duchados y con nuestra mejor cara. Llegar hasta el condenado pueblo de Arufe, donde vivía Ramona, nos llevó casi dos horas, por carreteras cada vez más estrechas y con el firme en peor estado, hasta que el GPS del coche directamente renunció a seguir marcando el camino. Sí, así como suena. De repente se bloqueó y marcaba una ruta imposible a través de las montañas. Resignados, tuvimos que preguntar a alguna de las pocas personas que nos encontrábamos por el camino.

La Galicia rural es vasta, verde, profunda, boscosa... y llena de ancianos. Apenas nos cruzamos con tres o cuatro personas por el camino y ninguna de ellas bajaba de los sesenta años de edad.

Cuando llegamos a nuestro destino, después de confundirnos en unos cuantos cruces, rascar una aleta del coche al girar en un paso estrecho y asustar a un rebaño de ovejas, descubrimos que Arufe eran poco más que un puñado de casas agrupadas en el fondo de un valle angosto, rodeadas de árboles por todas partes y con un viento húmedo y molesto zumbando por entre los canalones de las casas de piedra, enormes y nada acogedoras.

Sin embargo, allí no había nadie. Y cuando digo «nadie», quiero decir nadie. Cero personas. Arufe era un puñetero pueblo abandonado, o al menos tenía ese aspecto. La mitad de las viviendas tan solo eran ruinas llenas de maleza, y las pocas que estaban en buen estado permanecían cerradas a cal y canto. Del buzón de una de ellas aún asomaba la publicidad electoral de las elecciones celebradas dos años antes. El papel estaba hinchado y medio podrido y se deshizo en mis manos al tocarlo. Llamé al timbre de la casa donde nos habían citado, pero no sonó al otro lado. Limpié el musgo del contador del cuadro eléctrico y comprobé que ni siquiera se movía.

Julián me miraba desde el coche extrañado. El viaje por las carreteras tortuosas le había fatigado y ni siquiera tenía fuerzas para jugar con sus muñecos de *Bob Esponja.* Una lluvia fina empezaba a caer otra vez y yo solo podía girar sobre mí misma, incapaz de decidir qué hacer. Por supuesto, llamé varias veces al número de teléfono donde me había contestado aquel hombre, pero ni siquiera daba línea. Era como si nada de aquello fuera real.

Pero yo sabía que era real. Había visto las historias de los otros pacientes, ¿no? Había hablado por teléfono con una de ellos, y con el ayudante de la *menciñeira.* Y también había hablado cara a cara con Ramona cinco días antes, ¿verdad? No podía ser que se hubiesen desvanecido como si nada...

Y aun así, eso era lo que parecía. No podíamos hacer nada más allí. Nos volvimos al hotel para pensar qué narices hacer a continuación.

Y entonces, por el camino, Julián sufrió un ataque.

La mayoría de la gente no ha visto jamás una crisis convulsiva, pero en el momento en que presencias una descubres que no es un espectáculo agradable. Al parecer, la primera señal es cuando tus sentidos empiezan a jugar contigo. Olores que no existen asaltan tu nariz, sonidos que no están resuenan en tus oídos y cosas así. Después, un fogonazo de luz blanca y ya no recuerdas nada más hasta que de repente recuperas la consciencia, molido, agotado y con la vergüenza añadida de que, con casi toda seguridad, te habrás cagado encima.

—Mamá, ¿puedo comerme uno de esos perritos calientes? Huelen genial —dijo Julián de forma inocente mientras zigzagueábamos por las penosas carreteras comarcales que atravesaban el bosque.

Me giré hacia él para preguntarle de qué hablaba... y entonces empezó a sacudirse como si le diesen descargas eléctricas.

No hace falta que describa cómo fue el resto del camino hasta el hospital. No es necesario que hable del pavor visceral que me invadía, ni de la velocidad suicida con la que conduje. Tampoco hace falta que cuente cómo era el olor del interior del coche, ni el temblor de mis piernas cuando recogieron a mi hijo en Urgencias. Ni el nudo agarrotado de mi cuello mientras esperaba. Sé que es fácil imaginar todo eso, porque no me cabe la menor duda de que, en mi lugar, cualquiera estaría como yo.

Julián se recuperó, claro. Era una «crisis habitual en su estado, aunque su intensidad haría aconsejable un TAC para ver algunas áreas de su cerebro», como dijo la doctora. Pero no fijó fecha para ese TAC, ni yo se la pedí. Ambas sabíamos que, sencillamente, ya no daba tiempo. Era demasiado tarde.

Mientras esperaba a que gestionasen los papeles del alta, llamé a la doctora de Madrid. No, lo sentía. La plaza del tratamiento experimental que me habían ofrecido la semana anterior ya estaba ocupada. Tenía que entender que era una oportunidad arriesgada, pero muy valiosa, y que había muchos candidatos. Demasiados. Por supuesto, si aparecía una vacante me llamaría sin perder un minuto. Muchos besos a Julián. Es un chico muy valiente, etcétera, etcétera.

No hacía falta ser un águila para entender el mensaje: estáis por vuestra cuenta, apechugad.

Por eso, cuando por fin salimos del hospital, con la manita de Julián sujeta a la mía, entendí, con toda su magnitud, lo que acababa de pasar.

Me había equivocado. Había metido la pata hasta el fondo. Había escogido la opción incorrecta.

Y tenía la certeza de que por culpa de ese error mi hijo iba a morir.

6

Al día siguiente no sabía muy bien qué hacer. Estábamos embarrancados en Galicia, lejos de todos nuestros conocidos, sin red familiar ni de amigos y con nulas posibilidades de volver a Madrid o a mi Valencia natal. La opción de regresar había quedado descartada en el momento en el que había pedido el traslado a aquel puestecito rural. Como Cortés en México, había quemado todas mis naves antes de partir, convencida de que aquel viaje no tenía vuelta atrás. Había sido la única manera de sacudirme la parálisis que me invadía desde que a Julián le habían diagnosticado su enfermedad.

Aquel viaje a Galicia tenía que haber supuesto no solo su curación, sino el inicio de una nueva vida, una distinta y feliz para los dos.

Y en vez de eso, nos veíamos arrojados en la orilla, sin amigos, sin familia y casi sin recursos, porque mi cuenta bancaria se había reducido a su mínima expresión tras un viaje desesperado a una clínica de Houston dos años antes y no se había vuelto a recuperar. A Julián le quedaban, en el mejor de los casos, de tres a seis meses de vida, episodios como el del día anterior iban a ser cada vez más frecuentes y atroces... y yo no me podía permitir dejar de trabajar.

Me planteé pedir un crédito, patearme cada sucursal si era necesario, pero ningún banco me lo daría sin un trabajo o un aval, o sin una casa con que respaldarlo. Tampoco estaba dispuesta a vivir de la caridad: así no haría más felices los últimos días de mi hijo y, por otro lado, mi propio orgullo no me permitía dejarme caer hasta ese punto.

Y por si eso no fuera suficiente, vivíamos en una habitación de hotel (que no sabía por cuánto tiempo podría seguir pagando) y en mi primer día de trabajo no tenía con quién dejar a mi hijo. Todo estupendo.

Julián y yo salimos temprano del hotel, a primera hora de la mañana. Para mi alivio, nos plantamos en Viascón en solo media hora. Aunque era un sitio pequeño, poco más que una aldea, estaba bastante bien comunicado para lo que es lo habitual por esta zona. Casi todas las casas eran viejas construcciones familiares de piedra, aunque aquí y allá asomaba algún chalet de diseño moderno forrado de cristales que destacaba como una nave espacial. Por lo visto, Viascón se estaba convirtiendo en una zona atractiva de residencia para todos los esnobs adinerados que se podían escapar de la ciudad. Ese aumento de población de lujo era, paradójicamente, lo que había permitido que aquel puesto no se hubiese cerrado en ninguno de los innumerables planes de recorte y reorganización de los últimos años. Pero, aunque no esperaba disponer de un laboratorio de investigación como el que tenía en Madrid, el espectáculo que me encontré hizo que se me cayese el alma a los pies.

El puesto de la Guardia Civil se ubicaba en un antiguo edificio que se caía a pedazos, situado sobre una colina que dominaba Viascón. Era una estructura de piedra cuadrada con forma de fortaleza, cubierta con un revocado de pintura desconchada que se deshacía entre enormes ronchas de humedad. En las esquinas, cuatro viejas garitas de guardia que llevaban décadas sin utilizarse estaban repletas de malas hierbas, y una de ellas pendía peligrosamente sobre el alero, a punto de desprenderse. El aparcamiento era un descampado de gravilla con tal cantidad de charcos que parecía haber sido bombardeado media hora antes, aunque entre tanta ruina pude ver que tenían un par de flamantes coches patrulla adaptados a los caminos de montaña.

La puerta de entrada chirrió cuando cruzamos el umbral y entramos en una sala bastante húmeda que había visto tiempos mejores.

—Ah, usted debe de ser Raquel Colina, ¿verdad? —Un hombrecillo se acercó hasta nosotros con una sonrisa en la boca—. Bienvenidos a Viascón. Soy el sargento Nogueira.

—Un placer, mi sargento —dije de forma automática mientras él me estrechaba la mano de manera cálida y afectuosa.

El sargento Nogueira, el que iba a ser mi jefe, parecía un buen tipo —de entrada, no había puesto mala cara al ver que me presentaba allí con mi hijo—, aunque era uno de esos funcionarios de largo recorrido que ya está más pendiente de su jubilación que de otra cosa. Debía de estar más cerca de los sesenta que de los cincuenta, era bajito y llevaba uno de esos espantosos flequillos cruzados de lado a lado de la cabeza para disimular la calvicie. Odio esos peinados ridículos. Tienen un efecto hipnótico en mí y se me va la mirada, lo que al final casi siempre provoca un momento incómodo en la conversación.

—Pronto descubrirá que el trabajo aquí es muy diferente al que estaba acostumbrada a hacer en Madrid —me dijo mientras nos acompañaba al interior.

—Ya me imagino —contesté midiendo cuidadosamente mis palabras—. Parece un puesto muy… tranquilo.

Nogueira se rio.

—Cuando dice «tranquilo» sé que quiere decir «ruinoso». —Se encogió de hombros—. Es lo que hay. Aquí la rutina consiste más que nada en pequeños hurtos, accidentes de tráfico, algo de ganado perdido y la ocasional riña entre vecinos. Nada que alguien con su experiencia no pueda manejar.

Si se preguntaba qué demonios había traído a una mujer con mi expediente a aquel lugar, se guardó muy bien de decirlo, en un ejercicio de prudencia galaica. En vez de eso, me acompañó a lo que sería mi despacho.

Mi futura oficina consistía en una vieja mesa de madera de contrachapado acompañada de una silla de polipiel que se estaba descomponiendo a retazos a causa de una especie de lepra maligna, en un cuarto interior, oscuro y amarillento y con un cuadro del anterior rey con la mitad del rostro devorado por una mancha. Solo los ordenadores, los pósteres de las paredes y alguna pieza de mobiliario de oficina moderno permitían adivinar que aquel todavía era un puesto en activo.

—Sé que no es mucho, pero los recortes de presupuesto no dan para más —se disculpó—. Es un milagro que este puesto aún siga abierto.

—Me apañaré con lo que haya, no se preocupe, mi sargento.

—Oh, por favor, llámeme Nogueira. —Hizo un gesto con la mano—. Este es un sitio tranquilo, usted misma lo ha dicho; intentamos llevar las cosas de una manera relajada. Por cierto, en principio no es necesario que vaya de uniforme, salvo para actos protocolarios, claro.

—Pero usted lo viste. —Señalé su uniforme verde.

—Pero es que yo soy el sargento —contestó, como si aquello fuese una explicación aplastante, mientras le hacía un par de carantoñas a Julián. Me gustó aquel gesto, que hizo que sintiese de inmediato simpatía por aquel hombre.

—¿Cómo te llamas, chaval?

—Julián —respondió mi hijo, medio escondido detrás de mí. Como a la mayoría de los niños, le intimidaban los desconocidos, al menos durante los primeros diez minutos.

—¿Te gusta Galicia, Julián?

—Llueve mucho.

—Pues sí, pero hasta cuando cae agua es un sitio precioso, ya lo verás. ¿Dónde están viviendo?

Por un segundo se hizo un silencio incómodo.

—Lo cierto es que aún estamos alojados en un hotel, en Pontevedra —confesé azorada—. Tenía pensado buscar algo por la zona o…

Mi voz se apagó al darme cuenta de que el sargento acababa de enarcar una ceja en dirección a Julián. Me encogí, supongo que sintiéndome culpable, de una manera totalmente idiota e irracional.

—Déjeme hacer una cosa —murmuró mientras se dirigía a una mesa—. Tengo una idea.

Vi cómo sacaba una libreta de su bolsillo y pasaba varias páginas hasta encontrar un número anotado. Lo marcó y esperó pacientemente, apoyado en el borde del escritorio. Los pies le quedaron colgando a un par de centímetros del suelo.

Alguien contestó al otro lado y comenzó una rápida conversación en un gallego tan gutural y cerrado que no pude entender casi nada. Finalmente, colgó el teléfono y me tendió una nota con una dirección garabateada.

—Creo que este sitio puede valer —dijo sin más—. Le gustará, ya lo verá.

Me quedé descolocada. Lo último que esperaba era que mi jefe me resolviese la papeleta de la vivienda. Yo ya había vivido una temporada en una casa cuartel y no me apetecía que Julián pasase en una de ellas sus últimos meses de vida. Ya que estábamos en medio de las montañas, al menos esperaba encontrar una casita con un pequeño jardín o algo por el estilo, a un precio que me pudiese permitir, siquiera durante unos meses.

—¿Lleva una agencia de alquiler aquí, sargento? —bromeé. Me costaba apearle el tratamiento, cuestión de costumbres.

—Nada de eso. —Nogueira tenía una voz agradable y se subía las gafas desde la punta de la nariz al caballete cada pocos segundos, en un tic inconsciente que resultaba divertido—. La semana pasada una vecina me comentó que tenía una vivienda disponible y me lo acaba de confirmar por teléfono. Por lo que me han dicho, es un sitio precioso y queda cerca. Seguro que les gustará.

Abrí la boca para contestar, pero justo en ese momento se abrió la puerta y me tropecé de bruces con alguien que jugaría un papel fundamental en mi vida, aunque entonces aún no lo sabía.

7

JUAN

Hasta ese mismo día, Juan Vilanova había pensado que su trabajo era relativamente fácil. El puesto de Viascón era un lugar tranquilo donde pasar el rato, los problemas nunca eran demasiado graves y el concepto del tiempo era mucho más laxo. Después de haberse tirado unos años destinado en Barcelona, en una gran ciudad con una situación política y policial mucho más compleja, aquel sitio casi perdido era un remanso de paz que le permitía vivir la vida de otra manera.

Juan era joven, de menos de cuarenta años, con el pelo pajizo y revuelto que casi le tapaba un par de brillantes ojos azules en medio de un rostro cubierto de pecas. Juan adoraba su trabajo, aunque estaba seguro de que su foto jamás saldría en un póster de reclutamiento, ni en un reportaje sobre el cuerpo. Porque Juan estaba bastante gordo. No «fornido» ni «de hueso ancho» ni nada por el estilo. Gordo. Cuando se levantaba de la cama por las mañanas, el suelo de madera de su casa crujía con fuerza a cada paso que daba. El uniforme le apretaba, pese a que le habían conseguido una de las tallas más grandes. De hecho, incluso el viejo Nogueira le había dado un toque de atención. Cuida tu físico, le había dicho con aquella mirada profunda que usaba para subrayar las cosas. «Cuida tu físico». Había que joderse.

Porque Juan no era un gordo somnoliento y perezoso. Sus ciento quince kilos de peso no los había cogido por tirarse delante de la tele mientras comía Doritos y se la cascaba viendo porno. Simplemente, engordaba. Había probado todo tipo de regímenes, dietas y productos milagro y nada funcionaba. Todas las mañanas corría diez kilómetros antes de ir a trabajar —una vez le habían comentado que parecía un búfalo cargando por la pradera mientras trotaba— y comía como un asceta, pero aun así no lograba perder peso. Era algo metabólico, decían. De todas formas su tamaño le confería una ventaja: era fuerte y sorprendentemente ágil, algo que nadie esperaba de un tipo de aspecto blando y tranquilo. Esa ventaja le había servido en más de una ocasión.

Cuando llegó aquella mañana al puesto, entró silbando por las escaleras, como siempre. En una mano llevaba el termo de café (con leche desnatada y sacarina) y en la otra una caja de Chips Ahoy. Le encantaban aquellas puñeteras galletas, si bien sabía que no le hacían ningún favor. Era su debilidad. Le gustaba desayunar con calma en su mesa mientras fingía que revisaba los informes del día anterior, aunque en realidad le echaba un ojo a la prensa deportiva en su portátil.

Abrió la puerta y entró en tromba en el despacho común, al tiempo que se sacudía el agua de la cabeza como un gigantesco mastín.

—¡Hoy hace un día de perros, compañeros! —tronó mientras peleaba por sacarse el chubasquero—. Llueve con ganas y no creo que vaya a... Oh, joder. Quiero decir, buenos días, mi sargento.

En medio de la sala aún desierta a esa hora estaba el sargento Nogueira, apoyado en una mesa, mirándole con ojos encendidos y seguramente preguntándose por qué diablos le había tocado un tipo como Vilanova en su puesto. Pero Juan, por una vez, no le prestó la menor atención.

Al lado del sargento estaba una pareja singular. Ella era una mujer de unos treinta y largos, rubia, bastante alta, de nariz potente en un rostro de facciones armoniosas dominado por dos penetrantes ojos que bailaban entre el gris y el verde, aunque tenía el par de ojeras más marcado y profundo que Vilanova hubiese visto en mucho tiempo. Su lenguaje corporal daba a entender que no se andaba con chiquitas. Mientras miraba a Juan, este se sintió como si le estuviesen haciendo una radiografía. Fueron apenas tres o cuatro segundos, pero habría apostado a que aquella mujer ya sabía hasta el color de la goma de sus calzoncillos.

El crío que iba con ella resultaba aún más llamativo. Era pequeño —aunque a Juan, como a la mayoría de la gente sin hijos, le costaba horrores acertar con la edad de los niños— y pensaba que debía de tener de siete a diez años. Llevaba una sudadera roja que le quedaba holgada y sostenía en las manos un muñeco de plástico amarillo de ojos saltones. Pero lo más llamativo de aquel crío es que no tenía ni un solo pelo en la cabeza, lo que le daba un aire extrañamente atemporal, subrayado por una mirada profunda y demasiado adulta para su edad.

—Hombre, Vilanova, ya estás aquí —suspiró el sargento Nogueira con aire resignado—. Mira, te presento a Raquel Colina, que se incorpora hoy a este puesto. Y este es su hijo, Javier.

—Julián —le corrigió ella.

—¡Eso, Julián! —Le acarició la mejilla de forma torpe al crío mientras se giraba hacia el otro hombre—. Este es Juan Vilanova, uno de los agentes del puesto. Será su compañero durante las próximas semanas, mientras aterriza y se aclimata.

Ambos se dieron la mano y Juan notó la firmeza del apretón de la mujer. Le gustó de inmediato y sintió que la corriente de simpatía se extendía también hacia aquel crío de aspecto marciano pero de sonrisa amplia que se pegaba a su madre.

—Te enseñaría todo esto, pero seguro que si llevas aquí más de cinco minutos ya te ha dado tiempo a recorrer todas las instalaciones —murmuró muy serio—. Para mi gusto, la zona del spa y el gimnasio es la mejor.

La mujer rio. Era una risa franca, limpia, pero algo apagada.

—Supongo que podré habituarme a estos lujos —respondió de forma prudente, aunque siguiendo la broma.

—Es pequeño pero funcional. —Se encogió de hombros—. Al fin y al cabo, aquí pasan pocas cosas. Te apuesto lo que quieras a que en menos de un mes ya conoces a casi todos los vecinos de la zona.

—Eso me recuerda algo. —Raquel sacó una copia borrosa de una foto y se la tendió a Vilanova—. Estoy buscando a esta mujer, pero no hay manera de contactar con ella. Se llama Ramona Valongo y vive aquí cerca, en un pueblo a una hora en coche. ¿La conocen?

Vilanova se sacudió las migas de las manos antes de coger la foto. La observó durante un largo rato.

—No tengo ni la menor idea de quién es. ¿Y usted, sargento?

Nogueira contempló la fotografía antes de negar con la cabeza.

—¿No tiene una imagen mejor? —dijo—. Está tan pixelada que podría ser cualquiera.

—Es la única foto que tengo —suspiró ella—. La saqué de internet.

—¿Quién es? ¿Por qué quiere localizarla?

Raquel abrió la boca para decir algo, pero la cerró de golpe, como pensándoselo mejor.

—Es una... vieja conocida —murmuró con aire azorado—. No tiene importancia.

Juan Vilanova cogió otra galleta pensativo. Su nueva compañera no le estaba contando todo, eso estaba claro, pero aún no tenía la confianza suficiente como para seguir preguntando. Se hizo un silencio incómodo. Él odiaba aquellas situaciones, así que decidió romper la burbuja cuanto antes.

—¿Quieres una? —Le tendió la caja de Chips Ahoy al crío, que miró a su madre dubitativo.

—¿Puedo?

—Pues claro que sí. —Le miró a los ojos, esta vez con una sonrisa más intensa pintada en su cara—. Muchas gracias.

—No hay de qué. Este sitio es...

En ese momento uno de los teléfonos situados sobre la mesa empezó a sonar. Vilanova y Nogueira cruzaron una mirada, con una cierta expresión de perplejidad en el rostro.

—¿No van a coger? —preguntó ella señalando el teléfono.

—Por supuesto. —Nogueira se lanzó aturullado hacia el aparato.

—No es normal que llamen tan temprano —murmuró Vilanova mientras devoraba un puñado de galletas.

No podía evitarlo. Siempre que se ponía nervioso, se ponía a comer de forma compulsiva. Se dio cuenta de golpe y notó cómo su cara se ponía roja como la grana. Podía imaginarse su aspecto, con una galleta a medio masticar en la mano, las mejillas infladas como un hámster y una tonelada de migas repartidas por el pecho de su chaqueta.

—¿Qué pasa? ¿Aquí los cacos tienen horario para actuar o algo por el estilo?

—No es eso —farfulló mientras se encogía de hombros—. Aquí las cosas raras suelen acumularse por la noche, eso es todo.

—¿Cosas raras? ¿Qué quieres...?

Raquel no pudo acabar la pregunta. El sargento se dirigía a ellos con cara de tener un incipiente dolor de cabeza a punto de explotar.

—Es el maldito caballo de los Couceiro otra vez, Vilanova. Ese bicho del demonio anda suelto por la carretera que lleva a Fosco.

—Es la tercera vez este mes —suspiró Vilanova, tragando con dificultad el último trozo de galleta—. ¿Quiere que vaya, sargento?

—Esos idiotas no aprenden —rezongó su jefe mientras asentía—. Y ya que vas hasta allí, ¿podrías acompañar a Raquel? Necesito que le presentes a Ágata, la dueña de la Casa Grande de Fosco. Ella ya sabe de qué va todo. ¿Sabéis dónde puedo encontrar una aspirina?

Nogueira se alejó murmurando, sin dar opción a respuesta. Juan Vilanova se quedó oscilando sobre sus pies, indeciso, mientras trataba de decidirse. Finalmente fue Raquel quien tomó la iniciativa.

—Bueno, pues vamos a por ese caballo —dijo mientras le ponía el abrigo a su hijo—. Y de camino puedes explicarme quién es Ágata y de qué va todo esto.

8

RAQUEL

Íbamos en un todoterreno rumbo a un pueblo llamado Fosco. Quedaba a apenas unos doce kilómetros de allí, pero por lo que a mí respecta parecía estar en otro planeta. Una de las cosas que más me habían sorprendido de aquel lugar era lo rápido que te podías alejar de la civilización en cuestión de un par de minutos, en cuanto te aventurabas por una de aquellas carreteras de montaña infernales.

Eso hicimos nosotros a los cinco minutos de salir del puesto de Viascón. Conducía Vilanova, con la mirada clavada en la carretera y las habilidades al volante de una anciana de noventa años con cataratas. Tuve que hacer un esfuerzo para no gritarle cada vez que ponía el intermitente en un cruce desierto y paraba el coche cautelosamente durante más de diez segundos. A Julián, sin embargo, la experiencia le estaba pareciendo maravillosa y no dejaba de reírse por lo bajo en el asiento de atrás. Creo que en el fondo le divertía verme perder los nervios. Y a mí se me reblandecía el corazón cada vez que le veía sonreír, así que al fin y al cabo tampoco estaba tan mal la cosa.

Para llegar a Fosco había que cruzar un viejo puente medieval de piedra devorado por la vegetación en sus costados. Del arco central pendía una larga hiedra que casi rozaba la superficie del río que corre por debajo, un torrente blanquecino que iba saltando de piedra en piedra con furia, arrastrando ramas y hojas hasta que desaparecían succionadas en los rápidos. A partir de ese punto la carretera se internaba en un denso bosque de robles, castaños y abedules envueltos en la niebla, que extendían sus ramas sobre la calzada y la mantenían en una penumbra casi constante. Me fijé en que en muchos lugares del arcén el musgo ya había empezado a colonizar el asfalto cuarteado, mientras que en otros sitios ya asomaban incluso brotes tímidos de helechos.

—¿Tiene mucho tráfico esta carretera? —pregunté.

—Por lo que yo sé, posiblemente solo pasen por aquí una docena de coches y camiones de reparto a la semana, en ambos sentidos.

—Cuidado.

—¿Cuidado por qué? —me preguntó Vilanova confuso.

Tuve que sujetar el volante a la velocidad del rayo para evitar que nos cayésemos por una cuneta, porque mi nuevo compañero había girado la cabeza para responderme justo cuando atacábamos una curva cerrada.

Mientras Vilanova recuperaba el resuello, colorado como una gamba y mascullando algo por lo bajo, aproveché para echarle un vistazo. Estaba bastante pasado de peso, pero no era una grasa fofa, sino que debajo de su abrigo se adivinaba una potencia contenida. Tenía las uñas cuidadosamente cortadas, el pelo limpio y la ropa impecable, lo que hacía suponer que era una persona organizada y metódica. Estaba segura de que bajo aquel aspecto torpe y algo bonachón se escondía una personalidad mucho más fuerte de lo que parecía. Pero había algo en él que no terminaba de encajarme. Supuse que con el paso de las semanas, si es que íbamos a trabajar juntos, acabaría por descubrir de qué se trataba. Pero de entrada me caía bien, y eso ya era un avance.

Cuando remontamos una colina, vi Fosco por primera vez.

Recuerdo perfectamente aquel momento, y cómo la sonrisa flotaba en mi boca, extasiada ante aquella imagen. Fosco era una estampa sacada de un cuento victoriano. Un puñado de casas oscuras se apiñaban en el fondo de un valle cubierto de árboles hasta donde alcanzaba la vista. Los tejados inclinados le daban el aspecto de confidentes contándose secretos y frente a cada una de ellas había un pequeño jardín bien cuidado.

El agua chorreaba por los aleros bajo la fuerte lluvia, pero no se amontonaba en torrentes por el suelo, sino que discurría de forma ordenada por las acequias abiertas a los lados. De las chimeneas salía un humo blanco que se mezclaba con la niebla que cubría el valle, dotando a todo el conjunto de una atmósfera de irrealidad.

La impresión general era que se trataba de un sitio limpio, ordenado y confortable. Un sitio de habitaciones cálidas y lecturas agradables al lado de una chimenea, mientras llovía con fuerza al otro lado del cristal. Un sitio, en definitiva, donde apetecía vivir.

Y mientras bajábamos la pendiente y nos acercábamos a las primeras casas del pueblo, me di cuenta de golpe de que aquel era el sitio que yo había imaginado en mis sueños. El lugar perfecto para pasar los últimos días con mi hijo, para hacer que su vida fuese un poco más luminosa mientras se acercaba al fin. Para aportarle algo de felicidad, una última mano de cartas buena en una partida que había ido desastrosamente mal.

Nos lo merecíamos. Se lo merecía.

9

El todoterreno se detuvo en la plaza principal de Fosco y nos apeamos, observando el cielo con desconfianza. Había parado de llover justo en aquel instante y el suelo estaba perlado de charcos brillantes que reflejaban el gris oscuro del cielo.

—¿Cuál es la casa? —pregunté mientras miraba a su alrededor.

—Ágata vive allí, en la del final del camino. Nos vemos aquí dentro de un rato.

—¿No nos acompañas?

Juan Vilanova suspiró.

—No puedo. Tengo que buscar un caballo suelto que se ha comido las flores de alguien por segunda vez esta semana. Y se supone que tengo que atarlo, encerrarlo en las cuadras de alguien y localizar al dueño… ¡Y ni siquiera me gustan los caballos!

Sonreí divertida. Me caía bien aquel tipo torpe, no podía evitarlo.

—Pues te deseo buen rodeo, vaquero. Nos vemos luego.

—Ya, claro —refunfuñó él mientras se alejaba.

Cogí a Julián de la mano y nos echamos a andar hacia la casa que él nos había indicado. Mientras nos acercábamos, me preparé mentalmente para el encuentro. Por el camino, Vilanova me había explicado que la «señora Ágata» era la propietaria de una finca llamada la Casa Grande de Fosco y que estaba buscando un inquilino. La semana anterior había llamado al puesto y le había preguntado al sargento si «sabía de alguien con buenas referencias» y que pudiese estar interesado. Ante mi cara de sorpresa, Vilanova me había dicho que en el rural eran habituales cosas así. El jefe del puesto de la Guardia Civil ejercía de asesor, confidente y abogado mediador en multitud de ocasiones. Por eso cuando le había dicho que aún no tenía un lugar donde vivir nos había enviado allí.

Pero ahora que estaba cruzando la verja de hierro negro que rodeaba el jardín de la casa, me preguntaba si podría permitirme un sitio como aquel. Era demasiado grande y demasiado lujoso. Seguro que el alquiler valía un dineral. Además, parecía demasiada superficie habitable para una mujer sola y su hijo.

La casa —por llamarla de alguna manera— era una enorme villa con dos amplias alas adosadas a un edificio central en forma de torreón almenado al que se accedía mediante una escalinata de granito pinteado de verdín. Un camino bordeado de hortensias y un césped húmedo y demasiado alto y salvaje rodeaban las dos plantas.

Las ventanas bajas estaban protegidas por unas contras de madera pintadas de azul claro, plantadas detrás de unas rejas artesanales retorcidas en volutas, que le daban un aspecto alegre. Sin embargo, las ventanas de la planta alta estaban descubiertas y se adivinaba luz detrás de un par de ellas. En una de las ventanas situadas a la izquierda me pareció ver por un segundo un leve movimiento detrás de las cortinas, pero cuando me fijé con atención no pude ver a nadie.

Subimos los escalones con cuidado hasta llegar a la imponente puerta principal. No había timbre, sino un enorme llamador de hierro forjado en forma de cabeza de león que sostenía una bola de bronce entre las fauces. Pesaba una tonelada. Lo sujeté con fuerza y di tres golpes con el llamador, que resonaron como tres cañonazos huecos al otro lado de la puerta.

Mientras esperábamos de pie, bajo el porche de piedra, me di cuenta de que en todo el rato que llevábamos allí no habíamos visto pasar un alma. Si me hubiesen dicho que aquello era un decorado, uno especialmente limpio e impoluto, me lo habría creído.

Se escucharon unos pasos al otro lado de la puerta y a continuación resonó un cerrojo al descorrerse con parsimonia. Cuando la puerta se abrió, una mujer de unos sesenta años de edad apareció en el quicio y nos miró con curiosidad. Era elegante, con el tipo bajo y regordete de una matrona de mediana edad y el pelo gris recogido en un moño coronado por un par de horquillas negras. Vestía de oscuro, pero no de luto, como pude observar en un primer vistazo. Los ojos de la mujer, claros y surcados de arrugas, estaban situados sobre una nariz respingona y un par de labios carnosos con una sombra coqueta de carmín. Su mirada saltó de mí a Julián y de nuevo a mi cara, y solo entonces desplegó una sonrisa deslumbrante.

—¡Hola! Usted debe de ser la señora Colina. —Miró a mi hijo con profundo interés—. Y tú debes de ser Julián. El sargento Nogueira me llamó hace un rato para avisarme de que venían.

—Llámeme Raquel, por favor. Nos han dicho que alquila una casa y nos gustaría verla.

La mujer mayor se echó a un lado e hizo un gesto de invitación.

—Pues entonces, pasad. Es esta.

—¿Esta? —A Julián le brillaron los ojos—. ¡Es como una mansión de cuento!

Ágata miró a mi hijo con una expresión divertida y se inclinó hacia él con aire cómplice.

—Es una mansión, *neno.* Un pazo, como las llamamos por aquí. Y si tenemos tiempo, te contaré algunas cosas que te pondrán los pelos de punta. Mientras tanto, ¿por qué no pasáis de una vez? ¡Hace frío y está lloviendo!

Entramos en la casa y, cuando la puerta se cerró a nuestra espalda, no pude contener una exclamación de sorpresa. Todo el aspecto frío que tenía la vivienda por fuera cambiaba nada más cruzar el umbral. Las paredes estaban forradas de madera y los suelos cubiertos de alfombras tan esponjosas que corrías el riesgo de partirte un tobillo al enterrarte en ellas. La mayoría de los muebles eran de diseño moderno y la temperatura y la luz eran tan cálidas que daban ganas de acurrucarse con un pijama al lado de la chimenea que crepitaba alegremente al fondo de un salón que se veía en el otro extremo del pasillo.

Unas modernas escaleras de vidrio y acero subían a la planta superior trazando una elegante curva que remataba en un pasillo voladizo que daba a varias puertas.

—Es... sorprendente —atiné a decir.

—La casa tiene más de cinco siglos de antigüedad. Creo que es una de las viviendas más antiguas de Fosco que quedan en pie —aclaró Ágata mientras nos conducía hasta el salón—. La reformó hace diez años uno de mis sobrinos, que tenía planeado vivir aquí.

—¿Y por qué no lo hizo? Tiene un gusto excelente.

—Murió en un accidente hace dos años.

—Vaya, lo siento.

Ágata hizo un gesto vago con la mano, como espantando una mosca molesta.

—Eso ya no importa ahora. La vida y la muerte están entrelazadas de una manera tan densa que no hay que sentirlas, sino abrazarlas cuando toca. El hecho es que ahora soy yo la propietaria de la casa y es demasiada vivienda para mí sola. —Hablaba sin dejar de caminar a paso rápido por un pasillo atestado de cuadros antiguos—. Yo ocupo la planta de abajo del ala de la izquierda y esa zona superior está vacía prácticamente a diario. Este lado de la casa tiene por sí solo cuatro habitaciones, dos salones, una biblioteca con casi mil volúmenes, tres baños y una bodega. La cocina es compartida. Es demasiada casa para una anciana. Lo cierto es que me vendría muy bien tener unos inquilinos para cubrir gastos, pero sobre todo para hacerme compañía.

—La verdad es que la casa es espectacular —concedí aturdida por las cifras—, pero no sé si entrará en mi presupuesto.

—Le alquilo la planta de arriba por doscientos euros al mes —me espetó Ágata a bocajarro—. Luz y agua aparte, claro, aunque el agua es del pozo de la propia finca, así que no tendrá que pagar nada.

—¡¿Dos... doscientos?! —Tengo que reconocer que me pilló por sorpresa y los ojos se me abrieron como platos, incrédula ante aquel precio ridículo.

Nuestro último piso en Madrid había sido un diminuto cuchitril de una habitación y un cuarto interior que a duras penas se podía definir como habitable y en el que Julián había almacenado sus juguetes, y por el que había estado pagando cinco veces esa cantidad. Sabía que los alquileres estratosféricos de la capital no tendrían nada que ver con los precios de mi nuevo hogar, pero jamás habría pensado que la diferencia pudiese ser tan abrumadora.

—¿Qué me dice? —Ágata me tendió la mano—. ¿Vecinas?

Solo dudé un segundo.

—Vecinas —contesté mientras se la estrechaba.

Me sorprendió descubrir que la palma de Ágata era extraordinariamente tersa y suave, no la mano encallecida de una campesina que esperaba encontrar. Aunque, claro, viviendo en una casa como aquella, dudaba que Ágata hubiese tenido que trabajar demasiado duro en toda su vida.

¿Qué demonios te pasa, Raquel? El pensamiento me asaltó con fuerza en aquel mismo momento. ¿Cómo aceptaba así a la primera, sin recorrer primero toda la casa? ¿Y si a Julián le horrorizaba? *Es la casa en la que va a morir tu hijo,* la idea desagradable surgió desde algún lugar oscuro y feo de mi cabeza. *Aquí es donde va a agonizar. Debería tener voz y voto en esto.*

—Cállate —murmuré entre dientes.

—¿Cómo dice? —preguntó Ágata perpleja.

—Oh, nada, pensaba que Julián tiene que darle su visto bueno en primer lugar. —Hablaba aturullada y eso hizo que me enfadase conmigo misma todavía más—. ¿Tú qué dices, cariño…? ¿Julián? ¿Dónde estás?

Me giré alarmada. Mi hijo había desaparecido. No había ni rastro de él.

—¡Julián! —grité alarmada—. ¡Julián! ¿Dónde estás?

—No puede haber ido muy lejos. La puerta está cerrada.

—No es normal que se separe de mí sin avisar. —Noté que se me aceleraba el pulso de una manera inquietante.

Desde un buen rato antes tenía la impresión de que mi mente se comportaba de forma embotada y torpe. El cansancio acumulado de todos aquellos días debía de estar empezando a hacer efecto en mí. *Como si tuvieses un montón de algodón empapado entre las orejas,* mi voz interior sonaba con un tono irónico que resultaba irritante. *Espabila, Raquel.*

—Vayamos a la planta de arriba —propuso Ágata—. Quizá haya ido a echar un vistazo a las habitaciones. Los chicos son curiosos. Seguro que le ha apetecido explorar su nuevo hogar.

Subimos las escaleras, con los pies retumbando sobre los modernos peldaños de acero. Por segunda vez me fijé en los cuadros que colgaban de las paredes. Eran viejos retratos de aspecto antiguo, de varios siglos de antigüedad, en su mayoría, desde los que hombres y mujeres muertos hacía cientos de años nos contemplaban de forma hierática.

Mi mirada se detuvo en el retrato de una mujer con un notable parecido con Ágata, que desde la pintura me miraba con una sonrisa tenue dibujada en la boca, como si estuviese al tanto de una broma especialmente divertida que no hubiese compartido con nadie más.

—Solo espero que no haya ido hacia el ala de la derecha —murmuró Ágata dubitativa.

—¿Por qué? ¿Qué hay allí?

—Oh, nada importante. Cuando mi sobrino hizo la reforma, la fue abordando por fases y murió antes de poder terminarla. El edificio central y el ala izquierda, donde estamos, están totalmente restaurados, pero la derecha quedó sin tocar. Se encuentra en las mismas condiciones que cuando se arregló la casa por última vez en 1912 y algunos de los suelos no están en muy buen estado. Iba a decirles que no es buena idea vagabundear por allí.

—¡Puede haberse hecho daño! —Sentí que el miedo se me enroscaba con placer sádico en la boca del estómago—. ¡Quizá esté malherido!

—No lo creo. —Ágata meneó la cabeza mientras metía la mano por su cuello y sacaba una cadena de oro de la que pendía un fajo de llaves de aspecto anticuado—. El ala derecha está cerrada a cal y canto y solo yo tengo la llave. Salvo que su hijo sea un cerrajero experto, no creo que pueda estar por ahí.

En ese momento escuchamos con toda nitidez una risa cantarina que salía de una de las puertas situadas más a la izquierda. Me lancé en tromba, seguida por la anciana, que luchaba por guardar de nuevo su colgante. Ambas cruzamos una salita decorada de forma confortable y a continuación una amplia biblioteca, con las paredes forradas del suelo al techo por incontables volúmenes encuadernados en cuero marrón que montaban guardia desde hacía décadas en aquel lugar. La risa venía de una puerta situada al final de un pasillo que arrancaba a la derecha.

Recorrimos la distancia en pocos segundos y entramos en una habitación espaciosa. Tenía una enorme cama con dosel de aspecto antiguo, un monstruoso armario de caoba donde hubiese podido esconderse un elefante con medio circo detrás y un secreter lleno de cajones que habría hecho babear de placer a cualquier anticuario. Al lado del mueble, y cerca de una de las ventanas, estaba Julián, de espaldas a la puerta, riéndose divertido, ajeno a nuestra presencia.

—¡Julián! —Me acerqué a mi hijo y lo sujeté por los hombros.

El niño me miró con expresión confundida al ver mi rostro desencajado.

—¿Qué pasa, mamá?

—¿No me has oído? ¡He gritado tu nombre hace un rato! ¡Me tenías preocupadísima, no sabía dónde estabas, ni si estabas bien, ni si te había pasado algo, ni…!

Me detuve jadeando. Julián me observaba con los ojos como platos y totalmente demudado. Solo entonces me di cuenta de que le estaba sujetando por los hombros con tanta fuerza que me dolían las manos. Seguramente le había dejado una marca debajo de la ropa.

—Lo siento, mamá. —La voz de Julián sonaba tranquila, pero algo asustada. Desprendía la misma cautela que un artificiero mientras toquetea los cables de colores de una bomba decidiendo cuál cortará.

—¿Qué hacías aquí? —Me apreté el puente de la nariz. Un incipiente dolor de cabeza comenzaba a latir detrás de mis ojos anunciando una migraña demoledora, de esas que solo se pueden combatir en una habitación a oscuras y en silencio.

—Estaba hablando con la chica —contestó Julián—. ¡No conoce a Bob Esponja, ni a Ben Ten, ni…!

—¿Qué chica, Julián?

El niño miró a su alrededor con aire confuso.

—La chica… Estaba aquí hace un momento. Una chica alta y delgada. Creo que está triste, pero no sé por qué. ¿No la habéis visto?

Un silencio pesado se hizo en la habitación. Julián nos miraba con extrañeza.

—Julián, *meu rei,* aquí no hay ninguna chica —dijo Ágata con voz dulce—. Te lo has imaginado. Estamos solos en la casa.

Apreté la mandíbula hasta que empezó a dolerme. Los médicos me habían avisado de que algo así podía pasar: «En caso de metástasis, si la enfermedad alcanza otras áreas del cerebro, Julián podría padecer alucinaciones, mareos y convulsiones. Esa sería la primera señal».

Pues ahí las teníamos. Mi hijo estaba viendo cosas que no existían. El tamaño de semejante horror me golpeó como un tsunami.

—¡Sí que estaba! —El niño pateó el suelo con energía y la sangre afluyó a su cara pálida—. ¡Estaba con ella, hemos hablado y me ha dicho que me estaba esperando!

—¿Te dijo cómo se llamaba? —preguntó Ágata con suavidad.

—Eh…, no, me he olvidado de preguntárselo. ¡Pero no me lo he inventado!

—Puedo asegurarle que no hay nadie más viviendo en esta casa, Raquel —dijo Ágata—. Podemos revisar todas las habitaciones si no me cree.

—No será necesario. —Abracé a mi hijo contra mi pecho y noté todas y cada una de las costillas de mi hijo. *Está tan del-*

gado… Se ha quedado en nada. Incluso puedo notar cómo le late el corazón.

—Mamá, me gusta este sitio —musitó Julián—. ¿Podemos quedarnos aquí?

Me limpié una lágrima traidora que amenazaba con derramarse desde la comisura de mis ojos.

—Claro que sí, cariño. Claro que sí.

Y en ese instante, una serie de golpes tan brutales retumbaron en la casa que no pude evitar que se me escapase un gemido de pánico.

Tardé unos cuantos segundos de confusión en comprender que los golpes venían del monstruoso llamador de bronce de la puerta. Observé a Ágata de reojo, con el rostro encendido de vergüenza, pero si la anciana había oído mi grito no había hecho el más mínimo gesto de reconocimiento. En vez de eso se dirigió hacia la puerta con el ritmo fuerte y enérgico al que parecía moverse siempre.

No me quedó otra que seguirla, con Julián de la mano. Con el rabillo del ojo vi algo que me puso los pelos de punta. En el momento en el que salíamos de la habitación, mi hijo se giró y saludó hacia una esquina en la que no había nadie. Era un gesto cómplice, como el que le lanza a un compañero de juegos, un «nos vemos en un rato», que despertó un océano de pesadillas en mi interior.

Es la metástasis. Ya está sin control en su cabeza.

Cállate. No lo pienses.

Cuando llegamos abajo, Ágata ya había abierto la puerta.

Al otro lado, Juan Vilanova ocupaba casi todo el espacio con su enorme mole mientras apoyaba su peso de forma alternativa en un pie y después en otro. Me recordó de inmediato a un niño a punto de hacerse pis. Sin embargo, su cara de gravedad demostraba que la urgencia era sin duda de un cariz mucho más serio.

—¿Has encontrado el caballo? —le pregunté.

—¿El caballo? Ah, sí, el caballo, claro. —Se encogió de hombros, como si el motivo de su presencia en aquel lugar fuera una ocurrencia de última hora—. Resulta que el muy puñetero ya estaba estabulado en una cuadra. Lo habían atrapado unos vecinos cerca del antiguo lavadero. Pero eso ahora no importa. Tenemos un problema mucho más serio. Un... un 10-72, cerca de aquí. Somos la unidad más cercana y... tenemos que ir.

Tuve que rebuscar en mi cerebro durante un buen rato para entender el código que había usado mi compañero. Hacía una eternidad que no se usaba aquel sistema, desde que las transmisiones por radio de la Guardia Civil estaban encriptadas, y de eso ya hacía muchos años. Si no recordaba mal lo aprendido en la academia, un 10-72 era una agresión con arma blanca. Aunque también podría estar equivocándome y Vilanova me decía que había que ir a recoger a un borracho que montaba gresca en una taberna para llevarlo a dormir la mona en el cuartelillo.

—El problema es que habéis venido conmigo en el patrulla y...

—¡Oh, vaya, es cierto! —murmuré con fastidio.

Me había olvidado de que mi coche de alquiler, con su lateral rascado de cuando fuimos a Arufe y que tenía que devolver al día siguiente para no continuar tirando el dinero, aún estaba aparcado enfrente del puesto de Viascón, al lado de un contenedor de basura recubierto de carteles de fiestas parroquiales. Ahora entendía la vacilación de mi compañero, que no quería dejarnos abandonados a nuestra suerte en Fosco, pero tampoco quería llevar a Julián con nosotros al escenario de un crimen.

—El niño se puede quedar aquí conmigo mientras ustedes van a ver eso —propuso Ágata rodeando el hombro de Julián con una mano protectora, al tiempo que le guiñaba un ojo—. Tenía pensado preparar unas filloas y seguramente necesitaré alguien que me ayude a comerlas. Las hago en una *cacha,* una plancha de hierro redonda colocada directamente sobre las brasas de la chimenea. ¿Te gustaría ver cómo lo hago?

—¡Oh, sí, mamá, por favor! —A Julián le brillaron los ojos—. ¡Te prometo que me portaré muy bien! ¡Por favoooor!

Vacilé durante un segundo. No veía muchas más alternativas. Algo en el lenguaje corporal de Vilanova y que hubiese recurrido a un código en desuso me decía que el asunto era mucho más gordo de lo que podía contar delante de ellos. Y por otro lado, si íbamos a ser vecinas en la misma casa, sería conveniente empezar a cultivar las relaciones personales cuanto antes mejor. Además, Julián parecía estar muy convencido.

Pero por otra parte no quería separarme de él. No podía. Y no era solo porque acabase de conocer a aquella mujer. Era porque cada segundo de la vida de mi hijo me parecía precioso, porque cuando se terminasen no habría más. Y la alucinación que había sufrido unos minutos antes dejaba claro que la arena del reloj estaba cayendo mucho más rápido de lo que pensaba.

Así que me giré hacia Vilanova para decirle que no, que lo sentía mucho. Todo aquello era una estupidez, un maldito y completo error. Tenía que aceptar que había tomado una decisión estúpida y arrostrar las consecuencias. Volver a comportarme como una persona racional y dejarme de sanadoras y gilipolleces varias. ¿Qué hacía allí, en el culo del mundo, para empezar? Al día siguiente me pediría una excedencia y estaría con Julián hasta el último momento, fuera como fuese. Ya encontraría de qué vivir mientras tanto. Se lo debía. Nos lo debíamos.

Pero entonces Vilanova habló, y una vez más, el destino decidió por su cuenta.

—Lo cierto es que me vendría bien que vinieses conmigo —balbuceó—. Esto es serio. Sé que acabas de aterrizar aquí, que aún no te has incorporado al puesto y que está el asunto del niño y todo eso, pero..., de verdad, no te lo pediría si no fuese importante.

Algo en el tono de su voz me hizo dudar. Tardé un segundo en darme cuenta de qué se trataba.

Vilanova estaba asustado.

—Será menos de una hora —añadió pasándose la lengua por los labios—. Dos, como mucho. Por favor.

Años de entrenamiento y el sentido del deber se impusieron. Dos horas no marcarían la diferencia.

—Está bien —concedí mientras garabateaba mi número en un papel y se lo tendía a la mujer, a la vez que miraba muy seria a Julián—. Pero te llamaré dentro de una hora para asegurarme de que estás bien. —Su teléfono había sido un regalo por su octavo cumpleaños y no solo le servía para cazar Pokemons, sino que además me permitía hablar con él cuando no estaba a su lado. No muchos niños de su edad tenían móvil, pero en su caso estaba más que justificado—. De todas formas, si hay algún problema, puede llamarme al móvil, Ágata. Estaré pendiente.

—No se preocupe. Ahora, vayan.

Me incliné sobre Julián y le deposité un beso cálido en una mejilla. A continuación, salí detrás de Vilanova, que ya trotaba hacia el coche patrulla, aparcado en la puerta y con el motor en marcha.

No pude evitar lanzar una mirada atrás cuando salíamos del pueblo. En la distancia, la figura frágil de Julián se recortaba junto a la de Ágata en el umbral de la puerta mientras nos alejábamos.

10

—¿De qué se trata? —pregunté ya en camino para organizar mis pensamientos. Estaba trabajando. Necesitaba ser fría.

—Al parecer ha habido un par de homicidios en lo alto del monte Seixo, a unos cuantos kilómetros de aquí —respondió Vilanova—. Perdona por abusar de tu confianza, pero Nogueira no puede dejar el puesto desatendido y estoy yo solo. Este es un bocado demasiado grande para uno solo.

Me fijé en que el hombre ya no conducía con la prudencia de un rato antes, sino que trazaba las curvas de la revirada carretera de montaña a toda velocidad, con notable maestría.

—Un operario del servicio de mantenimiento del parque de aerogeneradores que hay en el alto de la montaña ha aparecido hace una hora en un grupo de casas, al pie del monte, totalmente aterrorizado —continuó—. Dice que han degollado a su compañero y que además hay una chica muerta tirada entre unas piedras, o algo así. La verdad es que es un relato muy confuso.

—¿Lo habéis comprobado? A lo mejor es una broma. La gente hace cosas muy idiotas cuando se aburre.

Vilanova negó con la cabeza.

—En la central han recibido otra llamada hace apenas quince minutos. Cuando el operario que dio la alarma bajaba de la montaña casi se lleva por delante a una partida de cazadores que estaba de batida por la zona. Los tipos están muy cabreados porque por lo visto ha estado a punto de atropellar a uno de sus perros de caza. Han subido hasta la cima de la montaña para curiosear y nos han contado lo mismo, así que debe ser cierto.

—Un doble homicidio nada más llegar. Vaya, y eso que me habían dicho que este era un puesto tranquilo.

—Llevo aquí cuatro años y es lo más extraño que me he encontrado. Bienvenida a Viascón, agente Colina —musitó Vilanova con una sonrisa macabra en los labios—. Tú sí que sabes hacer emocionante una llegada.

Iba a responderle con otra ocurrencia, pero justo entonces el todoterreno se internó por un camino de montaña destrozado por la lluvia. En aquel instante tan solo estaba lloviznando, pero se veía a las claras que un rato antes allí había caído un buen chaparrón.

Apreté los labios. La lluvia nunca era una buena noticia cuando se tenía que inspeccionar una escena del crimen situada a cielo abierto. El agua se llevaba muchas de las pistas que luego podían ser cruciales. Aun así, siempre se podía sacar algo, incluso del escenario más lavado. Al fin y al cabo, ese había sido mi trabajo durante los últimos años.

El camino hasta lo alto del monte Seixo fue lo más parecido a un viaje en montaña rusa que me podía haber imaginado. El todoterreno saltaba entre zanjas, costurones y cunetas desgarradas, esquivando las piedras que surgían del suelo como obstáculos antitanques plantados por la naturaleza. Pero en todo el camino no vi vacilar a Vilanova ni una sola vez, como si al hombre bonachón y apacible lo hubiese poseído el espíritu de un corredor de *rallies* de montaña.

Cuando llegamos a la cima, la niebla aún se ensortijaba, pero ya estaba en franca retirada. La visibilidad era de algo más de cien metros y permitía ver el paisaje fantasmagórico de lo alto de aquella montaña. Entre los zarzales y los árboles retorcidos como fantasmas torturados se veían aparecer de vez en cuando insólitos montículos de piedras dispuestos de forma peculiar.

—¿Qué es eso? —dije mientras señalaba uno de ellos. Al

hablar estuve a punto de perder la lengua de un mordisco, entre los botes del coche.

—Son túmulos de la Edad de Bronce —contestó Vilanova sin apartar la mirada del camino—. Toda esta montaña está plagada de ellos. El monte Seixo era una montaña sagrada para los celtas, hace más de tres mil años. Aquí enterraban a sus jefes tribales y cosas por el estilo.

—¿Y todavía están ahí?

—No creo. —Se encogió de hombros—. Supongo que la mayoría de los túmulos fueron saqueados hace siglos, pero las estructuras de piedra siguen ahí. Haría falta un *bulldozer* o una buena carga de dinamita para desmontarlos.

En la parte alta, el camino era bastante mejor debido a que el agua no tenía tanta pendiente para correr arrastrando material. Mientras avanzábamos entre el zumbido de los altos aerogeneradores, me pregunté cuánto habría costado abrir aquella vía para llegar hasta la cima. Seguramente tan solo unos años antes coronar el monte Seixo habría supuesto una caminata considerable, no apta para todos los públicos.

—Debe de ser allí —señaló Vilanova mientras encendía las luces del techo del vehículo—. Junto a aquellos coches.

Un puñado de baqueteados todoterrenos con remolques para perros estaban alineados a un margen de la pista de tierra. Cerca de ellos, un grupo de hombres con chalecos de caza y escopetas daban vueltas alrededor de un curioso montón de piedras. Con un suspiro de desaliento, comprobé que un par de ellos se estaban sacando selfis con el móvil junto a algo que desde nuestra posición aún no podía ver.

En cuanto nos bajamos del todoterreno, uno de los cazadores se aproximó. Era un tipo alto y enjuto, ataviado con un chaleco fosforito tan brillante que debía de ser visible desde Urano. Llevaba la escopeta acodada debajo de un brazo, como quien acuna a un bebé. Por su manera de andar se adivinaba que era el líder de la partida.

—Menos mal que habéis llegado, coño —murmuró con enfado, con un marcado acento madrileño—. Hace una hora que dimos el aviso. Seguro que estabais tomando una caña en un bar.

—Buenos días, lo primero —contestó Vilanova de forma seca mirándole de hito en hito y sin pestañear—. Esto no está precisamente en el centro de la ciudad. Hemos venido nada más recibir el aviso. ¿Quién es usted?

—Alfonso del Pozo, para servirle. —El hombre bajó un punto la intensidad de su mal humor al observar que Vilanova no se amedrentaba—. La chica está junto a la puerta y el tipo pequeñajo está tirado entre esas rocas.

—¿Han tocado o movido algo? —pregunté mientras me ponía unos guantes de látex que había sacado de la guantera de Vilanova. Aquello cada vez pintaba más desastroso.

—No, claro que no —respondió el hombre tras una breve vacilación, que me dio más detalles que cualquier explicación. Seguramente ya habrían toqueteado todo lo que estaba a su alcance.

Un segundo coche patrulla con los agentes de la Policía Judicial llegaba por el otro extremo de la pista. Se lo señalé a Vilanova con la cabeza y, por pura costumbre, me puse al mando:

—Juan, diles a los compañeros que mantengan a todos estos tipos lejos de la escena, por favor. Interrogadlos y coged sus datos, y si alguno ha tenido la mala idea de quedarse con algún souvenir, haz que te lo devuelvan. Esto ya está bastante fastidiado con la lluvia como para que encima se lleven cosas.

—No te preocupes —contestó Vilanova visiblemente aliviado al ver que me hacía cargo de aquel marrón—. Yo me ocupo.

—¡Ah! Y revisa sus móviles. Me apuesto lo que quieras a que cada uno de ellos tiene su propia serie de fotografías de los cuerpos. Quizá tengamos suerte y las hayan sacado antes de remover todo. Y después haz que las borren, por favor. Lo último que necesitamos es que este desastre acabe dando vueltas por Twitter o colgado en un vídeo de YouTube.

Mi compañero asintió y se alejó hacia el grupo de cazadores, a los que dos agentes ya estaban reuniendo al lado de los todoterrenos. El cazador alto protestaba airadamente, gritando que era abogado y que conocía sus derechos, pero Vilanova lo pastoreaba con calma hacia el resto de la cuadrilla.

Entonces aproveché aquel momento de soledad para llevar a cabo «el Método», mi ritual particular de concentración. Sí, así como suena.

Había comenzado a hacerlo muchos años atrás, al poco de que me destinasen al Equipo Central de Inspecciones Oculares en la capital. Una mañana de agosto, con un calor aplastante como el que solo puede hacer en Madrid cuando hasta los pájaros escapan de la ciudad, había tenido que ir a inspeccionar una nave industrial en Alcobendas que había sido un almacén de paso del cartel de Cali.

Los colombianos acumulaban allí la cocaína que más tarde unos rusos distribuían por la Costa del Sol. En el último envío sin duda había surgido alguna diferencia y los dos grupos lo habían solventado civilizadamente con pistolas, como suele hacerse en este tipo de situaciones. Los colombianos tenían más mala baba y los rusos habían acudido poco artillados al encuentro, así que la cosa había terminado mal para ellos.

Cuando llegamos allí, los cuerpos degollados y con marcas de tortura de tres rusos estaban repartidos por el suelo de la nave. Más tarde el forense nos dijo que calculaba que llevaban allí entre diez y doce días. Solo el calor y el mal olor de los cuerpos hinchados por los gases de la putrefacción había hecho que los vecinos de la nave colindante diesen el aviso.

Por decirlo de una manera elegante, eché hasta el hígado en la puerta de la nave, bajo la mirada conmiserativa de algunos compañeros. Apenas recuerdo nada de aquel día, excepto que había sido incapaz de dar pie con bola y habían acabado enviándome a tomar una manzanilla a un bar cercano. Aquella tarde, un compañero veterano, curtido en mil batallas, me había explicado el Método. Cómo evitar que toda la parte superflua te afecte, incluyendo los detalles más desagradables y grotescos, para concentrarte solo en lo importante. Y desde aquel día, jamás afrontaba un nuevo escenario sin cumplir con todos los pasos.

Cerré los ojos e inspiré profundamente diez veces, mientras borraba todos los elementos del paisaje que no tenían nada que ver. Eliminé las montañas del fondo, el ruido del viento y de los rotores de los molinos, la cháchara lejana de los cazadores y el aullido inquieto de los perros en las jaulas. Luego creé un espacio mental en el que solo entraba aquella extraña estructura de piedra que tenía delante y lo que la bordeaba. Mientras hacía eso, de forma inconsciente, mis pulsaciones bajaban a un nivel parecido a alguien que está en un sueño profundo.

Y solo entonces entré en el escenario del crimen.

Como me temía, los cazadores habían pisoteado todo a conciencia. Se veían los restos de su paso descuidado entre la maleza y hasta descubrí un par de colillas aún humeantes. No dejé que aquello me alterase. Más tarde habría que fotografiar todo aquel lugar y procesarlo paso por paso, pero aquella primera inspección podía decirme muchas cosas.

Primero encontré el cadáver del operario. Lo habían arrojado a una pequeña zanja natural colocada entre dos peñascos. Estaba boca arriba, con la mirada lechosa de la muerte clavada en el cielo nublado. Tenía un corte limpio en la garganta que iba de lado a lado y en la inmisericordia final se había meado en los pantalones.

Fruncí el ceño. El charco de sangre que ya empezaba a adoptar un color oscuro y oxidado estaba en un sitio que no se correspondía con la posición del cuerpo.

—Esos cretinos lo han movido para sacarle una foto —murmuré entre dientes, mientras en mi cabeza veía perfectamente el momento—. A saber qué más habrán estropeado.

Aquel pobre diablo no había tenido ni la más mínima oportunidad. Alguien se le había acercado por detrás y le había rajado la yugular con un instrumento muy cortante y con tanta fuerza que habían llegado a seccionar la laringe. Seguramente estaba muerto antes de tocar el suelo.

Levanté la mirada y por primera vez me detuve a inspeccionar la estructura de piedra. Aquel cazador pijo se había referido a ella como «la puerta» y no lo había entendido hasta aquel instante. ¡Y tanto que parecía una puerta!

Dos enormes peñascos verticales soportaban entre ellos una gigantesca roca redondeada que hacía de dintel. Una serie de escalones tallados en el granito subían hasta la puerta, a través de la cual se divisaba el paisaje del fondo y un solitario menhir de unos cinco metros que quedaba encuadrado en el quicio de aquella curiosa formación.

El aire estaba denso y pesado a mi alrededor. No se movía ni una hoja y las palas de los enormes aerogeneradores se habían quedado inmóviles, detenidas en medio de la espesa atmósfera. Había algo antinatural en todo aquello.

Y entonces vi a la chica, al otro extremo de la formación rocosa. Pese a toda mi experiencia, no pude evitar que me temblasen las rodillas.

No puede ser.

Me acerqué a ella con un nudo en las tripas y me arrodillé a su lado, capturando todos los detalles.

Su piel era tan blanca que parecía porcelana, solo con unas motas de color allí donde alguien, quizá ella misma, había aplicado una tenue capa de maquillaje. Sus labios estaban entreabiertos, lanzando un último suspiro desde el más allá. A sus pies habían depositado un ramo de lirios silvestres atados con una correa de cuero llena de nudos complicados. No era un trabajo de floristería, ni mucho menos, pero en su rusticidad tenía algo de elegante. La joven estaba a los pies de la mole, vestida con una prenda blanca que recordaba a un vestido de novia de los años veinte, con un corte anticuado pero elegante. Hasta tenía un velo de encaje y todo. Su asesino le había cruzado las manos sobre el regazo y entre ellas sostenía una masa marronácea que parecía encogerse bajo la menguante luz del cielo encapotado. En medio del pecho había un boquete considerable.

Es un corazón. Es su *corazón.* Sentí que el regusto ácido de Alcobendas subía de nuevo a mi boca, como tantos años atrás.

Me incorporé algo mareada. Justo en ese momento oí el ruido de unas pisadas que se acercaban. Me di la vuelta y vi a Vilanova, que venía acompañado de un hombrecillo calvo, de mirada algo despistada.

—Este es Mariño, el forense de la Policía Judicial —le presentó sin más preámbulos—. Viene a certificar la defunción para el levantamiento de los cadáveres.

—Para certificar que estos dos están *bastante* muertos no hacía falta subirme hasta esta montaña de los demonios. Bastante muertos, ¿lo pilláis? —Se carcajeó de su propio chiste con una risilla de conejo irritante.

—Espero que llegue el equipo fotográfico antes de que se vaya la luz del todo —musitó Vilanova preocupado mientras miraba hacia el horizonte—. Cada vez está más cubierto. No creo que nos queden más que dos o tres horas de buena luz.

—Pueden subir focos —contesté con la boca seca. Aquel sitio tenía algo que me perturbaba.

—Aquí no tenemos focos. Tendrían que traerlos de Pontevedra, y eso si no los están usando en alguna otra cosa. Este es un puesto pequeño, Raquel.

—Pues entonces démonos prisa. ¿Qué has sacado de los cazadores?

—Tenías razón, habían hecho fotos. —Vilanova exhibió una sonrisa astuta y me mostró una mochila. Dentro de ella reposaban media docena de teléfonos de distintas marcas.

—¿Se los has confiscado? —Puse cara de asombro—. No podemos…

—Al principio se resistieron un poco, pero cuando les he explicado que modificar el escenario de un crimen y entorpecer así una investigación policial puede considerarse un delito, hasta el abogado ha cerrado la boca y han aceptado colaborar cediendo sus teléfonos al equipo de investigación durante veinticuatro horas. —Su sonrisa se ensanchó un poco mientras se encogía de hombros—. También me ha amenazado con una querella o una demanda, no lo sé. Ya veremos.

Le di una palmada apreciativa en el hombro. Definitivamente, cualquiera que minusvalorase a Vilanova cometería un error grave.

—También tenían esto. —Juan Vilanova sacó una bolsa de pruebas con un objeto pequeño en su interior. Parecía una vela roja de las que se usan en las iglesias—. Uno de los cazadores se la llevaba de recuerdo. Dice que la encontró a dos metros del cuerpo de la chica, oculta entre unos helechos. Alguien le había dado una patada y había acabado ahí, asegura. Quizá tenga algo que ver con esto, no lo sé.

—Una vela no es algo que se lleve habitualmente de excursión.

—Quién sabe. —Volvió a encogerse de hombros, en aquel gesto tan característico—. Pero lo más seguro es que todos la hayan toqueteado tanto que esté cubierta de sus huellas dactilares. A ver qué dicen en el laboratorio.

Giré la cabeza para cubrir con la mirada toda la escena del crimen. Había más velas esparcidas sin orden aparente por la zona, pero, aparte de eso, no se veía nada fuera de lo común, solo rocas y zarzas. Barrer a conciencia aquel escenario supondría un trabajo lento y meticuloso, que necesitaría mucha gente y muchas horas, antes de que el agua borrase toda huella. Y no teníamos ni una cosa ni otra. El contraste de medios entre Madrid y aquel lugar perdido me sacudió como una bofetada.

Preferí concentrarme en lo que podía ver. Nada de aquello tenía demasiado sentido. El cuerpo de la joven había sido sometido a una elaborada puesta en escena, pero sin embargo el cadáver del operario tenía muestras de una muerte rápida e improvisada, demasiado tosca comparada con el cuidadoso escenario de la muchacha. Daba la sensación de que la muerte del hombre había sido imprevista. Seguramente, el pobre tipo había irrumpido en algo que no debía haber visto y se lo habían cargado de una forma efectiva y sin contemplaciones. El corte en su cuello era el golpe seco de un matarife.

Pero lo de la chica era algo bien distinto. Como si su asesino hubiese querido mandar un mensaje con aquella cuidada escenografía.

¿Qué hacías aquí arriba así vestida?

Me acerqué hasta la puerta —ya no podía pensar en ella de otra manera, pues cuanto más miraba la estructura de piedra más se me parecía a una puerta plantada en medio de la nada— con una extraña sensación de desazón en el cuerpo. Había demasiadas cosas en todo aquello que no encajaban, y lo que era peor, cuantas más vueltas le daba a aquello más difícil me resultaba tener una idea clara.

Era la misma sensación que había tenido en la casa de Ágata, como si alguien hubiese vertido arena en los engranajes de mi mente, de forma que no me dejaba pensar con claridad.

Subí los escalones, con la presión punzante de detrás de los ojos amenazando con hacerlos saltar como si fuesen dos tapones de champán. Al llegar a la puerta me apoyé, tambaleante, en la jamba derecha. Noté bajo la palma de la mano el tacto áspero de la piedra. El musgo esponjoso que la cubría se deshacía como queso podrido entre mis dedos.

Plop.

Plop.

Una gota caliente se deslizó por mi labio superior. Miré al cielo confundida, y a continuación, al suelo. Un par de enormes gotas rojas se abrían como flores alienígenas en el suelo. Me llevé la mano a la nariz y descubrí que había comenzado a sangrar.

Me aparté de la puerta asqueada y bajé los escalones en dos saltos. Mientras caminaba hacia el coche patrulla, me arranqué el guante de látex que había apoyado en la puerta, tratando de borrar de mi piel el más mínimo átomo que hubiese podido atravesar sus poros.

Cuando entré en el vehículo me puse un pañuelo bajo la nariz y cerré los ojos. El dolor de cabeza comenzaba a remitir. Fuera, los primeros goterones de la tormenta se estrellaban contra el parabrisas, y supe que aquella historia no había hecho nada más que comenzar.

Porque ahora ya no me podía ir.

Porque yo conocía a aquella chica. Había hablado con ella por teléfono. O con alguien que se había hecho pasar por ella.

Aquella muchacha era una de las personas curadas milagrosamente por Ramona Valongo. Una de las que me habían animado a viajar hasta aquel rincón perdido de la mano de Dios.

Y ahora estaba muerta.

11

JULIÁN

Fosco (Cotobade)
Diez días más tarde

A Julián le gustaba su nueva casa en Fosco (Cotobade). O, mejor dicho, le fascinaban todas las cosas extrañas que sucedían en aquel lugar.

Desde que se habían instalado allí, poco más de una semana antes, cada día pasaba algo que le dejaba una oleada de excitación. Por ejemplo, había descubierto que algunas veces las cosas cambiaban de sitio de forma inexplicable. Si se dejaba un tebeo abierto sobre la cama e iba un momento al baño, cuando llegaba de nuevo a su habitación el cómic ya no estaba y en su lugar se encontraba objetos de lo más disparatado. Normalmente era algo pintoresco, como un calcetín, un plato de la despensa o un montón de piedrecitas lisas y suaves.

Julián no tenía modo de saber si aquellos cambios en apariencia mágicos solo sucedían porque él mismo los causaba. En algún sitio dentro de su cabeza, en un área no mucho más grande que una mandarina, la compleja armazón sináptica de su cerebro estaba siendo devorada por unas células tumorales especialmente cabronas, que de vez en cuando abrían y cerraban de forma anárquica su capacidad de percepción sin que él fuese consciente. Era como si un babuino borracho estuviese a los mandos de un avión ultrasofisticado, un avión del que Julián era el único pasajero y que borraba tramos enteros de recuerdos a voluntad.

A veces encontraba cosas más feas, que aunque no le daban

miedo (*Yo ya no soy un niño pequeño*, se repetía constantemente) sí que le generaban una sensación rara en el pecho. Como la vez que se tropezó con un pájaro muerto junto a la ventana, por ejemplo. El animalito había chocado contra el vidrio y se había partido el cuello, aunque Julián no podía saberlo, porque todo aquel recuerdo había desaparecido en un recoveco sin fondo de su sinapsis neuronal. Al final, lo había tirado a la basura sin que se enterasen Ágata y su madre. No quería preocuparlas. Los mayores siempre se preocupaban por cosas así.

Quizá otro en su lugar hubiese tenido algo de miedo.

Terror, incluso.

Pero para Julián era, simplemente, excitante. Claro que Julián tenía tan solo nueve años y con esa edad el mundo es un lugar bastante mágico en el que no te molestas demasiado en buscar explicaciones lógicas para hechos aberrantes.

Y además, era un niño acostumbrado a estar solo.

No recordaba cuándo había sido la última vez que había compartido una clase con otros niños, entre una visita al hospital y la siguiente. Su madre casi siempre estaba corriendo de aquí para allá, con expresión agobiada y con aspecto de estar a punto de colapsar. A veces, cuando aún vivían en Madrid, la oía llorar por las noches en la cocina, cuando ella pensaba que ya se había quedado dormido en la cama. Julián siempre deseaba levantarse y abrazarla, pero aquel llanto tenía algo que le dejaba paralizado. No era un lloro de pena, ni de dolor, sensaciones que él podía describir.

Él aún era demasiado joven como para definirlo, pero el llanto de su madre era una mezcla de angustia, miedo ante el futuro y agotamiento. Y aunque no podía explicarlo, sí que podía sentirlo.

Por eso le había gustado tanto el cambio y por eso estaba tan feliz en aquella casa gigantesca, aunque siempre estuviese lloviendo fuera. Y aunque pasasen todas aquellas cosas.

Ah, y Julián también sabía que se estaba muriendo, por supuesto.

No era idiota.

Lo más curioso de todo, desde aquel día ya borroso en la distancia en el que se había desmayado sin previo aviso en el cole y había empezado el circo de visitas hospitalarias, era que nadie, nunca, le había preguntado qué opinaba de todo aquello. Como si no fuese con él. Los adultos hablaban en cuchicheos cuando estaba presente, o utilizaban expresiones veladas, como si fuese tan bobo como para no entender que algo malo estaba pasando.

Pero de hecho Julián no tenía, literalmente, un pelo de tonto. Aquel chiste malo de radioterapia le había hecho gracia las diez primeras veces, pero desde entonces habían pasado muchas cosas.

En los últimos tiempos olía cosas que no existían. A veces tenía la sensación de que alguien había estado friendo pescado debajo de su cama o sentía un regusto metálico y pesado en su paladar que no podía eliminar por mucho que se enjuagase la boca. Julián sabía que no era normal, que algo andaba pero que muy mal dentro de su cuerpo.

Quizá el siguiente paso fuese oír sonidos y ver cosas que no existían. Tal vez todo lo que pasaba en la casa tan solo ocurría dentro de su cabeza. Su cerebro, que se iba desmontando como un reloj de dibujos animados al que le van saltando las ruedas dentadas después de un golpe. *Ploc, ploc, ploc.* Hasta el gran estallido final, cuando un muelle sale disparado y lanza al gato Tom por los aires mientras Jerry se parte de risa.

Por eso no le había contado nada de lo que pasaba en aquella casa a nadie, aunque «nadie» se circunscribía a su madre y a Ágata, claro. No había visto a ninguna otra persona desde el día en que habían hecho su mínima mudanza a Fosco, ayudados por el nuevo compañero gordo y simpático de mamá. Parecía un tipo divertido, olía a galletas y eso le gustaba.

Aquella mañana prometía ser como las anteriores y a Julián se le estaba acabando la paciencia. Hay un número limitado de veces en el que puedes recorrer una casa, por muy interesante que sea, antes de acabar hasta las narices. La «mudanza grande», como llamaba mamá al envío de sus cosas desde un guardamuebles de Madrid, aún no tenía una fecha concreta y su provisión de cómics estaba alcanzando un punto alarmantemente bajo. Además, aunque había un televisor grande en una de las salas llenas de libros, la cobertura era inexistente, o casi. Las imágenes casi siempre se veían congeladas y a saltos, y por lo que había podido comprobar, no había internet. Así que Julián vagaba por la casa como un alma en pena, lo que le llevó, sin poder evitarlo, hacia la cocina compartida, en la que Ágata estaba ocupada preparando algo en una enorme tartera que desprendía un olor intenso.

—Hola —musitó desde la puerta algo cohibido. Aunque ya llevaba allí una semana, todavía le costaba hablar con aquella mujer.

Ágata se dio la vuelta y esbozó una sonrisa amable. Se limpió las manos en un trapo atado a su delantal y se acercó hasta él. A Julián no dejaba de asombrarle el aspecto siempre perfecto de aquella mujer, que parecía estar preparada para recibir una visita en cualquier momento. La imagen de su padre era cada vez más borrosa en su mente y además Julián nunca había disfrutado de unos abuelos —los suyos habían muerto muchos años atrás—, y de una manera inconsciente, Ágata había ido ocupando un espacio de afecto que estaba vacío en su corazón y del que no había tenido la menor idea hasta una semana antes.

—¿Tienes hambre, cariño?

Julián se encogió de hombros, en un gesto que podía decir cualquier cosa.

—¿Qué estás haciendo?

—Un cocido. —Señaló con energía las fuentes llenas de carne y grelos que se amontonaban encima del aparador y entonces su sonrisa se transformó en un gesto cómplice—. No puedes estar en una casa gallega en noviembre sin comer un buen cocido, *meu rei.* Ahora voy a preparar un *petote.* ¿Te apetece echarme una mano?

—No sé qué es un petate —dijo Julián a la defensiva.

—«Petote», no «petate» —rio la mujer—. Ven, déjame explicarte cómo se hace.

Ágata mezcló abundante harina de trigo, maíz y centeno en un cuenco y le añadió agua del cocido hasta crear una masa maleable. Entonces se giró hacia Julián con expresión risueña.

—Ahora amásalo hasta darle una forma de bollo.

El niño disfrutó en silencio durante un rato, creando pequeñas bolas de masa que Ágata iba envolviendo en hojas de verdura hasta tener un puñado de paquetitos primorosamente envueltos. Vio cómo la mujer los añadía a la tartera con cuidado de que no se deshiciesen.

—Es el pan más rico que habrás probado en tu vida. Se cuece en el propio caldo y tiene un sabor especial. Es una receta que solo se hace en esta zona, ¿sabías?

Julián asintió conteniendo un bostezo. Aquello estaba bien, olía genial y estar con aquella mujer le gustaba, pero no era el plan excitante que le habría gustado para pasar la mañana. Ágata le acarició la cabeza, en un gesto cariñoso.

—Supongo que te aburres. Es normal. En Fosco no hay demasiados niños. —Rio para sí—. De hecho, creo que eres el más joven con diferencia del pueblo. Pero eso no significa que no puedas hacer cosas emocionantes.

—¿Como qué?

—¿Quieres saberlo? Dame un minuto y lo verás. Ven conmigo.

Salieron de la cocina y caminaron hasta llegar a la parte de atrás de la casa. Entonces Ágata sacó una pesada llave de hierro de su bolsillo y abrió una puerta de madera remachada con tiras de hierro que parecía sacada de una abadía medieval.

Salieron a un jardín interior, verde y húmedo. Julián miró a su alrededor algo desorientado.

—¿Dónde estamos?

—En el jardín trasero. Está algo descuidado, pero en sus tiempos este era un sitio precioso.

—¿Cómo es que no lo había visto antes?

—Es porque está pegado al ala derecha de la casa, la que sigue sin restaurar. Ninguna de las ventanas de vuestra parte da hacia aquí.

—Es muy… bonito —dijo tras vacilar un rato.

El jardín era amplio, frondoso y descuidado. En una esquina, un viejo columpio de hierro se desmoronaba lentamente bajo una capa de óxido que debía de haber empezado a acumularse varias décadas antes. Julián sospechó de inmediato que, si apoyaba el culo en aquel balancín, toda la estructura se vendría abajo con estruendo. Un poco más lejos, bajo un enorme roble centenario, había una vieja mesa de piedra con unos bancos casi enterrados por generaciones de hojas caídas y que se descomponían poco a poco, impregnando el aire de un olor a putrefacción vegetal suave.

—Vamos, quiero enseñarte algo.

Caminaron a través de un estrecho sendero medio devorado por los setos que crecían sin control. Haría falta un regimiento de jardineros trabajando sin parar durante dos semanas para darle a aquel lugar un aspecto civilizado, pero incluso un niño podía percibir la belleza que había tenido en algún momento.

—Aquí es. Ya verás como te gusta.

Al fondo del jardín, pegado a una de las altas tapias de piedra oscura, había un pequeño invernadero de cristal. La mayor parte de las láminas de vidrio estaban tan sucias que no se podía ver el interior del cobertizo, pero la cerradura era nueva y las juntas de goma de la puerta estaban recién cambiadas.

—¿Preparado? —dijo Ágata, con la mano apoyada en el pomo de la puerta, mientras le lanzaba una mirada divertida al niño.

—¿Qué hay dentro? —Arrugó el ceño desconfiado—. ¿Tomates?

—Nada de eso. Ya lo verás.

Abrió la puerta y de inmediato una vaharada de calor los asaltó, junto con el olor pegajoso de fruta madura y humus fermentando. Entraron en el cobertizo y Julián contuvo una exclamación. Del techo y de las paredes, sujetas a una infinidad de varas de madera, colgaban innumerables capullos de seda, de distintas formas y tamaños, ocultos entre las hojas de las plantas. Al entrar, un revuelo de mariposas de una docena de colores se levantó en una nube viva que los envolvió de inmediato.

Julián estaba tan asombrado que casi no podía abrir la boca.

—Hemos criado mariposas en este invernadero desde la época de mi abuelo, o incluso antes. ¿Te gustan?

—Son alucinantes —musitó el niño fascinado mientras levantaba la mano para rozar una enorme forma roja y azul que revoloteaba cerca de su cara—. ¡Son... flipantes!

—Las mariposas son extraordinarias. ¿Sabes por qué?

—¿Porque son bonitas?

La mujer negó con la cabeza mientras se agachaba hasta quedar a la altura de Julián.

—Porque se transforman. —Señaló uno de los capullos ya vacíos—. Son capaces de iniciar una nueva vida bajo otra forma; siendo las mismas, pero a la vez diferentes. Mueren en una de sus encarnaciones, pero resucitan en la siguiente. ¿No te parece extraordinario?

—No sé. —Julián se encogió de hombros.

A él le gustaban aquellos bichos voladores, pero jamás se había parado a filosofar sobre su existencia. Entonces Ágata le sujetó una muñeca con delicadeza mientras le clavaba una mirada curiosa. Parecía a punto de decir algo importante.

—Me gustaría preguntarte algo, Julián. Tiene que ver con...

Un timbrazo los sobresaltó. Ágata metió la mano en el bolsillo de su delantal y sacó un relojito con alarma.

—Tengo que volver a la cocina —suspiró mientras miraba a su alrededor—. Tengo una idea. ¿Qué tal si te quedas aquí un rato viendo las mariposas hasta que te venga a buscar para comer? Seguro que mientras tanto puedes pensar un poco en la transformación de estos animales tan sorprendentes. ¿Qué te parece?

Julián asintió contento, porque estaba en un sitio genial. Una habitación llena de mariposas de todos los colores parecía algo sacado de una película y, sin embargo, allí estaban, delante de sus narices. Para él.

Se paseó un rato por dentro del invernadero, apartando las ramas de las plantas colgantes en las que se refugiaban los insectos. A cada paso que daba alzaba el vuelo un tornado de animalitos, que a veces tropezaban contra los cristales en plena fuga.

Y entonces la vio.

Estaba al otro lado del vidrio, en la parte exterior del invernadero. De pie, al lado de una maceta puesta boca abajo, con la mirada perdida en alguna otra parte, pues estaba ligeramente de perfil. Casi no podía verla a través de la suciedad acumulada durante décadas en las hojas de vidrio, pero no le cabía la menor duda de que se trataba de una chica. Era su amiga, la chica que había visto por primera vez el día que llegaron a la casa. Delgada y un poco mayor que él, calculó con esa vaguedad infantil de los críos. Estaba vestida con una prenda de color terroso, una especie de sotana que le quedaba demasiado grande en muchos sitios y que estaba rematada por una capucha. La chica tenía una abundante melena de pelo rubio que se le escapaba de debajo del capuchón y parecía estar encogida, como concentrada en algo.

Tras diez días aislado del mundo, aquella aparición era un golpe de suerte. Julián se acercó hasta el vidrio y dio un par de golpes con los nudillos, mientras que con la manga frotaba a duras penas la capa de mugre.

La muchacha se dio la vuelta y por un breve instante su mirada y la de Julián se cruzaron en el pequeño espacio despejado del cristal. Julián dio un paso atrás de forma involuntaria, sintiendo un nudo en las tripas.

Cuando más tarde intentó recordar aquel momento, no fue capaz de precisar qué le había asustado. No era un monstruo con dientes amarillentos, ojos inyectados en sangre ni gesto malvado. Nada de eso. Era una chica, bueno…, *una chica normal.* Pero había algo en ella que no estaba bien, algo que no encajaba. Quizá era su piel, absolutamente tersa. Demasiado lisa incluso para alguien tan joven. A Julián le recordó por un instante a las mejillas de las muñecas de plástico que les dejaban a los niños de Oncología.

La muchacha le dedicó una sonrisa cálida, como la de la primera vez. Luego echó a andar, dejando un rastro de plantas cimbreantes a su paso. Sin mirar atrás.

—¡No! ¡Espera!

Julián salió como una exhalación del invernadero. Por el camino su pie tropezó con una maceta llena de orquídeas blancas, que se derrumbó en el suelo entre cortezas de pino y cerámica rota. El crío soltó una maldición que habría sorprendido a su madre, de haberle oído, pero no aflojó el paso.

Cuando salió al exterior giró la cabeza en todas direcciones, tratando de localizar a la joven encapuchada. En algunas partes del jardín, la maleza sin control había crecido de tal manera que se levantaba a una altura muy superior a la de su cabeza. Si ella se había ocultado entre aquellos tallos, no la encontraría jamás, a no ser que se delatase.

Entonces la volvió a ver, esta vez con el rabillo del ojo. Era una mancha parda que se movía pegada a la pared de la casa.

Una parte de la mente de Julián intentó avisarle de que no era posible que aquella chica hubiese cruzado el patio en el poco tiempo que le había llevado a él salir del invernadero, pero allí estaba, entrando en la casa.

Julián estaba corriendo hacia la puerta antes de haberlo pensado. No sabía quién era aquella joven, pero necesitaba hablar con ella. Justo cuando cruzaba el umbral de la puerta que ella había dejado entreabierta, fue consciente de que estaba entrando en el ala derecha de la mansión. Aquella que, en teoría, jamás debería pisar.

Dentro estaba oscuro y olía a moho y madera hinchada por la humedad. Sus ojos tardaron un rato en acostumbrarse a la penumbra del interior. Por aquí y allá se colaban delgados hilos de luz entre las grietas de las contras de madera que cerraban las ventanas, creando un mosaico entrecruzado en el que bailaban infinitas motas de polvo.

Pero de la chica vestida con la capucha no había señal alguna.

Dio unos pasos vacilantes en el interior. De repente sintió

la imperiosa necesidad de salir de allí. De estar fuera, donde fuera, *en cualquier otro lado.* Giró sobre sus talones y al hacerlo se fijó en las marcas que había dejado en el suelo al entrar. Sus zapatos estaban mojados y tenían restos de barro y tierra del jardín y había un sendero claro de pisadas desde la puerta hasta donde estaba.

Pero solo estaba su rastro. Nada más.

La chica no había dejado la menor huella sobre el suelo lleno de polvo.

Era el tipo de cosa lo suficientemente inquietante como para hacer salir de allí por piernas a cualquiera, pero justo en aquel momento oyó algo. Al principio pensó que era el sonido de su propia respiración, pero enseguida se dio cuenta de que salía de otra parte. Era un susurro bajo, casi inaudible. Si hubiese estado lloviendo, el rumor de las gotas contra las ventanas lo habría tapado por completo. Pero allí estaba. Sedoso. Suave. Insinuante.

Casi contra su voluntad, dio un par de pasos hacia el interior en penumbra. El susurro seguía, cada vez más audible.

Julián.

Julián.

Juuuliáááán.

Era una voz aterciopelada, tan agradable que al niño se le dibujó de inmediato una sonrisa. Nadie con aquel timbre podía esconder nada malo. No pudo apreciar el tono ansioso que se adivinaba debajo de las sílabas. La tensión. El hambre.

Juliáááán.

Juliáááááán.

—¡Julián!

El sonido de la voz de Ágata restalló de golpe a su espalda, y el hechizo se deshizo como una pompa de jabón. El niño se dio la vuelta confuso y aturdido. Sentía la cabeza embotada, hasta tal punto que le costaba hilar un pensamiento coherente.

Miró a su alrededor y se dio cuenta de que estaba a mitad de camino en las escaleras, unas escaleras parecidas a las del otro lado de la casa, pero en un estado mucho más desvencijado, de madera crujiente en vez de brillante acero y cristal. La alfombra que la cubría estaba apolillada en algunas partes y se veían cagadas de ratones entre los dedos desnudos de sus pies descalzos.

Frunció el ceño. No era capaz de recordar cómo había llegado hasta allí ni mucho menos cuándo se había quitado las zapatillas. Los últimos minutos de su vida eran un borrón dentro de su cabeza.

Al pie de la escalera, Ágata le observaba con expresión ansiosa y muy pálida. Cuando le volvió a hablar usó un tono de voz suave, el mismo que utilizaría con un animal salvaje a punto de saltar.

—Julián, cariño, baja esas escaleras. Ven a mi lado.

—Lo siento, de verdad. —El crío meneó la cabeza—. No entiendo cómo…

—Chssst, da igual. Acércate despacio y fíjate bien dónde pones los pies, cielo. Ven conmigo.

Julián descendió un escalón y la escalera gimió de forma angustiosa. Por primera vez se dio cuenta de que toda la estructura parecía a punto de venirse abajo. Con un espasmo de miedo comprendió que, si hubiese seguido subiendo por la escalera, probablemente esta habría colapsado y habría acabado sepultado entre toneladas de maderos astillados y viejos clavos oxidados.

—¡Ágata, tengo miedo!

—No pasa nada. Puedes hacerlo. Tan solo fíjate dónde pisas.

Transcurrieron unos angustiosos segundos hasta que el niño llegó a la seguridad del piso inferior. En cuanto se apartó de la escalera echó a correr hacia la mujer, que lo envolvió en un abrazo protector.

—Ven, vámonos de aquí —le dijo mientras le acompañaba hacia la puerta; fuera había empezado a llover de nuevo—. Este no es un lugar para ti.

Cuando salieron al exterior, Julián cerró los ojos por un instante, absurdamente feliz al sentir las gotas de lluvia sobre su rostro. Solo entonces, mientras caminaba hacia el lado bueno de la casa, pegado a una angustiada Ágata, reparó en algunas cosas.

La primera, que la mujer no le había reprendido por entrar en el ala clausurada de la mansión. No le iba riñendo ni lanzando gruñidos como haría cualquier adulto tras pillar a un niño haciendo una trastada o algo que no debe. Es más, ni siquiera había parecido sorprendida de verle allí dentro.

Casi como si lo esperase.

La segunda, y más importante, era la idea sinuosa y desagradable que se filtraba por su mente, por más que quisiera ahogarla. Había oído voces. Había perdido la noción del tiempo. Se había descalzado y había subido unas escaleras sin darse cuenta. Y sobre todo, había visto a una chica que no estaba allí.

Julián era pequeño, pero no era tonto. Sabía lo que se cocía dentro de su organismo y que estaba perdiendo la batalla contra la enfermedad. Y todo parecía indicar que en aquel instante el enemigo interior ya estaba tomando posiciones dentro de su cabeza, haciéndole perder el contacto con la realidad.

No quería morir. Aún no. Su deseo de vivir era intenso, primitivo, salvaje. Visceral.

Se limpió los mocos con la manga de la chaqueta.

Se sorprendió un montón al descubrir que, sin previo aviso, y en algún momento, había empezado a llorar.

12

RAQUEL

Puesto de la Guardia Civil, Viascón

—¡Venga ya! —gruñí por tercera vez en media hora.

El bolígrafo rebotó contra la mesa cuando lo arrojé con furia. Estaba cabreada. No, mejor dicho, estaba frustrada. Llevaba todo el día intentando ponerme en contacto con alguno de mis antiguos compañeros de Madrid y las líneas telefónicas no dejaban de fallar. Cada vez que, de forma milagrosa, conseguía tono de llamada, un ruido metálico estrangulado salía del otro lado, como si hablase con un alienígena incapaz de articular sonidos humanos en lugar de mi interlocutor.

—No te alteres —dijo Vilanova desde su mesa mientras se afanaba en pelar una naranja—. Siempre que hay tormenta las líneas fijas fallan.

—¿Y las líneas móviles también? —repliqué mientras agitaba en vano mi teléfono sin cobertura. Un iPhone de última generación que allí valía tanto como un pisapapeles.

—Esas son las primeras. Estamos en una zona muy montañosa y la mitad de la infraestructura de comunicaciones debe de tener más de treinta años. Está lleno de zonas de sombra, viejas líneas de cobre y de vez en cuando se cae todo.

—¿Y nadie hace nada?

—¿Hacer qué, exactamente? —Vilanova se inclinó sobre su escritorio con aire resignado mientras introducía un gajo de naranja en la boca. Lo masticó despacio, disfrutando del jugo de la fruta antes de continuar—. No hay nada que hacer. Es así y punto.

—¿Y la gente no se queja?

Vilanova hizo girar su silla, que lanzó un crujido alarmante bajo su corpachón, y me miró con aire divertido.

—¿Qué gente? ¿Has oído hablar de la España vacía? Pues aquí has caído de pleno en una de sus mejores muestras, compi. Apenas tenemos tres mil habitantes en varios cientos de kilómetros cuadrados, repartidos por un montón de pequeños pueblos y aldeas de no más de diez o doce vecinos. Cambiar una línea para uno de esos pueblos es antieconómico, y ya no te digo tirar fibra óptica o cosas así. Y además, pasa otra cosa.

—¿Qué?

—Que la mayoría son ancianos a los que nada de esto les importa un carajo.

—Pues a nosotros nos está fastidiando a base de bien.

Gruñí otra vez malhumorada. El caso de los dos muertos en lo alto de aquella montaña me tenía totalmente desquiciada. Habían pasado diez días desde el levantamiento del cadáver. Más de una semana desde que había subido a lo alto del Seixo y el informe del forense aún no había llegado, atascado en algún lugar de la burocracia.

Mientras el abogado de la familia del operario asesinado amenazaba con no-sé-qué acciones judiciales, en la prensa local se hacían especulaciones y el condenado caso no avanzaba ni una pulgada. Diez días en los que había pasado la mayor parte del tiempo con mi hijo, paseando por los alrededores de Fosco y disfrutando de los escasos paréntesis de buen clima que se abrían en aquellos cielos permanentemente grises. Valorando cada hora que pasábamos juntos mientras contemplábamos aquella naturaleza salvaje y siempre verde. Pero sin poder sacarme aquel crimen de la cabeza, porque, por raro que pudiese sonar, de repente se había abierto una puerta a la esperanza.

No podía ser una coincidencia que una de las víctimas de la montaña fuese una de las pacientes curadas de Ramona y que esta, la única persona en el mundo que podía curar a mi hijo, se hubiese esfumado. ¿Y si Ramona estaba oculta, temiendo que le pasase lo mismo a ella? ¿Podía ser esa la razón por la que no había comparecido a nuestra cita y no me cogía el teléfono? ¿Y si (y esto me encogía el alma) Ramona Valongo también estaba muerta? Esa última posibilidad era aterradora, porque supondría la sentencia definitiva de Julián.

Pero mientras hubiese alguna posibilidad de encontrarla, aún había algún resquicio de esperanza para nosotros, para nuestro futuro. Y ese era el único motivo que nos retenía allí, la única razón que me empujaba por las mañanas a despedirme con un beso de mi hijo y dirigirme hacia el puesto, en vez de pasar todo el tiempo posible con él. Si podía resolver el caso de la montaña, quizá podría localizar a la *menciñeira* y entonces podría salvar a Julián. Ramona Valongo era una mujer maravillosa que con su don llegaba allí donde la ciencia no podía llegar, y estaba claro que a alguien no le gustaba lo que hacía. Todavía no sabía quién ni por qué, pero lo iba a averiguar. Y cuando la encontrase, el futuro se abriría de nuevo ante nosotros.

Como es evidente, lo primero que había hecho al volver al puesto había sido llamar al número en el que me había atendido dos semanas atrás la chica asesinada para contarme las excelencias de los servicios de Ramona. No me sorprendió descubrir que el terminal estaba apagado. Además, la web en la que tropecé con ella por primera vez había desaparecido, junto con los testimonios de los otros dos pacientes supuestamente curados de forma milagrosa. Y tampoco fue una sorpresa que el asistente de Ramona no contestase a mis llamadas. Alguien se había tomado muchas molestias en cerrar aquel camino.

Lo lógico hubiese sido compartir de inmediato aquella información con mis compañeros, la extraña conexión entre Ramona Valongo y una de las víctimas de la montaña. Lo sé. Pero no lo hice… porque no sabía muy bien qué decirles.

No había sido una decisión fácil. Porque, a ver…, ¿qué les debería haber contado, exactamente? No tenía ni lo más mínimo para confirmar mi historia. Nada. Solo unas capturas borrosas de internet, que podían haber salido de cualquier parte. Un montón de sospechas, pero ninguna certeza.

A veces, en algún momento de debilidad, incluso dudaba

que la víctima y la chica de la web fuesen la misma persona. Quizá me estaba autosugestionando. Por otra parte, si les contaba que en una supuesta página web que ya no existía había tropezado con una sanadora capaz de curar el cáncer, que había desaparecido después de convencerme para trasladarme a Galicia, y que además creía que una de sus pacientes era la víctima de la montaña, ¿cómo iba a sonar eso? A delirios de chiflada. Me resultaba estrafalario incluso a mí misma. Lo único que conseguiría sería que me apartasen de la investigación, al considerar que estaba emocionalmente implicada (cosa que era cierta) o, peor aún, que todo era un disparate.

Pero no lo era. Estaba segura.

De hecho, lo que me hacía estar segura de que todo aquello no era un delirio producto de mi cansancio era que había tomado un café con Ramona Valongo. Le había dado la mano. Había estado a menos de un metro de ella. Me había prometido que curaría a Julián, como había hecho con otros antes.

Sabía que existía. Que era real.

Aquello me torturaba a todas horas y era el único motivo por el que permanecía allí, sentada en aquella mesa, en vez de estar pegada a mi hijo, que era lo que debería hacer. Pero antes de compartir mis sospechas, necesitaba algo más tangible. Hasta unos días antes estaba segura de que la investigación daría con las respuestas, pero pasaba el tiempo y los resultados no llegaban.

Desde el registro de huellas dactilares, aún no nos habían enviado la identificación de la joven (aunque a aquellas alturas yo sospechaba que la identidad que me había dado por teléfono era falsa, porque no había el menor rastro de nadie con ese nombre en la red) y el escenario del crimen había resultado ser un auténtico desastre. Había huellas y restos de la partida de cazadores por todas partes. Hasta había «restos orgánicos» de los perros, según el informe de los compañeros de la judicial. La verdad, prefería no preguntar a qué se referían.

Lo cierto es que tenía muy poco con lo que trabajar.

Demasiado poco.

Decidí concentrarme en lo que sabía. Ambas víctimas habían muerto con apenas unos minutos de diferencia, aunque la muchacha probablemente había llegado allí bastante antes, a juzgar por todo lo elaborado de su puesta en escena, incluyendo el corazón depositado en sus manos. La muerte de la joven había sido un asesinato planificado, de eso no quedaba la menor duda, mientras que el operario de las turbinas parecía haber sido un daño colateral. El pobre diablo estaba en el lugar erróneo en el momento equivocado, aunque eso no hacía menos trágica su muerte.

Me pellizqué el labio inferior mientras le daba vueltas a aquello. El lugar erróneo.

El lugar. Eso era.

Empecé a revolver de forma furiosa las hojas del expediente.

—Vilanova, ¿cómo se llama el sitio exacto donde aparecieron los cadáveres de la montaña?

—Es el monte Seixo. Si quieres te lo deletreo. Ese, e…

—No, no me refiero a eso. El lugar exacto en la cima del monte. Tenía un nombre, algo en gallego. Sé que lo leí en alguna de las testificales de los cazadores, pero no lo encuentro.

Vilanova arrugó la frente durante un segundo y de pronto chasqueó los dedos.

—Sí, ya lo recuerdo. Alón… Alén… Algo así.

—Aquí está. —Apoyé el dedo sobre una línea de texto—. Portalén. ¿Lo habías oído antes?

—Pues la verdad es que no.

Resoplé.

—Vilanova, ¿cuántos años llevas en este puesto?

—Casi cuatro y medio.

—¿Y no te ha dado tiempo, en todos esos años, a conocer al dedillo la zona en la que trabajas?

—¡Oye, que no es tan fácil! Hay, literalmente, cientos de lugares desperdigados por toda la demarcación y, además, ese ni siquiera es un sitio —protestó—. Es un montón de piedras en lo alto de una puñetera montaña a la que no sube ni el ganado en invierno. Hasta que montaron el parque eólico, allí arriba solo había maleza, desolación y viento.

Suspiré mientras negaba con la cabeza.

—Perdona, no quería que sonase a reproche. Es que, simplemente, no entiendo qué pintaba una chica tan joven allí arriba, eso es todo. Estoy frustrada, cabreada y con ganas de...

—Y aun así es raro... Portalén.

Levanté la cabeza y le taladré con la mirada.

—¿Por qué dices que es raro?

—No, por el sitio donde apareció el cuerpo de la chica. Vamos, recordaba al quicio de una puerta plantado en medio de la nada.

—¿Y?

Vilanova guardó silencio durante un par de segundos, como si tratase de ordenar sus pensamientos o, más aún, dudase sobre la conveniencia de añadir nada más.

—Que «Portalén» es la contracción en gallego de «Porta do Alén». En español significa la «Puerta del Más Allá».

Sentí que se me erizaba el pelo de la nuca. Fuera, justo en ese instante, retumbó un trueno. Largo, profundo. Ominoso.

—No me vaciles, Vilanova.

—Es en serio. —El hombre se rascó la mejilla pensativo—. ¿Tú crees que puede tener relación con el crimen?

Pero ya no le escuchaba. Estaba delante de la pantalla de mi ordenador tecleando de forma frenética. Necesitaba saber cosas sobre aquel sitio, ver qué había en la red sobre la Puerta. Sin duda tenía que aparecer algo. Y justo entonces, las luces se apagaron.

—¡Joder! —Golpeé con rabia el ratón sobre la mesa, en un gesto de frustración—. ¿Y ahora qué pasa?

—Es la tormenta —contestó Vilanova, su enorme corpachón perfilado contra la luz macilenta que se colaba por la única ventana de la habitación—. No solo interfiere en las comunicaciones, muchas veces también se interrumpe el fluido eléctrico.

—No me fastidies...

—Estamos en el rural, Raquel. —Se comió el último gajo y, con parsimonia, se limpió los dedos con una servilleta de papel—. Esto pasa cada dos por tres. Volverá en un rato.

Mi hijo no tenía «un rato» de sobra. Me froté la cara mientras me levantaba. Necesitaba hacer algo tangible o me iba a volver loca.

—¿Dónde están los archivos del puesto?

—Están ahí. —Señaló hacia la fila de archivadores que montaban guardia en una pared.

—Esos no. Ya los he revisado y no hay nada que valga la pena. Los antiguos, quiero decir. Ya sabes a qué me refiero.

Vilanova me miró con aire pensativo durante un instante y entonces se levantó.

—Ven conmigo.

Hay un pequeño secreto en la Benemérita que sus mandos fingen no conocer. Aunque todos los datos de la Guardia Civil están informatizados, en algunos viejos puestos, sobre todo los más aislados, todavía se conservan algunos antiguos archivos bastante peculiares. Según la ley de protección de datos y un montón de normativa variopinta, tendrían que haber sido destruidos hacía tiempo, pero la mayoría de las veces se hace la vista gorda con ellos... porque son muy útiles.

A lo largo de las décadas, cada puesto ha ido creando un sistema de información propio, con datos menores y en apariencia inofensivos, que se van acumulando. Detalles que perciben los agentes, soplos de confidentes, conversaciones oídas al azar en una cafetería... Un montón de referencias que, sueltas, apenas tienen ningún valor, pero que cuando se suman dan una imagen bastante general de una zona, sus vecinos y lo que se puede estar cociendo. Por supuesto, esta forma tan peculiar de recoger información no es legal ni cuenta con ningún tipo de autorización..., pero muchas veces ayuda a resolver casos. En esos viejos archivadores no es raro encontrar fichas manuscritas hace décadas por generaciones de agentes que han ido pasando por el puesto, sumando su granito de arena al caudal de información «secreta», pero tan útil para el día a día.

Esos ficheros no se encuentran a la vista, claro está. Normalmente se guardan en algún lugar discreto del puesto, y en el caso de Viascón ese lugar era un pequeño cuartucho de servicio que estaba al fondo de un pasillo. La puerta de madera estaba hinchada por la humedad y había visto tiempos mejores, pero la cerradura era una Fichet moderna y reluciente de aspecto inexpugnable.

Vilanova sacó una llave de su cinturón y abrió la puerta. Al otro lado, el olor a humedad era aún más intenso y la habitación estaba en penumbra. Apretó un interruptor y una bombilla amarillenta parpadeó un par de veces antes de bañar todo con una luz enfermiza.

—Anda, ha vuelto la luz. —Mi compañero parecía genuinamente sorprendido—. Qué oportuno.

Al fondo, entre unas viejas mesas apiladas y montañas de papeles, una fila de antiguos archivadores metálicos montaban guardia.

Vilanova hizo un gesto hacia ellos como diciendo «tú misma, yo no pienso tocar esas viejas fichas ni con un palo» y abrí un cajón al azar. Estaba lleno de carpetas que a su vez contenían docenas de tarjetitas de cartulina. Algunas estaban mecanografiadas, aunque las más antiguas eran manuscritas. Había varios tipos de letra y algunas eran tan viejas que la tinta estaba desvaída. Décadas de anotaciones, informes, chivatazos y datos aparentemente inconexos se abrieron ante mí.

—¿Por dónde empiezo?

—El archivo estuvo sistematizado hasta finales de los noventa, por lo que yo sé. —Vilanova me señaló un grueso tomo de folios unidos por anillas—. Eso es el índice. O lo era.

Abrí el volumen y pasé las páginas. Por «homicidio» tenía unas cinco referencias que cubrían los últimos ochenta años, algo bastante normal en un sitio tranquilo como aquel. Lo descarté de momento y busqué las palabras «corazón» y «montaña», pero aparte de un montón de referencias a infartos de lugareños en la primera palabra o incidentes de ganaderos en los pastos altos en la segunda, no encontré nada de interés. Entonces decidí buscar «Alén» y mi pulso se aceleró. Había una única referencia, que iba asociada a un número de carpeta.

Lo copié en un papel suelto y con él en la mano comencé a recorrer la fila de archivadores, hasta llegar a uno situado en la esquina. Abrí el cajón correspondiente, que se quejó con un chirrido al rodar sobre las guías, después de años de silencio. Pasé al vuelo sobre las carpetas hasta llegar a una de color beis. Cuando la saqué, mi decepción era tan palpable que Vilanova, que me observaba desde la puerta, tuvo que sentir lástima.

Era una carpeta penosamente delgada. Dentro había una única hoja de papel escrita a mano.

—«Documentación retirada por Méndez». —Levanté la vista con el papel en la mano—. ¿A qué se refiere? ¿Quién es Méndez?

Vilanova resopló con gesto horrorizado.

—Uf, espero que no sea *ese* Méndez —murmuró mientras se rascaba la cabeza—. Sería un problema.

—Vilanova, no me toques las narices. ¿Quién es Méndez?

—Andrés Méndez. Era un agente destinado en este puesto desde finales de los noventa. Por ahí. Un tipo complicado, según me han comentado, de los de los métodos de la vieja escuela. Bronco. Conflictivo. Un auténtico caimán.

—¿Y qué ha sido de él?

Mi compañero se encogió de hombros.

—No tengo ni idea. Sé que lo jubilaron hace años, en cuanto pudieron. Si le preguntas a la gente mayor de esta zona, te podrá contar mil historias de él, muchas de ellas poco edificantes. Claro que eran otros tiempos…

—¿Y se llevó un dosier? ¿O puede ser que esté en otro sitio?

—Si lo tiene él o está en otro lugar, solo te lo podría decir el propio Méndez. —Abrió los brazos abarcando toda la habitación atestada de documentos—. Claro que si quieres probar a buscarlo…

—No. —Meneé la cabeza—. Prefiero hablar con él. ¿Sabes cómo localizarlo?

—Ni siquiera sé si sigue vivo, pero sus datos tienen que estar todavía aquí.

Al cabo de un minuto, Vilanova tenía sobre su mesa un número de teléfono y una dirección. Con el papel en la mano, marqué el número, pero la línea seguía muerta. Fuera, la tormenta arreciaba.

—Vas a tener que esperar. —Vilanova, flemático, se recostó en su silla, que emitió otro ominoso crujido pidiendo socorro.

—Ni hablar —le contesté mientras echaba mano a un chubasquero amarillo que debía de llevar en el puesto de Viascón varios años—. Me voy a ver a Méndez.

—¿Ahora? ¿Con la que está cayendo?

—¿Tenemos algo mejor que hacer aquí?

Vilanova vaciló un instante.

—Supongo que se puede quedar el jefe solo durante un rato. —Se levantó pensativo—. Le aviso y me voy contigo. Si ese Méndez es la mitad de lo que dicen, supongo que te vendrá bien tener compañía.

Cuando salimos al exterior, el agua caía con tanta fuerza que rebotaba en el suelo de grava y llovía en sentido contrario, empapando de inmediato a quien se quedase bajo el aguacero. Tuvimos que correr hasta el coche y cuando cerramos la puerta exhalé un suspiro de alivio, aunque ya estábamos irremediablemente mojados.

El sargento (retirado) Andrés Méndez vivía en Pontevedra, la ciudad más cercana al puesto de Viascón, a apenas tres cuartos de hora de camino. Para mí, acostumbrada al bullir frenético de Madrid, el ritmo pausado de la ciudad me seguía resultando casi incomprensible. Vilanova charlaba de forma inagotable, señalándome cosas mientras circulábamos por las orillas del Lérez, el río que cruzaba la ciudad y que subía y bajaba de nivel con las mareas, pues se mezclaba con el mar un poco más lejos. En ocasiones, me dijo, manadas de delfines se aventuraban río arriba empujados por la marea y llegaban hasta el núcleo urbano. Era una estampa tan pintoresca y tan alejada de la naturaleza cruel de nuestro caso que me resultaba difícil imaginármela.

Finalmente, después de callejear durante un rato, Vilanova aparcó su Audi en un *parking* situado cerca de las tapias del viejo convento de Santa Clara.

—Méndez vive en el casco viejo, así que tendremos que caminar un rato —añadió casi en tono de disculpa—. No se puede llegar en coche hasta allí.

Me encogí de hombros, con la mente puesta en otra parte, aplicando mi Método. Necesitaba claridad, abstraerme de todo el ruido para centrarme en las claves del caso, que se me escurrían como agua entre los dedos. Mi cabeza funcionaba a toda velocidad, preguntándome por qué motivo aquel hombre se habría llevado un fichero.

Aquel, en concreto.

Amparados bajo el paraguas de Vilanova salimos del *parking*. Las calles estaban casi vacías a causa del aguacero, aunque aquí y allá algún caminante osado desafiaba al chaparrón parapetado bajo su propio paraguas. Las tiendas de ropa que bordeaban la calle Benito Corbal, una de las principales arterias comerciales de la ciudad, bombardeaban el exterior con fogonazos de luz y retazos de música electrónica, aunque en aquel momento de la tarde no parecían tener demasiados clientes.

No llevaba ni dos semanas en Galicia, tan solo había bajado un par de veces a Pontevedra desde las montañas de Viascón para comprar cuatro cosas y aún me seguía sorprendiendo que la mayoría de las calles del centro, incluso una tan comercial como aquella, estuviesen cerradas al tráfico. Generaba una sensación extraña y fuera del tiempo a la vez.

Al cabo de un rato la fisonomía urbana cambió en cuanto nos acercamos al laberíntico casco antiguo de la ciudad. Los edificios altos dieron paso a construcciones de piedra gris de dos o tres alturas y el suelo de baldosas de las aceras mudó en enormes losas de granito de aspecto pesado. Todo a mi alrededor parecía hecho de piedra, el trabajo acumulado de varias generaciones de canteros que se había ido superponiendo como las capas de un pastel, uno realmente viejo que sin duda tenía que fascinar con su belleza a los visitantes, aunque yo no estaba de humor para disfrutar de las vistas.

Vilanova y yo cruzamos a la carrera la amplia plaza de A Ferrería, el corazón de la ciudad, que estaba presidida por un antiguo monasterio de aspecto vetusto, y nos internamos en las callejuelas medievales pontevedresas. El agua caía en chorretones desde los aleros de los tejados y los aliviaderos del alcantarillado borboteaban intentando tragar el caudal que se derramaba incansable. Cada poco rato, una acera bajo soportales nos daba un pequeño respiro, pero aun así al cabo de diez minutos tenía los pies empapados.

Por fin llegamos al portal de una casa de piedra grisácea, como todas las que la rodeaban. El buzón estaba saturado de folletos publicitarios que se deshacían bajo la lluvia en una pasta amorfa. Era una casa de dos pisos y al lado de uno de los timbres había un feo grafiti que casi lo cubría por completo. Apreté el botón y esperé durante un momento que se me hizo interminable. El *ploc, ploc* constante del agua me estaba poniendo nerviosa y una gota rebelde se me había colado por el cuello y bajaba por mi espalda en línea directa hacia las bragas. Me sentía cansada, incómoda e irritable. Volví a apretar el timbre, esta vez de manera más insistente, hasta que una voz rasposa contestó.

—¡No quiero nada, no compro nada y, si eres un mormón o un testigo de Jehová intentando salvar mi alma, te puedes ir a tomar por…!

—Sargento Méndez —le interrumpí rápidamente—, soy la agente Raquel Colina, compañera del puesto de Viascón. Vengo con el agente Vilanova. Necesitamos hablar con usted un minuto.

—Estoy jubilado —crepitó el altavoz—. No tengo nada de qué hablar.

—Es por la Puerta. Por Alén.

Se hizo un silencio largo, de varios segundos.

—De eso hace mucho tiempo —contestó la voz del telefonillo, aunque con un tono mucho más apagado—. No quiero hablar de ello. Váyanse. Buenos días.

—¿Sabe que ha aparecido una chica muerta? ¡Usted sabe del tema, Méndez! Necesito su ayuda.

El silencio esta vez fue mucho más largo, hasta el punto de que llegué a pensar que el hombre, simplemente, había cortado la comunicación. Entonces la puerta zumbó con un chasquido eléctrico y se abrió.

—Suban. Pero dejen el paraguas en el portal. No quiero que me empapen las alfombras.

Vilanova y yo cruzamos una mirada y entramos en el zaguán. El portal era frío y oscuro. Subimos las escaleras de madera, que chirriaban y retemblaban bajo el peso de Vilanova como si estuviesen a punto de partirse en pedazos. Cuando llegamos a la puerta, apareció un resquicio de luz. Un par de ojos desconfiados nos escrutó durante unos instantes antes de descorrer un cerrojo y permitirnos pasar.

No se podía decir que Andrés Méndez tuviese un aspecto impresionante. Era un hombre más bien bajo, grueso sin estar gordo y con el pelo pegado a la cabeza. Aunque ya sobrepasaba los setenta años, se mantenía en buen estado. Vestido con una bata de fieltro rojo y unas zapatillas peludas, parecía el típico abuelo algo gruñón que espera a sus nietos el fin de semana. Pero esa imagen quedaba destrozada de inmediato al observar su mirada. Sus ojos, ligeramente saltones, eran un par de focos intensos que desmenuzaban al milímetro a su interlocutor. Me olí que aquel hombre había hecho un perfil completo de Vilanova y de mí misma en cuestión de segundos.

—Les ofrecería un café, pero no creo que se vayan a quedar tanto como para que merezca la pena hacerlo.

Vilanova murmuró algo que sonó como «qué encanto de tío», pero lo silencié a tiempo con un pisotón poco discreto.

—Tenemos un problema, sargento Méndez, y creo que usted puede ayudarnos.

—Ha aparecido otro cadáver allá arriba, ¿verdad?

Se me secó el paladar al oír aquello.

—¿Qué quiere decir con «otro»?

Fue el turno de Méndez de mirarme en silencio durante un buen rato.

—No sabe nada, claro. —Se pasó la mano por la cara—. Bueno, no sé de qué me extraño.

—Pues acláremelo. Dígame qué es lo que no sé.

Justo en ese momento Vilanova se apoyó en un perchero que se derrumbó con estrépito. Mi compañero se giró intentando evitar que una lluvia de bufandas, chaquetas y abrigos se viniese al suelo, pero lo único que consiguió fue lanzar un paraguas de un manotazo hasta el centro del recibidor, casi decapitando una estatua de aspecto antiguo en el proceso.

—Lo siento —murmuró rojo como la grana.

Méndez suspiró. Entonces nos hizo un gesto hacia el interior de su vivienda.

—Vengan conmigo. Al final creo que les voy a tener que preparar ese café.

13

Mientras Méndez trasteaba en la cocina, Vilanova y yo nos sentamos en silencio en la salita mirando a nuestro alrededor. La casa de aquel hombre estaba impoluta, sin una pizca de polvo sobre los muebles baratos pero bien cuidados.

Era un nido confortable, con un sofá situado al lado de la ventana que intentaba devorar el corpachón de Vilanova. El suelo estaba cubierto por un kilim turco algo deshilachado en una esquina y sobre un aparador reposaba un televisor de cuarenta y dos pulgadas que en aquel momento estaba apagado.

Tardé un rato en darme cuenta de qué era lo que me perturbaba en aquella sala. Era un lugar absolutamente impersonal, como sacado de una revista de decoración pasada de moda. No había fotos, ni recuerdos, ni cuadros más allá de un par de acuarelas compradas en Ikea. Nada que dijese que allí vivía un sargento primero de la Guardia Civil retirado. De hecho, nada que diese la menor pista de quién era aquel hombre o cómo pensaba. Por no haber, ni siquiera había libros a la vista.

Méndez volvió con nosotros, sujetando una bandeja en la que tintineaban tres tazas de café, una jarra y una botella de coñac Soberano. Se sentó en un sillón orejero situado justo al otro lado de la mesa y nos tendió a cada uno una taza sin decir palabra.

Le di un sorbo al café. Estaba caliente, cargado y tenía el sabor intenso del grano recién molido.

—¿Por qué no me cuenta qué ha pasado allí arriba?

Directo. Al grano. Sin preámbulos. Aunque advertí que había pronunciado «allí arriba» con un tono chocante en la voz. Casi tembloroso.

Le resumí lo mejor que pude lo acontecido en la última semana, desde que los cazadores se toparon con los cuerpos hasta que llamamos a su puerta, incluyendo la agonía que un sistema lento como una oruga nos regalaba sin cesar.

—Aún no tenemos el informe forense, ni el de toxicología, así que nos es imposible determinar la causa de la muerte...

—Bueno, por lo que me contáis, la chica tenía un agujero del tamaño de un puño en el pecho y le faltaba el corazón. Y al técnico le habían rajado el cuello. No sé cómo hacéis las cosas en Madrid, pero aquí eso es motivo suficiente para morirse.

Le miré sorprendida por la interrupción.

—Quiero decir que no podemos concretar la hora de la muerte, ni si tuvo lugar allí o...

—Ya sé lo que quieres decir, Raquel. —Había empezado a tutearme de golpe, como si nada—. Me pasé treinta y cinco años de mi vida haciendo el mismo trabajo que haces tú. Las cosas no han cambiado tanto. Simplemente subrayaba lo obvio: no creo que vayáis a encontraros demasiadas sorpresas en los resultados.

—Además —intervino Vilanova—, tampoco tenemos la identificación de la víctima femenina. El sistema nacional de huellas nos ha dado resultado negativo, así que sospechamos que es extranjera. Tenemos fotografías y muestras de ADN, aunque...

—No encontraréis sus huellas en el sistema —volvió a interrumpir Méndez, dándole un sorbo a su café entre medias—. De hecho, no encontraréis nada.

Vilanova y yo nos miramos en silencio. Yo estaba empezando a cabrearme.

—Méndez, si tanto sabe de este tema, ahora sería un buen momento para que nos contase algo. Por qué se llevó del puesto los archivos relativos a Alén, por ejemplo.

El sargento apoyó la taza sobre la mesa y vertió un generoso chorro de brandy en su interior. Le dio un largo trago y no fui capaz de apartar la vista de su nuez, que se movía como un bulto maligno en su cuello. Al acabar chasqueó la lengua y exhibió una sonrisa amarga.

—¿Queréis que os cuente algo? Haré algo mejor que eso. Os daré un consejo que vale su peso en oro. —Se inclinó hacia delante y su aliento alcohólico me envolvió como una neblina espesa—. Dejadlo. Abandonad este asunto ya. No le deis más vueltas, porque no llegaréis a ninguna parte. Dejad que el caso se archive y que los muertos descansen en paz. Atribuídselo a un ajuste de cuentas, a un crimen pasional, a los putos marcianos, si queréis, pero dejadlo ya. No enredéis con la Puerta. Dejadlo correr.

Vilanova se rio incrédulo.

—No puede estar hablando en serio. ¿Pretende que miremos hacia otro lado y que lo dejemos correr? ¿De verdad?

—Eso es precisamente lo que os estoy diciendo. Por vuestro propio bien.

Méndez se levantó, dando por terminada la conversación. Vi que Vilanova depositaba su taza en la mesa y hacía ademán de levantarse, pero le apoyé una mano en la rodilla para que se quedase en su sitio.

Me había imaginado que podía suceder algo así. Ya me había tropezado antes con gente como Méndez. Inspiré hondo un par de veces antes de hablar.

—Verá, sargento, resulta que cuando estuve en el archivo vi que no solo había desaparecido la carpeta de Alén, que ya es irregular de narices. También faltaban un montón de expedientes antiguos, de su época.

—¿Ah, sí? —murmuró él con sus ojos de sapo clavados en mí. Ni siquiera pestañeaba, el muy desgraciado.

—Pues sí. Muchos en los que el agente firmante era el sargento Andrés Méndez. —Saqué una carpeta del bolso y la abrí—. ¿Sabe de qué tiene pinta todo esto? A mí me parece alguien tratando de cubrir su rastro. De borrar huellas. Tiene una fama, Méndez.

—Y vaya fama —añadió Vilanova como si tal cosa. De repente, parecía disfrutar con la conversación. Apostaría algo a que le encantaría tener un cubo de palomitas en el regazo en aquel momento.

El viejo sargento se cruzó de brazos y me miró desafiante.

—¿Quieres jugar esa carta? Buena suerte con eso. No vas a encontrar nada.

—Quizá en Viascón no —contesté con media sonrisa—. Pero, en otros lados, quién sabe. Tiene una hoja de servicios bastante larga. Antes de Viascón estuvo destinado en Jerez, Carmona, Albacete, Intxaurrondo, Algeciras... Vaya, ha sido todo un trotamundos. Me pregunto qué podría encontrar si levanto el teléfono y empiezo a llamar a todos esos destinos. Me apuesto lo que quiera a que nunca fue nada serio. Un chanchullo por aquí, una mordida por allá... Conoce bien los límites, pero todo junto seguro que queda muy feo.

—Tengo amigos. Gente que me debe favores.

—La Guardia Civil ya no es lo que era cuando usted pasó por esos sitios, ¿sabe? Y seguro que ya no queda nadie en activo que tenga necesidad o interés en salvarle el culo. Sería una pena fastidiar una jubilación tan confortable, ¿verdad?

—Vas de farol —replicó aún retador, pero con un brillo de duda en la mirada.

—Póngame a prueba —contesté con un tono seco—. No tengo nada que perder.

—Yo que usted no lo haría —intervino Vilanova mientras raspaba con la cucharilla el azúcar del fondo de su taza y se la llevaba a la boca—. Solo llevo una semana con ella, pero le puedo garantizar que es como un hurón. Acabará por encontrar algo.

Méndez guardó silencio durante un rato que me resultó eterno. Lo cierto es que no tenía ni la menor idea de qué hacer si el hombre se negaba a colaborar. Aquel había sido un tiro a ciegas, pero parecía haber dado en el blanco, porque de repente Méndez se desinfló y, por primera vez, lo vimos como era en realidad. Un anciano cansado, alcohólico... y asustado.

—Está bien. —Se dejó caer en el sillón con gesto fatigado—. Pero os estáis metiendo en aguas muy profundas. Si después os ahogáis, no digáis que no os avisé.

—Sabemos nadar —repliqué aliviada—. ¿Por qué no empieza por el principio? ¿Por qué no nos explica cómo sabe tanto de este tema?

Fue su turno para exhibir una sonrisa gélida.

—Oh, es muy sencillo. Porque hace doce años era yo quien estaba investigando un crimen exactamente igual. Yo también me encontré una chica muerta en lo alto del Seixo, a los pies de la Puerta del Más Allá.

14

La temperatura de la habitación parecía haber descendido un par de grados de golpe. Vilanova y yo estábamos tan estupefactos que no sabíamos qué decir.

—¿Cómo es eso posible? Quiero decir, no es posible que…

—¿Qué sabes del monte Seixo, Raquel? ¿Qué sabes de esa Puerta?

—Es el escenario del crimen —me corregí inmediatamente—: De los crímenes.

—Es mucho más que eso. —Suspiró y se sirvió otro generoso chorro de brandy. Levantó la botella hacia nosotros, pero ambos negamos con la cabeza. Méndez se encogió de hombros y se rellenó su taza casi hasta el borde—. El monte Seixo es un lugar telúrico. ¿Sabéis qué significa eso?

Ambos nos miramos y una vez más dijimos que no.

—¿Tiene algo que ver con los terremotos? —aventuró Vilanova.

—No, o al menos no en este contexto. «Telúrico» o «ctónico» hace referencia al inframundo. Es un lugar de poder, si es que creéis en eso. Un punto caliente, por decirlo de alguna manera, donde se cruzan líneas que hacen que… pasen cosas.

—¿Qué cosas? —Sentí la boca seca al hablar.

—Si habéis estado en lo alto de la montaña, os habréis fijado en que está salpicado por todas partes de enterramientos de la Edad de Bronce. —Hizo un gesto vago con la mano—. Estamos en Galicia. Los celtas que vivían por aquí hace tres mil años estaban convencidos de que el monte Seixo era un lugar de poder especial, una zona mágica en la que podían conectar con sus dioses.

—Una montaña sagrada.

Méndez asintió.

—Por eso, durante generaciones enterraron a sus líderes tribales en lo alto de la montaña. Y por eso hoy, tres milenios después, no puedes dar un paso en ese monte sin tropezar con los restos de algún enterramiento antiguo —gruñó—. La mayoría fueron saqueados a lo largo de los siglos, pero las piedras siguen ahí. No me quiero imaginar el trabajo que tuvo que suponer levantar esos túmulos en una época en la que no había maquinaria pesada.

—¿Y qué tiene que ver eso con los asesinatos? —preguntó Vilanova, que no perdía detalle—. Eso es historia. Folclore.

—Los túmulos no tienen nada que ver, pero la Puerta sí —gruñó Méndez—. Si ese monte es un cáncer, esa Puerta es la zona cero de sus células cancerosas. El problema principal de todo lo que pasa allí arriba.

La mención al cáncer me pareció una mala broma. Di un sorbo a mi café, que empezaba a enfriarse. Ya no me sabía tan bien como un rato antes.

—¿Qué significa la Puerta?

—A Porta do Alén. La Puerta del Más Allá, en castellano. Según los historiadores, era el punto de conexión entre nuestro mundo y otra dimensión. El inframundo, el reino de los muertos.

No pude evitar reírme, pero mi risa sonó cascada, sin alma.

—No me creo que se trague esas cosas.

—Solo repito lo que dicen los ratones de biblioteca que saben de esto. —Se encogió de hombros y apoyó su taza sobre la mesa.

Tenía una expresión concentrada en el rostro.

—Todo eso me parece muy bien, pero pasó hace tres mil años —intervino Vilanova—. Ya no hay tribus celtas, ya no hay entierros de jefes guerreros en la montaña, ya no hay nada de todo eso. Es historia. ¿Quiere convencernos de que hay un celta trastornado que asesinó a un par de personas en lo alto de una montaña en pleno siglo XXI? ¡Venga ya!

—Yo no he dicho eso, grandullón. —Méndez dio otro sorbo a su vaso.

Fuera, un destello descomunal, como el *flash* más grande del mundo, bañó toda la salita con una luz blanquecina e irreal. Casi sin pausa, un trueno espantoso hizo vibrar los cristales durante más de cinco segundos, antes de disolverse lentamente en la distancia. Y justo en ese instante, la luz se fue y nos quedamos a oscuras.

Di un respingo y noté que Vilanova, a mi lado, se ponía en tensión. Oímos refunfuñar a Méndez, que se levantó del sillón y fue tropezando con los muebles hasta llegar a un aparador. Oí cómo se abría un cajón y al cabo de un momento una luz cálida se derramó por la estancia. El anciano sostenía en la mano un candil de gas que apoyó sobre la mesa.

—Estamos en noviembre. Es habitual en esta época del año —dijo como toda explicación—. Volverá enseguida. O al menos eso creo.

Mi cabeza trabajaba a toda velocidad intentando procesar todos los datos que había vertido Méndez, pero nada de aquello tenía sentido. Era historia antigua. Aquello no era de ninguna ayuda.

—¿Qué tiene que ver todo esto con nuestro caso?

—Nada. —Hizo un gesto ausente—. Todo. Quién sabe. A mí al principio tampoco me cuadraba. Hasta que me di cuenta de una cosa.

—¿De qué?

—La Puerta, la maldita Puerta. —Una pausa—. Pero es más fácil que lo veáis por vosotros mismos. ¿Tenéis fotos del escenario?

Asentí. Vilanova sacó una carpeta y tras apartar las tazas vacías extendió varias fotografías sobre la mesa. Para mi sorpresa, Méndez descartó rápidamente las del cadáver y se quedó con las fotos generales. En alguna de ellas se veía el grupo de cazadores vagando al fondo. En otra salía yo, con expresión pensativa, al lado de la Puerta.

—Fijaos en el suelo. —Señaló varios puntos—. Aquí y aquí, y aquí también.

—¿Qué es?

—Eso parecen flores —musitó Vilanova tras observarlas con atención—, pero de las de floristería, no de las que nacen silvestres allí arriba. Y eso de ahí es una botella de vino, todavía cerrada. Y esto parece una vela.

—Recuerdo que había bastantes velas esparcidas alrededor de la Puerta. ¿Alguien organiza fiestas allí arriba? —pregunté dubitativa, mientras recordaba el viento frío, la humedad y la desolación de lo alto de la montaña—. No parece el sitio más animado del mundo para montar una *rave.*

—No es eso —contestó Méndez—. Se trata de otra cosa.

Observé de nuevo las fotografías, como si fuese la primera vez que las tenía delante, y de repente lo comprendí. Había estado ahí todo aquel tiempo y no me había dado cuenta hasta ese mismo instante.

—¡Son ofrendas!

—Exvotos, ofrendas, llámalo como quieras. —Méndez volvió a encogerse de hombros una vez más—. Hay alguien que sigue creyendo que esa condenada Puerta sirve para algo, aparte de para acumular musgo.

—¿Por qué dice eso?

—Con la construcción del parque eólico, ahora se puede llegar hasta la cima en un todoterreno, pero antes de eso la cumbre del monte Seixo era el lugar más abandonado de la mano de Dios que uno se puede imaginar. Cuando tuve que subir yo, hace doce años, tardamos casi tres horas y nos tocó hacer la última parte del trayecto andando.

—No es un sitio conocido —aventuré.

—Para nada —coincidió el sargento—. Dudo que haya más de cien personas en el mundo que sepan de la existencia de esa Puerta, y la mayoría de ellos son académicos de historia tan viejos que morirían antes de subir dos rampas seguidas.

—A ver si lo he entendido bien —murmuré mientras trataba de aclararme—: Sostiene que hay una persona que sigue creyendo que la Puerta es un lugar mágico y que en base a esa creencia ha llevado a cabo un asesinato. Dos, mejor dicho.

—Y que además no es un vejestorio incapaz de subir a la montaña —añadió Vilanova zumbón. Estaba claro que no se creía ni una palabra de todo aquello.

—Ojalá fuese tan sencillo. —Méndez inspiró con fuerza—. No han sido solo esos dos. Doce años antes del crimen que investigué yo, hubo otro similar, según los archivos del puesto. Y doce años antes de este, otro igual. Y a su vez, doce años antes, otro distinto. No pude seguir tirando del hilo, pero me apostaría mi pensión a que, si nos remontásemos hacia atrás, nos encontraríamos con un asesinato en lo alto de la montaña cada doce años, con la regularidad de un reloj. Y solo Dios sabe desde cuándo viene sucediendo esto.

—¿Un asesino en serie? —Vilanova seguía sin parecer convencido del todo.

—Si fuese así, sería un asesino en serie centenario —replicó Méndez sin un ápice de humor en su voz.

—Eso no tiene ningún sentido —balbuceé.

Esta vez, los tres guardamos silencio durante un rato eterno. Finalmente fue Vilanova el primero en decir lo que yo también estaba pensando.

—Eso es una gilipollez —dijo—. Llevo aquí casi cinco años y si de algo estoy seguro es de que no hay nadie que coincida con ese perfil por la zona. La mayoría de los que viven en las aldeas de los alrededores del monte Seixo son abuelotes inofensivos. Casi todos son agricultores, la mayoría tiene estudios elementales, si es que los tienen, y dudo mucho que alguno se salte la misa de los domingos. No hay estudiosos de Historia Antigua ni adoradores de piedras entre ellos, de eso podéis estar seguros. Ni celtas milenarios, ya que estamos.

—Es cierto —le respaldé—. El perfil no encaja. El asesino tendría que ser alguien de fuera, alguien con conocimientos de historia y, para sacarle el corazón como hizo con esa chica, también de anatomía, y lo bastante chiflado como para creer que hay algo especial en esas piedras.

Méndez hizo un gesto ambiguo, como diciendo «y-a-mí-qué-me-cuentas».

—Ya os avisé que era una historia complicada.

—Dos cosas —apunté—. Si esa teoría fuese cierta, existiría un runrún de fondo. Habría salido en los medios, la gente lo comentaría, sería de dominio público. Venga ya, hasta Iker Jiménez le habría dedicado un programa, con reportaje de fondo y todo. Y, por otro lado, en algún momento los habríamos pillado. Nadie puede cometer crímenes durante décadas sin que alguien abra la boca o meta la pata. Es imposible.

—Oh, sí que se publicó en los medios. Pero no tienes la visión adecuada.

—¿A qué se refiere?

Méndez se rio con una carcajada amarga.

—Vienes de Madrid —dijo, como si eso lo explicase todo.

—¿Y eso qué tiene que ver?

—Pues que estás acostumbrada a la presencia aplastante de medios de comunicación. Eres una mujer del siglo XXI, con las manías propias de estos tiempos. Me juego lo que quieras a que en tu bolsillo llevas un móvil y estás presente en al menos dos o tres redes sociales. Hoy en día, una cosa que sucede en Pekín puede ser noticia incluso en Viascón al cabo de cinco minutos, pero no siempre ha sido así. Hasta hace pocos años las noticias locales apenas aparecían en el *Diario de Pontevedra* y con suerte en algún regional, pero casi nunca salían de aquí. Y eso si hablamos de los últimos setenta años. Antes, ya te puedes imaginar.

—Nadie se enteraba, aparte de la gente de la zona —murmuró Vilanova pensativo.

—Y además, dudo mucho que la mayoría de los asesinatos fuesen descubiertos. Hace cien años, a la cima de esa montaña solo subían algunos pastores en verano. No era un sitio de paso. Podrían haber masacrado a todo un escuadrón allí arriba y nadie se habría enterado. Los lobos y las alimañas se habrían deshecho del cuerpo en unas semanas, y hasta doce años después, nada de nada.

Me empezaba a doler la cabeza. Por muy disparatada que sonase la teoría de Méndez, tenía que reconocer que le veía sentido. Claro que también podría ser que aquel capullo fuese un conspiranoico tarado y nos estuviese colando una trola monumental.

—¿Qué pasó con su caso? —pregunté tratando de desviar el tema de celtas, puertas mágicas y cosas demasiado raras como para pensar en ellas.

—Mi caso se esfumó —contestó Méndez mientras disimulaba un pequeño eructo—. Se acabó.

—¿Qué quiere decir con eso?

—Quiero decir que lo terminaron desde arriba. Me empezaron a encargar un montón de asuntos menores, pero que me absorbían casi todo el tiempo. Además, no asignaron ni personal ni medios a mi caso.

—¿Y no protestó?

—¡Claro que lo hice! Pero me dieron largas. Aun así, yo seguí investigando el asunto. De pronto un día me llamó el jefe del puesto y me dio una charla de casi una hora sobre falta de disciplina, no saber acatar órdenes y cosas así. Vamos, que me chupé una bronca de lo más extraña. Y me retiraron del procedimiento, pero —Méndez se tocó la nariz con la punta del dedo— no asignaron a nadie al caso. Más tarde me enteré de que alguien había dado la orden directa de archivar las actuaciones.

—¿Qué hizo entonces?

—Amenacé con llevarlo a la prensa, con montar un pollo de cuidado, por supuesto.

—Pero…

—Pero entonces me prejubilaron. Mejor dicho, me dejaron caer que, si no me prejubilaba, podría tener problemas. Alguien podría empezar a levantar cosas poco edificantes de mi pasado. —La sonrisa que le torció la cara tuvo de todo menos alegría—. Justo lo que acabas de hacer tú, pero para todo lo contrario. Y entonces lo dejé. Preferí olvidarme del asunto. Hasta hoy.

—Ya veo —musitó Vilanova, que había permanecido en silencio—. Pero hay una cosa que no entiendo: ¿por qué se llevó los ficheros del asunto? ¿Para seguir indagando por su cuenta?

Méndez se carcajeó. Era una risa cascada, llena de amargura.

—No seas peliculero, chaval. Nadie hace eso. Fue una medida de seguridad, eso es todo. Para garantizarme que, si alguien me tocaba demasiado los huevos con mi pasado, tendría material con el que defenderme.

—Creo que el que se pasa de peliculero es usted, Méndez —le corté yo—. Le cerraron el caso y punto. Se ha montado una bonita historia para justificar su retiro, pero nada más.

—Ya. —Méndez dio un último trago pensativo a su taza—. Por eso un día apareció mi coche quemado. Por eso me llamaban a medianoche para decirme que me olvidase de la Puerta, del monte Seixo y de todo lo relativo al asesinato. Y por eso lo del cadáver de mi caso.

Sentí que se me helaba la sangre en las venas.

—¿Qué pasó con el cadáver?

—Que desapareció. Alguien lo retiró del depósito una noche, sin dejar rastro. No se volvió a saber de ella.

—Eso es imposible.

—Di lo que quieras, muchacho —replicó Méndez malhumorado—. Pero eso es lo que pasó. Un día estaba y al siguiente no. Plaf.

—No es tan fácil hacer desaparecer un cuerpo —dije en voz alta, a la vez que pensaba cómo habría hecho yo si tuviese que robar un cadáver de una morgue vigilada—. Hay guardias, controles, un depósito lleno de forenses y trabajadores… No es como robar una cartera.

—El cuerpo estaba en el depósito del Hospital Provincial. A lo mejor lo has visto de camino a la ciudad. Es un monstruo del año del hambre con más pasillos que el diablo y un montón de puertas. Además, en aquella época estaban haciendo obras de ampliación, añadiendo toda un ala nueva al complejo, así que nadie pudo explicar muy bien lo que pasó. Lo único que sé es que la víctima de mi caso se esfumó. Eso fue dos días después de que me apartasen del cuerpo, así que si alguien llegó a investigar la desaparición... es algo que desconozco.

Anoté mentalmente que tenía que comprobar aquel extremo en el archivo del puesto. Pero, mientras tanto, las preguntas se acumulaban. ¿Qué relación podía tener todo esto con la desaparición de Ramona Valongo? ¿Cómo interpretar la muerte de una de sus pacientes, una a la que había curado de cáncer, además? ¿Era Ramona otra víctima colateral, como el operario de los generadores, y su cuerpo se estaba pudriendo en una zanja mientras estábamos allí charlando, o su desaparición obedecía a otro motivo? ¿Quizá el asesino no estaba de acuerdo con que la *menciñeira* curase con su don a personas enfermas? ¿Qué tenía que ver la Puerta en todo aquello? ¿Y los crímenes anteriores? Lo cierto es que no tenía ni idea.

Había ido allí en busca de respuestas y salía con muchas más dudas que las que tenía antes. Necesitaba probar otro enfoque.

—¿Quién era la víctima de su caso?

—Ni idea. Una chica joven, de menos de treinta años, morena, guapa, de tetas grandes. —Hizo un gesto con las manos en el aire—. Le habían sacado el corazón a través de una incisión en el pecho, casi quirúrgica. Iba bien vestida, maquillada y peinada como para una fiesta. Las huellas no se correspondían con nadie de las bases de datos, como la vuestra. Por eso estoy convencido de que no vas a encontrar nada cuando intentes identificar a la tuya.

—¿Cree que es el mismo *modus operandi*? ¿Algún tipo de asesinato ritual o algo así?

Méndez meditó un segundo su respuesta.

—Si es el mismo sistema, yo en tu lugar haría que vigilasen el cuerpo. ¿Sabes dónde está?

Miré a Vilanova, que a su vez me devolvió la mirada confundido.

—Ahora hay dos hospitales en la ciudad con morgue y equipo forense. No sé en cuál puede estar. —Levantó las palmas de las manos, a la defensiva—. No hacemos tantas autopsias a lo largo de un año, no tengo ni idea.

—Vale, llama a la comandancia para enterarte —mascullé, sintiendo algo parecido a la preocupación.

Era imposible que se repitiese un robo de cadáveres. Estábamos en Europa, en pleno siglo XXI, no en una aldea africana del Congo. Esas cosas no pasaban. Pero aun así...

—Necesito sus ficheros —le dije a Méndez—. Todo lo que tenga sobre Alén, la Puerta, el monte Seixo y cualquier cosa relacionada con el caso.

—Está bien..., pero no hoy.

—¿Qué?

—No lo tengo aquí, como puedes suponer —añadió ante mi cara de sorpresa—. No soy tan idiota como para guardar mi seguro de vida debajo del colchón. Está en manos seguras. Iré a buscarlo. Pasaos de nuevo mañana por la mañana y os daré una copia.

No sabía si me la estaba jugando, pero no tenía más cartas. Por un lado, me había dicho muchísimas cosas que desconocía. Por otra parte, no podía saber hasta qué punto todo aquello era verdad o no. La única manera de descubrirlo era comparando sus notas con las mías. Si realmente estábamos ante una serie de asesinatos rituales que se extendían a lo largo de décadas, aquella era la típica historia que, bien resuelta, podía catapultarme de nuevo a Madrid, una vez hubiese encontrado a Ramona y Julián estuviese repuesto.

Méndez nos acompañó hasta la puerta, sin molestarse en ocultar lo mucho que le aliviaba que nos fuéramos.

—Una última cosa —me dirigí a él antes de salir—. ¿Le dice algo el nombre de Ramona Valongo?

Méndez negó con la cabeza.

—No me suena de nada, ¿debería?

Hice un gesto ambiguo con la cabeza. No era el momento de dar explicaciones. Aún no.

—En fin, no se mojen demasiado —gruñó a modo de despedida antes de cerrarnos la puerta en la cara.

—¿Qué crees que ha querido decir con eso? —preguntó Vilanova cuando nos quedamos solos en el rellano a oscuras—. ¿Se refería a la lluvia... o al caso?

—No tengo ni idea —rezongué—. ¿Te has dado cuenta de un detalle? Cualquier persona medio normal arrastraría un poco las palabras después de meterse una botella de Soberano entre pecho y espalda, pero él ni se tambaleaba.

—Es de la vieja escuela. —Vilanova negó con la cabeza—. Y alcohólico perdido, claro. Bueno, ¿qué piensas de todo esto?

—Que es la historia más absurda y disparatada que he oído nunca —contesté—. Piénsalo un poco: ¿un asesino en serie que actúa desde hace siglos, cadáveres que desaparecen, una mano negra que paraliza investigaciones? ¿Algo de todo eso te parece real, o no suena más bien al producto de la mente febril de un alcohólico tratando de justificar su fracaso de vida?

Vilanova se tomó su tiempo. Bajamos un par de tramos de la escalera y cuando llegamos al portal por fin me respondió.

—No lo sé. —Se rascó la cabeza—. Es verdad que parece una alucinación un poco peregrina, pero, si lo ves en su conjunto..., caray, tiene sentido.

—Hasta la teoría más chalada de un conspiranoico puede tener sentido si la ves desde el ángulo correcto.

—Ya, ya lo sé —concedió—. Pero hay algo más. Raquel, tú has estado en muchos interrogatorios a lo largo de tu carrera. Yo he estado también en unos cuantos. Sabes perfectamente que con el tiempo y la experiencia se puede distinguir cuándo te están contando una trola y cuándo no. Y en este caso..., qué narices, Méndez sonaba a *verdad*.

—Que Méndez crea que es verdad no significa que lo sea —murmuré, aunque sin estar convencida del todo.

Porque, en el fondo, sabía que Juan tenía razón, aunque no quería que la tuviese. Porque el mundo, mi mundo, se estaba derrumbando a mi alrededor arrastrado por la agonía de Julián y necesitaba asideros para aferrarme. Cosas reales. Cosas firmes. Y una *menciñeira* desaparecida y ligada de algún modo a una extraña puerta al más allá no encajaba demasiado bien en esa definición.

Abrí el portal del edificio. Fuera, llovía con tanta fuerza mientras el viento soplaba encajonado por la calle estrecha que el agua caía en un ángulo extraño. Era absurdo abrir un paraguas en aquellas condiciones.

—Creo que al final nos vamos a mojar. —Me giré hacia Vilanova—. Si nos damos prisa aún… ¡Eh!

No lo vi venir. Aquel hombre estaba oculto en el hueco de un escaparate, tan pegado a las cañerías que gorgoteaban en medio de la oscuridad que era casi invisible. Tan pronto como puse un pie en la calle, se abalanzó sobre mí. Noté un empellón fuerte en la base de mi espalda, al tiempo que metía su pie entre mis tobillos. Pillada por sorpresa me tambaleé sujetando la carpeta. Por una fracción de segundo me pude ver reflejada en el escaparate de la mercería del otro lado de la calle. Mi imagen sorprendida, entre un anuncio de medias DIM y bragas de color carne, con un chubasquero amarillo prestado, que agitaba los brazos como aspas de una batidora antes de caer sobre un charco en el suelo de piedra.

Sentí un pinchazo lacerante que saltaba de mi codo al resto de mi cuerpo como un incendio. Lancé un grito mezcla de dolor y sorpresa y solté la carpeta. Antes de que me diese tiempo a reaccionar, mi agresor se agachó para recoger la carpeta y salió corriendo.

Vilanova dudó un segundo entre ayudarme o salir detrás de aquel tipo, lo suficiente como para que le diese tiempo a alejarse.

—¡Cógelo! —grité mientras intentaba ponerme de pie.

Me sentía como una tortuga grande y vieja, atrapada entre los pliegues de aquel chubasquero demasiado grande que se me quedaba pegado. Sin mediar palabra, Vilanova salió corriendo detrás del hombre.

Me levanté del suelo soltando una ristra de palabrotas. El codo me dolía como si un enjambre de abejas me hubiese picado en un solo punto y sentía el brazo adormecido, pero aparte de eso solo mi orgullo estaba herido. Me lancé a la carrera, detrás de Vilanova y del hombre, justo cuando un nuevo rayo relampagueó en el cielo.

La zona vieja de Pontevedra estaba totalmente desierta y a oscuras. La tormenta había hecho que hasta los más intrépidos hubiesen desaparecido para ponerse a cubierto y solo estábamos nosotros tres en la calle. El agua rebotaba con fuerza en las losas de granito del suelo y se derramaba por las paredes centenarias como si los edificios sudasen. Cada paso que daba levantaba un surtidor de gotas que volaban en todas direcciones.

Una vez más me quedé sorprendida con la agilidad de Vilanova. Pese a su tamaño, mi compañero corría como si le persiguiesen los demonios y estaba reduciendo la distancia con el hombre.

Pude observarlo por primera vez. Estaba envuelto en una parka negra con una capucha profunda bordeada de pelo. Era de baja estatura, pero de constitución compacta, y calzaba unas botas amarillas ajadas que resonaban sobre las baldosas como cañonazos.

—¡Alto! —gritó Vilanova—. ¡Guardia Civil! ¡No se mueva!

En vez de detenerse, el hombre redobló su paso. Según el cartel que vislumbré por el rabillo del ojo, habíamos desembocado en la plaza de la Verdura, una superficie granítica salpicada de árboles y en ligera pendiente, con soportales de piedra a ambos lados. Vilanova corría pegado a la parte izquierda, por lo que yo me fui al lado contrario, pegada a la pared. Por un momento los soportales me resguardaron de la lluvia y pude ver mejor al hombre.

Sujetaba la carpeta con fuerza y no parecía cansado. En la parte inferior de la plaza había una preciosa fuente repleta de caras de faunos de aspecto desgraciado. Justo entonces, de la puerta de un bar situado al lado de la fuente asomó el que debía de ser el dueño, un tipo grueso y con mandilón, de rostro rubicundo. Al pasar a su lado, el fugitivo le pegó un empujón que le derribó en el suelo junto con un barril de madera apoyado en la puerta. Vilanova tuvo que dar un salto para evitarlo, pero no bastó con eso. Sus pies tropezaron con el tabernero y ambos se derrumbaron en un amasijo de brazos, piernas y gritos de protesta.

Mientras tanto, a mí me había dado tiempo a acercarme. Casi estaba a su lado. Ya podía oír la respiración agitada del hombre, que giró la cabeza por primera vez en mi dirección. Llevaba puesto un pasamontañas de color negro que le cubría todo el rostro, por lo que solo se podían intuir sus ojos, que se abrieron de sorpresa al verme tan cerca.

—¡Para! —le grité—. ¡Para o disparo!

Era mentira, por supuesto. No podía disparar por la espalda a un hombre desarmado, por más que me hubiese pegado un empujón para robarme. Pero él no tenía por qué saber eso.

El fugitivo gruñó y me lanzó un manotazo que no consiguió alcanzarme por poco. Algo húmedo me salpicó el rostro. Olía a algo familiar, pero que no era capaz de identificar, un aroma dulzón y pesado de los que se te clavan en el paladar, aunque no tuve demasiado tiempo para pensar en ello. Oí a mi espalda a Vilanova arrancando de nuevo a la carrera. Su respiración sonaba como un tren de mercancías subiendo un puerto de montaña, uno con una locomotora especialmente vieja y asmática. Yo también estaba casi sin aliento, pero aquel capullo daba la sensación de estar fresco como una rosa.

La calle en la que nos hallábamos desembocaba en otra plaza en la que había una solitaria estatua de bronce de Valle Inclán atornillada al suelo. El fugitivo giró a la izquierda y por un instante lo perdí de vista.

Y cuando doblé la esquina, ya no estaba. Se había volatilizado.

Me paré en seco. No había ninguna puerta, ningún rincón oscuro donde se pudiese haber ocultado. Un momento antes estaba y al siguiente había desaparecido.

El enorme magnolio que asomaba sobre la tapia de una vieja casona se cimbreaba con la tormenta sobre mi cabeza, como riéndose de mí. Me sentía mareada, inundada todavía por el aroma dulzón del perfume de mi asaltante. Así de cerca había estado de atraparlo. Me apoyé en la estatua de bronce de Valle Inclán, tratando de mantenerme en pie. La estatua me dedicó una sonrisa sardónica en el rostro, como si yo fuese la cosa más divertida que había visto en mucho tiempo.

La cabeza me palpitaba y no podía respirar bien. Enormes manchas de colores parecían flotar delante de mi cara, tan reales que estiré una mano hacia ellas. Entonces, por fin, Vilanova llegó a mi altura. Estaba congestionado, resoplaba como un buey y daba la sensación de que quería ganar el premio al Mejor Infarto del Año.

—¿Dónde... está... ese... ese...? —Doblado por la mitad y con las manos en las rodillas, respiraba a grandes bocanadas, intentando acabarse el aire de toda la ciudad.

Miré en todas direcciones. Estábamos absolutamente solos en medio de aquel cruce. No había ni un alma en la plaza ni en ninguna de las calles adyacentes, al menos hasta donde podía ver en la penumbra. Las manchas se iban diluyendo poco a poco, pero aún permanecían en mi retina.

—¿Las has visto?

—¿Si... he... visto... a quién...? —Se apoyó contra una pared con los ojos cerrados, mientras dejaba que la lluvia le empapase el rostro.

—Las... —vacilé—. Da igual. No importa.

—Lo hemos perdido.

Asentí mientras me apoyaba a su lado. Mi cabeza era un avispero. Lo que acababa de pasar no tenía explicación. El agotamiento y quizá el golpe que me había llevado en la cabeza habían hecho que por una preciosa fracción de segundo hubiese perdido de vista a mi presa y este había aprovechado la oportunidad. Tenía que ser eso. Sin duda.

Porque de no ser así, o me estaba volviendo loca o allí pasaba algo que se escapaba a mi comprensión. La bola de hielo de mi estómago se hizo más grande mientras retorcía mis entrañas.

Cerré los ojos con fuerza. No era posible.

—¿Estás bien?

—Sí. Me duele un poco el codo y estoy empapada, pero nada más. ¿Y tú?

Vilanova hizo un gesto tranquilizador con la mano.

—El corazón a punto de escaparse por la boca, pero estoy bien.

—Se ha esfumado. No entiendo cómo ha podido pasar.

—Ese tipo debe de conocer bien la ciudad. Puede estar en cualquier lado, sobre todo con todo el alumbrado apagado.

—Ya —musité.

—¿Qué llevabas en la carpeta?

—Fotos de nuestra investigación. Algunos documentos. Todo eran copias. Nada que no se pueda recuperar.

—¿Quién crees que era?

—A saber —repliqué tras pensarlo un instante—. A lo mejor un tironero. O un periodista tronado que quiere tener una exclusiva.

Pero sabes que no es nada de eso. No, oh, claro que no. No fue a por tu bolso, ni trató de asustarte con una navaja. Solo quería la carpeta. Sabía a lo que iba. Y ningún plumilla de provincias haría algo semejante, por muy interesante que fuese el caso.

Creo que fue en aquel momento cuando me di cuenta de que nos metíamos en aguas muy profundas.

Y de que aún no sabíamos qué se escondía en la oscuridad.

15

El camino de vuelta estaba siendo silencioso, demasiado taciturnos ambos como para tener una conversación. Vilanova, con el pelo empapado, conducía con la mirada perdida en la carretera. Los pocos coches con los que nos cruzábamos eran borrones oscuros detrás de las luces brillantes de los faros que oscilaban entre la lluvia.

El interior del Audi parecía estar a punto de ser declarado zona catastrófica en cualquier momento. El asiento trasero estaba oculto por una montaña de papeles y revistas atrasadas (LAS PIRÁMIDES MAYAS Y LOS NAZIS: RELACIÓN CONFIRMADA, ponía una portada de colores chillones, al lado de un periódico ya amarillento que anunciaba que LA JUVE VA EN SERIO A POR CR7). Me pregunté cuándo había sido la última vez que alguien había limpiado a fondo aquella tapicería. Me removí en mi asiento para evitar una barra de Kit Kat medio derretida que se había pegado al cinturón de seguridad.

En la radio estaba sintonizada una emisora de música clásica que resultaba incongruente con Vilanova y su pinta de oso enorme y mojado al volante. Los ritmos sincopados de la «Danza de los caballeros» del *Romeo y Julieta* de Prokófiev no ayudaban a calmar mi estado de ánimo.

Me vi reflejada en el retrovisor. Empapada, ojerosa y pálida a morir, con el pelo apelmazado como el de un gato que se ha caído a un estanque, sin duda había tenido días mejores. Me reí, a mi pesar.

—¿Qué te hace tanta gracia?

—Yo. Tú. Míranos.

Vilanova me observó un segundo con una expresión confundida en la cara, y de repente se echó a su vez a reír. Me sorprendió su risa. Era profunda, ronca y caliente y salía del interior de su pecho a oleadas golosas, que le hacían temblar las mejillas, algo coloradas. De repente los dos estábamos riendo, sin darnos cuenta de que aquella carcajada era una respuesta emocional de socorro. «Abrid las válvulas», gritaba algo en nuestras cabezas. Y vaya si lo hacíamos.

—Me caes bien, Raquel —me dijo al cabo de un momento, ya más calmado—. Muy bien.

—Tú a mí también.

—No, quiero decir que me caes bien *en serio.* —Vi cómo fruncía el entrecejo, esforzándose por encontrar las palabras adecuadas—. No soy una persona que haga muchos amigos, ¿sabes? En el cole era un niño gordo, torpe y tímido. No se metían conmigo porque les sacaba una cabeza a los abusones, pero tampoco había nadie que quisiera pasar demasiado tiempo a mi lado.

—Ya.

Ambos guardamos silencio por un instante. El ruido acompasado del limpiaparabrisas nos acunaba y el calor húmedo de la calefacción resultaba reconfortante después de aquella noche desquiciada.

—Lo que quiero decir es que he aprendido a disfrutar de la soledad y eso me ha permitido observar a la gente. Sé distinguir a la buena y la mala, o eso creo. Y tú eres buena. Peleas por tu hijo, tratas a todo el mundo con respeto, siempre tienes una palabra agradable para mí. Es más de lo que puedo decir de la mayoría. Caray, eres... estupenda.

—¿Me has visto bien? —Señalé mi cara, con el rímel corrido y el pelo enredado en guedejas—. Parece que he salido de fiesta con Charlie Sheen y las cosas se nos han ido un poco de madre.

Vilanova me regaló una sonrisa llena de calor.

—Sabes a qué me refiero. Me gustas, quiero decir, no es que diga que me gustes como..., o sea...

Sus mejillas pasaron por varios grados de rojo cada vez más

intenso a medida que se atragantaba con las palabras. Le di una palmada afectuosa en la mano que llevaba sobre la palanca de cambios.

—Tranquilo, Juan. Y gracias por estar aquí conmigo. Eres una de las pocas cosas buenas que me han pasado desde que llegué a Galicia. Eres un buen compañero —dudé durante un segundo antes de continuar— y creo que podremos ser grandes amigos.

—Amigos —masticó la palabra durante un rato, paladeándola—. Es genial.

Hicimos el resto del camino en silencio, disfrutando del puente que acabábamos de construir entre nosotros, demasiado preocupados por que aquel momento íntimo se pudiese romper por un mal gesto o una palabra fuera de lugar.

Cuando por fin llegamos a Fosco, detuvo el coche delante de mi casa.

—Mañana te vendré a buscar temprano. Tenemos que apretar a Méndez antes de que se nos escape. Es un pez muy escurridizo.

—Descuida. No se nos va a escapar.

Me bajé del coche y Vilanova se alejó con un acelerón que arrancó ladridos histéricos a la mitad de los perros de Fosco. Seguía lloviendo con fuerza. Entré corriendo en la casa y lo primero que hice, antes incluso de que la puerta se cerrase a mi espalda, fue abrazar a Julián.

Sentí un agujero en el corazón al verle. Yo tenía mal aspecto, pero al ver a mi hijo se me olvidaron todos los golpes y el cansancio de inmediato, sustituidos por una angustia inenarrable en el corazón. Por unos instantes ni siquiera fui capaz de respirar y un regusto amargo a bilis trepó por mi garganta. Julián estaba más pálido que nunca, débil y con pinta de faltarle un minuto para desfallecer de agotamiento.

Los médicos me habían avisado. El pronóstico de meses de vida de Julián era eso, un mero pronóstico. El plazo se podía ver acortado súbitamente y el declive físico final sería abrupto, rápido. Devastador. No había querido pensar en esa posibilidad, pero evitar la realidad no impide que esta salte del suelo y te muerda en el cuello.

Quizá no nos quedaban meses. Puede que solo semanas. Días. Y mi única esperanza, mínima, era creer en que una mujer gallega desaparecida y relacionada con una muerta podría devolverle un futuro.

No podía llorar. No delante de él. Solo cuando has intentado aguantar las lágrimas justo antes de estallar en sollozos comprendes el esfuerzo brutal que cuestan esos dos o tres segundos.

—¿Qué te ha pasado, mami? —preguntó mientras señalaba el codo rasgado del chubasquero.

—Esto no es nada, peque. —Le rasqué detrás del cuello, lo que provocó de inmediato una carcajada cristalina que se me clavó en el corazón en forma de astillas—. Un accidente. Mami está bien.

Me dio un abrazo maravilloso. Mientras subía las escaleras le oí decir a mis espaldas:

—¿Sabes? Hoy yo también he tenido un día malo.

Me detuve en seco.

—¿Cómo? ¿A qué te refieres?

—En... Bueno, no importa. Me dolió mucho la cabeza, pero no fue nada. En serio.

Solo después, mientras estaba en la ducha y el chorro de agua caliente me golpeaba la espalda con fuerza, me permití llorar a rienda suelta, hasta vaciarme por completo y no dejar nada dentro. Lloré por Julián, por la injusta broma cósmica que era su vida, lloré por mí, por la frustración y el estrés de mi caso.

Pero, sobre todo, lloré de miedo. Miedo por lo que había pasado esa noche en Pontevedra.

Y miedo porque, por primera vez en nuestra vida, mi hijo me acababa de mentir a la cara.

Algo le había ocurrido. Algo que le había asustado tanto que prefería no decirme la verdad en vez de buscar una solución conmigo.

Y eso resultaba aterrador, porque, de alguna manera, sospechaba que todo estaba conectado.

16

Después de cenar, nos refugiamos en la biblioteca de la planta de arriba. Ágata había dejado encendida la chimenea y el calor pesado del fuego se propagaba por toda la estancia. Estaba tumbada en el sofá, con el pelo húmedo envuelto en una toalla y el expediente del caso en mis rodillas mientras Julián desplegaba un escuadrón de Legos sobre la alfombra. Por lo que podía adivinar, el Halcón Milenario —o lo que quedaba de él después de un «accidente» el día anterior— se acercaba al parque de bomberos, donde unos juguetes de *Minecraft* se habían atrincherado y luchaban a brazo partido contra Batman y Superman.

La imaginación desatada de Julián hacía de ruido de fondo junto a la lluvia, mientras yo repasaba una vez más los datos de mi caso, intentando encontrar algo que se me pudiera haber escapado en las cien veces anteriores que había hecho lo mismo. Tenía a mi lado una lata de cerveza Skol a medio beber. Después de aquel día necesitaba una copa. Había rebuscado en la cocina, pero solo había encontrado un plato de salpicón de marisco de aspecto delicioso que Ágata había dejado para mí en la encimera y aquella cerveza peleona.

Tendría que valer, pensé, mientras torcía el gesto y le daba un trago. La conversación que había mantenido con Méndez unas horas antes ocupaba la mitad de mi cabeza, pero el final abrupto de la persecución que había tenido justo después no dejaba de interferir, como una señal molesta. Había algo en mi asaltante que me resultaba familiar, pero no sabía de qué se trataba. No entendía bien cómo…

—Raquel.

Alcé la cabeza sorprendida. Julián siempre me llamaba «mamá». Aquel «Raquel» era totalmente nuevo e inédito para mí. Una nueva sorpresa en un día lleno de ellas.

—¿Sí, amor? —contesté apartando la mirada de las fotos.

Julián levantó la cabeza y me observó confundido.

—¿Qué?

—¿Qué quieres? Me acabas de llamar.

Mi hijo arqueó una ceja, en un gesto que hizo que por un momento pudiese oler la colonia de su padre, muchos años antes. En otra vida.

—Yo no te he llamado, mamá. —Y ese «mamá» sonó a «Ninguno de los dos tenemos edad para ingresarte en el asilo si chocheas, así que no me fastidies. Ya es suficiente con un enfermo en la familia».

Le sonreí no demasiado segura y volví a enfrascarme en la lectura. Estaba releyendo la declaración del operario superviviente que había encontrado el cuerpo en la montaña. Había algo en lo que decía que…

Raaaqueeeel.

La voz resonó con tanta claridad que me sobresalté. Me levanté de golpe y derramé la lata de cerveza sobre la alfombra, que empezó a absorber el líquido de forma golosa, dejando una mancha húmeda que se extendía en círculos. La cogí rápidamente, sintiéndome culpable por mi torpeza.

Julián seguía de espaldas a mí, enfrascado en su juego, haciendo ruiditos con la boca cada vez que movía alguno de sus muñecos. Estaba tan absorto que ni siquiera se había dado cuenta de que me había puesto de pie.

—*¡RAQUEL!*

Era un tono fuerte, seco, el tipo de voz acostumbrado a ser obedecido de inmediato. Imposible no prestar atención a aquella llamada, por mucho que quisiera evitarlo.

Me separé del sofá y caminé unos pasos hacia la puerta, con una sensación pesada en el estómago. La cerveza que había bebido peleaba por salir de nuevo al exterior. Giré la cabeza por última vez para comprobar que Julián seguía a lo suyo. No tenía pinta de haber oído la voz, aunque eso no significaba nada en absoluto. Cuando Julián se concentraba en sus cosas, sus sentidos funcionaban en otra frecuencia, una a la que no llegaban los estímulos comunes.

El pasillo de la planta superior estaba a oscuras. Tanteé la pared con la mano izquierda mientras que con la derecha sostenía todavía, de forma absurda, la lata de cerveza medio llena. Las viejas bombillas de bajo consumo parpadearon un segundo antes de bañar el corredor con una luz amarillenta, que aún tardaría un rato en adquirir su intensidad plena. El efecto era extraño, como sacado de una película antigua. Caminé por el corredor sintiendo las viejas alfombras bajo mis pies desnudos. Desde las paredes, los oscuros retratos de gente muerta muchos siglos antes me miraban, algunos con expresión seria, otros con la mirada vacía y unos pocos como si estuviesen al corriente de aquella broma divertida de la que yo no sabía nada.

Raquel. Aquí, ven.

La voz volvió a sonar, esta vez con tanta fuerza que fue como si me propinasen un empujón *dentro* de la cabeza. La sensación fue tan desconcertante que jadeé sin aliento durante un segundo.

—¿Ágata? —llamé en voz alta—. ¡Ágata! ¿Está usted ahí?

Nadie me respondió. Era casi medianoche y normalmente a esa hora mi casera ya estaba en la cama. Tan solo se oía el rumor de la lluvia cayendo con fuerza en el exterior y los crujidos de una casa centenaria que parecía contener la respiración conmigo. Sobre una mesita del pasillo ardía la vela de un pequeño pebetero de esencias que inundaba toda la casa de un olor dulzón y pesado.

Bajé las escaleras. Por un momento sentí la necesidad de volver sobre mis pasos hasta el dormitorio y abrir la caja de cartón escondida en lo alto del armario donde guardaba mi arma reglamentaria. Una Beretta 92 FS es mejor defensa que una lata de cerveza, sin duda. Pero no quería parecer una loca paseándome con un arma por mi propia casa y correr además el riesgo de pegarle un tiro a Ágata.

Porque seguro que era Ágata. *Tenía* que ser ella. No podía ser otra cosa. No allí, en Fosco, en medio de ninguna parte. En una casa que parecía un castillo.

Al llegar al rellano en penumbra me detuve indecisa, con todos los sentidos alerta. La voz, o lo que fuera que hubiese oído, ya no estaba. Comprobé la puerta principal sacudiendo la manilla. Estaba cerrada a cal y canto, como todas las ventanas de la planta baja. Solo se oía el gorgoteo del agua por los canalones y el viento que sacudía los árboles del exterior. Una simple casa grande, vieja y vacía. Nada más.

Exhalé el aire que había estado conteniendo en los pulmones. Me lo había imaginado todo. Aquel lugar, la lluvia y todo lo que me había tropezado en los últimos días se había juntado en mi cabeza hasta formar un cóctel misterioso digno de una película de miedo. Casi podía verlo en mi mente. La sensación de alivio fue tan intensa que sonreí a solas en la oscuridad, como una idiota.

Y entonces sentí una corriente de aire, tenue pero real, acariciándome la cara.

Era como un soplo suave, extremadamente frío y seco, que me puso la piel de gallina. Y mi corazón se volvió a acelerar.

Caminé a oscuras por el rellano siguiendo la corriente. Cuando unas gotas húmedas y heladas salpicaron mis pies descalzos, pegué un brinco bastante vergonzoso. Tardé un rato en darme cuenta de que estaba estrujando la lata de cerveza con tanta fuerza que la había aplastado y parte de su contenido se había derramado sobre mis pies.

Al final del rellano tropecé con algo inesperado. La puerta que comunicaba con el ala clausurada de la casa estaba abierta de par en par. Era la primera vez desde que habíamos llegado a aquel lugar que no la veía cerrada y me sorprendió. Al otro lado solo se adivinaba una negrura pavorosa, pero nada más. La corriente salía de allí, un poco más fuerte, y el olor era más intenso. Era una mezcla de humedad, cartón mojado, aroma a cerrado y putrefacción. Lo que cabía esperar de un lugar así, me dije.

No. Hay algo más.

Vacilé un segundo antes de asomarme al dintel, pero sin atreverme a cruzar aquella puerta todavía. Mis pies parecían haberse fundido con la moqueta, incapaces de dar otro paso. El marco estaba frío e hinchado por incontables décadas de humedad y lluvias y tenía un tacto desagradable.

—¿Ágata? —grité hacia el interior—. ¿Está ahí?

Nadie me respondió. De repente la imagen de la amable anciana, tirada en el suelo de una habitación ruinosa, inconsciente y con la cadera rota después de haber resbalado en algún escalón húmedo y lleno de verdín me asaltó con fuerza. La parte racional de mi cabeza me decía que mi obligación como persona (y compañera de piso) era comprobar que todo estuviese bien. La parte más irracional gritaba y se sacudía como una ardilla aterrorizada, diciéndome que saliese de allí cuanto antes.

Apoyé la lata estrujada en el suelo y metí la mano en el bolsillo de la bata hasta sacar mi móvil. Por supuesto, no tenía cobertura. La señal telefónica era demasiado débil en algunos puntos de la casa. De hecho, para tener cobertura plena había que alejarse un kilómetro o dos de Fosco, hasta lo alto de una colina. Allí dentro era absurdo esperar conseguir algo más.

Encendí la linterna del terminal y un débil rayo de luz blanquecina perforó la oscuridad. A través de la puerta se adivinaba una estancia amplia y fría. Me quedé un momento contemplándola perpleja. Había algo desconcertante en aquel lugar y tardé unos segundos en descubrir de qué se trataba.

Era como mirar un espejo. Lo del otro lado era una habitación idéntica al *hall* de entrada que había cruzado, como una versión oscura y maltratada de nuestra propia casa. Por un segundo vino a mi mente el «Mundo al Revés» de *Stranger Things,* y la estampa fue tan poderosa que me imaginé que iba a aparecer una criatura de pesadilla.

Pero no sucedió nada, por supuesto.

Sin dudar más, crucé la puerta, con el móvil delante de mis narices a modo de antorcha. El suelo de madera estaba cuarteado por el paso de los años y los pocos muebles que se veían estaban tapados con sábanas raídas cubiertas de polvo. La sensación de ser una intrusa en un lugar prohibido me invadía por completo. Fuera, un trueno sonó tan fuerte que hizo repiquetear las viejas hojas de cristal de las ventanas sin restaurar como los dientes secos de una calavera.

La corriente de aire era cada vez mayor. Me estremecí de frío, abrigada tan solo con mi bata de algodón y mi pijama. El calor que hacía en el salón en el que estaba Julián parecía tan lejano como la superficie del Sol. Sentía la humedad de mi pelo mojado condensándose a mi alrededor como un halo. Mi aliento formaba nubes de vaho mientras caminaba hacia el interior de aquel lugar abandonado.

Raquel.

Me detuve en seco. Aquella vez había oído la voz, estaba segura. Y sin ninguna duda, no era Ágata. No podía precisar la edad del dueño de la voz, pero sí el tono. Sonaba cruel y burlón, la voz de alguien que estaba disfrutando de lo lindo de un juego perverso en el que alguien iba a acabar lastimado. Yo, probablemente.

Supongo que aquel habría sido un buen momento para girar sobre mis talones y salir en dirección contraria a toda velocidad.

Pero si había alguien más en aquella casa tenía que averiguar quién era y qué hacía allí.

No sería capaz de dormir tranquila pensando que esa persona podría aparecer de noche al lado de mi cama o la de Julián. Pero estaba aterrorizada, claro. Mi lengua se había transformado en un cactus reseco dentro del desierto que era mi boca. Quise soltar una bravata, más para animarme que para asustar a quienquiera que fuese, pero solo salió un graznido apagado de mi garganta.

Entonces vi las escaleras que bajaban, supuse, hacia algún tipo de sótano. Aquella era una diferencia fundamental con nuestro lado de la casa, en el que no había nada parecido, al menos que yo recordase. La corriente de aire que salía de allí abajo ya era lo bastante fuerte como para agitarme un mechón de pelo.

Los escalones no eran de madera o de acero, sino de piedra vieja, tan desgastados por el uso y el paso de los años que trazaban una suave curva en el centro. Bajé con cautela los tres primeros peldaños, pero el pie de las escaleras se perdía en la negrura.

En aquel instante empezaron a pasar muchas cosas a la vez. La primera fue que de repente *sentí* la presencia de alguien a mi lado, pese a que estaba totalmente sola. Era una sensación viscosa y desagradable, dentro y fuera de mi cabeza a la vez, por extraño que suene. No puedo explicar el motivo, pero *aquello* quería —no, *necesitaba*— que yo bajase las escaleras, y percibí con toda claridad que si lo hacía no volvería a subir los escalones.

Era suficiente. Di un paso atrás, dispuesta a volver sobre lo andado sin dejar de vigilar mi espalda, y entonces oí a Julián. Gritando, poseído de puro pánico.

—¡Mamá! *¡MAMÁÁÁÁÁ!*

Olvidé toda prudencia y salí corriendo de allí a toda velocidad. Al carajo las escaleras, las presencias espectrales y toda esa cháchara. Mi hijo gritaba pidiendo ayuda y algo animal, a un nivel muy primario dentro de mí, se sobrepuso sobre todo lo demás. Ya no era la agente Raquel Colina recorriendo su casa mientras perseguía fantasmas. Era la madre de un cachorro en peligro que aullaba de miedo y dolor, y yo corría en su ayuda.

Al cruzar el recibidor le di una patada involuntaria a uno de los muebles con el pie descalzo y una oleada de dolor intenso y puro subió por la pantorrilla hasta mi cabeza. Una parte de mi mente registró aquello y llegó a la conclusión de que probablemente me había fracturado un dedo, pero me daba igual. Más tarde. Más tarde.

—¡Julián! ¡JULIÁN!

—*¡MAMÁÁÁÁÁÁ!*

Conocía demasiado bien a mi hijo, como cualquier madre.

Sabía apreciar en cada tono, en cada inflexión, su estado de ánimo. Y puedo jurar que nunca, jamás, ni siquiera en los momentos más oscuros y dolorosos de su terapia hospitalaria, había detectado aquel tono de horror. De pánico.

Atravesé a toda prisa el vestíbulo y subí los escalones de dos en dos. En algún punto había arrojado el móvil al suelo, porque ya no lo llevaba en las manos cuando me precipité por el pasillo que desembocaba en la biblioteca donde lo había dejado jugando apenas unos minutos antes, aunque en aquel instante me parecía una eternidad. Cuando crucé la puerta del salón sentí la oleada de calor que salía de la chimenea, pero apenas me detuve en ello. Julián estaba de espaldas mirando por la ventana, con toda la atención puesta en el exterior. Mi hijo temblaba de tal manera que por un segundo me pregunté si estaría sufriendo un ataque. *El Ataque,* aquel que anunciaría el principio del fin.

Pero no era eso.

Lo sujeté por los hombros y le di la vuelta. El niño estaba blanco como el papel, con los ojos desorbitados y la mirada perdida. Fui vagamente consciente de que se había meado encima, pero no le di importancia. Más tarde. Después.

—¡Julián! ¡Cariño! ¡Mamá está aquí! ¿Qué pasa?

Por toda respuesta, mi hijo se dio la vuelta y señaló hacia el exterior, al bosque empapado por la lluvia que rodeaba la casa. Seguí la dirección que indicaba y entonces los vi.

Era un grupo de figuras encapuchadas, aproximadamente una docena. Envueltos en la oscuridad, no podía percibir bien los detalles, pero parecían vestir una especie de sayón de tela basta que les cubría el rostro casi por completo. Lo más terrorífico era lo que hacían. O, mejor dicho, lo que *no* hacían. Porque se limitaban a permanecer allí de pie, quietos, mirando hacia la ventana. Expectantes. Era una imagen tan antinatural que se me encogió el alma.

El terror, sinuoso y denso, surgió de mis entrañas y se enroscó en mi corazón. Apreté con fuerza los hombros de Julián mientras retrocedía un paso.

—Julián. —Mi voz sonaba extrañamente hueca, como ajena a mí—. Aléjate de la ventana. Ven conmigo, amor.

Nos iríamos a mi dormitorio. Cogería la Beretta y al primero que intentase cruzar la puerta le metería dos tiros entre pecho y...

Un relámpago, mucho más fuerte que cualquiera de los anteriores, nos deslumbró en un fogonazo brutal que bañó toda la casa en una luz blanquecina y espectral. El trueno, justo a continuación, fue como una descarga de artillería de las guerras napoleónicas, brutal y ensordecedor. Sentí cómo vibraban mis pulmones con el impacto y jadeé asombrada.

Parpadeé, de forma rápida, para habituar de nuevo mis ojos a la oscuridad del exterior y entonces la que estuvo a punto de mearse encima fui yo.

Habían desaparecido. Todos y cada uno de ellos. Allí fuera no había nadie, aunque era imposible que semejante multitud se hubiese evaporado como si nada en apenas un segundo.

Pero no podía negar lo que veía o, mejor dicho, lo que no veía.

Ya no estaban allí.

Y mientras arrastraba conmigo a Julián hasta el dormitorio, mi mente no paraba de girar a toda velocidad intentando procesar lo que acababa de contemplar.

Y, sobre todo, el hecho innegable pero imposible de que entre aquella multitud expectante y enlutada que había rodeado mi casa había divisado un rostro que conocía muy bien, porque tenía todo un abanico de fotos suyas esparcidas encima del sofá.

La chica de la montaña, la víctima de mi caso.

Ella estaba allí.

Era imposible.

Pero era real.

17

JUAN

El Audi de Vilanova se detuvo delante de la casa de Raquel a la mañana siguiente muy temprano. La lluvia había dado una tregua, y aunque seguía encapotado, al menos había dejado de caer la cortina de agua de las últimas horas. El suelo estaba cubierto por una constelación de charcos grises que reflejaban el cielo de color sucio que se removía en jirones de nubes sobre Fosco.

Vilanova apretó el claxon un par de veces para hacer saber a su compañera que ya estaba allí. Mientras esperaba, puso la calefacción del coche un poco más fuerte para disipar el vaho que se condensaba en los cristales. Satisfecho, se arrellanó en el asiento y sacó de uno de sus bolsillos una caja de Oreos. De manera ceremoniosa, apoyó tres de aquellas galletas sobre el salpicadero, a dos centímetros la una de la otra. Luego cogió la primera y la abrió por la mitad, para comer en primer lugar su interior cremoso. Cuando no quedó ni el recuerdo del relleno, devoró las cubiertas en mordiscos pequeños y potentes. Uno, dos, tres, para dentro.

Solo entonces cogió la siguiente, con la que repitió el mismo procedimiento. Cuando terminó con la última, se inspeccionó el pecho en busca de alguna miga traviesa que hubiese decidido esconderse por allí. Hacía tiempo que Vilanova había descubierto que, si seguía un orden para comer, podía mantener su ansiedad alimentaria más o menos a raya. Y, para ser sinceros, era algo que le hacía falta. Como perder unos diez kilos. Quince, tal vez.

Estaba pensando seriamente en empezar otra serie de

Oreos —por saltarse un poco las normas tampoco pasaba nada, ¿no?— cuando la puerta de la casa se abrió y asomó Raquel. Estaba pálida y tenía las ojeras más profundas y oscuras que él hubiese visto en mucho tiempo. Por un momento le recordó a Droopy, aquel basset hound de aspecto dormilón y enfermizo de los dibujos animados de Hanna-Barbera que veía cuando era niño.

Su compañera estaba abrazando a su hijo con fuerza en la puerta. El chaval tampoco tenía buen aspecto, que digamos, pero Vilanova se dijo a sí mismo que aquel crío, con su piel blanquecina y su cabeza monda como la de un monje budista de nueve años, siempre tenía un aspecto terrible, pasara lo que pasase. *Lo normal cuando te estás muriendo, al fin y al cabo,* escupió la parte más cínica de su mente.

Vilanova apartó aquel pensamiento como quien aparta un bocado amargo de una ensalada. Admiraba a Raquel y al crío, que pese a no tener ni diez años le había demostrado en el poco tiempo que se conocían que tenía más coraje que muchos tipos adultos y bien plantados.

Raquel habló entonces con aquella mujer de aspecto bonachón que vivía con ellos. Vilanova se la quedó mirando con atención. Su compañera le había contado todo lo que aquella mujer estaba haciendo por ellos desde que habían llegado a Fosco. Había resultado ser como una especie de regalo caído del cielo, una abuela en busca de un nieto que estaba derramando en Julián todo el cariño que la vida no le había permitido entregar previamente. Estaba impecable, como siempre. Vilanova tenía la secreta certeza de que los tirantes del puente de Rande no estaban tan tensos como el moño de aquella anciana. Apostaría el sueldo de un mes a que ni el escudo del Capitán América era tan resistente como aquel peinado. Se pasó la mano por su pelo ralo y se le escapó un suspiro.

Raquel le dio un último abrazo a su hijo y bajó los escalones hacia el coche. Cuando entró soltó un «buenos días» en un tono que decía de todo menos el significado literal de la frase.

Vilanova tenía muchos defectos, como todo el mundo, pero si de algo estaba orgulloso era de su capacidad para oler en el viento el estado de ánimo de las personas y saber que, a veces, simplemente hay que esperar a que el otro hable. Así que se limitó a arrancar el Audi y salió de Fosco, viendo por el retrovisor cómo aquella casa enorme se hacía más pequeña en la distancia hasta desaparecer.

Al cabo de cinco minutos de camino, cuando ya estaban en medio de los bosques, Raquel soltó un largo suspiro. O, mejor dicho, exhaló aire como si llevase un año conteniendo la respiración.

—Vilanova, ¿puedo contarte algo?

—Sabes que sí.

—Prométeme que me vas a escuchar hasta el final. Sin interrumpirme.

—No hay problema.

—Y que no vas a pensar que estoy loca hasta que acabe de hablar, por favor.

Vilanova apartó por un momento la mirada de la carretera para fijarse en el rostro de su compañera. Caramba, sí que parecía estar hecha polvo. ¿Qué demonios le había pasado?

—Por favor —repitió ella con mirada profunda y seria.

—Vale. —Se encogió de hombros—. No estás loca. Al menos, no más que la mayoría. Dispara.

Y Raquel empezó a hablar. Durante los siguientes diez minutos, Vilanova la escuchó con calma mientras ella le contaba todos los acontecimientos de la noche pasada. El sótano, las voces y los encapuchados que habían aparecido en torno a la medianoche bajo su ventana, entre los que creía haber visto a su víctima. Finalmente, cuando terminó, se le quedó mirando.

—¿Y bien? ¿Crees que estoy loca? ¿Debo pedir una baja o buscar ayuda médica?

Vilanova guardó silencio durante unos instantes, meditando bien su respuesta.

—No, no creo que estés loca —dijo al fin.

El alivio de Raquel fue tan evidente que a Vilanova le dieron ganas de soltar el volante y darle un abrazo. Claro que aquello habría sido una idea bastante estúpida, así que no lo hizo.

—¿Entonces?

—Entonces —comenzó él escogiendo con cuidado sus palabras—. Creo que ayer por la noche viste algo, eso seguro. También creo que lo que sentiste dentro de tu casa probablemente haya sido una autosugestión y, déjame decirte, me parece bastante normal. Casi hasta inevitable si me apuras. Estás agotada, sobrestresada y, bueno, vives en una casa preciosa, pero que de noche parece sacada de un episodio de *Historias de la cripta*. ¿Un sótano en mitad de una tormenta? Eso da un yuyu que te cagas, compi, si me permites la confianza. Pero no es real.

Raquel soltó una carcajada liberadora. Le gustaba la forma en la que Vilanova intentaba bajar a tierra todas las pesadillas que la habían mantenido en vela la noche entera. Su sentido de la ironía era como el sol deshaciendo la niebla. Pero había algo que todavía le preocupaba.

—¿Y las figuras encapuchadas que vi fuera? No fue solo cosa mía. Julián también las vio.

—¿Cuántas dices que eran? ¿Una docena?

—Sí, más o menos.

—Y hoy por la mañana has echado un vistazo fuera, ¿verdad?

Raquel asintió con un gruñido, casi de mala gana.

—¿Había algún indicio de que ayer por la noche hubiesen estado allí?

—No —mascculló ella tras pensarlo dos veces.

—Ha estado lloviendo… ¿Cuánto, siete días seguidos? Y los alrededores de tu casa parecen una selva con tanta maleza. —Vilanova la observó de reojo—. Dime la verdad. ¿Crees que una docena de personas se puede congregar debajo de tu ventana sin dejar marcas de pisadas, ramas rotas y tierra removida?

El silencio de Raquel fue una respuesta más que elocuente.

—¿Y doña Ágata? ¿Ella también los vio?

—No, estaba en cama durmiendo como un tronco. Toma

pastillas para conciliar el sueño y dice que no se entera de nada una vez que se queda frita.

Vilanova se pasó la lengua por los labios pensativo.

—Mira, no sé qué crees que viste, pero sin duda no podían ser personas. Quizá eran sombras provocadas por la tormenta, o algo así. En medio de una noche de tormenta, a oscuras, es muy fácil confundir las cosas.

—Ya.

Vilanova se removió en su asiento mientras se pasaba la lengua por los labios.

—Una vez, hace dos años, estuvimos buscando un chaval desaparecido —comenzó a explicarle—. El crío era un cabeza hueca que no quería confesarles a sus padres que había suspendido todas y se había fugado. Acabó apareciendo al cabo de un par de días, empapado y muerto de cansancio. Mientras duró la búsqueda estuve charlando un buen rato con uno de los miembros del equipo de rastreo, en medio del monte, un día de niebla y frío como el de hoy. Cuando llevaba dos minutos hablando, me di cuenta de que el tipo no me dirigía la palabra. Pasaba olímpicamente de mí, Raquel.

—¿Y eso, por qué era?

Vilanova soltó una carcajada.

—Porque era un tocón de árbol, por eso era. Llevaba un buen rato hablando con un tronco medio podrido y te puedo jurar que todo ese tiempo estaba convencido de que era una persona, y eso que solo estaba a unos tres metros de donde yo me encontraba.

Raquel asintió pensativa. La parte racional de su cerebro le decía que Vilanova tenía razón, pero de todos modos no podía borrar de su recuerdo la imagen que había visto la noche anterior. Estaba *segura* de lo que había visto… y, aun así, no tenía sentido.

—Vilanova, no quiero que te preocupes, per
taría si antes de ir a casa de Méndez paramos un
el hospital para…?

—¿Qué pasa? ¿Te quieres hacer un cheque

—No, nada de eso. Quiero comprobar una cosa, eso es todo. Te prometo que me quedaré más tranquila.

Vilanova asintió, encogiéndose de hombros.

—Te necesito al cien por cien, compi. Si así te sientes mejor, adelante. Además, vamos bien de tiempo. No creo que Méndez madrugue tanto como nosotros.

Media hora más tarde, el Audi de Vilanova daba vueltas por el saturado aparcamiento del Hospital Montecelo, intentando encontrar un hueco libre para estacionar. Al final tuvo que recurrir a enseñarle la placa a uno de los guardias de seguridad para que le permitiesen dejar su coche en una de las áreas reservadas, cerca de la zona de carga.

Entraron por una de las puertas traseras del complejo y se cruzaron con un montón de cestones de lavandería, cajas de suministros hospitalarios y un par de cocineros que, en un descanso, estaban fumando un pitillo de forma descarada justo debajo de la señal de «prohibido fumar». Vilanova estuvo a punto de decirles algo, pero Raquel lo arrastró al interior sin dejarle abrir la boca.

Atravesaron lo que a Vilanova le pareció una eternidad de corredores hasta que, después de preguntar varias veces, encontraron el ascensor correcto que los llevó dos plantas por debajo de la calle. Cuando salieron del ascensor, el ambiente había cambiado por completo. Ya no se veían familiares de pacientes con aspecto cansado ni celadores en pijamas de colores, y los pasillos estaban menos iluminados, incluso con alguna mancha de humedad asomando en el falso techo. Las paredes estaban cubiertas por cientos de pequeños azulejos de color verde vómito que resultaban deprimentes.

—¿Qué hay aquí abajo?

—Los forenses y la morgue —replicó ella apretando el paso.

—Ah, claro. La morgue.

—¿Qué?

—Nada, nada —refunfuñó él con un estremecimiento—. ·e ya he desayunado, eso es todo. Además, no me gustan los cadáveres. Tuve que ver demasiados en Barcelona mientras estaba en la Criminal. No guardo un buen recuerdo.

—Será solo un momento, te lo prometo.

Por fin llegaron a una salita donde dos sanitarios en pijama pasaban la mañana sin grandes urgencias aparentes. Uno de ellos, un hombre calvo y de nariz aguileña, delgado hasta el extremo de parecer un espantapájaros, estaba sentado en un sofá afanado con su móvil en una partida complicada de *Candy Crush*. Su compañera, una mujer de unos cincuenta años, gruesa, bajita y de cuerpo mullido, tenía su atención puesta en una pantallita de televisión en la que en aquel instante Ana Rosa Quintana estaba diciendo algo con aspecto serio y contenido. A Vilanova le recordaron de inmediato a Epi y Blas. Después de que los dos muñecos de *Barrio Sésamo* hubiesen tenido un accidente químico especialmente desagradable, claro.

—Buenos días —dijo Raquel.

Blas levantó la vista de su teléfono, apenas un parpadeo, antes de volver a concentrarse en el juego.

—Las analíticas son en la segunda planta, se han equivocado de ascensor —dijo sin mirarlos—. Y antes tienen que pedir vez en recepción, en la planta baja, según se entra a la derecha.

—No queremos hacer analíticas. Estamos buscando al encargado de la morgue.

El hombre siguió con la mirada clavada en el móvil, mientras su compañera, en un ejercicio zen digno de encomio, no movía ni un solo músculo, prendada en la pantalla de la tele.

—El doctor Tapia no llega hasta las once. Antes no se le ve por aquí ni en pintura. Vuelvan más tarde.

Raquel suspiró tratando de controlar su enfado. Entonces Vilanova plantó su placa justo sobre la pantalla del teléfono móvil del hombre, que bizqueó durante un segundo mientras enfocaba el distintivo.

—Vamos a empezar otra vez —dijo con voz tranquila—. Y esta vez con educación, por favor. Mi compañera le ha dicho «buenos días» y necesita que le atiendan. Ahora.

El hombre se dio por derrotado y apoyó el móvil en la mesa con gesto avinagrado.

—A ver, ¿qué puedo hacer por ustedes?

—Somos los agentes que llevan el caso de los dos muertos de la montaña. Los tienen aquí, en su morgue. —Lo había confirmado Vilanova, en el camino de vuelta a Fosco desde Pontevedra—. Tenemos que hacerles unas preguntas.

—Eso es cosa de Mariana —gruñó el hombre repentinamente feliz por poder pasarle el marrón a otra persona—. ¡Eh, Mariana, preguntan por ti!

La mujer se giró por fin y los observó desde el otro lado de unas espantosas gafas de culo de botella, con suficiente cristal como para fabricar vasos para un bar mediano, a juicio de Vilanova. Se levantó y anadeó hasta ellos con gesto cansado.

—Disculpen, pero no estamos muy acostumbrados a tener visitas aquí abajo. Los análisis toxicológicos ya están listos, se los íbamos a enviar a lo largo de la mañana.

—Ah, eh... Sí, claro, los análisis. ¿Hay algo reseñable?

—Déjeme ver. Será solo un minuto.

Mariana se sentó delante de un ordenador y tecleó durante un rato. Finalmente dio una palmadita en la mesa.

—En el caso del varón, no hay nada anómalo. Muerte por exanguinación tras desgarro de carótida. Había desayunado unos huevos con beicon y un café, sin rastros en el estómago de otras sustancias. Los análisis de sangre, saliva, orina y demás dan unos resultados normales, aparte de un poco de colesterol. No, el pobre hombre estaba sano como una manzana. Lo de la chica es otra historia...

—¿Por qué? ¿Qué sucede?

—La causa de la muerte fue la hemorragia masiva producida por una evisceración parcial del corazón, pero eso supongo que ya lo sospechaban. Lo curioso es que en el análisis de tóxicos dio un resultado altísimo en escopolamina y atropina.

—¿Escopolaqué?

—Son dos alcaloides muy potentes. —La doctora frunció el ceño mientras repasaba el informe de tóxicos—. Además, tenía una concentración disparada. Vaya, diez miligramos de atropina y cuatro de escopolamina. Eso es una dosis mortal de necesidad. Si no la hubiesen abierto en canal, esa chica habría muerto de todas formas con semejante cóctel.

Vilanova y Raquel cruzaron una mirada. Aquello era totalmente inesperado. «Aquí hay algo», se dijeron en silencio.

—¿Dónde se pueden conseguir esas drogas? ¿Quién las vende? —la ametralló a preguntas—. ¿De dónde salen? ¿Son fáciles de obtener en el mercado negro?

La mujer rio con un hipido caballuno.

—Y tan fácil. Seguramente, si salimos fuera y damos una vuelta por algún descampado cercano, podamos conseguir más de la que se imagina.

—No entiendo. —Raquel parecía confundida, estaría imaginándose un ejército de camellos vendiendo drogas alrededor del hospital.

—La escopolamina y la atropina son solo dos de los setenta y siete alcaloides que contiene el estramonio. Es una planta vulgar y corriente que crece como una mala hierba en casi cualquier parte del país. —La mujer se retrepó las gafas sobre el puente de la nariz—. También lo llaman «la higuera del infierno» en algunos sitios. A esa plantita le encantan los arcenes de las carreteras y los campos abandonados. Cualquiera que sepa cómo es puede obtener las cantidades que necesite.

—¿Y para procesarla no hacen falta conocimientos químicos?

—Poca cosa —se encogió de hombros—, pero, por el nivel de toxicidad que tiene el cuerpo de la muchacha, sospecho que se tomó entre cincuenta y sesenta semillas de estramonio, machacadas en una papilla o mezcladas con algún líquido. Si era algo de sabor fuerte, probablemente ni se enteró de que la estaban drogando.

—¿Y cuál es el efecto de esos alcaloides?

—Oh, un montón. —Empezó a contar con los dedos mientras los miraba—: Hipertermia, taquicardia y cosas así, pero sobre todo produce un montón de alucinaciones, que es lo que buscan sus consumidores. Además, la escopolamina produce sumisión química. Con el nivel en orina que tenía esa muchacha, estaría tan anulada que podrían haberla puesto en pelotas en mitad de la plaza del Obradoiro y no se habría enterado de nada.

Raquel se apoyó en la mesa, parecía mareada.

—¿Y en una dosis menor?

—Uf, eso es difícil de precisar. Depende del peso del sujeto, del sexo y cosas así, pero taquicardias, alucinaciones leves, tanto visuales como auditivas. —Se encogió otra vez de hombros—. Es un alucinógeno, al fin y al cabo. Supongo que depende de dónde estés y de lo sugestionado que te encuentres. Normalmente los efectos dependen de lo que esté haciendo el sujeto en ese momento.

Juan cruzó de nuevo una mirada con Raquel, que lo observaba preocupada. Pudo ver reflejada en sus ojos la misma duda que le corroía a él. Quizá la noche anterior sí que había visto a las figuras enlutadas, después de todo.

—Otra cosa —le temblaba un poco la voz—. Sé que puede sonar raro, pero... ¿Había algún rastro de cáncer en el cuerpo de la mujer?

—¿De cáncer? —Mariana parpadeó un par de veces tras las gafas, en un gesto casi cómico, antes de desviar de nuevo la mirada a la pantalla para revisar el documento—. Es curioso que lo pregunte, porque en el análisis toxicológico había trazas de numerosos medicamentos anticancerígenos, pero en dosis muy bajas, como si ya no los estuviese tomando.

—Pero ¿tenía algún rastro de...? —La voz de Raquel casi se quebró y Juan le dedicó una mirada perpleja.

—¿De cáncer? Bueno, aquí no pone nada, así que supongo que durante la autopsia no encontraron nada reseñable. Si hubiesen tropezado con un tumor o algo así, lo habrían consignado, pero es verdad que tampoco lo estaban buscando. No es concluyente. Habría que hacer pruebas forenses más concretas. ¿Por qué lo pregunta?

—Por nada. Una última cosa. —A Juan la voz de Raquel le sonó extraña—. Necesitaríamos…, esto…, ver el cadáver de la víctima femenina.

Mariana frunció el ceño.

—¿Para qué? La autopsia ya está hecha.

—Investigación policial —la interrumpió Vilanova con aplomo.

—De acuerdo, pero no pueden sacar fotos ni llevarse muestras sin una orden firmada, ¿de acuerdo?

—Claro que sí. —Vilanova le dedicó su más cálida sonrisa—. Solo será un minuto.

La mujer los condujo a una sala anexa que estaba a oscuras. Cuando apretó el interruptor de la pared, dos hileras de fluorescentes de alta potencia parpadearon durante un segundo cuando cobraron vida y a continuación bañaron toda la sala en una luz blanca que resaltaba hasta el más mínimo y desagradable detalle de aquel lugar.

En una pared había encastrados en torno a diez armarios frigoríficos de acero inoxidable, cubiertos de arañazos y de aspecto inconfundible. La mujer consultó una lista y caminó hasta uno de ellos.

Raquel se detuvo, respirando con dificultad.

Cree que el cuerpo no va a estar, se dijo Juan, que lo había entendido todo de golpe. *Dice que vio ayer a la chica debajo de su ventana y ahora se teme que ese armario esté vacío, como lo estuvo el de Méndez.*

Mariana abrió el arcón y descorrió la camilla. Sobre la plancha de acero inoxidable yacía el cadáver desnudo de la joven de la montaña, desnuda por completo y con una palidez antinatural. Además del boquete en el costado, unos feos costurones decoraban su pecho allí donde la habían abierto para hacer la autopsia.

—Aquí la tienen. ¿Qué necesitan ver?

—Nada. —Juan casi podía sentir el alivio saliendo a borbotones por sus poros—. Ya es suficiente.

La doctora los miró con expresión de sorpresa, pero no

añadió nada. Cerró el arcón y se volvió a su cuartucho refunfuñando algo sobre guardias civiles idiotas.

—¿Y bien? ¿Qué piensas ahora?

—Si está aquí, no podía estar allí —dijo ella con un tono firme de voz que no recordaba en mucho tiempo—. Y lo que ha dicho del estramonio… Vilanova, ¿crees que…?

—¿Que alguien te puede haber drogado? Desde luego tiene mucho más sentido que la alternativa, pero la pregunta es ¿quién, cuándo y por qué?

—No lo sé, pero tengo una sospecha. Anoche cuando perseguimos al tipo que me robó la carpeta, creo que me roció la cara con algo que tenía un olor afrutado —replicó ella con una sensación fría de ira saltando en su estómago—. Vi unas manchas de colores flotando delante de los ojos y después le perdí la pista. Más tarde, en casa, tuve todas esas alucinaciones. Tuvo que ser por eso, Juan. Además, ya has oído lo que ha dicho esa doctora, el efecto de esa droga depende del entorno y de lo que estés haciendo. Yo estaba revisando las fotos del expediente cuando pasó todo. Seguramente incorporé sin querer la imagen de nuestra víctima en mi alucinación.

—Pero dices que Julián también los vio. A los enlutados.

—Julián es un niño muy enfermo, Juan —dijo con un estremecimiento—. Ve y oye cosas que no existen a causa de su… enfermedad. Imagínate lo que le pudo haber sugestionado una persona intoxicada por escopolamina a su lado. Yo.

—Ya veo —murmuró él—. ¿Y a qué ha venido eso del cáncer, por cierto?

—Solo quería comprobar algo que se me ocurrió de repente, una tontería —murmuró Raquel de forma vaga—. No tiene importancia, de verdad.

—De acuerdo —asintió Vilanova, al que de repente se le iluminó la cara con una sonrisa—. Pero por lo menos ahora ya estás segura de que lo que viste ayer por la noche no era real. Algo es algo, ¿no?

—Ahora sé que no me estoy volviendo loca y que no hay fantasmas ni espíritus dando vueltas por mi casa, es cierto. —La voz de Raquel supuraba alivio y determinación a partes iguales—. Vamos donde Méndez. Y como no nos cuente todo lo que sabe sobre el caso, te juro que se va a arrepentir.

Diez minutos más tarde, mientras conducían hacia el centro de la ciudad, Juan advirtió que Raquel miraba por la ventanilla satisfecha. Por fin las cosas empezaban a tener sentido. El mundo seguía siendo un sitio racional, medible y controlable. Y con esas reglas, ellos dos tenían ventaja.

18

RAQUEL

Había empezado a llover de nuevo cuando llegamos al portal de Méndez. Me resultaba increíble pensar que menos de veinticuatro horas antes había estado allí. Sin embargo, aquel encuentro del día anterior me parecía algo que pertenecía a los recuerdos de otra persona. Desde entonces, mi vida se había transformado en algo salido de una mente calenturienta, con apariciones, voces incorpóreas e historias de sacrificios humanos a lo largo de los siglos. Y además, había pasado de investigadora a víctima de todo aquel embrollo. La advertencia de Méndez de «dejarlo correr» adquiría un sentido mucho más ominoso, pero no pensaba apartarme. Ahora menos que nunca.

Los tumores de estómago de los que aquella chica me había hablado habían desaparecido. Había estado en tratamiento, quedaban restos de quimioterapia en su organismo, pero no había cáncer. El alivio me inundaba en oleadas. Ramona era real. Su don era real. Julián todavía podía salvarse si la encontraba a tiempo, y para eso necesitaba la colaboración de Méndez, e iba a conseguirla aunque tuviese que arrancársela.

Vilanova apretaba el timbre con insistencia, pero el agente jubilado no parecía interesado en abrir la puerta.

—¿Crees que estará en casa?

—¿Dónde va a estar si no? Es un anciano gordo, perezoso y alcohólico y está lloviendo a mares. Seguro que paseando no está. Lo más probable es que tenga el timbre estropeado o no nos oiga por vete tú a saber qué.

En ese momento una vecina salió del portal y aprovechamos para entrar en el oscuro zaguán y así ponernos a resguardo de la lluvia.

—¿Qué te parece? ¿Subimos y le aporreamos la puerta?

La cara de Vilanova se ensanchó en una sonrisa pícara, como la de un niño al que le dan permiso para hacer una travesura.

—El día no deja de mejorar —replicó—. Venga, vamos allá.

Subimos los tramos de escalones que llevaban hasta la última planta en la que vivía Méndez. Justo cuando arrancábamos la última tanda de escaleras, me detuve en seco y apoyé la mano en el pecho de Vilanova, que jadeaba como un san bernardo.

—¿Qué pasa? ¿Por qué te paras? ¡Oh!

La puerta de la casa de Méndez estaba abierta, aunque ligeramente entornada. Desde dentro salía un halo de luz amarillento que bañaba el rellano de las escaleras. Las motas de polvo danzaban movidas por una suave brisa y proyectaban sombras saltarinas en la pared contraria.

Le hice un gesto mudo a Vilanova que, de repente, había conseguido controlar su respiración. Con un movimiento fluido, desenfundamos nuestras armas reglamentarias y subimos los últimos escalones tratando de evitar los crujidos de los viejos peldaños. Aun así, cada vez que pisábamos uno, nos envolvía una sinfonía de sonidos y chirridos escandalosamente ruidosos.

—¡Méndez! —Me puse al lado de la puerta blindada y la empujé ligeramente con una mano. La hoja bien engrasada giró sobre sus goznes sin emitir el menor sonido—. Somos los agentes Vilanova y Colina, ¿está dentro?

Nadie contestó. Nos miramos, con una sensación extraña en el cuerpo.

—¡Méndez! ¡Vamos a entrar en su casa! ¿Me oye? ¿Méndez?

Una vez más, no hubo respuesta. Con un gesto seco, abrí la puerta de golpe mientras Vilanova cubría el vano de entrada con su arma ligeramente apuntada hacia el suelo. Lo último que necesitábamos era darle un susto de muerte a un viejo en zapatillas y albornoz algo duro de oído.

El vestíbulo estaba vacío. De fondo se oía una música suave que salía del televisor, junto con los gritos excitados del público de *La ruleta de la fortuna*. Vilanova entró primero, cubriendo la pequeña cocina que estaba a un lado, mientras yo le seguía y avanzaba directa hasta el salón.

Sobre la mesa aún estaban las tazas de café de la noche anterior. La botella de Soberano ya estaba totalmente vacía y otra botella, esta vez de ginebra, había aparecido para darle el relevo, aunque seguía mediada.

Pero allí no estaba el sargento jubilado.

Vilanova señaló hacia el fondo del pasillo con gesto tenso. Observé la pared y entonces me fijé en que un par de cuadros estaban caídos en el suelo. Uno era una vulgar lámina de un canal y el otro era la foto de un paisaje, gallego probablemente. La cubierta de cristal se había roto en mil pedazos y los restos cubrían el suelo de madera.

—¿Qué hacemos? —me susurró Vilanova.

Pensé a toda velocidad.

—Seguramente esté durmiendo la mona en su cama —musité, deseando que mi sospecha fuese cierta—. Fíjate en las botellas de la mesa. Ayer se pilló tal curda que se dejó la puerta abierta y después fue chocando contra las paredes antes de caer redondo.

—¿Y si le ha pasado algo? Esos cristales están manchados de sangre.

—Solo hay una manera de averiguarlo.

Avancé por el pasillo, procurando evitar los cristales desperdigados por el suelo, hasta llegar al dormitorio. El cuarto estaba a oscuras y palpé la pared con cautela hasta encontrar el interruptor. Cuando encendí la luz, sentí un escalofrío de advertencia. La cama estaba sin deshacer y no había señal alguna de Méndez.

—Aquí no está —susurré sobre su hombro.

—En el baño tampoco —contestó Vilanova saliendo del

aseo con cara de asco—. Este tío es un cerdo. Espero que con la pistola tuviese mejor puntería. ¡Está todo salpicado!

—¿Dónde se ha metido? —mascullé mientras devolvía la Beretta a su funda sobaquera.

—Queda una puerta. —Vilanova señaló hacia una pesada y ornamentada puerta de caoba al otro extremo del pasillo—. Quizá esté ahí dentro.

Nos acercamos y tanteé el pomo, pero estaba cerrada por dentro. Llamé con fuerza, aunque nadie respondió desde el otro lado. Entonces me fijé en una mancha herrumbrosa en el marco. Se veían perfectamente las huellas de tres dedos manchados de sangre, a la altura de mi pecho. Sin mediar palabra, crucé una mirada más que elocuente con Vilanova.

Mi compañero dio un par de pasos hacia atrás para coger carrerilla. Con un bufido se lanzó hacia la puerta y la embistió con el hombro. La hoja tembló con fuerza, pero no se abrió. Juan volvió sobre sus pasos y lo intentó de nuevo. Esta vez cayó una lluvia fina de masilla desde la parte superior del marco tras el impacto y se escuchó un crujido amenazador, pero las bisagras aún aguantaban el embate.

—¡Apártate! —rugió Vilanova rojo por el esfuerzo y algo encabronado.

En esta ocasión se fue hasta el principio del corredor, pisoteando inadvertidamente los cristales. Con un bramido poco propio de un agente de la ley se lanzó por tercera vez contra la puerta, en algo parecido a la carga de un elefante furioso. El impacto fue definitivo. Entre una lluvia de astillas del marco destrozado, la puerta reventó hacia el interior del cuarto.

Llevado por la inercia, Vilanova entró a trompicones en la sala que estaba al otro lado, hasta acabar estrellándose contra una butaca orejera de estampado de flores. La butaca no pudo aguantar su peso y se encabritó, lanzando al corpulento Vilanova por los aires, en una pirueta nada elegante.

Todo había pasado en menos de diez segundos. Miré hacia el interior atónita y paralizada por la sorpresa. Al cabo de un momento, desde el otro lado de la butaca tumbada asomó la cara enrojecida de Vilanova, que se frotaba el hombro con expresión de fastidio.

—¿Juan? —pregunté dubitativa.

—Estoy bien, gracias por preguntar —dijo con un resoplido—. Pero casi me rompo el hombro.

Pero ya no le prestaba atención. Mi mirada estaba clavada en el otro extremo de la estancia. Era una pequeña biblioteca decorada con gusto. Si en el resto de la casa no había casi nada personal, esa estancia era un santuario de la vida de Méndez. Las paredes estaban recubiertas de viejas fotos desvaídas desde las que una versión mucho más joven del agente jubilado nos sonreía, normalmente vestido de uniforme. En un enorme librero, entre una colección de Grandes Clásicos de la Literatura muy sobada y una vieja enciclopedia desfasada, una vitrina de cristal con raso rojo contenía un puñado de medallas ganadas en toda una vida de servicio militar.

Y a los pies de la vitrina, retorcido en una posición antinatural, yacía el cuerpo desmadejado de Méndez.

—¡Ayúdame a moverlo! ¡Y llama a una ambulancia!

Mientras Vilanova parloteaba por el teléfono avisando a la caballería, de forma inconsciente empecé a aplicar el Método.

Tan pronto como empezase a entrar gente en aquella habitación (sobre todo el personal médico, preocupado por sus cosas), todo quedaría comprometido, por muy cuidadosos que fuesen. Cuando bajé mis pulsaciones al mínimo posible, comencé a fotografiar mentalmente cada rincón, cada detalle que me rodeaba.

De lo primero que me di cuenta fue de que aunque viniese una ambulancia, como dictaba el protocolo, Méndez se hallaba más allá de cualquier ayuda. Estaba total y completamente muerto, sin posibilidad de arreglo. Aún vestía la misma ropa que había lucido el día anterior cuando habló con nosotros, pero tenía manchas resecas en la pechera de la camisa que, a juzgar por su olor, eran de alcohol. Su mano derecha (Méndez era diestro, recordaba ese detalle) tenía un feo corte en la palma, quizá provocado al chocar contra la foto acristalada del pasillo, pero esa era la única herida visible en el cuerpo del jubilado. Por lo demás, parecía intacto, dejando aparte el hecho de que estaba fiambre, claro.

Saqué un par de guantes de látex del bolsillo y me los puse con un gesto mecánico antes de tocar nada. Me acuclillé junto a él, y al hacerlo noté un pinchazo en el dedo gordo del pie derecho. Me había dado un buen golpe la noche anterior; ya no creía que me lo hubiese roto, pero aún me dolía al forzarlo. Me centré de nuevo. Palpé la ropa del anciano y sus bolsillos. Vacíos. Entonces me fijé en su rostro.

Méndez se había ido al más allá con una expresión horrorizada en la cara. Sus ojos estaban desorbitados y su boca estaba abierta y congelada en un grito infinito, que dejaba a la vista unos dientes amarillentos y desgastados por los años, la nicotina y el alcohol. Su cuerpo aún no tenía *rigor mortis*, pero estaba encogido, como si intentase protegerse de algo. Algo tan aterrador como para hacerle salir corriendo a trompicones por el pasillo y encerrarse en aquella habitación.

—¿Qué crees que le ha pasado? —musitó Vilanova, que me dejaba hacer sin quitarme ojo.

—Alguien llamó a la puerta —murmuré reconstruyendo mentalmente la escena—. Alguien que fue lo bastante convincente como para que le abriese en mitad de la noche.

—¿Quién crees que fue? ¿Un ladrón?

—No creo. —Negué con la cabeza. Su cartera estaba encima de la mesa y unos billetes arrugados de cincuenta euros asomaban por el borde—. Puede que fuese nuestro asaltante, o alguien que trabajaba con él. Buscando algo.

—Los archivos de Méndez —masculló Vilanova asintiendo muy despacio—. Los documentos de Portalén. Pero ¿cómo acabó así?

—No lo sé. Aunque sospecho que cuando abrió a su visitante pasó algo, algo que le asustó tanto como para salir corriendo hacia aquí, sin ni siquiera cerrar la puerta de la calle.

—¿El qué?

Negué con la cabeza, pero no añadí nada más. Estaba viendo la escena en mi mente, muy lejos de allí, en otro momento.

—Por el camino tropezó con los cuadros y se cortó. Bebió un montón con nosotros y seguramente siguió bebiendo una o dos horas más. Es probable que perdiese el equilibrio y que le diese un manotazo a la foto del pasillo sin querer. Entonces se encerró aquí y…

—¿Y qué?

Medité un largo rato.

—Y a partir de ahí, nada tiene sentido. Fíjate. —Señalé el marco de la puerta destrozada por la embestida de mi compañero—. Tenía dos cierres echados por dentro. Solo se puede cerrar desde este lado, no se puede operar desde fuera. Y aun así, sea quien sea el que le perseguía, consiguió entrar.

—¿Cómo lo sabes?

—Observa la posición de su cuerpo. Está acurrucado al pie de la estantería, pero en sus últimos instantes no estaba mirando hacia la puerta, sino hacia donde estás tú, cerca de la pared del otro lado. Si algo le obligó a encerrarse dentro de este cuarto, lo lógico sería que vigilase la puerta que lo mantenía a salvo, no una pared desnuda en el lado opuesto. —Fruncí el ceño. Odiaba los enigmas que no podía resolver—. ¿A qué estaba mirando Méndez cuando murió, Juan?

Vilanova abrió la boca para responder, pero la cerró al cabo de un segundo. No tenía la menor idea de qué decir.

—Entonces, recapitulando. —Me puse de pie mientras giraba sobre mí misma, con los ojos cerrados, concentrada—. Alguien vino a este lugar después de que nos fuésemos y consiguió que Méndez le abriese la puerta de la calle…, pero entonces pasó algo que le aterrorizó de tal manera que corrió a encerrarse dentro de este cuarto, la habitación más segura de la casa.

—Y tenemos una habitación cerrada por dentro…

—Y sin ventanas —añadí yo.

—Una habitación cerrada por dentro sin ventanas, en la que su perseguidor sin embargo pudo entrar, acabar con Méndez y después volver a salir… dejando cerrado por dentro de nuevo.

—Es imposible.

—Y sin embargo, es lo que vemos.

—Odio cuando pasa esto. —Me apreté la frente con fuerza.

—Quizá Méndez cerró de nuevo la puerta una vez que su asesino se fue.

—No es posible. —Negué muy pálida. Se me estaba ocurriendo una cosa que no me gustaba nada—. Estaba tirado en el suelo, incapacitado, y además, habría dejado restos de sangre en el pomo interior de la puerta. El pomo está limpio, a diferencia de las cerraduras, pero esas las manchó cuando las accionó al entrar.

—Entonces, ¿qué narices ha pasado?

—No lo sé —repliqué mientras abría los ojos y me apoyaba en la butaca caída—. Pero eso no es lo que más me inquieta de todo esto.

—¿En serio? ¿Y qué es, entonces?

—Él. —Señalé el cuerpo caído en el suelo—. No soy forense, y hasta que no haya una autopsia no podremos estar seguros, pero no tiene heridas ni marcas. Creo que…, creo que…

Sentí que me mareaba y estuve a punto de caerme al suelo. Solo la intervención de Vilanova, que me sujetó con fuerza, me mantuvo en pie. Pegué mi boca al oído de Juan, como si estuviese a punto de contarle algo muy secreto. Algo demasiado importante como para decirlo en voz alta. Fuera ya se oía el ulular de las sirenas que se acercaban.

—Creo que murió de miedo —susurré—. No sé qué o quién entró aquí detrás de Méndez, pero era tan aterrador que su sola presencia bastó para acabar con él.

Y aún sigue ahí fuera, añadí para mí misma. No podía compartir todas mis sospechas con él sin parecer una lunática. Alguien lo suficientemente aterrador, desde luego, como para matar de miedo a un anciano borracho.

Y sabe quiénes somos, qué hacemos, con quién hablamos y qué buscamos.

Y sospecho que no le gusta nada.

Y está dispuesto a matar.

19

Cuando llegó la ambulancia con los sanitarios y la Policía Nacional, el pequeño apartamento de Méndez se inundó de gente y se volvió aún más pequeño de lo que realmente era. Recuerdo las siguientes tres horas envueltas en una especie de niebla mental. Vilanova me ayudó a bajar las escaleras, y mientras yo permanecía sentada en la parte trasera de la ambulancia, deseando no haber dejado de fumar, él se encargaba de hablar con los compañeros de azul. Un policía alto y de pelo cano con aspecto seductor se acercó hasta mí para pedirme mis datos. Tardé un rato en darme cuenta de que estaba tratando de ligar conmigo y lo espanté de un bufido.

La cabeza me zumbaba como un panal de abejas cabreadas. No alcanzaba a entender qué diablos había sucedido en la casa de Méndez, ni era capaz de descubrir cómo y de qué manera estaba conectado con nosotros. *Sabía* que había algo, pero cada vez que pensaba que lo tenía, que había encontrado el punto de unión, se me escurría de nuevo entre los dedos. Era una sensación semejante a cuando con el rabillo del ojo percibes algo moviéndose y entonces te das la vuelta y no puedes verlo.

Nada en aquella escena del crimen tenía sentido, o por lo menos no se parecía a nada que yo hubiese visto con anterioridad. Todos los años de experiencia profesional que había atesorado en Madrid parecían reírse de mi incapacidad para desentrañar un enigma que parecía sacado de un acertijo de Agatha Christie.

Pero no era mi ineptitud sobrevenida lo que más me molestaba. Lo que realmente me tenía angustiada era la sensación pegajosa de estar caminando todo el rato por el delgado filo que separa la realidad de la fantasía. Y eso no tenía fácil solución.

La mitad de las cosas que había visto, oído o experimentado en los últimos días me habrían arrancado apenas una sonrisa desdeñosa en mi vida anterior, en la Unidad, en Madrid. De repente, allí sentada, en la trasera de una ambulancia en aquella calle estrecha, me sentí terriblemente sola y aislada del mundo real. La añoranza que sentía por mi vida anterior en la capital —aun con sus calles llenas de gente apresurada, su clima helador en invierno y abrasador en verano, sus atascos y su ritmo frenético— me anegó como una ola gigantesca. Qué sencillo me parecía todo visto en perspectiva. Qué fácil y claro resultaba tener que lidiar con una banda de aluniceros o con una red de trata de blancas comparado con… esto.

—Eh, ¿estás bien?

La voz grave de Vilanova me arrancó de mis pensamientos. Sorprendida, me di cuenta de que en algún momento había empezado a llorar. Me sequé las lágrimas de las mejillas con un gesto furtivo y negué con la cabeza.

—Estoy agotada, eso es todo. Creo que he pillado algo, probablemente un resfriado o alguna tontería así.

—¿Quieres que te lleve a casa? Con todo este lío se ha pasado la mañana volando y ya casi hemos terminado nuestro turno. Seguro que al sargento Nogueira no le importa que nos vayamos un poco antes.

Asentí con la cabeza. La sola idea de estar con Julián hacía que desease llegar cuanto antes a casa.

—¿Qué les has contado? —pregunté mientras señalaba con el mentón hacia los agentes de azul de la Policía Nacional que entraban y salían del portal de Méndez. Dios, mataría por un cigarrillo.

—La verdad. —Vilanova se encogió de hombros—. Que Méndez era un sujeto de interés en nuestra investigación y que veníamos a recoger unos documentos. También les he explicado cómo lo encontramos y poco más. Esta calle está en el núcleo urbano de la ciudad, así que es de su jurisdicción. Por una vez el marrón se lo tienen que comer ellos.

—¿Eso es bueno o malo?

—Los conozco y son gente eficiente. —Sacó una galleta de su bolsillo y comenzó a masticarla con parsimonia—. Seguro que hacen un buen trabajo. También les he pedido que nos pasen el análisis toxicológico del cadáver en cuanto lo tengan.

—¿Y no te han preguntado por el motivo?

—Me he inventado una historia sobre drogodependencias. —Una vez más, al grandullón se le escapó una sonrisa traviesa—. Les he explicado que necesitamos saber si las declaraciones que Méndez hizo en nuestro caso son fiables o no. Suena un poco forzado, pero cuela. Además, ya te he dicho que los conozco, así que tampoco le han dado demasiadas vueltas.

—¿Y nuestros análisis?

Antes de salir del Hospital Montecelo, habíamos subido a la planta de analíticas y ambos habíamos dejado una muestra completa de sangre y orina. Con una mezcla de persuasión, ruego y un oportuno paseo de la placa de Vilanova, nos habían garantizado que a lo largo de la mañana, de manera excepcional, nos darían los resultados. Si alguien me había drogado con un alucinógeno en algún momento, quería estar segura de ello.

—Aún no han llegado. —Mi compañero revisó su móvil—. Pero lo harán, tú tranquila.

No teníamos nada más que hacer allí, así que nos fuimos paseando lentamente.

—Necesito tomar algo —dijo Vilanova con un escalofrío—. Después de tantos años, todavía no me he acostumbrado a enredar con muertos, compi. ¿Te apetece?

—¿Beber mientras estamos de servicio, Juan? —enarqué una ceja.

—No, no me refiero a eso —replicó él azorado—. Eh, a ver, estaba pensando que podíamos tomar un café juntos o algo así. No es que te esté proponiendo una cita ni nada de eso, o sea, quiero decir…

Le apreté el brazo en un gesto cómplice. Su torpeza resultaba encantadora.

—Sinceramente, tampoco me vendría mal. Acepto ese café.

—Conozco un sitio —dijo él todavía colorado—. Vamos por aquí.

Siguiendo a Vilanova, nos internamos una vez más en el corazón del casco viejo. Se me hacía raro cruzarme con grupos de personas entretenidas en sus vidas, ajenas al hecho de que un hombre había muerto de miedo pocas calles más allá. Pero así es la vida, supongo.

Al cabo de un rato llegamos a un bonito edificio ancho y algo achaparrado que se levantaba cerca del río. Un cartel enorme sobre la puerta ponía que allí estaba el Mercado de Abastos, pero Juan me guio sin dudar hacia unas grandes escaleras de piedra que se abrían en abanico a ambos lados de la entrada, hasta llegar al piso superior. Para mi sorpresa, todo aquel nivel estaba lleno de pequeños puestos de comida y bebida, aunque dada la hora todavía había pocos clientes. El olor de la empanada de berberechos, el pulpo recién cocido y diez cosas más me hizo la boca agua al instante. De la planta de abajo llegaba el barullo de las vendedoras de pescado y de flores que intentaban atraer a los clientes con sus reclamos. Sobre nuestras cabezas colgaban varias barcas tradicionales sujetas por cables de acero.

Juan escogió una mesa situada en el centro y se sentó mirando hacia la entrada con expresión concentrada. Tardé un segundo en darme cuenta de qué estaba haciendo.

—Intentas comprobar si alguien nos está siguiendo —adiviné—. Por eso has querido venir hasta aquí, donde solo hay un acceso posible.

—Ayer por la noche, el asaltante nos estaba esperando en la puerta de Méndez. Quizá hoy también estuviese por allí para ver qué hacíamos. Antes no vi a nadie sospechoso, pero no está de más tomar precauciones.

Asentí pensativa. La idea de que alguien pudiese estar controlando nuestros pasos no era agradable, pero tampoco resultaba descabellada. «Son aguas profundas», había dicho Méndez de forma profética.

Me acerqué a uno de los puestos de cerveza artesanal y cogí dos botellas sin alcohol y una tapa de carne roja y ligeramente picante que, según me dijo Juan, se llamaba «zorza». Bebimos tranquilos, intentando desentrañar el enigma de la muerte de Méndez, pero una y otra vez llegábamos al callejón de aquella puerta cerrada por dentro. Por fin, dejamos de darle vueltas al asunto y durante unos segundos de paz disfrutamos de nuestra mutua compañía en silencio. Por diez minutos me olvidé de la Puerta, los crímenes, y hasta la angustia por Julián quedó reducida a un rumor sordo en el fondo de mi pecho.

—Me gusta este sitio —murmuré.

—¿El mercado? Sí, es bastante bonito, la verdad.

—No, bobo. —Le di una palmada cariñosa en la mano—. Me refiero a todo esto. Esta ciudad. Fosco. Galicia. Es todo tan verde, tan agreste, tan…

—¿Remoto? —zumbó él guasón.

—Pacífico —le repliqué soñadora—. Casi… mágico.

—¿Dónde te ves dentro de, no sé, cinco años? —preguntó él de golpe—. ¿Quieres quedarte aquí definitivamente o piensas volver a Madrid?

Depende de si Julián se cura, pensé con un escalofrío, *depende de si encontramos a Ramona Valongo a tiempo.* Pero no dije nada. De repente, la cerveza ya no me sabía bien. Necesitaba volver a casa, junto a mi hijo, de forma urgente.

20

Salimos del mercado, aprovechando un instante de pausa en la lluvia, y un rato después estábamos en el coche de Vilanova, rumbo a Fosco.

En esta ocasión en la radio sonaba el *Down On The Corner*, de la Credence Clearwater Revival, y mi compañero tarareaba el estribillo por lo bajo mientras llevaba el compás sobre el volante. Una vez más me sorprendió la capacidad inconsciente que tenía Vilanova para irradiar tranquilidad a su alrededor. De algún modo, su carácter flemático se imponía sobre las cosas más extrañas. No es que fuese un trozo de carne insensible, pues había visto la expresión preocupada de su rostro cuando tropezamos con el cuerpo de Méndez, pero se las apañaba para que todas las olas emocionales se estrellasen contra los pies de su fortaleza mental sin llegar a tirar las puertas. Le envidié profundamente y al mismo tiempo sentí una inmensa gratitud al destino por tenerlo de compañero. Gente como él es la que hace que el mundo no se vaya al garete, incluso con un aspecto tan desastrado y torpe como el suyo.

Cuando llegamos a Fosco, la lluvia había cesado, pero la niebla había bajado sobre las montañas y apenas se podía ver más allá de veinte metros. Las primeras casas fueron apareciendo de forma fantasmal a los lados del camino, mientras nos adentrábamos en la aldea. Cuando detuvo su coche frente a la casa, Vilanova hizo sonar el claxon un par de veces.

No hubo que esperar demasiado a que la puerta se abriese. Recortado contra la luz del recibidor, la pequeña figura de Julián se materializó en la puerta. Parecía tan frágil que, si una ráfaga de viento fuerte hubiese soplado, probablemente le habría derribado sin problemas.

—¡Mamiii! —El grito infantil llegó a mis oídos apenas un segundo antes de que su cuerpecito impactase contra el mío y me envolviese en un abrazo cálido y lleno de amor.

Me fundí con él en un instante íntimo durante el cual el planeta dejó de girar y solo existimos nosotros dos. Mis dedos repasaban sus clavículas huesudas mientras lo bañaba en besos, y con angustia me di cuenta de que podía contar sus costillas solo con pasar mi mano sobre la camiseta de *Minecraft* que colgaba de sus hombros. Julián irradiaba calor, quizá demasiado. Probablemente aún tenía aquella febrícula que se había convertido en su compañera inseparable desde hacía meses, una señal desesperada que mandaba su cuerpo para decir que algo iba mal.

De repente todas mis preocupaciones se transformaron en algo tan secundario que resultaban ridículas. Que le diesen a la montaña, a la muerte de Méndez, a las apariciones y a todo lo demás. Lo único que me importaba de verdad en el mundo estaba allí, colgado de mi cuello. Y saber que apenas nos quedaba tiempo lo hacía aún más desgarrador.

Solo si se te muere un hijo puedes entender ese dolor lacerante, esa herida insufrible en el alma. Solo si eres padre de un niño condenado puedes compartir ese deseo de aullar a la luna y maldecir al universo por cambiar las reglas de juego de una forma tan cruel. Los hijos deben enterrar a los padres, nunca al revés. No era justo. No, joder. Claro que no. Por eso tenía que resolver aquel caso cuanto antes. Necesitaba encontrar a Ramona para que salvase a mi hijo. El resto daba igual.

—¿Cómo estás, cariño? —Me tragué todo el dolor y esbocé una sonrisa mientras lo sujetaba por los hombros para mirarle a la cara—. ¿Cómo has pasado la mañana?

—Bien —contestó de manera rápida y algo nerviosa para mi gusto—. Ha sido entretenida. Normal, ya sabes.

No pude evitar fijarme en que lanzaba una mirada de refilón a Ágata durante un instante, o al menos me dio esa impresión. Quizá me lo había imaginado.

—Y tú, ¿has atrapado a muchos malos?

—Claro que sí, amor —le dije mientras le rascaba detrás de una oreja, lo que le arrancó de inmediato una carcajada cómplice—. Dentro de nada no quedará ni uno.

—Hemos estado leyendo hoy por la mañana y ha terminado todos sus deberes —dijo Ágata mientras apoyaba una mano protectora en su espalda. Julián no iba al colegio (¿qué sentido tenía?), pero no se iría sin saber por lo menos lo fundamental para entender el mundo, aunque ya era un lector voraz y autodidacta—. Y después hemos hecho galletas para el postre. Están en el horno ahora mismo.

Miré de reojo a Vilanova, que se dio cuenta. Mi compañero se puso de varios colores al sentirse observado, porque adivinaba lo que iba a decir.

—Juan se queda a comer con nosotros. Tiene que probar las galletas, ¿a que sí, Vilanova?

—Eeeeh..., bueno —respondió azorado, mientras miraba hacia todas partes, evitando el contacto visual directo—. Una o dos, a lo mejor. Sí, claro.

—Estupendo. —Ágata sonrió con su mejor cara de Mona Lisa—. Estarán en diez minutos. Mientras tanto, ¿por qué no nos vamos dentro? En un rato empezará a refrescar.

—Nosotros vamos ahora. Entra con Ágata, cariño. Vilanova y yo tenemos que ver antes una cosa.

Pensé que Julián protestaría, insistiendo en acompañarnos, pero para mi sorpresa se limitó a darme un profundo abrazo y un beso en la mejilla y con una sonrisa temblorosa se volvió para el interior de la casa.

En cuanto se fueron, me giré hacia mi compañero.

—Espero que no te sientas obligado —le dije—, simplemente..., me gustaría que te quedases un rato con nosotros.

—Claro que quiero quedarme a comer contigo... Con vosotros, quiero decir. O sea, no quiero decir que...

Su reacción me arrancó la primera carcajada del día. El sonido de mi risa me sorprendió incluso a mí y sentí que una tonelada de opresión se esfumaba de mi pecho. Más tarde, cuando estuviese a solas, tendría que sentarme conmigo misma para discutir por qué había decidido invitar a comer a aquel hombre al que acababa de conocer hacía poco más de una semana. Porque había salido de forma tan natural de mí que casi me asustaba. No es que Juan Vilanova fuese mi tipo, pero había algo en él que... Pero no, no pensaba en nada de eso, porque...

—¿... te parece?

—¿Qué? Perdona, estaba distraída —contesté más colorada de lo que me habría gustado aparentar—. ¿Qué decías?

—Decía que aún tenemos algo de tiempo y queda suficiente luz, ¿por qué no vamos juntos a echar un vistazo al trozo de bosque de debajo de la ventana? Puede que entre los dos podamos ver algo que se te haya pasado por alto.

Asentí, contenta de haber roto aquel momento tan extraño. Además, me parecía una idea estupenda. Serviría para sacarme ideas raras de la cabeza.

Dimos la vuelta a la casa evitando los charcos que se formaban en el asfalto agrietado. La última vez que habían arreglado aquel camino tuvo que ser antes de la guerra civil o algo así, comentó Vilanova con sorna. Pero yo estaba demasiado tensa como para apreciar su sentido del humor. Volver a aquel sitio había traído a mi mente todos los recuerdos de la noche anterior, como el regusto amargo de un alimento en mal estado.

—Aquí fue. —Señalé hacia la ventana iluminada de la biblioteca a nuestra derecha y después hacia el pequeño descampado cubierto de vegetación que se abría a sus pies, antes de transformarse en bosque cerrado a apenas unos veinte metros.

Todavía podía verse el rastro que había dejado yo aquella misma mañana al revisar el campo, en forma de un sendero abierto y helechos rotos por la mitad. Se lo indiqué a Vilanova, pero él ya no me prestaba atención y estaba concentrado en aquel «escenario del crimen».

Me quedé de pie observando cómo se movía con cautela entre los altos helechos y las ramas peludas de retama negra que salpicaban el paisaje. Su mirada saltaba de un lado a otro, y de vez en cuando se agachaba para examinar con más detalle algo que le llamaba la atención. Comprobé que seguía silbando entre dientes una cancioncilla que no podía identificar. De repente se detuvo y arrancó una hoja con la mano. Entonces me hizo una seña para que me acercase.

—Dime una cosa —musitó cuando estuve a su lado—. Ayer por la noche ¿hacía frío?

—Juan, *siempre* hace frío en Fosco —respondí—. Este sitio es una nevera húmeda.

—No me refiero a eso —meneó la cabeza con el ceño fruncido—. Me refiero a si hacía frío de verdad. ¿Se heló el agua de ese estanque? ¿Había escarcha en los cristales?

Hice memoria tratando de recordar. Desde que había llegado allí, mi sangre mediterránea siempre estaba unos cuantos grados fuera de su zona de confort, pero no recordaba que las temperaturas hubiesen bajado tanto la noche anterior.

—No lo sé, no estoy segura.

—Vale. —Apretó las mandíbulas un instante, mientras los engranajes de su cerebro giraban a tal velocidad que casi se podían oír—. Entonces creo que aquí tenemos un problema.

No me gustó nada como sonaba ese «problema» en su boca. Sentí la garganta repentinamente seca.

—¿A qué te refieres?

—¿Ves esto? —Me señaló un helecho de aspecto triste que amarilleaba a nuestros pies—. Fíjate en el tallo, en esa marca negra.

—Sí, ¿qué pasa?

—Los helechos son unas plantas muy resistentes. Aunque alguien los pise, al cabo de unas horas vuelven a recuperar su posición, pero, si hace frío, la zona en la que el tallo se ha torcido queda manchada de negro. Supongo que tendrá que ver con la circulación de la savia o algo así.

—¿Cómo sabes eso?

—Llevo viviendo aquí el tiempo suficiente como para haberme peleado con estos cabroncetes cada vez que quieren invadir mi jardín. Ya nos conocemos bien.

Observé lo que me indicaba. Aquella mañana había buscado pisadas y huellas en aquel mismo lugar, pero ni se me había ocurrido buscar manchas en los tallos de las malas hierbas. Soy guardia civil, no botánica. La triste verdad es que hasta mi llegada a Fosco las únicas plantas que conocía eran las que podía ver en el Retiro y las que compraba en la sección de verdulería del supermercado. Pero ¡si ni siquiera tenía plantas en casa por su imparable tendencia a suicidarse, a pesar de todos mis cuidados!

—Una planta pisoteada no significa nada. Puede ser que… —protesté con voz débil, pero la objeción se me quedó atravesada en la garganta.

Miré de nuevo a mis pies y entonces lo vi. Estábamos plantados en mitad de un círculo de medio metro de ancho en el que todos los helechos parecían haber sufrido el ataque de un herbicida potente. Si sabías lo que tenías que buscar, te dabas cuenta de que todos ellos tenían las mismas decoloraciones y algunos estaban erguidos en ángulos forzados.

—Juan —dije con un hilo de voz—. ¿Quién ha estado aquí?

—No lo sé —murmuró él—. No lo sé.

Y de nuevo, el mundo comenzó a derrumbarse a mi alrededor y la barrera entre lo evidente y real cayó aplastada por lo extraño e incomprensible. Porque, además, la voz de Vilanova no solo estaba teñida de asombro e incomprensión, sino que además había en ella una inconfundible nota de desconcierto, por primera vez.

—No te lo imaginaste, Raquel —dijo al fin con tono apagado—. Ayer estuvo alguien aquí.

—No puede ser. —Negué con la cabeza—. ¡No! ¡Me dijiste que me lo había imaginado! ¡Que no era real! La escopolamina…

—Está claro que me equivoqué —replicó él aturdido—. ¿Ágata no vio ni oyó nada anoche?

—Ya te dije que a esa hora estaba en la cama dormida. Toma pastillas para conciliar el sueño y al parecer desde que toca la almohada se queda fuera de combate.

—Pues entonces preguntémosles a tus vecinos —contestó Vilanova con un repentino gesto de decisión—. No sé quién anduvo por aquí ayer por la noche, Raquel, pero estoy seguro de que no eran fantasmas. Eran personas de carne y hueso, que dejaron huellas. Por algún motivo, hay alguien que quiere asustarte.

Asentí no demasiado convencida. Los cimientos de mi racionalidad estaban temblando de nuevo.

A diferencia de lo que es habitual en el rural gallego, las casas de Fosco estaban apiñadas, muy cerca unas de otras. En aquellos sitios a los que no había llegado el asfalto, una fina capa de hormigón gris cubría las calzadas que separaban las viviendas. Todas eran grandes moles construidas con pesados sillares de granito basto, salpicadas de musgo y con plantas trepadoras enroscadas en los canalones de desagüe. Me di cuenta de que era la primera vez que daba un paseo por el pueblo sin mi hijo al lado. Había pasado casi todo mi tiempo en Fosco con Julián, y la lluvia permanente nos había mantenido la mayor parte de los días dentro de nuestro «hogar».

—¿Por dónde empezamos? —murmuró Vilanova—. ¿Alguna preferencia?

—Apenas llevo una semana aquí —repliqué—. No conozco a ningún vecino, ni siquiera de vista. Solo he salido de casa para ir a trabajar y, cuando hemos podido, Julián y yo nos hemos ido a pasear por la senda que está al lado del río.

—Entonces esa de ahí es tan buena como cualquier otra —contestó Vilanova mientras señalaba el edificio más cercano.

Era una vivienda de granito y tejas rojas, que sería preciosa si no fuese por el feo galpón de metal color óxido y cubierto por uralitas que le había crecido adosado a un costado, como una verruga. Frente a ella había aparcada una furgoneta de color rojo chillón, con las ventanillas medio bajadas.

—Es práctico, pero espantoso. —Señalé la estructura de uralitas—. No le pega nada.

—Como a un Cristo dos pistolas —replicó Vilanova, sin un ápice de humor en su voz a pesar de la chanza.

La puerta del cobertizo estaba abierta y desde dentro salía un sonido rasposo, un *raaac-raaac* largo y molesto, que se alteraba con unos segundos de silencio antes de continuar.

Nos asomamos al interior. El suelo estaba cubierto por un mar de virutas de madera y en todas las paredes colgaban herramientas de carpintero de utilidad arcana para mí. En medio del cobertizo, debajo de una barra de fluorescentes que pendía de unas cadenas de acero sujetas al techo, había un banco de trabajo, y junto al banco, un hombre de espaldas afanado en algo que no podíamos ver.

Vilanova y yo nos miramos antes de entrar. Juan dio un par de palmadas sobre una de las hojas de latón de la puerta y el propietario se giró, mirándonos sorprendido. Era un hombre de unos cuarenta años, corpulento, de mirada oscura y profunda, de pelo negro y con la barba perlada de diminutos restos de madera. Pero todo eso quedaba eclipsado por su brazo izquierdo, una fabulosa prótesis de madera oscura, primorosamente tallada. Aunque las normas de educación dictaban que no me fijase demasiado, no pude evitar que mi mirada se quedase clavada en aquella pequeña obra de arte. El hombre se sacudió las virutas con el dorso de la mano auténtica y echó un trago de un termo que tenía al lado.

—¿Puedo ayudarlos en algo?

—Soy su vecina de al lado, la agente Colina. Este es mi compañero, Juan Vilanova.

—Ya sé quién es —gruñó él malencarado—. No es eso lo que les he preguntado. A ver si prestamos atención.

Nos quedamos en silencio, estupefactos por aquella hostilidad, pero de repente el hombre desplegó una seductora sonrisa en su cara mientras se acercaba a nosotros.

—Les estaba tomando el pelo —dijo con una carcajada estruendosa, a la vez que nos tendía su única mano buena—. No se enfaden, por favor. Soy Saavedra, aunque aquí todo el mundo me llama Balas.

—¿Balas?

Él se encogió de hombros.

—Es una historia muy larga —dijo con sencillez mientras levantaba su brazo ortopédico—, aunque ya saben cómo son los pueblos con los motes. Tengo suerte de que no me llamen Brazopalo, el Manco o alguna lindeza así. Usted es la madre del crío ese que anda correteando por ahí con Ágata, ¿verdad?

Fruncí el ceño, anotando mentalmente que después tendría que hablar con la mujer que cuidaba a mi hijo mientras yo no estaba para averiguar a qué se refería aquel hombre cuando decía «corretear». Sin embargo, recuperé enseguida la mejor sonrisa que pude.

—Sí, soy yo. Nos preguntábamos si podríamos hacerle unas preguntas.

—Claro que sí. ¿Qué necesitan saber?

—Ayer por la noche ¿vio u oyó algo fuera de lo normal?

Él nos miró sorprendido.

—¿Fuera de lo normal? —Se encogió de hombros—. No sé, llovía. Eso es bastante normal.

—¿No tuvo la sensación de que alguien andaba dando vueltas por el pueblo?

—¿Por Fosco? —Abrió mucho los ojos, como si le hubiese dicho que Madonna estaba a punto de entrar en pelotas en su cobertizo—. ¿Y quién *carallo* va a querer venir por aquí en medio de una noche como la de ayer?

—No lo sé —contestó Vilanova sin pestañear.

—¿Es una de esas bandas de kosovares de las que hablan en el periódico, que asaltan casas?

—No, no es nada de eso —le tranquilicé—. Solo queríamos saber si ha notado algo fuera de lo común últimamente, eso es todo.

Él me regaló otra de aquellas sonrisas extrañas.

—Mire, lo más fuera de lo común que ha pasado últimamente por aquí es cuando llegaron usted y su hijo a vivir en la Casa Grande hace unos días. Eso sí que fue un acontecimiento. Esto es una aldea, señora. Aquí las novedades van a otro ritmo. En Fosco somos doce habitantes en total, catorce, mejor dicho, si los contamos al niño y a usted, y yo soy el más joven de los vecinos. —Apuntó con la barbilla hacia el exterior del cobertizo—. Aquí la media de edad ronda los setenta años, y eso siendo prudentes. No sé si se ha fijado, pero la mayoría de las casas están cerradas. En unos años, si nada cambia, este sitio será historia.

—Sería una pena —contesté con educación—. ¿No recuerda nada más?

Él negó con la cabeza, sin pestañear.

—En fin, muchas gracias por su tiempo —dije—. Ha sido un placer conocerle, Balas.

—Si ve a alguien merodeando por aquí, por favor, llame a este número. —Vilanova le tendió una de sus tarjetas y Saavedra se la metió en el bolsillo de su camisa sin siquiera echarle un vistazo.

—Cuente con ello. Si no quieren nada más…

No sabía qué más añadir. La conversación con aquel hombre sonaba tan razonable que me sentí un poco avergonzada de mis propios fantasmas. De repente me imaginé explicándole una extravagante historia sobre figuras espectrales que aparecían debajo de mi ventana y me di cuenta de que iba a sonar exactamente como me temía: como una chiflada de ciudad aterrada por los ruidos de una casa en el campo. Así que Vilanova y yo nos despedimos cortésmente y abandonamos el cobertizo.

—¡Espere un momento! —gritó él cuando salíamos.

Se acercó con algo en la palma de la mano y me lo tendió. Era un pequeño silbato de madera, decorado con intrincados arabescos tallados a mano, el tipo de cosa que en una tienda de artesanía cuesta un ojo de la cara. Tenía que haberle llevado horas de trabajo hacer algo así.

—Dele esto a su rapaz, señora. —Sus ojos chispearon zumbones—. Ya sabe, por si ve algo raro, para que pueda *asubiar*. A lo mejor así los asusta.

Se me subieron los colores a la cara al notar su retranca gallega, pero recogí el silbato y me lo metí en el bolsillo. Tartamudeé un «gracias» apresurado y volví junto a mi compañero.

Caminamos en silencio en dirección a la Casa Grande, sumidos en nuestros pensamientos, hasta que Vilanova me miró.

—¿Un carpintero manco? ¿Es que no hay nada normal en este pueblo?

Me encogí de hombros. Estaba demasiado agotada para pensar.

—Dame el silbato —me dijo él—. Quiero comprobar una cosa.

Sorprendida se lo tendí y vi cómo lo cogía con cuidado y lo metía en un guante de látex a modo de bolsa de pruebas.

—¿Qué haces?

—Quiero comprobar una cosa —repitió él terco como siempre—. Seguro que es una tontería, pero quién sabe. ¿Te has fijado en sus botas?

Cerré los ojos repasando mentalmente la figura del hombre.

—¿Llevaba unas botas amarillas, puede ser?

Vilanova asintió.

—Unas Panama Jack iguales que las del tipo al que perseguimos ayer por la noche, el que te robó la carpeta.

Abrí los ojos asombrada.

—¿No querrás decir que…?

—No quiero decir nada. Hay cientos de personas con botas color mostaza como esas. Pero me ha llamado la atención la coincidencia, eso es todo.

Llegamos a la puerta y al entrar en el recibidor una bofetada de aire caliente y pesado nos envolvió de inmediato.

—Ya que estamos aquí, veámoslo todo —suspiró él—. Muéstrame el sótano donde oíste la voz.

Le conduje a la puerta que llevaba al otro lado de la casa, aunque esta vez estaba cerrada a cal y canto. Sacudí el pomo varias veces, pero la hoja, pesada y de gruesos tablones de roble barnizado, ni se movió un poco. Vilanova me miró con expresión inquisitiva.

—Ágata tendrá la llave —dije—. Se la pediré.

Entramos en la cocina, pero mi casera no estaba allí. De la planta superior llegaba su voz mezclada con la de Julián.

Al parecer ambos estaban leyendo un cómic del Capitán Calzoncillos, un personaje ridículo que por algún motivo fascinaba a mi hijo. Entonces vi el fajo de llaves de Ágata apoyado sobre una encimera. Sin pensarlo dos veces, lo cogí, sintiéndome culpable. No sabía qué le diría a la mujer si nos pillaba violando su intimidad de aquella manera. Al fin y al cabo, el sótano quedaba fuera del alquiler y era de ella o de su sobrino o algo así.

—Vamos —susurré como una colegiala haciendo pellas—. Démonos prisa.

Tardé un rato en encontrar la llave que abría aquella puerta. Cuando finalmente una encajó en la cerradura, esta se abrió a la primera. La puerta sería antigua, pero la cerradura estaba bien engrasada.

Sin embargo, la hoja no se abría. Vilanova sacudió la puerta, pero estaba cerrada a conciencia.

—Quizá está hinchada por la humedad —dijo mientras señalaba el marco—. Fíjate en cómo está empotrado ese borde contra el canto de la moldura. Tiene pinta de que nadie la ha abierto en muchos siglos.

—No puede ser —repliqué aturdida—. Ayer estaba abierta de par en par.

—¿Estás segura de que era aquí?

—Sí, totalmente —contesté obstinada—, ¡pero estaba abierta!

Me rompí. El agotamiento me inundaba en oleadas y tuve que apoyarme en Vilanova. Sentí cómo me abrazaba protector, y empecé a sollozar con largos hipidos. Era una sensación horrible y maravillosa al mismo tiempo.

—Chssst, tranquila —me susurró—. Tranquilízate.

Me sequé las lágrimas frustrada y avergonzada. Hacía años que no perdía el control de esa manera.

—Escúchame —dijo él con gesto serio—. Te creo. Estoy seguro de que algo pasó aquí anoche. He visto las marcas de fuera en la hierba y estoy seguro de que ayer estuviste aquí, frente a esta puerta. Sé que hay algo que no encaja en este pueblo lleno de gente extraña y sé que tú lo has visto, como también sé que todo tiene que ver de alguna forma con la chica muerta de la montaña y que…

—Juan —le interrumpí aterrada. Jamás en la vida había sentido una sensación tan espantosa como en aquel momento.

—¿Qué?

Le señalé la cara envuelta en penumbra. Él se echó la mano y la retiró sorprendido. Tenía los dedos manchados de sangre roja, caliente y espesa.

Vilanova estaba sangrando por la nariz. Y yo también.

Así encajó otra pieza de aquella pesadilla, sin saber que significaba el principio de muchas cosas aún peores.

21

Puesto de la Guardia Civil, Viascón
Dos días más tarde

—Más despacio, por favor —dije por tercera vez en lo que iba de mañana—. No entiendo la mitad de lo que me dice.

Desde la mesa de al lado, Vilanova enterró las narices en un expediente que tenía abierto sobre la mesa tratando de contener una carcajada.

Ya me habían dicho que el trabajo en un puesto pequeño como el de Viascón tendía a estar lleno de pequeñas rencillas, vecinos cabreados y animales sueltos. Vale. Podía con eso. No ganaría la Orden del Mérito con ninguno de aquellos casos, aunque estaba segura de que no me supondrían ningún reto, viniendo del puesto del que venía en Madrid.

Pero de lo que no me había hablado nadie era del acento gutural, cerrado y profundo de los lugareños. Y aunque les explicaba pacientemente que acababa de llegar a Galicia y ellos, de forma muy educada, trataban de dirigirse a mí en castellano, tenía la sensación de que seguían hablando un idioma distinto al mío.

Vilanova y el sargento Nogueira me habían convencido de que la única manera de mejorar mi nivel lingüístico era haciendo oído, así que allí estaba yo tomando declaración a una señora de unos ochenta años, que parecía indignada porque un vecino había cortado un camino con una piedra de enormes dimensiones alegando que pasaba por su finca.

En aquel momento la anciana me soltaba un chorreo de

palabras, muy cabreada, mientras golpeaba con su índice la mesa, como si fuese un martillo pilón.

—A ver, Colina, en cuanto acabe con el informe de esa señora, déjelo en mi mesa. —Los ojos de Nogueira chispeaban de diversión.

—Es que yo...

—Es que nada. —El pequeño sargento hacía esfuerzos para contener la risa. Se lo estaba pasando en grande viendo mi agonía—. Tan solo es tomar una declaración, no tiene más misterio.

La señora lanzó otro aluvión de palabras indignadas mientras hacía aspavientos. Dirigí una mirada desesperada hacia Vilanova con una petición muda de socorro. Mi compañero se hizo el despistado un buen rato, pero finalmente se apiadó de mí y vino hasta nuestra mesa.

Con su manera tranquila de hablar, Vilanova calmó a la mujer y le tendió un pañuelo de papel para que se enjugase las lágrimas. Aproveché aquel paréntesis de calma para huir como una cobarde y refugiarme en el cuarto trasero mientras Juan acababa de tomarle declaración.

Mientras me preparaba un café, reflexioné sobre los últimos acontecimientos. Había tenido el primer par de días «normales» desde que había llegado allí, pero no había valido de mucho. El clima seguía siendo una pesadilla, Julián se apagaba como una vela a punto de quedarse sin mecha delante de mis propios ojos y mi caso principal, el de la chica de la montaña, estaba totalmente empantanado. Y seguía tan cerca de localizar a Ramona Valongo, mi única esperanza para la vida de Julián, como al principio.

Mientras daba un sorbo al café, me giré para contemplar el diagrama colgado en la pared con la cronología de los hechos. Había convencido a mis compañeros para aplicar algunos de los métodos de análisis de mi unidad de Madrid, pero, aparte de gastar un montón de rotuladores y ocupar toda una pared con fotos y anotaciones, no había avanzado gran cosa. Y además, el sargento Nogueira nos había deslizado aquella mañana que no podría seguir capeando las llamadas desde la comandancia de Pontevedra durante más tiempo. Reclamaban el asunto para ellos alegando que tenían más medios y personal y que nuestros avances brillaban por su ausencia. Y no les faltaba razón.

Torcí el gesto al paladear el café. Hasta aquel brebaje era un asco.

Me sentía totalmente desgraciada. Estaba atascada, a todos los niveles, y no tenía la menor idea de por dónde tirar. Y para rematar el paquete, todavía no habían llamado para darnos los resultados de toxicología de la autopsia de Méndez. Ni de la de Juan Vilanova y la mía, ya que estábamos. Como otras muchas cosas en aquel lugar, parecían haberse escurrido por una grieta que llevaba al País de las Preguntas Sin Respuesta.

Di otro sorbo a la taza. Era un gesto reflejo, una costumbre después de muchos años de pensar en silencio con un café en la mano. Al final, me vi obligada a reconocer que, después de dos días de absoluta, vulgar y anodina realidad, yo misma empezaba a dudar. En todo ese tiempo los enlutados no habían vuelto a dar señales de vida y no había oído ni visto nada en la Casa Grande, aparte de los ruidos normales en un edificio de ese estilo. Nada de voces, nada de narices sangrantes, nada de majaderías. Un mundo serio, racional, normal y corriente.

Vilanova y yo habíamos dejado de hablar de lo ocurrido en el vestíbulo abandonado de mi casa, porque cada vez que lo hacíamos intentábamos racionalizar nuestra experiencia y eso, invariablemente, nos conducía a un callejón sin salida y a un montón de miradas frustradas.

Sin embargo, seguía ahí flotando entre nosotros. Ambos sabíamos que había algo más.

Pero no de qué se trataba.

Preparé otra taza de café para mi compañero y volví a la sala principal justo a tiempo para ver cómo la anciana se iba aliviada y con una sonrisa trémula en la cara. Por el aspecto de las mejillas de Vilanova, estaría dispuesta a apostar a que la anciana le había plantado un par de besos sonoros antes de levantarse de la mesa.

—¿Otra clienta satisfecha, Juan?

Él suspiró mientras se desplomaba en su silla, que lanzó un chirrido de angustia.

—No me pagan lo suficiente para esto —gimió con la cara entre las manos. Entonces separó los dedos y me observó con un ojo despierto—. ¿Eso es café?

Le tendí la taza y ambos guardamos un minuto de confortable silencio.

—Echo de menos el *chai latte* del Starbucks. —Suspiré—. En Madrid me tomaba uno todos los días.

—¿En serio? Raquel, ya llevas dos semanas aquí. Pensé que a estas alturas te habrías acostumbrado a nuestro increíble café de calcetines usados.

—Esto no tiene sentido. —Me froté los ojos cansada.

—¿Lo del café? Nuestra cafetera debe de tener por lo menos quince años. Seguro que sus filtros podrían contar muchas cosas.

—No, bobo. Me refiero a lo de las analíticas. Ya deberíamos tener los resultados de Toxicología y todavía no sabemos nada.

—Aquí las cosas funcionan a otro ritmo. —Se encogió de hombros.

—Tenían carácter urgente. Nos habían prometido que estarían listos en cuestión de horas y han pasado varios días.

Me puse en pie de un salto. Ya estaba harta de todo aquello, de la sensación de estar atrapada en una ciénaga donde todas las cosas sucedían a un ritmo absurdo y desacompasado y no cuando deberían.

—¿Qué haces? —preguntó Vilanova mientras me ponía el chaquetón.

—Me voy al hospital a por los resultados —repliqué—. Necesitamos respuestas y no las encontraremos si no encendemos un fuego debajo de algunos culos. ¿Te vienes?

—Claro que sí —contestó él con un estremecimiento fingido—. Antes de que se deje caer por aquí otra señora empeñada en darme besos.

Tres cuartos de hora más tarde estábamos aparcando en la explanada que rodeaba el Hospital Montecelo. Esta vez no entramos por la zona de carga, sino que atravesamos la puerta principal. Un recepcionista con mascarilla nos indicó que la planta de Toxicología estaba dos pisos más arriba, y después de vagabundear un rato, por fin dimos con ella. No sé qué sucede en la mente de los diseñadores de hospitales, pero siempre terminan por construir edificios laberínticos en los que perderse no parece una alternativa, sino una obligación.

—Oigan, no pueden estar aquí. —Un hombre malhumorado de pijama verde nos interceptó cuando avanzábamos por el pasillo—. Las analíticas son en la segunda planta, se han equivocado de ascensor. Y antes tienen que pedir vez en...

—En recepción, sí —le cortó Vilanova mientras sacaba su placa del bolsillo con una floritura y la ponía debajo de las narices del enfermero—. Ya hemos oído eso antes. Queremos hablar con el responsable del servicio, por favor.

El hombre bizqueó al enfocar la mirada en la placa y su expresión se dulcificó al instante.

—Ah, disculpen. El doctor Hermo está en el laboratorio. No pueden entrar ahí, lo siento. Si esperan un segundo, le diré que preguntan por él.

El hombre desapareció detrás de una puerta y Vilanova y yo nos quedamos en el pasillo esperando. No tuvimos que aguardar demasiado. Dos minutos más tarde, un doctor bajito y fibroso, de pelo prematuramente encanecido y expresión inteligente, se acercó a nosotros. En su bata llevaba prendido un pin de Los Vengadores que resultaba incongruente en aquel espacio aséptico.

—¿Puedo ayudarlos en algo?

Me adelanté a Vilanova y le expliqué en pocas palabras cuál era el motivo de nuestra visita. Traté de controlar mi cabreo mientras le explicaba de forma educada y respetuosa que su retraso en entregar los análisis me parecía una tomadura de pelo, que eran una panda de irresponsables, que por su culpa se estaba retrasando una investigación policial prioritaria y que, en definitiva, me estaba acordando de todos sus muertos. Creo recordar que fue algo así. Más o menos.

En honor a la verdad, he de reconocer que el doctor aguantó mi chaparrón con estoicismo, sin interrumpirme ni una sola vez y atendiendo con educación. Por eso, mi sorpresa fue total cuando escuché su respuesta.

—Esos análisis fueron remitidos hace tres días, la misma tarde del día en el que se hizo el último de ellos. Yo mismo me encargué de enviarlos.

Vilanova y yo nos quedamos en silencio, estupefactos.

—Eso no es posible —dije al fin—. Tiene que haber algún error.

—Para nada —contestó el hombre mientras sacaba una *tablet* del bolsillo de su bata y tecleaba algo—. Déjeme ver... Ajá, aquí está. Remitidos hace tres días, recibidos a las dieciocho horas, con acuse de recibo en el puesto de la Guardia Civil de Viascón. Firmado por un tal sargento Nogueira.

Tuve una sensación pesada en el estómago, como si todas mis tripas se hubiesen transformado en hormigón. Una idea inquietante estaba tomando forma en mi cabeza.

—¿Podríamos ver esos análisis?

—No, al menos sin una orden judicial. —El hombre se disculpó al ver nuestra expresión—: Hay un procedimiento y no puedo mostrar datos médicos al primero que se deja caer por aquí con una placa. Compréndanlo.

Asentí derrotada. Aquello era una pesadilla.

—Pero... —añadió de forma dubitativa tras pensárselo un momento—. Lo que sí puedo decirles es que los resultados fueron positivos en escopolamina, al menos en dos de los tres análisis. El del varón anciano tenía unos resultados disparatados, altísimos. Probablemente esa fue la causa de la muerte, por un paro cardíaco fulminante.

—Méndez —musitó Vilanova.

—El de la mujer también dio positivo, pero en una concentración mucho menor. Aun así, tuvo que tener un buen viaje —continuó el doctor—. Era una mezcla de alucinógenos naturales y alcaloides como no había visto en la vida. Algo diseñado para mantener un perfil bajo y sin efectos, que solo cruzaba el umbral de la intoxicación al ingerir glucosa, como en las comidas, por ejemplo. Una obra maestra, en mi opinión.

Cerré los ojos, mientras sentía que todas mis extremidades se entumecían. El alivio de saber que lo que había visto y oído en la Casa Grande no era real se mezclaba con el horror de descubrir que estaba nadando en aguas muy profundas. «Dejadlo correr», había dicho Méndez. Su aviso resultaba ahora aterrador.

—Lamento no poder hacer más por ustedes —se despidió el doctor con una mueca—. Si me disculpan.

Respiré varias veces para recuperar el control mientras el hombre se alejaba. Vilanova descargaba su peso sobre un pie y el otro, evidentemente confundido.

—¿Qué está pasando aquí? ¿Qué ha sido esto, Raquel?

—Me han drogado. Las voces que oí en la casa, la visión de nuestra víctima a través de la ventana, los ruidos... Nada era real. Han jugado conmigo. Hace unas noches, esa gente se congregó debajo de la ventana de mi casa sabiendo que yo estaría puesta de escopolamina hasta las trancas. Con eso sería suficiente para hacerme perder la cabeza..., y casi lo consiguen.

—¿Qué gente? Pero ¿no estábamos buscando a un asesino en serie? —Vilanova se frotó los ojos—. Sabes que no es habitual que ese tipo de psicópatas trabajen en equipo. No entiendo nada.

—No se trata de un *serial killer*, o al menos no solo se trata de eso. —Torcí el gesto—. Y a Méndez también lo drogaron, en su caso lo suficiente como para que se muriese de miedo, dentro de una habitación sin ventanas cerrada por dentro. Alguien está entorpeciendo la investigación, Juan. Como le sucedió a Méndez hace doce años. Alguien del puesto, con acceso y control a todo lo que sabemos.

—¿Nogueira? —Su voz estaba teñida de incredulidad—. ¿El sargento? ¿Estás de coña? ¿Por qué haría algo así?

—¿Por qué alguien asesinaría a una muchacha en lo alto de una montaña? —le pregunté yo a mi vez—. Aparte de nosotros, Nogueira era el único que tenía acceso al caso, la única persona que sabía que íbamos a interrogar a Méndez. Eso solo lo sabía él.

—Pero no tiene sentido…

—¿Cuántos años lleva Nogueira en el puesto de Viascón, Vilanova?

—No tengo ni idea, pero más de dos décadas seguro.

Dejé que la idea se fuese filtrando en su cabeza poco a poco. Por su cara se sucedieron expresiones de perplejidad, sorpresa y, finalmente, rabia.

—Ya era agente del puesto cuando a Méndez lo apartaron de su caso hace doce años —mascullé—. Está implicado en todo esto de alguna forma.

—¡Volvamos al puesto! ¡Tenemos que apretarle las tuercas a ese desgraciado!

—No podemos hacer eso…, y lo sabes. —Negué con la cabeza, apesadumbrada—. Dirá que se olvidó de contarnos que habían llegado las pruebas, o algo así. No tenemos nada más que sospechas. Además, es nuestro jefe.

—¿Qué quieres decir?

—Quiero decir que, de momento, es mejor que sigan pensando que nos tienen a oscuras. Que seguimos dando palos de ciego.

—¿Sigan? ¿En plural? O sea, que realmente crees que hay más gente implicada. ¿Algún tipo de conspiración, o algo así?

—Tengo que contarte una cosa. Algo muy importante.

—¿Y de qué se trata?

Vacilé por un segundo, consciente del paso que estaba a punto de dar.

—Verás… Nunca te he contado el motivo real para pedir mi traslado.

—Dijiste que necesitabais cambiar de aires. —Vilanova frunció el ceño.

—Sí, pero es por algo más. Por Julián.

—¿Julián?

—Su tratamiento no está funcionando. De hecho, cuando llegamos aquí, los médicos lo habían desahuciado. Solo nos daban buenas palabras y una cuenta atrás. No me iba a rendir a la primera, así que empecé a buscar soluciones alternativas...

—Alternativas —repitió chasqueando la lengua—. Ajá. ¿Como qué?

—Me hablaron de una curandera aquí, a pocos kilómetros.

—¿Para curar un cáncer? —preguntó él con el mismo tono incrédulo que habría puesto yo tiempo atrás. Antes de todo.

—¿Qué otra cosa querías que hiciese? ¿Tirar la toalla? ¿Dejarlo ir? ¡Tenía que probar!

—Pero... ¿qué tiene que ver con todo esto?

—La víctima de la montaña. Era una de las pacientes de la curandera. Llegué a hablar por teléfono con ella.

Vilanova dio un bufido y se tapó la cara con las manos.

—Raquel, no me jodas.

—¡No hay mucho más, créeme! Además, no es que esa chica me dijese su nombre y apellido o que me facilitase muchos más datos sobre ella, ¿vale? —me atropellaba al hablar, intentando explicarme—. Tampoco se lo pregunté. Lo único que me importaba era lo que me contaba sobre Ramona.

—Algo habríamos podido sacar —protestó con gesto avinagrado—. Podríamos haber rastreado su número de teléfono. Tirar de ese hilo.

Negué con la cabeza.

—Me llamó ella, después de haberle dejado mi teléfono en un mensaje de un foro, pero lo hizo con número oculto. Además, poco después alguien borró todo rastro de ella y de los otros pacientes. Han desaparecido todos los mensajes.

De pronto, él me miró fijamente, con los ojos muy abiertos. Algo había hecho clac en su cabeza.

—Ahora lo entiendo. Por eso tienes tanto interés en Ramona Valongo. —Se apoyó en la pared, cerró los ojos y exhaló lentamente por la nariz—. No buscas solo resolver el caso.

Quieres encontrar a esa mujer para descubrir si puede sanar a tu hijo.

—Es verdad —reconocí—. Y me siento fatal por no habértelo contado antes, te lo juro. Pero, si lo hubiese hecho, me habrían apartado del caso por estar parcialmente implicada en él. Y no me lo podía permitir, Juan. No con mi hijo así, en su estado.

—Por eso le preguntaste a la chica de la morgue por un cáncer en la víctima.

Asentí en silencio y vi cómo le daba vueltas a todo en la cabeza, repasando los acontecimientos bajo este nuevo prisma.

—Madre mía, no sé si estrangularte o darte una paliza, Raquel. Entiendo tus motivos, pero deberías haber confiado en mí desde el principio. Soy tu compañero, joder.

—Confío en ti más que en nadie, créeme. —Apoyé mi mano sobre la suya y le di un apretón—. Por eso te lo estoy contando. Porque tengo fe en ti y porque necesito tu ayuda. No, mejor dicho, Julián la necesita.

—Raquel…

—Por favor.

Guardamos silencio durante unos segundos. Era consciente de lo que le estaba pidiendo y Juan Vilanova no era tonto. Era el tipo de cosa que si salía mal podía arruinar una carrera para siempre. Al cabo, soltó uno de los suspiros más profundos que le había oído jamás.

—Qué coño. —Meneó la cabeza y me regaló un gesto de resignación—. Estoy contigo. A estas alturas, ya solo podemos avanzar. Y que sea lo que Dios quiera.

Eufórica, le di un abrazo enorme, sin pensar. Era algo que me había salido de dentro, de una manera natural. Sentí cómo el enorme corpachón de Vilanova temblaba al notar mis brazos alrededor de su cuello, pero no fue hasta que me separé de él cuando advertí lo colorado que se había puesto.

—Gracias —susurré.

—Dámelas cuando resolvamos este lío —me respondió mientras se recomponía un poco—. ¿Hubo algo en esa llamada que te sorprendiese?

—No hubo nada, no… —Hice memoria—. Tenía un acento fuerte, como del Este.

Juan resopló de nuevo.

—¿Y cómo lo relacionas todo?

—No sabía cómo vincularlo —me retorcí un mechón de cabello pensativa—. No estaba segura de… Bueno, eso ahora da igual. Pero, de repente, todo encaja. La chica de la montaña, la muerte de Méndez. Nogueira. La curandera. Que yo esté aquí con Julián. Todo está conectado.

Vilanova se separó de la pared y recorrió el pasillo a grandes pasos. Casi podía ver las ideas bullendo dentro de su cabeza.

—¿Y qué pasó?

—¿Qué pasó con qué? —contesté confundida.

—Con esa mujer, la *menciñeira.* Cuando vio a Julián.

—Nada. Ese es el tema. Cuando llegamos, no había curandera. Ramona Valongo se había esfumado.

—Vaya… ¿Y cuánto te sacaron? —resopló él con cara de fastidio.

—Ni un euro, eso es lo raro del asunto. Simplemente, cuando llegamos a Arufe, allí no había nadie, ni contestaba al teléfono ni a los correos que le mandaba.

—Espera, espera un momento. —Vilanova juntó los dedos de las manos—. En Arufe no queda nadie desde hace dos o tres años, Raquel. Allí vivía el viejo Román Muiños, pero era el último vecino del lugar.

—¿Y qué le pasó?

—Demencia senil. Lo encontraron en pelotas una mañana, en medio de la carretera, arrastrando una cacerola llena de piedras sobre una manta. Decía que iba a vender un barril de vino al mercado. Si no me equivoco, ahora debe de estar muerto. Cuando él se fue, el pueblo quedó vacío, como tantos otros. —Arrugó la frente—. ¿Estás segura de que te dijeron Arufe?

—Totalmente. —Saqué mi móvil y busqué los correos en la carpeta. Milagrosamente, aquella mañana la conexión wifi funcionaba con cierta decencia—. Mira.

Vilanova leyó el correo con expresión concentrada. Cuando llegó a la captura de pantalla del foro donde había tropezado con Ramona Valongo, su expresión se tornó en inquietud.

—Dime una cosa, Raquel. ¿Qué sentido tiene obligaros a hacer seiscientos kilómetros de carretera hasta un pueblo perdido en medio de los montes para al final daros plantón? ¿Cómo se vincula eso con todo lo del crimen? ¿Le ves algún sentido?

—No lo sé —contesté—. Sospecho que las mismas personas que mataron a nuestras víctimas de la Puerta hicieron desaparecer también a Ramona Valongo, la curandera. O que se asustó tanto al ver lo que le había pasado a la última paciente que había tratado que se ocultó, temiendo que pudiese sufrir el mismo destino. En todo caso, no creo que esté muerta, porque ya habríamos encontrado su cuerpo en alguna parte, a lo mejor escenificado de la misma manera que la chica de la montaña. Pero si no está escondida y si ellos, sean quienes sean, la tienen en su poder, es cuestión de tiempo que acabe igual. Y no podemos permitir que pase eso, Juan, porque..., porque...

—¿Por qué?

—Tú mismo lo has dicho. Porque ella es la única esperanza de Julián —confesé sintiendo la amargura en mis palabras, la desesperación—. No sé a quién más acudir. No tengo más recurso al que aferrarme que esa mujer. Por eso estoy tan volcada en este caso, por eso no estoy pasando cada minuto posible con mi hijo. Tenemos que encontrarla sea como sea, Juan.

Vilanova se tocó el labio inferior pensativo. Algo le rondaba por la mente.

—Vayamos a buscarla a Arufe —dijo por fin.

—¿A Arufe? Si ya te he dicho que allí no había nadie.

—Hace dos semanas no —replicó él resuelto—. Pero, si está escondida allí, es normal que no te contestase. Volvamos juntos en el coche patrulla. Puede que al ver a la Guardia Civil se anime a salir. Y si no está allí, si alguien la ha retenido, podemos buscar alguna pista, algo que se te pasase por alto la última vez, que nos diga dónde podemos encontrarla.

Asentí aún insegura, pero con un rayo de esperanza en el

fondo del corazón. Había dejado que el derrotismo me impidiese buscar de forma activa a la curandera, en vez de esperar a que el caso me diese la respuesta. Lo había archivado en la carpeta de «Cosas que me pasan y no puedo entender», al lado de mi matrimonio hundido, mi carrera errática y mi hijo agonizante. Y con otra carpeta titulada «Te estás volviendo loca» abierta sobre la mesa de mi mente, en la que salían apariciones misteriosas y voces desde la nada, a punto de entrar en la colección.

Y de repente me di cuenta de que, en lo más importante, que era mi vida y la de mi hijo, había perdido mi bien más preciado: mi racionalidad y mi sentido del análisis. Me había dejado arrastrar por la desidia, el agotamiento y la sensación de fracaso, y después el caso y la salud de Julián habían hecho el resto del trabajo.

No tendría que haber dejado ir el tema de la curandera tan a la ligera. De hecho debería haber vuelto a aquella aldea perdida mucho tiempo atrás.

—Creo que tienes razón —contesté—. Vámonos.

—No quiero que te hagas ilusiones con respecto a Julián —vaciló—. Aunque la encontremos, dudo que sea una curandera de verdad o que pueda hacer algo por Julián.

—Juan —le agarré afectuosamente una de las manos—, ¿sabes qué decían los franciscanos en la Edad Media?

—No sé. Cosas de monjes medievales, supongo.

—*Nec spe, nec metu.* Significa «sin esperanza ni miedo».

—Vaya, eran la alegría de la fiesta.

—Querían decir que no esperaban nada de la vida terrenal, pero que tampoco temían lo que pudiesen encontrar en ella. Creo que es precioso..., y así es como me siento ahora. Sé que probablemente volvamos decepcionados de ese sitio, pero tenemos que verlo.

Mi compañero asintió y me devolvió el apretón de la mano. Sonreí, con una sensación cálida por dentro. Juan no preguntaba, no juzgaba, no vacilaba. Simplemente, hacía.

Y eso le transformaba en un ser maravilloso.

22

Cinco minutos más tarde estábamos de camino. Por una vez no íbamos en el Audi de Vilanova, sino en uno de los baqueteados Terrano del puesto. Era un golpe de suerte. Si nos encontrábamos a alguien allí, sería mucho más fácil que nos abriesen las puertas para obtener respuestas si pensaban que era un tema oficial.

La carretera era tan mala como la recordaba. A medida que ascendíamos por aquel tortuoso paso de montaña, la niebla se iba cerrando en torno al vehículo hasta que las siluetas de los árboles se desdibujaban a apenas dos metros a cada lado. El agua en suspensión danzaba delante de los faros y se colaba en forma de humedad en el interior del todoterreno, derrotando a su calefacción asmática.

Por fin, al cabo de más de una hora de viaje, vi el cartel de Arufe plantado en un arcén. Cuando pasé con Julián la primera vez, no llegué a fijarme en que alguien lo había usado como diana para prácticas de tiro y las postas habían cubierto su superficie de pequeños cráteres, como si hubiese sufrido un extraño ataque de viruela. Algún cazador frustrado, probablemente.

Vilanova detuvo el todoterreno al lado de la primera casa y apagó el contacto. Durante un rato solo se escuchó el clic-clic intermitente del motor que se enfriaba. Ambos guardábamos silencio. El lugar era tan desolado como solo puede ser un sitio que una vez estuvo habitado y en el que ya no queda nadie. Salimos del coche y de inmediato tuve que subirme el cuello del abrigo. Hacía un frío endiablado.

—Parece que no hay nadie —comentó Vilanova.

—Ya te lo he dicho —gruñí—. ¿Quién querría vivir aquí?

—Seguro que en verano es precioso. Al menos los dos o tres días que no llueve.

—Estamos en el culo del mundo, Juan —le contesté de mal humor. Aunque sospechaba lo que nos íbamos a encontrar, la realidad se estaba encargando de derrumbar de nuevo mis frágiles esperanzas de tropezar con la curandera—. Ni aunque fuese el lugar más bello del planeta querría estar aquí.

Él asintió percibiendo mi estado de ánimo. Arufe era un villorrio que ni en sus mejores momentos, allá por el siglo XVIII, debió de tener más de cincuenta vecinos. Allí seguían las casas de piedra con sus paredes llenas de maleza, y los tejados devorados por el paso del tiempo muchas décadas atrás, rodeados de un bosque impenetrable de robles antiguos con los troncos cubiertos de musgo. Los vanos vacíos de las ventanas parecían huecos en la boca de un viejo y el olor de tierra mojada y vegetación podrida fermentando inundaba mis fosas nasales. En una de las ruinas, una solitaria ventana aguantaba en pie de forma inverosímil, con cuatro cristales sucios montados en un marco de madera que parecía a punto de desintegrarse si alguien lo tocaba. La reconocí al instante, yo misma me había asomado a esa casa con Julián, dos semanas atrás, mientras esperábamos inútilmente a que apareciese Ramona.

—El pueblo está desparramado por la colina, hacia ahí y hacia allá. —Vilanova señaló dos puntos perdidos en la niebla—. La última vez que estuve aquí fue hace años, pero recuerdo que quedaban algunas casas en buen estado en lo alto de la colina y cerca de la capilla.

Giré la cabeza intentando adivinar alguna figura reconocible en medio de la niebla. Nos habíamos alejado tres metros del Terrano y ya no podíamos distinguir su forma. Flotaba en el aire un silencio antinatural. La niebla engullía los sonidos y, sin darnos cuenta, estábamos hablando en voz baja.

—Hagamos una cosa. —Vi cómo hundía sus manos en uno de los profundos bolsillos de su abrigo y sacaba un par de *wal-*

kie-talkies—. Aquí arriba no hay cobertura. Los móviles son inútiles.

—¿Quieres que nos separemos?

—Así acabaremos antes. —Él se encogió de hombros—. No podemos dejar el puesto sin retén durante demasiado tiempo. El sargento se va a la una y tenemos que volver antes de esa hora si no queremos que sospeche que estamos detrás de algo.

—Está bien —suspiré mientras le arrebataba uno de los pequeños aparatos negros de las manos—. Pero ¿cómo sabré que he encontrado todas las casas?

—No tiene pérdida. —Me indicó un camino de tierra que ascendía entre dos de las ruinas—. Solo tienes que seguir ese camino hasta que se acabe. Hay tres casas allí arriba, pegadas como viejas asustadas. Vas hasta allí, compruebas si hay alguien y te vuelves.

—¿Y tú?

—Yo iré hacia la capilla. —Levantó su *walkie*—. Si encuentras algo, me llamas de inmediato. Si no, nos vemos de nuevo junto al patrulla en diez minutos.

Vilanova se alejó y pronto su figura quedó engullida por la masa gris y algodonosa que nos rodeaba. Pude oír sus pasos sobre la gravilla durante un rato antes de que la niebla se tragase también eso.

Eché a andar por el camino que me había indicado. El suelo estaba resbaladizo y tenía que prestar atención antes de apoyar los pies en alguna piedra cubierta de musgo verdoso empapado de humedad. De vez en cuando tropezaba con restos abandonados que señalaban que allí, en algún momento, habían vivido seres humanos. Un trozo de un saco de plástico, una tartera oxidada llena de lodo, piezas de madera podrida que solo Dios sabía a qué habían pertenecido. Un viejo tambor de detergente Ariel que se pudría lentamente bajo el voladizo de un balcón a punto de desplomarse me recordaba que el siglo xx también había pasado por allí en su día.

La mayoría de las puertas estaban reventadas a la fuerza. Aquellas casas en ruinas ya las habían visitado en más de una ocasión buscadores de recuerdos y cazadores de antigüedades, amparados por la soledad del lugar. Asomé la cabeza a una de ellas. El interior olía a moho y fermentación. Un viejo suelo de madera de aspecto frágil se cimbreaba en el centro, sepultado por una montaña de tejas renegridas por el paso del tiempo. Parecía peligroso dar un paso más.

Un chasquido seco me sobresaltó de golpe. Me giré a tanta velocidad que estuve a punto de caer entre la maleza. Cuando comprendí que aquel sonido había salido del bolsillo de mi chaqueta, aún tenía el corazón a punto de salir disparado por la boca. Saqué el *walkie* y apreté la tecla del lateral.

—¿Qué pasa? ¿Has visto a alguien?

—No —gruñó Vilanova, entre los chasquidos de la emisora—. He metido un pie en un arroyo que casi no se veía y ahora estoy empapado. Este sitio es un asco, compañera.

—Estoy de acuerdo contigo —refunfuñé—. Acabemos cuanto antes y vayámonos de aquí.

Ascendí el resto del camino maldiciendo y resoplando, y de repente me di de bruces con las tres casas que me había descrito Vilanova.

A diferencia de las ruinas del camino, estas todavía estaban en buen estado, aunque tenían aspecto de llevar cerradas mucho tiempo. Sospechaba que sus propietarios serían los herederos de los herederos de los habitantes originales, gente que aún mantenía la vivienda en pie por algún motivo sentimental, pero que no sentía la necesidad de subir por aquella carretera infernal más que de vez en cuando y solo para comprobar que su vivienda ancestral no se había venido abajo, antes de salir cagando leches de vuelta al calor de la civilización, los semáforos y las compras en Zara.

Los entendía perfectamente.

Di la vuelta a las casas. Estaban cerradas a conciencia, con gruesas rejas en las ventanas de las plantas bajas y puertas chapadas en hierro. En el marco de una de ellas crecía un puñado de audaces hierbajos reclamando una grieta en la pared. Lo arranqué con gesto cansado y seguí mi ruta. Apreté los tres timbres, pero ni siquiera sonaron. Probablemente, la electricidad estaba desconectada allá arriba, como en las casas de la carretera principal que había visto en mi visita anterior.

Allí no había nadie, al menos que yo pudiese ver. Lo que estaba claro, a juzgar por el verdín acumulado en las puertas, es que nadie había entrado o salido de aquellos edificios en muchos meses.

Me senté, cansada, sobre un banco de piedra adosado a una pared. En mi cabeza se sucedían las teorías, a cada cual más alocada. Respiré hondo, intentando que la claridad mental del Método me inundase. Necesitaba ver la imagen en su conjunto.

Estaba claro que un grupo de personas, quizá los mismos que habían asesinado a la chica de la montaña, estaba intentando detenernos, como habían hecho doce años antes con Méndez. Un grupo muy amplio, me corregí. A Nogueira no le habría dado tiempo a bajar de la montaña y llegar al puesto para reunirse conmigo el día que apareció el cadáver. Eso hacía que la imagen fuese aún más tenebrosa. No nos enfrentábamos a una panda de chiflados. Era un grupo grande, organizado y con conexiones. Las palabras de Méndez, apartado de su caso una década y pico atrás, no dejaban de dar vueltas en mi cabeza.

Pero había cosas que se escapaban a mi comprensión. Que se resistían al frío análisis de los datos del Método. Cosas para las que no tenía respuesta, sobre todo el paradero de Ramona Valongo. Cuanto más lo pensaba, más convencida estaba de que aquella mujer era la clave de todo el asunto. Y en un cajón frío de la morgue del hospital tenía la prueba de que su poder era real. Alguien la había hecho desaparecer y todavía no sabía el porqué.

Mi mirada se detuvo en el camino que me había llevado hasta la cima de la colina y pude ver con toda claridad mis pisadas en el barro fresco que salpicaba el sendero. Eran las únicas huellas que había y daba la sensación de que seguirían siendo las únicas mucho tiempo después de que me fuese. Posiblemente, hacía meses que nadie se asomaba por allí.

Me arrebujé en el chaquetón para combatir un súbito escalofrío. Me fijé en las formas perezosas que hacía el vaho cada vez que exhalaba y entonces me detuve, al advertir algo: cuando llegamos a Arufe hacía frío, pero no tanto como para que se formasen nubes de vaho. La temperatura había caído de golpe.

No seas histérica. Estás en lo alto de una montaña, es algo normal. No pasa nada.

No, hay algo más.

Giré la cabeza lentamente. Temblaba de tal forma que los dientes me castañeteaban como si fuesen a hacerse pedazos.

Vi a la primera a pocos metros de la esquina de la casa. Estaba allí de pie, como hacían siempre, con la capucha echada sobre la cara. Detrás de ella, entre la niebla, estaban dos o tres más.

A mi espalda sonó un ruido y supe que por el otro lado también estaban llegando.

Me costó una eternidad ponerme de pie. Las piernas se negaban a obedecerme y jadeaba tan rápido que temí estar a punto de perder el sentido. Mirase adonde mirase allí estaban expectantes. No podía ver sus rostros, ocultos por las profundas capuchas en las sombras de la niebla, pero estaban allí. Hombres y mujeres, a juzgar por la complexión.

—¿Qué queréis? —Mi voz sonó como un graznido—. Decidme qué queréis de mí, por favor.

Por supuesto, no me respondieron. Ni siquiera sabía si me entendían. Estaba aterrorizada, sí, pero también harta. Harta de que apareciesen de golpe, harta de sus juegos perversos. Harta de pasar miedo.

—*¿QUÉ QUERÉIS DE MÍ?*

Entonces una de las figuras enlutadas, la que estaba más cerca de mí, hizo algo que a punto estuvo de aflojar mi vejiga.

De forma lenta, levantó el brazo y me señaló.

A mí. Me quieren a mí.

Aquello era demasiado para mi mente sobrecargada. Negué con la cabeza y retrocedí un paso hasta tropezar de nuevo con el banco de piedra. A apenas un par de metros, otra figura se perfiló entre la niebla. Caminaba hacia mí en completo silencio.

No podía ser real. Cerré los ojos con fuerza, deseando con toda mi alma que cuando los abriese se hubiesen esfumado.

El sonido amortiguado de un disparo llegó hasta mis oídos, seguido de dos tiros más en rápida sucesión. Podía reconocer el ladrido de una Beretta reglamentaria en cualquier parte y solo había otra persona allí arriba que cargase con un arma así.

Vilanova.

Los disparos rompieron el hechizo que me tenía allí atornillada. Esquivé al encapuchado más cercano y me lancé a la carrera por el camino, sin mirar atrás. Las figuras no hicieron el menor amago de seguirme, pero mientras bajaba a trompicones por el sendero que había subido entre jadeos, pude adivinar a un par de ellas contemplándome desde las ruinas cochambrosas de las casas derruidas.

—¡Vilanova! ¡Juan! —gritar su nombre servía tanto para intentar adivinar dónde estaba como para exorcizar el miedo paralizante que me había asaltado un segundo antes.

Aférrate a lo real. Juan es real. Tú eres real. Él te necesita.

Corre.

CORRE.

De repente me acordé del *walkie* que llevaba en el bolsillo. Casi se me cae cuando lo extraje con gestos torpes. Me sentía como un astronauta tratando de enhebrar una aguja con los guantes puestos. Sin detenerme ni un segundo, apreté la tecla y volví a gritar el nombre de mi compañero.

—¡Raquel! ¡Ten cuidado! —Su voz chirriaba en medio de una nube de parásitos eléctricos—. ¡Están por todas partes!

—¿Dónde estás? ¡Voy hacia ti!

—¡Al lad… de la… illa! —Se entrecortaba y era casi inaudible.

Entonces sonó otro disparo entre la niebla que sirvió para que localizase al menos la dirección.

Correr entre la niebla es una de las sensaciones más desorientadoras que puede vivir un ser humano. Nuestro cerebro no está preparado para una experiencia de privación sensorial de esa naturaleza. Resulta imposible calcular las distancias, ni orientarse en condiciones. Es algo parecido a correr sobre un inmenso folio en blanco en el que de pronto van apareciendo cosas salidas de la nada que pretenden chocar contra ti.

Tropecé con el tocón de un eucalipto y caí cuan larga era al suelo. El *walkie* salió disparado de mis manos y por un segundo me quedé tirada, tratando de llenar de nuevo los pulmones de aire. Cuando me levanté no pude ver el comunicador, así que en vez de eso desenfundé mi propio «taladro» y lo amartillé de la forma más silenciosa posible.

—¡Juan! ¡Juan!

—¡Aquí! —El grito llegó amortiguado entre la bruma—. ¡Un poco más abajo!

Hice los últimos metros caminando con cautela mientras sostenía el arma con las dos manos y apuntada hacia el suelo, como si estuviese en un ejercicio de instrucción. Crucé el riachuelo donde Vilanova había enterrado los pies un rato antes y supe que estaba muy cerca.

La sombra de la capilla se materializó delante de mí al cabo de un momento. Era un edificio pequeño y vulgar, hecho de piedras bastas y con un par de aspilleras cubiertas de alambre abiertas en cada pared. Lo rodeé con cautela y me encontré a mi compañero sentado en el suelo, con la espalda apoyada contra la puerta de hierro del templo. Sujetaba la Beretta con una mano y el *walkie* con la otra y tenía el aspecto de un enorme perro mojado.

—¿Qué ha pasado? —Me agaché a su lado y le palpé el cuerpo a toda velocidad. No parecía estar herido—. ¿Estás bien? ¿A quién le has disparado, Juan?

Vilanova hizo un gesto vago señalando con la pistola hacia la niebla.

—Venía de revisar las casas de ahí abajo. Están cerradas y vacías desde hace meses. Ya iba hacia el todoterreno cuando aparecieron de la nada. —Sus ojos se abrieron mucho mientras rememoraba aquel instante—. Tus encapuchados, Raquel. Los he visto.

—Ya lo sé, ya lo sé.

—¡Son reales! Están aquí... —Se detuvo confuso—. O estaban.

Me di la vuelta sin soltar a Vilanova. Entre la bruma no se distinguía ninguna figura. Se habían esfumado, de la misma manera incomprensible en la que habían desaparecido a los pies de mi ventana en Fosco.

—¿Dónde se han metido? —balbuceó—. Hace un minuto había por lo menos tres o cuatro de ellos.

—¿Qué pasó?

—Al ver al primero, pensé que podía ser uno de los lugareños, así que lo saludé, pero no me respondió. Entonces me acerqué y me di cuenta de lo que era.

—¿Qué has hecho?

—Saqué el arma y le di el alto —gruñó al cambiarse de postura. Parecía agotado—. Pero ni siquiera reaccionó, el muy puñetero. Así que me acerqué más a él y lo sujeté por el brazo para ponerle las esposas.

—¿Lo has esposado? ¿Dónde está?

Por toda respuesta Vilanova soltó el *walkie* y me enseñó la palma de su mano izquierda. Contuve el aliento al verla. Estaba totalmente enrojecida y cubierta de pequeñas ampollas.

—Tenía esa sotana asquerosa empapada con algo cáustico. Ha sido como si agarrase un radiador con la mano, pero lo curioso es que no quemaba. —Frunció el ceño tratando de explicarse mejor—. Quiero decir, era como una quemadura y al mismo tiempo no lo era.

—¿Te duele?

—No, eso es lo más extraño. —Examinó su palma con curiosidad—. No siento nada raro, aunque tiene un aspecto lamentable. Pero cuando he tocado a ese tipo, Raquel, ha sido, bueno...

—¿Qué?

—Es difícil de explicar. Ha sido como si de repente alguien apretase un interruptor dentro de mi cabeza —se estremeció—. Me caí al suelo. Por un momento creí que me había quedado inválido o algo por el estilo. No podía mover un solo músculo, pero al mismo tiempo podía sentir todo mi cuerpo con una claridad absoluta. Es de locos, ¿verdad?

—A estas alturas, ya no sé qué es de locos y qué no, compi —le respondí—. ¿Y los disparos?

—Ah, eso. —Señaló a su alrededor. En el suelo brillaban cuatro casquillos de cobre—. Cuando recuperé el control, hice lo único que podía. Disparé al aire varias veces. Quería que se asustasen. Ahuyentarlos.

—Y lo has logrado. —Apunté hacia la niebla—. Se han ido.

—Nada de eso —masculló Vilanova tras un rato. Había un tono distinto en su voz—. Ni siquiera se estremecieron cuando abrí fuego. La gente normal se encoge o se agacha cuando disparas a su lado, Raquel, ya lo sabes, pero a ellos no les ha importado que las balas estuviesen silbando cerca de sus orejas.

—¿Qué quieres decir?

Él me miró y pude ver la duda, corrosiva y sinuosa, acechando en el fondo de sus ojos.

—Yo ya no les interesaba, Raquel. Era como si después de que hubiese tocado a ese tipo ya no tuviesen nada más que hacer aquí. —Tragó saliva—. Como si fuera lo que estaban buscando desde el principio.

23

Cuando salimos de Arufe, Vilanova no estaba en condiciones de ponerse al volante. Le costó más de diez minutos reunir fuerzas para subir los escasos doscientos metros de camino empapado hasta la carretera mientras se apoyaba en mí. No soy debilucha, pero levantar los ciento y pico kilos de mi compañero no fue una tarea fácil, sobre todo porque yo tampoco me hallaba al cien por cien. Ambos estábamos conmocionados y además Vilanova se encontraba en un estado de absoluta debilidad. Según él, se sentía «como si lo hubiesen masticado», y no tenía ningún motivo de duda para creerle. Estaba pálido y tembloroso como un anciano y resoplaba más de lo habitual.

Los encapuchados se habían desvanecido y no sé qué habría pasado de haberse cruzado alguno en nuestro camino. En mi bolsillo tintineaban los cuatro casquillos de cobre que había recogido antes de irnos. Sería muy engorroso explicar el motivo que había llevado a un cabo de la Guardia Civil a abrir fuego en medio de viviendas de civiles, aunque estuviesen vacías. Sobre todo porque no teníamos ninguna explicación válida, al menos para el resto del mundo.

Ambos llegamos a la conclusión de que sería mejor no comentar nada de todo lo sucedido.

Sería nuestro secreto.

De momento.

Vilanova se negó a ir al hospital a que le vieran la mano, así que una hora más tarde lo dejé en su casa, con la promesa de ir a verlo temprano al día siguiente. Yo debería haber vuelto al puesto, pero no tenía ganas de encontrarme con Nogueira, no después de todo lo que había descubierto aquel día. En vez de eso, corrí hasta mi hogar. Necesitaba estar al lado de mi hijo.

Hice el camino hasta Fosco a solas, sumida en mis pensamientos. En la Casa Grande, Ágata me había dejado la cena fría sobre la encimera, pero no la probé. No tenía el menor apetito.

—Mamá —murmuró Julián un rato más tarde mientras nos metíamos en la cama—. Tú sabes que te quiero, ¿verdad?

—Por supuesto que sí, cariño. —Me apoyé sobre el codo—. Y yo a ti.

—Quería pedirte algo, pero no sé si puede ser.

—Claro, tesoro, ¿qué quieres? —murmuré mientras le acariciaba la cabeza—. ¿Un juguete? ¿Un cuento?

—No, no es eso. —Mi hijo se removió para mirarme con sus grandes ojos marrones—. Es otra cosa.

Lo miré extrañada. No era normal que Julián le diese tantas vueltas a un asunto. Siempre nos habíamos hablado con total sinceridad.

—¿De qué se trata?

—Me preguntaba si... —vaciló—. Si podrías intentar pasar algo más de tiempo conmigo. Ya sé que tienes muchas cosas que hacer en tu trabajo, pero es que..., bueno..., me apetece que estemos juntos. Más tiempo. *Todo* el tiempo. Ya sabes.

El corazón se me partió al instante, entre un sentimiento de culpa atroz y la ternura más absoluta. Estaba pasando. El elefante de la habitación estaba allí, por fin, entre nosotros dos, el tema del que nunca habíamos querido hablar. Su tiempo, nuestro tiempo, se acababa. Vamos a aprovechar cada minuto, decía su mirada. No sabemos los momentos que nos restan. No te vayas. Quédate a mi lado.

Me tragué las lágrimas que amenazaban con desbordarse. Algo había sucedido en mi ausencia. Algo le había obligado a dar el paso para decir en voz alta lo que ninguno de los dos queríamos ver.

Por supuesto, Julián no podía saber que lo que me mantenía apartada de él era la búsqueda de la única salida posible para su vida y yo no encontré las palabras para explicarlo. En vez de eso me fundí en un abrazo profundo con él.

Respiré el olor de su cuello, aquel aroma tan familiar y cálido. Me di cuenta de una cosa en un chispazo de lucidez. La Casa Grande no era mi casa, ni Madrid, ni ningún otro lugar. Aquel olor era mi hogar. El sitio donde estuviese él.

—Cariño —una lágrima traidora se deslizó por mi mejilla—, te prometo que, antes de que acabe esta semana, pasaremos todo el tiempo posible juntos.

—¿De verdad?

—Tienes mi palabra, tesoro.

Mentía, por supuesto, aunque eso me desgarrase. Porque hasta que no tuviese la total y absoluta certeza de que Ramona se había esfumado para siempre, seguiría buscándola. Por mí. Por él.

Al cabo de un rato, la respiración de Julián se volvió profunda y pausada. Se había quedado dormido entre mis brazos y yo me deslicé hasta el sueño agarrada a él.

Agotada. Exhausta.

Aterrorizada.

Pero, al mismo tiempo, totalmente resuelta a descubrir qué estaba pasando.

Y a encontrar a Ramona Valongo de una vez por todas.

Cuando sonó el despertador aún estaba enredada en una pesadilla llena de encapuchados ocultos en la niebla. Me levanté a tientas, para no despertar a Julián, y me metí en la ducha. El chorro de agua me despejó por completo, pero no se pudo llevar la sensación pegajosa que me acompañaba.

Una vez vestida, salí de casa sin despedirme de mi hijo, que aún seguía sumido en un sueño profundo.

Sabiendo lo que pasó después, ojalá lo hubiese hecho.

El Terrano verde y blanco de la Guardia Civil estaba aparcado delante de la casa, en el mismo lugar donde lo había dejado la noche anterior. Aquello era una vulneración flagrante del reglamento, que exigía que todos los coches patrulla estuviesen en el puesto al acabar la jornada, pero no habíamos tenido otra opción.

Aquel vehículo era una pesadilla, como ya me había dado cuenta la noche anterior, al dejar a Vilanova en su casa. Me costaba conducir aquella bestia metálica. En algún momento se había llevado un golpe en uno de aquellos condenados caminos de cabras y la dirección estaba torcida a la izquierda y tendía a desviarse todo el rato. Además, las marchas crujían al cambiarlas y la calefacción no funcionaba bien, por lo que los cristales estaban empañados casi todo el rato.

Aun así me las apañé para volver sin ningún problema a la casa de Vilanova, que estaba en un pueblo situado en un valle precioso llamado Tenorio, a un par de kilómetros de distancia del puesto de Viascón. Las montañas se recortaban al fondo contra el cielo gris, en una estampa que parecía sacada de un catálogo turístico. De unos prados cercanos llegaba el mugido suave de un grupo de vacas que pastaban tranquilamente, ajenas al ruido apagado que salía de las casas del pueblo, donde los vecinos se desperezaban para empezar el día. Al bajar del coche, el olor de una panadería cercana me asaltó las fosas nasales. Estaba segura de que a esas horas sería mejor recibida si aparecía con un buen desayuno entre las manos, así que al cabo de un rato caminaba hacia el domicilio de mi compañero cargada con un surtido de bollería recién hecha y un par de hogazas de pan que aún estaban calientes. Si alguien podía agradecer un gesto así, sin duda era Vilanova.

Vivía en una casita alquilada, cerca de la carretera general, rodeada de una valla baja con absurdos leones de piedra apostados en las esquinas. Abrí la portezuela exterior y me acerqué hasta la casa. Un gato atigrado de aspecto digno se acercó hacia mí con la cola muy erguida para frotarse contra mis piernas. Lo esquivé como pude y llamé al timbre.

Al cabo de un rato la puerta se abrió. Con mi mejor sonrisa, levanté la bolsa de papel repleta de bollos.

—¡Ha llegado la caballería! Tú prepara el café y... Oh, Juan.

Vilanova se apoyaba en el quicio de la puerta con aspecto demacrado. Seguía tan pálido como la noche anterior, pero debajo de sus ojos habían surgido dos enormes bolsas oscuras que parecían colgar hasta la mitad de su pecho. Tenía los globos oculares inyectados en sangre y las encías de un desasosegante tono marfil.

—Hola, Raquel.

Quise añadir algo, pero él levantó la mano para interrumpirme.

—No hace falta que digas nada, ya sé que tengo un aspecto lamentable. Hay espejos en mi casa, ¿sabes?

—Tendrás espejos, pero no sentido común —resoplé mientras lo metía a la fuerza en el interior de su casa y cerraba la puerta—. Tienes que ir al hospital de inmediato.

—¿Al hospital a qué? Es solo un gripazo, nada más. Normal, después de mi aventura acuática de ayer en aquel riachuelo apestoso.

—¿Estás seguro? —Fruncí el ceño—. Ya viste el resultado de mi analítica y la de Méndez. Esta gente juega con alucinógenos y a saber qué más se traen entre manos. Cuando ayer tocaste a ese encapuchado, seguro que te impregnaste la mano con algo. Tenemos que ir al hospital. *AHORA*.

Dentro de la casa, la calefacción estaba a toda potencia y hacía un calor insano, de esos que parecen salidos directamente de la boca de un horno. Sin embargo, Vilanova, envuelto en una bata, tiritaba con fuerza. Le toqué la frente suponiendo que estaría ardiendo de fiebre. Estaba helado.

—No voy a ir corriendo a Urgencias por un trancazo común y corriente, compi. He superado cosas peores, así que puedo superar esto. Estoy bien, de verdad.

—¿Seguro que te sientes bien? —insistí dudosa.

—En serio, es un simple resfriado. —Vilanova le restó importancia.

—¿Y la mano?

—Ah, mucho mejor. Mira.

Le sujeté la palma para examinarla. El día anterior estaba enrojecida y llena de pequeñas bochas, pero hoy había recuperado su tono normal. Incluso las ampollas se habían reducido y parecían simples rozaduras de una mala hierba.

—Puede que, al fin y al cabo, me lo hiciese al tocar unas ortigas o algo por el estilo —dijo él, como si me leyese el pensamiento—. En serio, no me voy a morir. Solo tengo que guardar cama y aprovechar para hacer una maratón de series en Netflix, eso es todo.

Estuve a punto de contestar que su plan me parecía tan delicioso que me apuntaba encantada, pero, solo con imaginarme el sofoco y los colores de Vilanova si oía aquello, tuve que morderme la lengua para no sonreír.

—¿Tú estás bien? —dijo él al ver mi expresión.

—Oh, sí, de verdad. —Levanté de nuevo la bolsa de la panadería—. Sería una pena que no tomases esto cuando aún está caliente.

—No tengo ganas —musitó él—. Tengo el estómago revuelto. Pero tú deberías tomar un café antes de irte.

—No puedo. —Negué con la cabeza—. Quiero bajar hasta Pontevedra hoy mismo. Hay algo que tengo que hacer.

—¿Y qué es?

—¿Recuerdas lo que nos contó Méndez sobre su caso? No llegó a precisarnos la fecha exacta, pero nos dijo que había sido hace doce años.

—¿Adónde quieres ir a parar?

—Voy a ir al Archivo Histórico Provincial. He llamado hace un rato, de camino, y me han confirmado que tienen copias de los periódicos de aquel año y de los anteriores, hasta 1890, más o menos. Si realmente sucedió como Méndez decía, sin duda tendría que haber aparecido algo en la prensa. Quizá nos ayude a entender qué demonios está pasando allí arriba.

—Es una buena idea. —Vilanova se pellizcó el labio, en aquel gesto tan suyo—. Conozco a un tipo que puede ayudarnos. Tiene una casa a pocos kilómetros de aquí, pero trabaja en la ciudad, en el museo.

—¿Quieres que vaya a revolver en un museo?

—No, mujer. —Me sonrió, en un gesto que amenazó con desgarrarle la cara. Vilanova podría decir lo que quisiera, pero estaba muy enfermo—. Es historiador. Si no encuentras lo que buscas en el Archivo, quizá él pueda echarte una mano. Tengo su número por alguna parte.

—¿Por qué tienes tú el número de un historiador?

—También es aficionado al rol. —Vilanova enrojeció—. Estamos en el mismo club.

—¿Juegos de rol? Ay, Juan, no dejas de sorprenderme. —Sonreí—. Conciértame una cita con tu amigo rolero, anda. Y quédate cerca del teléfono, por favor. Si necesitas algo o te sientes peor, llámame de inmediato, ¿de acuerdo?

—Sí, señora.

No sé quién de los dos se quedó más sorprendido cuando le di un beso en la mejilla. De lo que estoy segura es de que salí de su casa tan rápido que no pude comprobarlo.

Maldita sea. Qué difícil resulta controlar lo incontrolable.

Media hora más tarde había dejado el coche en un *parking* frente a la Diputación Provincial de Pontevedra y caminaba por el paseo de Colón hacia el edificio del Archivo Histórico de la ciudad, en la Casa de los Fonseca. El Archivo es una construcción maravillosamente decimonónica, con un par de esfinges aladas situadas a los lados de las puertas y unas escaleras de piedra que acaban en un pórtico con un tímpano que imita a un templo clásico, pero salpicado de referencias masónicas aquí y allá. Sin duda, aquel sitio tenía una historia muy interesante a su espalda, aunque ahora era tan solo un edificio público más. Tuve la sensación de que las esfinges me lanzaban una sardónica mirada de reojo al pasar a su lado.

Cuando entré, la paz del interior de aquel lugar me envolvió de inmediato. Pese a que era muy temprano, ya había dos o tres personas sentadas en alguno de los puestos consultando algún legajo polvoriento y tomando notas. Una escalera de caracol se abría a mi izquierda, rumbo a la planta superior, y por ella bajaba un hombre vestido con un guardapolvo y un par de viejos libros encuadernados en cuero entre las manos.

Me acerqué a él y me presenté. El hombre, de unos cincuenta años, olía a nicotina. Me apostaría lo que fuese a que en algún rincón de aquel edificio tenía un sitio secreto al que poder salir a echar un pitillo de vez en cuando. Quién sabe, quizá en el mismo lugar donde un siglo antes se reunía la logia masónica que había levantado aquel enorme palacete, ahora se juntaban los técnicos ociosos para su dosis diaria de humo mientras hablaban de sus aburridas vidas, en las que seguro que no había asesinatos ni extrañas conspiraciones.

El hombre no me invitó a un cigarrillo, pero con amabilidad me llevó hasta uno de los puestos y me sentó delante de un ordenador. La mesa era un mastodonte de otro siglo que seguramente llevaba allí tantos años como el edificio, pero el ordenador era un aparato de última generación, un alien moderno en aquel mundo de recuerdos.

—Tenemos casi todos los fondos digitalizados —me explicó con orgullo mientras me enseñaba unos dientes manchados de nicotina—. El buscador es muy eficiente y le permitirá localizar lo que necesite. Si hay algo que no encuentra o aparece una pantalla en blanco porque no está aún digitalizado, llámeme e intentaré echarle una mano. Cada copia en papel son veinte céntimos, y en color, cincuenta. La máquina no acepta billetes.

Y dicho esto se alejó, dejándome plantada delante del monitor.

Antes de ponerme a buscar, repasé todo lo que sabía. Méndez nos había contado que doce años antes se había encontrado el cadáver de una mujer a los pies de la Puerta del Más Allá, asesinada de un modo similar al de nuestra víctima, y según él no había sido la primera. Eso me daba un punto de partida para empezar mi búsqueda.

En la ciudad tan solo había un periódico local, el *Diario de Pontevedra*, que estuviese activo en esa época. Muchos años antes había tenido competencia, pero la mayoría eran cabeceras desaparecidas hacía décadas. Accedí en el sistema a las portadas de aquel año y las descargué en un archivo.

Comencé a pasar imágenes, segura de que una noticia como el asesinato de una mujer tendría que aparecer en la portada. Fui deslizando viejas ediciones, que contaban en su mayor parte las noticias anodinas y poco interesantes de una ciudad pequeña. Políticos vestidos con ropa pasada de moda y peinados viejos me miraban desde las portadas discutiendo presupuestos o presumiendo de haber inaugurado una acera. De repente vi un titular que llamó mi atención. Era del 2 de noviembre de doce años atrás y aparecía en el recuadro inferior derecho de la portada, sin ninguna foto, entre un anuncio de un supermercado y el resultado del equipo local de fútbol.

HALLADO EL CADÁVER DE UNA MUJER EN LO ALTO DEL MONTE SEIXO

(Redacción.) Los equipos de emergencia han hallado esta tarde el cuerpo sin vida de una mujer de unos treinta años en el alto del monte Seixo (Cotobade), tras recibir una llamada de aviso de un grupo de senderistas.

Efectivos de Sanidad y agentes de la Guardia Civil se han desplazado hasta la zona y han cortado el acceso. (Sigue en págs. interiores.)

Sentí que se me aceleraba el pulso. Rápidamente, accedí a la página que indicaba y leí el resto de la noticia. En el interior aparecía una foto de archivo del Seixo y poco más, aparte de que el cuerpo estaba sin identificar y que las primeras investigaciones apuntaban a una muerte de carácter violento.

Saqué una copia de aquellas páginas y descargué a continuación los ejemplares de las tres semanas siguientes.

Lo primero que me llamó la atención es que la noticia, tras aparecer el primer día en portada, quedaba reducida a una serie de notas cada vez más breves en las páginas interiores del diario hasta que acababa por desaparecer. Una de las primeras decía que se había establecido secreto de sumario sobre el caso, y en otra se veía una foto de una rueda de prensa, en la que una versión doce años más joven y delgada de Méndez lo mostraba sentado ante un puñado de micrófonos en una rueda de prensa, acompañado de un par de personas más. Uno de ellos era el sargento Nogueira, también doce años más joven, pero con la misma mirada de halcón. Me llamó la atención que en la fotografía, en vez de mirar hacia los periodistas, tenía clavada su atención en Méndez. Como si estuviese controlando cada una de sus palabras.

El resto de los recortes, cada vez más escasos, daban cuenta del poco avance de la investigación. Los periodistas, al no tener material con el que rellenar el texto, lo habían ido abandonando poco a poco, en pos de historias más interesantes para sus lectores.

Algo me hizo arrugar la frente. Volví hacia la primera noticia y las repasé de nuevo.

—Venga ya, no me jodas —susurré entre dientes.

Tras la primera referencia a un posible fin violento, no se volvía a mencionar la causa de la muerte de la víctima en ninguna parte. Solo se citaba una y otra vez que una mujer de unos treinta años había aparecido sin vida en lo alto de la montaña, pero por lo demás tanto podía haber muerto de un infarto como caída de un avión en pleno vuelo. No se daba la menor explicación. Incluso todas las notas aparecían firmadas con un aséptico «Redacción», en vez del nombre de algún periodista en concreto.

Eso era muy extraño. Hasta en el diario más modesto tienen en plantilla a un puñado de redactores inquietos como hurones, que no paran de remover hasta encontrar una historia interesante que llevar a sus páginas. Yo misma, a lo largo de mi carrera, había tenido que lidiar con muchos de ellos y sabía bien lo insistentes que podían llegar a ser.

Esa apatía no era normal. Sonaba más bien a que alguien, en algún momento, les había ordenado que dejasen ese asunto de lado.

Tal y como Méndez había dicho.

Entonces busqué periódicos de doce años atrás con respecto a aquella fecha. Sentía que estaba siguiendo el rastro meticuloso de Méndez, que sin duda tuvo que hacer algo parecido entonces, aunque quizá no delante de un ordenador. El viejo sargento no parecía haber sido del tipo tecnológico. Me lo imaginaba más bien rebuscando entre viejos ejemplares, quizá en aquel mismo edificio, puede que incluso en aquella misma mesa. Quién podía saberlo.

Al retroceder otros doce años, las noticias en las portadas eran más o menos las mismas, pero las pintas, vistas desde la distancia, resultaban más peculiares. En esta ocasión la víctima era un hombre de unos cincuenta años. Esta vez la noticia iba acompañada de la foto de un grupo de operarios metiendo un ataúd metálico en la parte trasera de un todoterreno cubierto de barro. Al igual que en el caso de Méndez, doce años después de esa foto, el parque eólico no estaba aún construido en la cima del monte y llegar hasta allí, sin la pista de mantenimiento, tenía que haber sido algo muy complicado. La noticia no ponía mucho más, aunque especulaba como causa de la muerte la de un suicidio. Y más tarde, como en el caso de Méndez, se iba desdibujando hasta desaparecer.

Di un nuevo salto de doce años atrás, pero esta vez no encontré nada, por mucho que busqué. Incluso avancé un par de semanas a partir del 1 de noviembre, que parecía ser la fecha clave en todos los casos, por si el cuerpo hubiese tardado en aparecer por algún motivo, pero fue un esfuerzo baldío. Quizá en ese año no se hubiese producido ningún crimen o hubiese tenido lugar en otra fecha que era incapaz de adivinar.

Esperaba que no fuese algo así. Si los crímenes no seguían un patrón temporal concreto y tenían lugar en fechas aleatorias, me podría llevar años consultar todos aquellos periódicos. Aunque lo más probable, me corregí, era que la víctima de esa ocasión no hubiese sido hallada. El Seixo es un lugar aislado y hace tres décadas solo subían hasta allí arriba los pastores en verano o algún cazador despistado. En pleno noviembre lo normal es que solo hubiese viento y vacas pastando. Que un cadáver desapareciese, devorado por el tiempo, las alimañas y los insectos, entraba dentro de lo normal. Seguro que hasta contaban con ello.

El siguiente salto me llevó hasta principios de los setenta. Las fotos pasaban a ser en blanco y negro, los políticos de las portadas tenían un aspecto más fúnebre y las pocas mujeres que aparecían en las imágenes se limitaban a hacer de acompañantes o figurantes de fondo. Una vez más, otra noticia sobre un cuerpo hallado en lo alto del Seixo «al pie de unas rocas milenarias», como contaba con estilo pomposo el periodista. «Un hombre de treinta y tantos, del que se especula que fuese un excursionista forastero perdido en las montañas —se notaba cierto desprecio localista—, encontrado por una pareja de la Guardia Civil que estaba de patrulla».

En los siguientes dos saltos no hallé nada reseñable, ni siquiera en las páginas interiores, pero nada me había preparado para lo que encontré en el siguiente escalón.

Era un ejemplar ajado de mediados de los años cuarenta. El papel parecía tan frágil y delicado, incluso en la imagen escaneada, que amenazaba con desintegrarse al tocarlo. La portada la ocupaba en su totalidad una imagen de Franco, en una versión aún joven y vital, acompañado de un texto que clamaba contra los males del comunismo y la masonería internacional. Pero cuando avancé un par de páginas —aquel número era mucho más corto que los de décadas posteriores— tropecé con algo que me hizo contener la respiración.

El texto de la noticia tenía el carácter plúmbeo y engolado de la literatura oficial de la época, peleado con las comas y difícil de leer.

> El pasado día i. del corriente, por orden del Excelentísimo Señor Gobernador de la provincia de Pontevedra y el Ilustrísimo Señor Obispo de la Diócesis acudieron numerosos vecinos de la noble y leal tierra de Cotobad a participar en los actos religiosos de reparación y desagravio que en el templo

parroquial de Viascón tuvieron lugar en memoria del alma del pequeño Nicanor Taracido, un inocente pastor de vacas de Fosco que halló la muerte en lo alto del monte Seijo, radicado en esta apenada localidad. El pequeño fue vilmente asesinado, sin duda alguna a manos de los bandoleros rojos que, acosados como alimañas, aún infestan alguno de nuestros montes.

Tras la ceremonia religiosa, interminables colas se prolongaban por las calles adyacentes al templo, expresión del carácter popular que ha revestido tan importante acto. Las Autoridades dan por segura la captura de los peligrosos y despiadados criminales que pronto rendirán cuenta de sus tropelías ante la Justicia que el Caudillo ha traído a estas bellas y feraces tierras.

Apreté el bolígrafo con tanta fuerza que los nudillos se me pusieron blancos.

Era la primera víctima que tenía nombre y apellidos, aunque no me decían nada.

Pero la fotografía que acompañaba al texto era otra cosa.

Era una imagen típica de las fotos de época, un grupo de hombres y mujeres retratados a la salida del templo, tras la ceremonia. En aquella época las fotos no eran demasiado habituales, así que sin duda los había pillado por sorpresa. Se notaba en las caras incómodas de la mayoría de ellos, probablemente colocados por primera vez en su vida delante de un objetivo. Estaban en línea, contra la pared de la iglesia, vestidos con la sencilla pero ajada ropa campesina típica de los años cuarenta en el rural. Algunos hombres sostenían sus boinas entre las manos y un par de pilluelos asomaban curiosos por una esquina.

Pero lo más llamativo era el individuo que estaba al final de la fila con gesto relajado delante de la cámara. Era un hombre de unos cuarenta años, de barba negra poblada y ojos profundos y expresivos. El único que sonreía, como si estuviese al corriente de una broma que los demás desconocían.

Un hombre con un brazo de madera profusamente tallado colgando inerte de su costado izquierdo.

Respiré profundo. Una, dos, tres veces.

No podía ser.

Me levanté hasta la impresora y metí un par de monedas para imprimir aquella página. Desde el papel, parecía todavía más real.

«¿Un carpintero manco? ¿Es que no hay nada normal en este pueblo?», había dicho Vilanova tras salir del cobertizo de aquel individuo.

Había hablado con él. Había estado con él. Le había estrechado la mano.

Y sin embargo, allí estaba, mirándome desde una foto que tenía setenta años, con el mismo aspecto que si se la hubiesen sacado aquella misma mañana.

No te vuelvas loca, me dije. *Puede que sea alguien que se le parece, o un antepasado con el que guarda un parecido formidable.*

Claro, y el brazo es hereditario. Como una marca de nacimiento o una verruga. No seas estúpida.

Recordé en ese momento la frase que pronunciaba Sherlock Holmes en *El signo de los cuatro:* «Es una vieja máxima mía que, cuando hayas descartado lo imposible, lo que quede, aunque sea improbable, debe ser la verdad».

Y por imposible que pudiera parecer, la verdad estaba delante de mis narices. Saavedra, el carpintero manco, aparecía en una foto de los años cuarenta, con el mismo aspecto que en la actualidad.

Me senté de nuevo delante del ordenador y con manos temblorosas tecleé cinco letras.

«Fosco».

Salían un puñado de resultados, la mayoría relativos a guías turísticas de la zona y datos catastrales. Seleccioné solo aquellos que tuviesen fotografías y que fuesen anteriores a 1950.

Únicamente había tres resultados.

Dos de ellos eran fotos sacadas en los años treinta, en las que se veía el pueblo, no muy distinto de como era en la actualidad. Las casas eran más o menos iguales, pero el bosque que las rodeaba estaba bastante más lejos, su lugar ocupado por campos de cultivo. La Casa Grande, en la que yo vivía, se levantaba como una especie de coloso en medio del villorrio, vigilante.

La otra foto era más antigua, de 1919. El pie de foto rezaba «La Cruz Roja Española continúa los trabajos de prevención contra la influenza».

La influenza. La «gripe española» de 1918.

Un carro de caballos estaba parado delante de la puerta de mi casa, y a su lado posaban, serios y formales, un médico vestido de blanco con enormes bigotes y un par de enfermeras de cofia almidonada. A su espalda, unos cuarenta vecinos de Fosco se apiñaban para ser inmortalizados.

La calidad de la foto no era excepcional, pero incluso con aquel granulado pude distinguir con total claridad a alguien que ya había visto en internet, décadas antes de que se hubiese inventado la red, vestida con un delantal de campesina y mirada desconfiada en el rostro.

Desde una foto con más de cien años de antigüedad, Ramona Valongo, la curandera, me sonreía sin una sola arruga más de las que tenía cuando nos reunimos un par de semanas antes en aquella cafetería de Pontevedra.

24

El timbrazo del teléfono me sobresaltó tanto que di un respingo. Dos cabezas se levantaron desde las otras mesas, con gesto molesto, y alguien hizo un *chssst* perfectamente audible a mi espalda. Incluso el encargado me dedicó una mirada severa que casi seguro reservaba para aquellos que, como yo, no sabían comportarse en su santuario particular.

Me levanté de forma atropellada, musitando una disculpa torpe, al tiempo que recogía todos los papeles que tenía desperdigados sobre la mesa, y salí del edificio con los ojos del encargado todavía clavados en mi nuca.

Al llegar al exterior, comprobé que la llamada era de Vilanova. Marqué su número y esperé un rato interminable lleno de clics y clacs hasta que el asmático repetidor de telefonía de Viascón enganchó por fin con su móvil.

—¿Raquel? —La voz de Vilanova retumbaba en el aparato, con un tono seco y rasposo que no presagiaba nada bueno.

—Juan, soy yo, ¿cómo estás?

—Fastidiado pero contento, como siempre —bromeó él. Sin embargo, el efecto quedaba arruinado por el sonido cavernoso de su voz—. Solo necesito algo de reposo. ¿Has encontrado algo?

—Más de lo que me imaginaba. No te lo vas a creer.

—¡Eso es estupendo! —Un violento ataque de tos le interrumpió durante un par de segundos… Cuéntame más, por favor.

—No, por teléfono no. Más tarde.

—¿Qué? ¿Por qué?

—Porque es complicado de explicar y… —Me froté la cara, fatigada—. Y necesito que lo veas con tus propios ojos o no me creerás.

Vilanova guardó silencio durante un breve instante.

—¿Tiene que ver con lo que sucedió ayer? ¿Con los encapuchados?

—No —vacilé—. Sí. No lo sé, la verdad. Es todo demasiado extraño.

—Está bien, compi. Aguantaré mi curiosidad un rato. Mira, llamaba para decirte que ya te he concertado una cita con Santaló, el historiador. Te espera dentro de media hora en un sitio que se llama Café Moderno. ¿Tienes un bolígrafo para apuntar la dirección?

Me retorcí para sacar un rotulador del bolsillo y anoté en la palma de la mano las señas que me daba Vilanova. No estaba lejos de allí.

—¿Cómo le reconoceré?

—Oh, te darás cuenta enseguida de quién es, tranquila. Tiene un aspecto… singular.

—Escúchame bien, en cuanto acabe de hablar con él, subiré disparada hasta tu casa para enseñarte lo que he encontrado. Antes de hablar con Nogueira tenemos que ir a Fosco. Alguien debe darnos unas cuantas explicaciones.

—¿Qué tipo de explicaciones?

—Aún no lo sé —mascullé—. Pero tienen que ver con los crímenes de la montaña y con algo más. Espero que podamos descubrirlo.

—Está bien. Pero no hagas nada arriesgado sin mí, por favor.

—Descuida, abuelo —le gruñí sonriente—. Y abrígate.

Corté la comunicación. Fuera había empezado a llover con fuerza otra vez. Desalentada, me di cuenta de que me había dejado el paraguas en el coche y que tan solo tenía un chubasquero para cubrirme. El agua caía en chorreones pesados que se movían en lateral, impulsados por el viento. Me iba a empapar con toda seguridad. El día no paraba de mejorar.

Atravesé la alameda de la ciudad esquivando los charcos que se formaban con el aguacero. Cada poco rato buscaba un sitio donde guarecerme por un instante, confiada en que aquella cortina torrencial tendría que cesar en algún momento, pero las nubes no parecían dispuestas a dejar de volcar su contenido sobre la ciudad. Desde que había llegado allí, apenas había visto asomar el sol un par de veces, y de manera débil. Me preguntaba si eso tendría que ver con mi estado de ánimo o, por el contrario, todo estaba relacionado con lo que acababa de descubrir.

Tracé una línea mental en mi cabeza para mantenerme ocupada, separando las cosas normales de aquellas que no podía explicar.

Cosas Que No Entendía: Qué demonios pretendía aquella gente asesinando a sus víctimas en la Puerta y por qué llevaban haciendo eso desde sabe Dios cuándo. El motivo retorcido por el cual Julián y yo estábamos conectados con toda aquella historia. La causa por la que, de vez en cuando y sin explicación aparente, mi nariz empezase a sangrar. Y sobre todo, por qué la *menciñeira* y uno de mis vecinos aparecían en fotos inmemoriales de Fosco, sin que desde entonces hubieran envejecido ni un poco.

Cosas Normales, por llamarlas de alguna manera: los autores de los crímenes eran, sin duda alguna, de carne y hueso. También sabía que aquellas personas tenían conocimientos de botánica con los que drogaban a sus víctimas, que usaban sayones de tela basta para disfrazarse y que habían intentado frenarnos en seco en Arufe. Aunque, por cierto, no tenía ni la más remota idea de cómo sabían que Vilanova y yo íbamos a estar allí, como se encargó de recordarme una vocecita repelente dentro de mi cabeza.

Las Cosas Que No Entendía no terminaban nunca. Incluso cuando no pensaba en ellas, continuaban amontonándose en mi cabeza como una nevada marrón, porque desde siempre las Cosas Que No Entendía tenían ese color en mi mente. Por ejemplo, los crímenes eran convenientemente ocultados o silenciados por alguien que tenía la influencia como para acallar las noticias o rumores que sin duda tendrían que circular. Alguien que podía hacer que un hombre como el sargento Nogueira sabotease el trabajo de su propia gente. Y a saber quién más podía estar metido en el ajo. En los años cuarenta, o antes, un crimen de ese estilo podía pasar desapercibido sin mayor problema o incluso no ser descubierto, pero hoy en día, en plena efervescencia de las redes sociales, era absolutamente imposible que algo así no saltase por todas partes. Y sin embargo, el caso que estaba llevando junto con Vilanova tan solo había aparecido de pasada en la prensa local antes de empezar a desvanecerse poco a poco.

Como en los casos anteriores.

Además, el primero de todos aquellos casos —o el primero que había podido encontrar, al menos— parecía vinculado con Fosco, donde, de manera muy oportuna, había ido a caer cuando buscaba una vivienda. Quizá de forma demasiado oportuna. Tendría que darle una vuelta a eso más tarde, pero visto en perspectiva resultaba extraño que, justo cuando yo estaba buscando dónde vivir, llegase Nogueira con una oferta extraordinariamente barata e irresistible, salida de la nada.

Fosco. Todo parecía llevarme una y otra vez a aquel pueblo extraordinariamente bello, pero que, como parecía evidente, ocultaba algo oscuro bajo su apariencia de aldea mágica sacada de un cuento.

Por primera vez había encontrado algo que relacionaba a Ramona Valongo con el lugar en el que Julián y yo vivíamos y eso abría un melón inquietante: ¿Y si la *menciñeira* cuya búsqueda había consumido dos semanas preciosas de mi vida y de la de Julián había estado a pocos metros de nosotros durante todo aquel tiempo? ¿Quizá Saavedra, el carpintero, la mantenía retenida? O, peor aún, quizá ella había estado siempre allí, manteniéndose oculta a nosotros por voluntad propia. Y si era así, ¿por qué?

En todo caso, Saavedra tenía las respuestas que necesitaba, o al menos parte de ellas. En cuanto volviese a casa, tendría que enfrentarme a él para sacar algo en claro y, quizá, descubrir el paradero de Ramona.

Pero, aun así, no era capaz de comprender el motivo por el que Nogueira y su gente habían decidido conducir nuestros pasos hasta Fosco, en vez de mantenernos alejados de ellos. ¿Qué sentido tendría llevarme allí? ¿Tenerme vigilada? ¿Poder revisar mi documentación para controlar mi avance en la investigación? Eso no era posible, porque me la llevaba conmigo todas las mañanas. Jamás dejaría un expediente con fotos de un cadáver destripado en un sitio donde Julián pudiese tropezar con ellas por casualidad. Además, Nogueira podría facilitarles una copia siempre que quisiera.

La tercera opción era mucho más sombría y preocupante, y me encogió el corazón de tal forma que me detuve en seco en medio de la calle. Una mujer que iba con un paraguas casi chocó conmigo y se alejó lanzando una sarta de palabrotas muy poco edificantes.

¿Y si el objetivo de tenerme en Fosco no era otro que poder controlar algo para extorsionarme? ¿Algo que me importase tanto como para que decidiese mantener la boca cerrada y dejar correr el caso, como habían hecho con Méndez doce años antes?

Y solo había algo que me importase tanto como para que yo hiciese algo así.

Julián.

Me puse a temblar de la conmoción. Me sobrevino la tentación de salir corriendo de vuelta al coche y conducir a toda velocidad hasta Fosco, pero, tras el primer y breve momento de pánico, me contuve.

Todo lo que estaba haciendo era una pura cábala. Lo más seguro era que Julián y yo hubiésemos acabado en aquel pueblo única y exclusivamente por casualidad. Y también podría ser que me equivocase de punta a punta.

En todo caso, había un dato que era incontestable. Ágata trataba a mi hijo como a su propio nieto, podía ver lo a gusto que estaban juntos; no tenía más que buenas palabras hacia ella. En cuanto al resto de los vecinos, hasta aquel instante nadie en Fosco había hecho nada como para que me sintiese amenazada, aparte del siniestro desfile de encapuchados de debajo de mi ventana. Y si hasta la fecha nadie había tomado ninguna iniciativa más allá de eso, significaba que creían tenerme controlada. Pero si de repente aparecía allí acompañada de la caballería, con las luces del Terrano destellando y pidiendo explicaciones al carpintero del pueblo, sin duda mostraría mis cartas. Fueran quienes fuesen los que estaban detrás de aquello, les demostraría que yo sabía.

Y eso no era inteligente. De momento.

Así que respiré hondo durante un minuto, hasta que me tranquilicé. Tendría que enfrentarme al carpintero manco y a quien hiciera falta, eso seguro, pero de forma meditada y midiendo bien mis pasos. Necesitaba más pruebas que un montón de conjeturas y unas fotos viejas. Correr como una madre alocada no me ayudaría.

Solo cinco minutos más tarde, llegué a la dirección que me había indicado Vilanova. El Café Moderno era un antiguo edificio que no hacía honor a su nombre. Estaba en una céntrica plaza adornada con un curioso grupo de estatuas sentadas alrededor de unas mesas, que a esa hora estaba desierta a causa de la lluvia. Las figuras de bronce chorreaban agua y miraban hacia el infinito con expresión hierática, ajenas a todo.

Entré en el café, sacudiéndome como un perro ovejero, para desprenderme de la humedad. El techo abovedado se perdía en lo alto. En el ambiente flotaba esa sensación densa y difícil de explicar que adquieren los locales que llevan muchas décadas abiertos, como atrapados en gotas de ámbar. Las paredes estaban cubiertas por viejos murales de los años veinte y la atmósfera era insospechadamente tranquila y silenciosa para tratarse de un café. Viejos camareros de uniforme se movían entre las mesas, con el aire experto de quien lleva años trabajando en el mismo lugar. Una placa en la pared decía que muchos años atrás Federico García Lorca había escrito parte de su obra en alguna de aquellas mesas, o algo por el estilo.

La mayoría de los clientes parecían estar de sobremesa. Con un gruñido de mi estómago, me di cuenta de que había pasado toda la mañana revisando periódicos antiguos en el Archivo y ni siquiera había comido. Repasé con la mirada todas las mesas ocupadas hasta que me detuve en una situada en la esquina, cerca de la ventana. En ella estaba sentado un hombre con barba de dos días, rasgos redondeados y la mirada enterrada en un grueso volumen de cuero con aspecto de haber salido de una imprenta hacía dos siglos. Se las había apañado para cubrir de papeles toda la mesa de mármol, de forma que el vaso de café con leche, aún sin probar, colgaba peligrosamente cerca del borde. Pero lo que me acabó de convencer de que se trataba del hombre que buscaba era la camiseta de *La llamada de Cthulhu* que vestía debajo de un abrigo algo gastado en los codos. Tenía que ser él.

—¿Señor Santaló?

Alzó la vista del libro y por un instante bizqueó tratando de enfocarme.

—Hola... Es la agente Raquel Colina, ¿verdad? La amiga de Warmonger.

—¿La amiga de quién? —parpadeé confundida.

—Perdón, la amiga de Juan Vilanova. Warmonger es el nombre que usa en las partidas de... Bueno, da igual. Soy Héctor Santaló, para servirla.

Me tendió la mano y se la estreché. Santaló hizo un hueco apresurado en la mesa, apartando los papeles con tan poca maña que dejó el vaso de café aún más cerca de la catástrofe.

—Vilanova me ha dicho que usted conoce la historia de la zona.

El hombre sorbió por la nariz, con gesto disgustado, mientras hacía un ruido poco agradable.

—Que conozco la historia de la zona es una manera de decirlo. También podría decir que soy etnógrafo, licenciado en Historia y con una tesis basada en las tradiciones prerromanas de Galicia, además de tener más de veinticinco años de experiencia como profesor universitario, pero, oye..., «que conoce la historia de la zona»... Hay que joderse. En fin, escoja la que le suene mejor.

Levanté las manos en son de paz.

—Está claro que Juan no me dio sus credenciales completas, profesor. Me gustaría hacerle unas preguntas, si le parece bien.

—Para eso estoy aquí. ¿Qué quiere saber?

Vacilé un instante preguntándome qué era lo que podía contarle a aquel hombre y qué debía reservarme.

—¿Conoce la Porta do Alén, en lo alto del monte Seixo?

Fue su turno para mirarme de forma calculadora, midiendo sus palabras.

—Es por lo de la chica que apareció muerta allí arriba, ¿verdad? Lo vi en las noticias hace un par de semanas, creo, pero no ha vuelto a salir nada desde entonces.

Me encogí de hombros por toda respuesta. Aún estábamos tanteándonos y ninguno de los dos quería descubrir sus cartas demasiado pronto.

Él suspiró.

—Si está aquí sentada conmigo es porque quiere saber algo más de ese sitio, además de lo que puede encontrar en internet, ¿me equivoco?

—No, no se equivoca.

—Warmong... Juan me ha dicho que es usted una mujer muy inteligente, ¿es eso cierto?

Me sorprendió la pregunta, por lo directa y personal que era.

—Supongo que como la mayoría —contesté a la defensiva.

—La mayoría contestaría que sí, sin dudar ni un segundo —replicó él—. Pero alguien inteligente de verdad no alardearía de ello, así que supongo que lo que dice él es cierto. Cuénteme qué sabe de la Puerta.

Una vez más, me quedé sin habla. Aquella entrevista no estaba saliendo como yo había planeado. El viejo tópico de que un gallego contesta a una pregunta con otra distinta me estaba explotando en las narices. Sin embargo, Santaló parecía amistoso, así que decidí seguirle el juego.

—Su nombre es Porta do Alén, en gallego, o la Puerta del Más Allá, en castellano. —Eché mano a mi libreta de notas hasta llegar a la página donde tenía las referencias del lugar que había sacado de internet—. Es un monumento megalítico, datado entre el 800 y el 600 antes de Cristo, a caballo entre la Edad de Bronce y la Edad de Hierro. Se supone que fue levantada como un monumento funerario por parte de los pueblos celtas que habitaban por entonces esta zona. Su uso y finalidad aún son discutidos, pero se sospecha que formaba parte de un centro ceremonial para los rituales de enterramiento que salpican toda la montaña. ¿Lo he hecho bien, profesor?

Santaló me miró con una expresión chispeante en los ojos.

—Mejor que alguno de mis alumnos, sin duda —dijo sonriendo—. Ha hecho los deberes.

—¿Y bien?

—¿Y bien qué?

—Que si lo que he dicho es correcto.

—Oh, por supuesto. —Hizo un gesto amplio con la mano, que se quedó a escasos centímetros del vaso de café. Un camarero que pasaba a nuestro lado lo rescató con gesto ágil, sin detenerse. Santaló ni siquiera se dio cuenta—. Es un conjunto apasionante, si le gusta la historia. ¿Ha leído los trabajos de Raña Criado? Ha escrito la mejor tesis sobre el lugar. Fue mi profesor, por cierto.

Me mordí los labios impaciente. Temía que aquel hombre empezase a divagar. Lo último que necesitaba era una clase de historia, al menos en aquel momento. Aun así, me obligué a seguirle la corriente. Quizá me llevase a algo de provecho.

—¿Y qué dicen esos trabajos?

—Lo que usted me ha contado y bastante más, por supuesto. —Santaló rebuscó entre sus papeles hasta sacar unas fotocopias de un libro. Se veía una foto de la Puerta en medio de una maraña de texto casi ilegible.

—Raña sostenía que la Puerta era parte de un sistema funerario mucho más complejo. Está situada a medio camino entre un ara solar que servía para hacer sacrificios, a unos doscientos metros al este, y un menhir, el Marco del Viento, a unos cincuenta metros al oeste.

—¿Y eso qué significa?

—Muy sencillo. —Sacó un papel y una estilográfica de aspecto anticuado y dibujó un cuadrado rudimentario en el centro—. Esta es la Puerta, ¿se da cuenta? Si el observador se coloca en el ara solar, puede ver el menhir perfectamente alineado a través de la Puerta, en línea recta. Y en el solsticio de invierno, el sol se pone de forma que desaparece tras el menhir. Es un simbolismo perfecto.

—¿Y qué simboliza?

—El tránsito de la vida a la muerte, por supuesto —me señaló sorprendido—. Cuando celebraban sus ritos funerarios, pasaban los cuerpos de los difuntos por esa puerta, en sentido este-oeste, para ayudarlos a llegar al mundo de los muertos. Esa era la función de la Puerta, servir de comunicación entre nuestro mundo y el más allá.

—¿Cómo?

—Cuando un jefe tribal moría, lo pasaban a través de la Puerta en una ceremonia, de forma que cruzaba del lado de los vivos al mundo de los muertos. Era la manera de garantizar que su espíritu llegaba al otro lado. Por eso a través de la Puerta, si te pones del lado este, puedes ver perfectamente enmarcado un menhir al otro lado, sobre el que se pone el sol en el solsticio de invierno: es el Marco do Vento. El menhir es una señal. Una flecha que marca el camino hacia el mundo de los muertos.

Suspiré frustrada.

—Todo eso es muy interesante, profesor, pero no me sirve de ayuda. Conocer los ritos funerarios de una gente que desapareció hace dos mil quinientos años no me va a ayudar a resolver mi caso. No es más que historia desaparecida hace siglos.

—Oh, pero es que no es así. —Su tono de voz se volvió misterioso—. No ha desaparecido.

—¿Cómo? ¿Qué quiere decir?

—Me temo que le voy a tener que salpicar un poco más de historia. —Removió su vaso de café, que ya estaba frío—. ¿Ha leído *De correctione rusticorum*?

Meneé la cabeza enojada. Todo aquello no era más que una monumental pérdida de tiempo.

—Me temo que todo esto es inútil. Lamento haberle hecho venir a…

—Espere un momento, por favor. —Me sujetó por la muñeca—. Lo que le voy a contar le interesará.

Me volví a sentar insegura.

—Hacia el año 570, san Martín de Braga era el obispo de esta zona. Para entonces ya hacía mil años que los celtas habían desaparecido como pueblo, pero sus costumbres seguían muy vivas. Martín escribió *De correctione rusticorum* para tratar de erradicar las costumbres paganas de los habitantes de la Galicia de entonces, pero no tuvo demasiado éxito. Varios siglos de cristianismo no habían impedido que se siguiese creyendo en los antiguos dioses, sobre todo en las áreas más rurales y apartadas. Por si no se ha dado cuenta, algunos de estos valles son zonas muy remotas, Raquel. Aún hoy en día, hay lugares a los que la primera carretera asfaltada no llegó hasta los años sesenta.

—¿Y qué pasó?

—Martín tuvo un éxito parcial, pero en algunas aldeas las viejas creencias seguían vigentes. Ocultas a la vista, pero en los corazones de las gentes. Hay varios procedimientos de la Inquisición por idolatría y paganismo en la zona que llegan hasta el siglo XVIII. Eso, en términos históricos, es anteayer. Y tampoco tuvieron un éxito completo, que digamos.

Se hizo un silencio entre los dos, mientras procesaba las palabras que acababa de pronunciar aquel hombre. Mejor dicho, lo que no había pronunciado, pero iba implícito en ellas.

—¿Está insinuando que hay gente de por aquí que sigue adorando a los dioses de los celtas, en pleno siglo XXI? —le miré incrédula—. ¿Me toma el pelo o qué le pasa?

Santaló me respondió con una risita sarcástica.

—Yo no he dicho eso… exactamente. Por supuesto que nadie cree en los viejos dioses. Eso es…, ¿cómo dijo antes?, historia desaparecida hace siglos.

—¿Entonces de qué hablamos?

—Aunque las creencias cambiaron, algunos de los lugares de poder siguieron en activo. Los viejos usos se modificaron, entre otras cosas porque nadie en su sano juicio se arriesgaría a hacerlo en público. Pero había algunos sitios de poder más apartados…

—Como la Puerta. —Sentí que se me aceleraba el corazón.

Santaló asintió.

—El profesor Raña Criado tropezó con un fragmento de historia viva y fosilizada en sus estudios de hace cincuenta años. Algunos vecinos de la zona que rodea el monte Seixo seguían utilizando la Puerta, tal y como sin duda habían hecho sus antepasados a lo largo de los siglos, pero de una manera diferente.

—¿De qué manera?

—Con los años, las creencias se habían ido deformando, seguramente por tratarse de una tradición tan antigua, creía él. Los vecinos de la montaña sostenían que la Puerta era un modo de llegar al mundo de los muertos. Según sus creencias, si cruzas la Puerta tras dejar una ofrenda, puedes formular una pregunta y los espíritus de los fallecidos te contestarán entre el sonido del viento. —Se encogió de hombros—. Es una creencia inocente, como puede ver.

Recordé los restos de ofrendas que salpicaban la montaña y el fuerte viento que siempre soplaba allí arriba. Era interesante, pero aun así no veía qué relación podía tener aquello con el asesinato ritual de una joven a los pies de la Puerta. Santaló pareció adivinar mis pensamientos.

—Esa creencia está muriendo, Raquel. Lo que no lograron dos mil años de cristianismo lo está consiguiendo la despoblación del rural. Cada vez quedan menos vecinos en la zona y los pocos que quedan son muy ancianos ya. Apenas sube nadie hasta la Puerta y los que lo hacen no van pensando en lo que pueden encontrar allí. En veinte años, esos rituales serán historia. Pero supongo que a usted le interesa saber qué pudo llevar a alguien a matar a una joven allí, ¿verdad?

—Sí, ¿qué decía su profesor de esto?

—Nada. —Una vez más se encogió de hombros—. Su estudio terminaba ahí. Pero hay otras teorías más... heterodoxas, por decirlo de alguna manera, que sostienen que la Puerta, como todas las puertas, sirve para pasar en los dos sentidos.

Noté una sensación incómoda en la boca del estómago.

—¿A qué se refiere? —pregunté.

—Aquí ya entramos en el terreno del folclore y la superstición pura y dura. Hay quien sostiene que a través de la Puerta, en las circunstancias y condiciones adecuadas, las almas de los muertos pueden acceder a nuestro mundo. Son patrañas, por supuesto, pero, como le he dicho, en esta parte del mundo hay viejas creencias que se resisten a desaparecer. —Revolvió entre sus papeles hasta sacar un viejo volumen gastado—. ¿Ha oído hablar de la Compaña?

—¿La Santa Compaña, dice? —repliqué con incredulidad.

—Lo de «santa» es algo que se le añadió con posterioridad, en el siglo XIX, en pleno romanticismo. Es un mito casi tan antiguo como la Puerta y se puede encontrar en media Europa. Aquí lo llamamos Compaña, pero en Alemania es la Cacería Salvaje, en Irlanda son las Banshee..., así por todas partes, aunque en el fondo es exactamente lo mismo. Se trata de un grupo de muertos que sale del inframundo para anunciar el inminente fallecimiento de alguien. En nuestra tradición local, van vestidos con pesadas túnicas oscuras y caminan en procesión en busca de la persona que los ha de acompañar en breve. Mire, aquí tengo una ilustración.

Santaló giró el volumen hacia mí. El tiempo parecía haberse vuelto una sustancia gelatinosa, como en esas pesadillas en las que te mueves a menos velocidad cuando estás huyendo de algo.

Bajé la vista hacia las páginas y contemplé un viejo grabado de un grupo de encapuchados, ataviados con sayones bastos de tela, que rodeaban a un hombre caído en el suelo. El hombre levantaba un brazo para protegerse, con una expresión de terror absoluto pintada en su cara, mientras que los miembros de la Compaña le envolvían hieráticos e inexpresivos.

Esperando.

Me aferré al borde de la mesa para no caerme. Todo el café daba vueltas a mi alrededor, girando en el mismo sentido que mis pensamientos.

No es posible. No puede ser.

Pero sabes que los has visto. Y Vilanova también.

Es una leyenda. Es folclore. No es real.

Ya, claro.

—¿Está usted bien? —Santaló se inclinó hacia mí preocupado—. Está pálida… ¡Eh, camarero! ¡Traiga un vaso de agua, por favor!

Empecé a reír. Era una risa desgastada, incrédula, que sonaba como un muelle roto. El sonido de aquella risa demente me ponía los pelos de punta, pero no podía evitarlo. En el rostro de Santaló se dibujaba la inquietud y el miedo de estar ante alguien en plena crisis psicótica.

—He estado persiguiendo leyendas —murmuré entre jadeos—. Ay, joder.

—¿Cómo dice? —balbuceó Santaló confundido—. ¿Quiere salir a tomar el aire? ¿Aviso a una ambulancia?

—Estoy bien, de verdad.

El camarero dejó el vaso de agua sobre la mesa y lo apuré en tres rápidos tragos. Aún tenía la garganta seca y las pulsaciones disparadas.

—Como le decía —Santaló retomó su discurso—, esto es puro folclore rural. La Compaña, como la Puerta, los trasgos, las meigas y todas las creencias populares centenarias, son leyendas que están a punto de pasar a los libros de historia. No encontrará a nadie que se lo crea, a no ser que se trate de un pirado.

O que se haya tropezado con un grupo de personas que hacen una recreación fidedigna de ella, hasta el último detalle. Como yo.

Intenté controlar mi respiración. Empezaba a comprender cosas. Demasiadas.

Inspira, espira. Uno, dos, tres. Otra vez. Eso es, Raquel. Mucho mejor.

Miré por la ventana. Al otro lado del cristal, había parado de llover. La ajetreada vida urbana de Pontevedra seguía como si tal cosa. La gente pasaba cargada de bolsas, con los paraguas colgados del brazo, riendo, charlando, viviendo sus vidas. Aquella imagen estaba tan alejada de la tormenta que bramaba dentro de mi cabeza que me sentí todavía peor.

—¿Y bien? ¿Ha sacado algo en claro de todo lo que le he dicho, Raquel? Lo cierto es que tengo curiosidad. No sé si me puede contar algo de la investigación, pero seguro que…

—Mi teoría es la siguiente —le interrumpí con lentitud. Pensar en voz alta me ayudaba a tranquilizarme un poco—. Puede que haya alguien convencido de que la Puerta sirve de canal de comunicación real entre el mundo de los vivos y el de los muertos. Que personajes como los de la Compaña pueden acceder a nuestro plano a través de ella o que se puede pasar a través de ella al otro lado, sea eso lo que sea. Y por eso la abren cada doce años. O quizá sea todo lo contrario, para evitar que pueda suceder algo así, tratan de cerrarla mediante algún tipo de sacrificio, como por ejemplo asesinando a una chica de forma ritual. Esto encaja con algunas creencias propias del mundo celta, como usted ha dicho.

—Pero estamos en el siglo XXI. Nadie en su sano juicio creería algo así. Roza la demencia.

Negué con la cabeza. La mezcla de cansancio y adrenalina me estaba sacudiendo en oleadas.

—Y sin embargo, está sucediendo.

—¿Quién haría algo así? —Santaló removió su café con la mirada perdida.

—¿Usted qué cree?

—Tendría que ser alguien que conociese la historia de la Puerta y las creencias asociadas a ella. —Abrió las manos en un gesto ambiguo—. Quizá alguna secta de pirados. Cabalistas. Punkis drogados. Yo qué sé.

—Dígame una cosa, profesor. —Consulté las notas que había tomado mientras él hablaba, llevada por una corazonada—. ¿Qué decía el estudio de ese tal Raña sobre esas «creencias fosilizadas»?

—Oh, bueno, eran más especulaciones que otra cosa. —Arrugó la frente—. Ya sabe, costumbres antiguas que se pierden en el tiempo, transmitidas de padres a hijos y cuyo origen y significado se ha perdido. Cosas como la celebración del Samaín, esa versión antigua de Halloween que aún se lleva a cabo en algunos lugares del rural gallego; o los *peliqueiros* y los *cigarrones*, en los carnavales de Laza y de Verín, en Ourense. Ese tipo de cosas.

—¿Podría haber algo de eso relacionado con la Puerta?

—¿Una especie de guardianes de las costumbres relacionadas con la montaña? Lo dudo mucho. Habrían tenido que mantenerlo en secreto y eso no es posible. Se lo repito, yo creo que su asesino del Seixo es alguien relacionado con un culto satánico o una banda de drogatas que suben hasta ahí arriba para ponerse ciegos de pastillas.

O los guardianes de la Puerta desde hace generaciones. Los descendientes de sus constructores, que se visten como si fuesen la Compaña para llevar a cabo sus rituales dementes en ese lugar.

—Me ha dado mucho que pensar, profesor Santaló —conseguí articular con algo semejante a un graznido—. Gracias por su tiempo.

—No hay de qué —replicó él.

Me levanté a duras penas, apoyándome en la mesa. Aunque empezaba a comprender todo lo que había estado sucediendo a mi alrededor, me resultaba tan difícil de creer que tenía que cerciorarme de que no estaba atrapada en una pesadilla.

—De todas formas, lo están haciendo mal —murmuró el profesor pensando en voz alta—. Quiero decir, de ser real, que no lo es, lo estarían haciendo mal.

—¿Por qué dice eso?

—Siguiendo esa teoría descabellada, la Puerta del Más Allá es la comunicación entre los dos mundos, pero no es el acceso al inframundo.

—Pensé que había dicho que...

—La Puerta tiene una alineación concreta. —Trazó de nuevo la línea sobre el papel que había pintado antes—. El altar, la Puerta, el Marco do Vento. El ara simboliza el sol, la vida, pero el menhir no simboliza la muerte. Es solo una señal. Como un cartel de carretera que indica una dirección.

Me froté la cara. Quería que aquello acabase de una vez.

—¿Adónde, exactamente?

—No tengo ni idea —replicó él—. Pero tendría que ser a otro altar, el de la muerte, seguramente bajo tierra. De lo único que estoy seguro es de que, esté donde esté, se encuentra en algún lugar en línea recta desde la Porta do Alén y en la dirección que apunta el Marco do Vento.

La bola de hielo de mi estómago reptó hasta mi cabeza y explotó con la fuerza de un cartucho de dinamita. Porque yo sabía dónde estaba ese lugar.

Me dejé caer de nuevo en la silla y saqué el portátil de mi bolsa con dedos torpes. Tuve que introducir tres veces la contraseña antes de acertar, bajo la mirada atónita de Santaló, sin duda cada vez más convencido de que estaba hablando con una chalada.

El portátil se conectó a la wifi del local y deslicé el cursor hasta la aplicación de Google Earth. El programa tardó una eternidad en abrirse, pero finalmente la familiar bola terráquea apareció y se fue centrando en la esquina noroeste de la Península, localizándonos.

En mi cuaderno de notas tenía apuntadas las coordenadas GPS de la Puerta. Las introduje como pude y la imagen se deslizó hasta que la fotografía satélite de la montaña quedó centrada en la pantalla. Desde aquella perspectiva cenital, la Puerta parecía tan solo un montón de rocas más de los miles que había esparcidos en lo alto del Seixo. Pero yo sabía lo que estaba buscando.

Amplié el rango de imagen hasta un puñado de kilómetros. Entonces cogí uno de los folios del profesor Santaló y empleé uno de sus bordes como una regla improvisada sobre la pantalla.

Quise tragar saliva, pero no pude. Mi garganta se había cerrado, negándose a funcionar.

La línea recta que pasaba de forma milimétrica sobre el altar, la Puerta y el menhir seguía sin interrupciones durante varios kilómetros, cruzando ríos y caminos, hasta llegar a un conjunto de casas que conocía muy bien.

Fosco. El pueblo donde había estado viviendo todo ese tiempo. Y justo en medio, la Casa Grande de Ágata.

Un lugar bajo tierra.

El sótano.

La puerta al inframundo.

25

JULIÁN

Al despertar aquella mañana, Julián había tenido que dedicar los dos primeros minutos del día a preguntarse por qué estaba durmiendo en la cama de su madre, pegado a su cuerpo caliente y conocido, en vez de estar en su propio cuarto. De golpe, la pesadilla de varias noches atrás, aquellas figuras enlutadas e inmóviles bajo la lluvia, con las miradas fijas en la ventana, regresó con tanta fuerza que de manera instintiva se abrazó a su madre. Al notar su contacto ella gimió, aún atrapada en las redes de la duermevela.

Pese a todos los días que habían pasado desde aquella experiencia, aún no sabía explicar qué había visto aquella noche, pero de lo que estaba seguro era de que se trataba de algo malo. Muy malo. Si solo lo hubiese visto él, habría sido una noticia nefasta, una prueba más de que el Cáncer Malo ya se extendía en una llamarada incontrolable por su cerebro, en la galopada final hacia la muerte.

Pero había sido peor, porque mamá también los había visto. Y eso era tan aterrador que no sabía muy bien cómo procesarlo.

Quizá el cáncer sea contagioso, se dijo a sí mismo preocupado. *Puede que después de tantos besos y abrazos se lo haya pegado a mamá y ahora también ella esté enferma.*

Pero aunque Julián tan solo era un niño, no era estúpido. Más bien, todo lo contrario. Era un crío extraordinariamente inteligente para su edad, al que una larga temporada rodeado de adultos en interminables sesiones de quimio y radio en los hospitales le había hecho madurar de una manera impropia para su edad. Y aunque no entendía todo lo que decían los médicos, estaba casi seguro de que el cáncer no era contagioso. De lo contrario, todas las enfermeras y médicos estarían enfermos a su vez, ¿no?

Mientras su madre se duchaba, siguió tumbado en la cama, sin dejar de pensar en aquel misterio, una vez más. A veces, cuando un enigma se atascaba en los engranajes de su cerebro, no podía dejar de darle vueltas durante días, hasta que lo trituraba por completo. Si los encapuchados eran reales, entonces es que querían algo de ellos. Quizá fuese alguien gastándoles una broma, como le había explicado mamá al día siguiente, o a lo mejor era una costumbre de aquel pueblo tan raro. Al cabo de un rato, suspiró. Aquel misterio era una piedra muy dura, que no parecía dispuesta a dejarse machacar tan fácilmente como otras. De lo que estaba convencido era de que, fuera lo que fuese, aquellas personas les habían dado un susto de narices.

Porque solo eso explicaba que mamá hubiese sacado la pistola de la caja del armario y hubiese dormido con ella desde entonces debajo de la almohada. Se suponía que él no tenía que saber dónde estaba el arma, ni siquiera saber de su existencia, pero, como tantas otras cosas en su vida, la realidad se alejaba de los planes de su madre a una velocidad particularmente absurda.

Deslizó la mano bajo la almohada y tanteó hasta tocar la empuñadura. Estaba fría y suave, como la piel de una serpiente. Julián contempló el arma con admiración, dándole vueltas entre las manos. Sabía lo que hacían aquellas cosas, por supuesto. Estaba harto de verlo en las películas de la tele que se suponía que no podía ver (otra cosa más en su pequeña Lista de Infracciones Secretas), pero una cosa era verlo y otra muy distinta sujetarla entre los dedos.

El grifo de la ducha se cerró y él se apresuró a dejar la pistola de nuevo en su sitio. Aunque ahora ya sabía qué se sentía con ella en las manos. Por si acaso.

Desayunaron juntos con normalidad, hablando de cosas

banales mientras Ágata revoloteaba a su alrededor trasteando con mil cacharros, entre un olor a tostadas, café y zumo que debería abrirle el apetito, pero que en cambio le provocaba unas náuseas atroces. Sin embargo, sonrió y actuó como si todo estuviera bien.

Un rato más tarde, mientras se despedía de ella en la puerta con un abrazo, estuvo a punto de pedirle que no se fuese, que pasase aquella mañana con él, pero no encontró la forma. El compañero de mamá, aquel tipo grandote de aspecto divertido, estaba enfermo, o algo por el estilo, y su madre no quería hacerle esperar.

Y se fue. Y mientras aquel coche patrulla baqueteado se alejaba, las palabras no dichas se asentaron en el estómago de Julián como trozos de plomo oxidado, llenándole de remordimientos y temor.

Durante el resto del día se notó inquieto, más nervioso. Si por lo menos hubiese algo en aquel pueblo en lo que entretenerse un rato… Ahora estaba leyendo sus cómics una vez más, pero ya sabía de memoria qué iba a hacer el Capitán Calzoncillos para vencer a los Seres del Inodoro Morado.

—Has tomado toda la medicación, ¿verdad? —preguntó Ágata a su espalda, varias horas más tarde, mientras recogía los restos de la comida.

Él asintió. El cóctel de pastillas de distintas formas y colores que tomaba a diario era el ejército que mantenía sus débiles murallas contra el asedio del Cáncer Malo, pero era un ejército de niños armados con escobillas de baño ante una horda de jinetes oscuros, despiadados y llenos de odio que se limitaban a jugar con ellos, tanteando aquí y allá, sabiendo que el tiempo corría a su favor.

Y por eso Julián se las tomaba sin rechistar, aunque sospechaba que solo estaba ganando algo de tiempo prestado.

—Hace una tarde estupenda —dijo ella—. ¿Por qué no aprovechamos que no llueve y me acompañas a hacer unos recados?

Él asintió, súbitamente liberado de todos aquellos pensamientos tan negros. Desde que había llegado se había pasado la mayor parte del tiempo encerrado en esa casa, con sus juguetes o leyendo sus tebeos o delante de la tele, y necesitaba salir, aunque fuese cinco minutos.

Corrió a calzarse unas botas y se puso el abrigo a toda velocidad antes de que Ágata tuviese tiempo de cambiar de opinión. Puede que otro, en su lugar, no estuviese de humor, pero en el fondo Julián tan solo era un niño, con esa capacidad mágica de los críos para cambiar de estado de ánimo en una décima de segundo.

Además, si alguien estaba acostumbrado a vivir el momento era él. No le quedaba otra.

Salieron al exterior y un viento húmedo y frío los envolvió de inmediato. Ágata llevaba una cesta de mimbre colgada del brazo y una trenca de color azul ciñéndole el cuerpo. La mujer tarareaba para sí una tonada agradable que subía y bajaba por la escala musical con una melodía extraña. Julián trotó a su lado mientras se acercaban a las casas vecinas, sintiéndose bien por primera vez en muchas horas.

La primera parada fue en una vivienda con un feo cobertizo adosado, rodeado de barro y ramas desechadas. A un lado estaba aparcada una flamante furgoneta de color rojo brillante que destacaba igual que una peca en la punta de la nariz. Nada más aproximarse, como si alguien hubiese avisado de su llegada, un hombre de mediana edad y barba negra perlada de virutas de madera se asomó al exterior. Sin dedicarle ni una mirada a Julián, murmuró unas palabras hacia Ágata, con un cerrado acento gallego que no pudo descifrar, y le dio algo envuelto en un paño de tela basta marrón, que la mujer metió en la cesta. A continuación fueron a la siguiente vivienda, en la que un matrimonio anciano los esperaba en la puerta, con una corona de flores silvestres trenzada a mano y atada con un lazo bermellón.

—¿Por qué no llevas tú esto, cariño? —le dijo Ágata mientras le tendía el arreglo floral—. Así no se aplastará en la cesta.

—¿Es él? —preguntó la mujer que les había dado las flores observándole con ojos miopes—. ¿Es el niño?

—Cierra la boca —la interrumpió su marido de forma algo brusca, para sorpresa de Julián. Entonces miró a Ágata con expresión de disculpa—. La cabeza ya no le rige muy bien. Además, nunca ha sabido estarse callada cuando toca, ya sabes.

Si a Ágata le sorprendió aquella conversación, no dio la menor muestra de ello. En vez de eso, hizo un gesto para despedirse y echó a andar hacia la siguiente casa, donde ya los estaba esperando otra vecina.

Entonces se detuvo vacilante. Fue apenas lo que dura un parpadeo, el tiempo de respirar una vez, pero Julián notó el cambio en la mujer. Estuvo a punto de preguntar de qué se trataba, pero para entonces la vecina ya se había acercado hacia ellos caminando de forma resuelta.

Esta era una mujer bajita, gruesa y vestida con una ropa que no la favorecía en absoluto. A Julián le llamaron la atención sus manos rollizas y que le faltaba un trozo de un dedo. Por lo demás, su rostro no tenía nada en común. Era gris, aburrido y atemporal.

—Julián —la voz de Ágata de repente estaba teñida de una cierta tensión, aunque el niño era demasiado pequeño como para apreciar aquel matiz—, no me acuerdo de si hemos dejado bien cerrada la puerta de casa. ¿Te importaría acercarte un momento para comprobarlo, querido?

Él la miró algo confundido, pero hizo lo que la mujer le pedía sin rechistar. Estaba seguro de que habían cerrado la enorme puerta a sus espaldas cuando habían salido al exterior —recordaba el crac pesado del aldabón al golpearse con fuerza—, pero aquella inesperada oportunidad de correr libre por el pueblo durante un rato, sin la supervisión de ningún adulto, era una tentación demasiado fuerte, así que salió a la carrera antes de que Ágata decidiese acompañarlo.

Cuando el niño se había alejado unos metros, Ágata se giró hacia la otra mujer y le dedicó una mirada cargada de reproche.

—Esto es una temeridad —le dijo—. Podría haberte reconocido.

—No hay el menor riesgo —le replicó la otra—. Él y yo nunca nos hemos visto. Cuando me reuní con su madre en Pontevedra, el crío no estaba. Además, estoy harta de esperar encerrada.

—Podría haberle hablado de ti. Le podría haber enseñado tu foto. La de la *menciñeira* que iba a curarle.

—¿Qué foto, la medio borrosa de la página de internet? —Su voz sonó burlona—. No le des más vueltas, Ágata. No me reconoce. Además, quería echarle un vistazo de cerca antes de empezar. Para comprobar que está bien.

—El niño está bien, Ramona... Más o menos —la mujer titubeó—. Está enfermo. Lo sabes.

—Lo único que sé es que se nos acaba el tiempo y los días pasan —murmuró Ramona—. ¿Está todo listo?

—Casi. Solo necesitamos una oportunidad, pero su madre es una mujer muy regular. Siempre aparece por casa antes de que se ponga el sol —vaciló un instante—. ¿Estás segura de esto?

—No queda más remedio que hacerlo ahora mismo, ya lo sabes.

—Ya, pero es que el niño...

Ramona Valongo sujetó una de las mangas de Ágata con fuerza.

—Sabes lo importante que es este niño. Lo vital que es. Tenemos que hacerlo esta noche o habremos perdido la oportunidad.

Ágata se desasió con firmeza, pero con un gesto de respeto.

—No me he olvidado, no te preocupes.

—¿La madre sospecha algo?

—No, no creo. Además, he tomado medidas en la casa. Con lo que le he añadido a su comida estos días, se tiene que pasar la mitad del tiempo dudando sobre lo que ve y oye. No es la primera vez que lo hago, estate tranquila.

Ramona asintió satisfecha.

—Eso es prudente por tu parte. Esa mujer es lista, muy lista. Cuando estuve hablando con ella me dio la sensación de que...

Entonces oyeron los pasos de Julián chapoteando sobre los charcos, acercándose. Sin despedirse, Ramona le lanzó una última mirada cargada de mensajes ocultos a Ágata y se alejó.

—¡La... puerta... estaba... cerrada! —jadeó Julián sin aliento. El esfuerzo había arrebolado sus mejillas y por una vez tenía el aspecto de un niño sano.

—Estupendo, *meu queridiño*. —Le dedicó una enorme sonrisa mientras se alisaba una arruga imaginaria de la falda—. Muy bien.

—¿Quién era esa señora?

—Una vieja amiga, nada más. —Ágata meneó la cabeza—. Aún nos quedan un par de visitas. ¿Me acompañas? Ya casi hemos acabado.

Julián asintió y le dio la mano feliz. Cada vez le gustaba más estar con aquella mujer.

Se acercaron a dos viviendas más en rápida sucesión. En cada una de ellas, alguien le entregaba algo a Ágata, que lo metía rápidamente en su cesta tras intercambiar unas palabras. Eran cosas distintas y pintorescas que no tenían relación entre sí, o al menos él no pudo descubrirla.

Julián estaba acostumbrado a atraer miradas, en especial desde que el tratamiento se había encargado de privarle de todos los pelos de la cabeza. Un niño calvo como Caillou siempre arrancaba miradas esquivas de conmiseración y comentarios tristes en voz baja, pero no lo suficiente como para que él no pudiese oírlos de vez en cuando.

Sin embargo, esto era distinto. Sentía que todas aquellas personas le observaban... con expectación. Casi como si esperasen que de un momento a otro fuese a suceder algo, aunque no tenía muy claro de qué se trataba.

—Bueno, esto ya está —dijo Ágata tras recoger el último paquete—. ¿Vamos?

—¿Adónde?

—Quiero que veas un último sitio. Ven conmigo.

Ambos echaron a caminar en dirección al bosque que se extendía un poco más allá de su propia casa. Julián no se había atrevido a acercarse a la linde de aquella masa de árboles ni una sola vez. Era totalmente distinto a los bosques que él conocía.

No se parecía ni a los parques a los que iba con su madre en la ciudad, ni tampoco a los limpios bosques de los dibujos animados, con árboles separados y un césped casi fluorescente cubriendo el suelo. Este era un bosque oscuro, con las ramas de los robles tan entrelazadas que costaba adivinar dónde empezaba uno y terminaba el siguiente. El suelo estaba cubierto por restos secos, hojas, una capa de humus tan profunda que se hundía hasta los tobillos en ella y un mar de helechos que en algunos puntos eran más altos que él mismo. Aun así, Ágata caminaba siguiendo un sendero apenas dibujado entre la maleza, con una seguridad absoluta.

—¿Vamos a ir muy lejos? No me gusta este sitio.

—Es aquí cerca, no te preocupes. —Echó un vistazo melancólico a su alrededor—. Hasta hace pocos años el bosque no se acercaba tanto a las casas, pero cada vez quedamos menos..., quedamos menos.

Caminaron durante casi diez minutos hasta llegar a un amplio claro, donde las ramas se separaban lo suficiente como para dejar a la vista el cielo gris y encapotado. Julián se preguntó qué iban a hacer si empezaba a llover de repente, pero la anciana no parecía preocupada. En vez de eso, se acercó hasta una enorme piedra del tamaño aproximado de una lavadora, que estaba semienterrada entre la maleza.

Solo entonces Julián se dio cuenta de que estaban en una especie de cruce de caminos. Cuatro senderos casi devorados por el tiempo partían en cuatro direcciones distintas, internándose en la espesura. Se alegró de no tener que caminar por ninguno de ellos. Aquel sitio parecía sacado de una de esas leyendas antiguas que había encontrado una vez en uno de los libros de la biblioteca del hospital. Uno de tapas gastadas y con el lomo cuarteado por el uso que había devorado con pasión, intrigado por los subrayados a lápiz que algún lector anterior había salpicado en sus páginas. Un lector que probablemente habría muerto poco después, se había dicho a sí mismo, con aquel humor negro que salía de algún sitio de su interior, uno profundo y lleno de remolinos al que no se atrevía a asomarse a menudo. En todo caso, había tenido mucho tiempo para leer durante los últimos tiempos, desde luego.

Ágata se agachó al lado de la piedra y frotó con la mano un pedazo de musgo, que se deshizo como un trozo de cartón viejo, cayendo en pesados terrones verdes y marronáceos.

—¿Qué es eso? —preguntó Julián señalando la piedra. Estaba cubierta de un montón de líneas muy viejas, casi borradas por el paso de cientos de inviernos, pero aun así todavía visibles.

Eran unos arañazos profundos en la roca que trazaban curvas sinuosas y se entrecruzaban sin ningún orden aparente, al menos para él. Sobre todas las marcas destacaba con claridad la figura esquemática de una serpiente de más de un metro de largo. Pese a su diseño tosco y primitivo, transmitía una inmensa fuerza. Su cabeza se elevaba desafiante, casi en lo alto de la roca, sobre un cuerpo enrollado y lleno de tensión, a punto de saltar sobre su presa.

Ágata inspiró hondo antes de contestar. Su voz sonó soñadora al hablar.

—Hace mucho tiempo, la gente que vivía aquí se dio cuenta de que este sitio era especial. Los cruces de caminos son lugares repletos de magia, *fillo*. Son sitios donde las líneas se entrecruzan, y por eso se puede conectar con otras partes.

—¿Otras partes? —preguntó él confundido—. ¿Qué partes?

—Es largo de explicar. —Ella abrió la cesta y sacó una vela, que colocó ceremoniosamente en la parte alta de la piedra—. Estas marcas se llaman «petroglifos», ¿sabes?

—Pe-tro-gli-fos —repitió él despacio. La palabra sonaba antigua en su boca, como salida de una época oscura y olvidada.

—Cuentan una historia, aunque ahora no sepamos leerla con detalle. —Sacó algunos de los regalos de los vecinos y comenzó a colocarlos en círculo alrededor de la piedra—. Pero lo realmente importante de lo que cuenta este está claro, aunque no sepamos todo lo que quieren decir.

—¿Y por qué no le preguntamos qué significa a la persona que las grabó?

Ágata le miró con ternura y sonrió.

—No podemos. Son de una época muy anterior a la nuestra, y eso que yo soy muy vieja. Tienen miles de años, tesoro. Pero aunque estén grabadas en piedra, siguen vivas de alguna manera.

Julián no entendía cómo una marca en una roca podía estar viva, pero se abstuvo de preguntar. Estaba demasiado fascinado con los movimientos de la mujer mientras llevaba a cabo su ritual.

Ágata colocó el último objeto y se levantó con un gruñido artrítico tras llevarse una mano a la rodilla derecha. Entonces contempló su obra y asintió satisfecha.

La vela situada sobre la roca era el único objeto en contacto con la piedra. Las gotas fundidas se derramaban sobre la cabeza de la serpiente y corrían por un momento a través de un pequeño canal tallado en la superficie pétrea antes de congelarse para siempre. Alrededor de la piedra, Ágata había depositado flores, una figura de madera, un ovillo de lana de intenso color rojo, un puñado de monedas de aspecto extraño y otros tantos objetos más sin ninguna relación aparente.

Entonces metió la mano por última vez en la cesta y sacó algo del todo distinto. Era un conejito, apenas más grande que un gazapo, con las patas atadas entre sí. Los costados del animalito, presa del pánico, subían y bajaban a toda velocidad. Sus ojos giraban desorbitados, intentando encontrar el modo de librarse de su presa, pero las ataduras eran resistentes.

Por un alocado y feliz segundo, Julián pensó que aquel animalito era un regalo para él. En Madrid nunca había podido tener una mascota, primero porque era demasiado pequeño y más tarde porque su vida se volvió lo suficientemente complicada como para añadir a sus problemas el cuidado de otro ser vivo. Y sin embargo, al ver aquella dulce pelota de pelo de aspecto mullido, reaccionó como casi cualquier niño de su edad, con unas ansias enormes de cogerlo en brazos y acariciarlo.

Incluso le dio tiempo a imaginarse la reacción de su madre cuando lo viese… justo un segundo antes de que Ágata, con un gesto diestro, seccionase la garganta del animal con un cuchillo afilado que había aparecido en su mano como por ensalmo.

Fue un golpe tan rápido y brutal que Julián boqueó conmocionado. Apenas un latido de corazón atrás, aquel animalito rebosaba vida.

Y de repente esa misma vida se vaciaba en borbotones de sangre roja que corría por el canal de piedra del petroglifo.

—¡No! —gritó demasiado tarde.

Ágata no le prestó atención. En vez de eso, colocó al agonizante conejo sobre la piedra y con la punta del cuchillo salpicó unas gotas de sangre en dirección a cada uno de los cuatro caminos que se abrían en el bosque.

—¿Por qué has hecho eso? —la interpeló con voz estrangulada—. ¡Solo era un conejito! ¡No te había hecho nada!

En vez de responderle, Ágata enterró su pulgar en el charco de sangre y se volvió hacia él. Intentó apoyar el dedo empapado en la frente de Julián, pero él dio un paso atrás, asqueado y enfadado a partes iguales.

—¡No me toques! ¡Eres una asesina! —estaba aullando, pero no se daba cuenta—. ¡No tenías que haberlo matado!

—Escúchame bien. —La voz de ella se había vuelto repentinamente firme, con un tono seco e innegociable que Julián no le había oído jamás—. Ese animalito ha tenido una muerte rápida e indolora, que es más de lo que mucha gente podría pedir.

—¡Pero no tenía por qué morir!

Las primeras lágrimas se deslizaban traidoras por sus mejillas. En otro momento se habría sentido avergonzado de que alguien que no fuese mamá le hubiese visto llorando (¡ya no era un niño pequeño!), pero en ese instante le daba igual. Estaba furioso, asustado y enfadado a la vez.

—Todos morimos, Julián. El ciclo de la vida y de la muerte es una noria que no para jamás. Su destino desde que nació era morir aquí y ahora, por una causa mucho más importante que su diminuta vida. Habría acabado en una cazuela, o en el frigorífico de un supermercado, pero ha tenido la oportunidad de hacer algo mucho más grande. Ahora vivirá para siempre.

Julián meneó la cabeza sin comprender nada. Los lagrimones calientes se deslizaban sobre su piel hasta caer al suelo en forma de goterones. *Plop. Plop.*

—¿Para qué? ¿Qué sentido tiene?

Ágata sonrió con dulzura y el gesto pétreo de su rostro se deshizo como si jamás hubiese estado allí. En vez de eso, se acercó al crío y lo abrazó con cariño.

—¿Qué sentido tiene? —repitió ella en voz alta—. No eres capaz de darte cuenta de lo curiosa que resulta esa pregunta en la boca de un niño tan pequeño como tú. Una pregunta adulta. Madura. No lo sabes, pero tienes un alma vieja en este cuerpo tan joven.

—No lo entiendo...

—Ven —dijo ella—. Déjame que te lo muestre.

Ágata tendió su pulgar manchado de sangre hacia la frente de Julián y esta vez él no apartó la cabeza. Sintió el dedo grueso y suave deslizándose sobre su piel mientras la mujer murmuraba algunas palabras incomprensibles. A continuación, sacó de su bolsa un frasco con un líquido ambarino en su interior y se lo tendió.

—Toma, bébete esto, *filliño.*

Julián lo olisqueó desconfiado, e inmediatamente apartó la cabeza con un gesto de asco.

—¡Puaajjj! ¡Esto huele fatal! —Negó con la cabeza—. No quiero beber esta porquería.

Ágata suspiró, como si se esperase aquella reacción.

—Julián, *queridiño,* tú confías en mí, ¿verdad?

—Claro —asintió él.

Desde que habían llegado a Fosco aquella mujer se había convertido en una especie de versión anciana de su propia madre. Por supuesto que confiaba en ella. ¿Qué clase de pregunta era aquella?

—Tus medicinas tampoco saben bien, pero te las tomas de todas formas, ¿no?

Él asintió renuente.

—Pues esto es lo mismo —dijo ella mientras le volvía a tender el frasco—. Venga, bebe.

Julián vaciló, pero solo un instante. Al fin y al cabo, solo era un niño y Ágata era la adulta a su cargo. Además, su madre le había dicho que obedeciese a aquella mujer en todo mientras ella no estuviese con él. Así que cogió el frasco y empezó a beber.

El líquido estaba fresco y tenía un sabor ligeramente dulzón, bastante menos malo de lo que se había imaginado por su aroma. Se lo acabó en varios largos tragos y le devolvió el bote vacío a la mujer, que le miraba con una sonrisa de aprobación.

—¿Y ahora qué hacemos? —protestó él—. No sé para qué…

—Chssst —le interrumpió—. Mira bien.

Julián giró la cabeza confundido.

—No veo nada.

—No —insistió ella—. Cierra los ojos, respira un par de veces y vuelve a mirar. E *intenta* ver.

Julián obedeció. Cerró los ojos y los volvió a abrir después de un par de segundos, sintiendo a su pesar un escalofrío de anticipación emocionante, como el que está a punto de ver cómo un mago realiza un truco especialmente bueno.

Pero cuando abrió los ojos no pudo ver nada especial, excepto el manto impenetrable de ramas y hojas que los rodeaba.

—No funciona —protestó—. Creo que no…

Y entonces los vio. O, mejor dicho, los volvió a ver.

Casi se confundían con la vegetación de fondo a causa de sus túnicas oscuras. Había uno de ellos en cada uno de los cuatro caminos que se abrían al claro. Permanecían inmóviles contemplándolos.

No son personas, se corrigió, *no son personas de verdad. Te lo estás imaginando otra vez. Estaban la otra noche debajo de la ventana y han vuelto, pero ahora no está mamá.*

Estaba paralizado por el terror, un miedo tan puro y primigenio que subía desde sus tobillos hasta su cabeza, enredándose como una hiedra venenosa. Sus pulmones silbaban cada vez que inspiraba y había empezado a temblar sin darse cuenta.

—¿Los ves ahora? ¿Sabes por qué están aquí? Son testigos de este momento.

Julián tuvo que reunir toda su fuerza de voluntad para asentir débilmente. Entonces comenzó a jadear. Salido de la nada, un zumbido irritante resonaba en sus tímpanos, un *vibratto* grave y profundo que le recordaba a la trepidación del camión de la basura al acelerar el motor. Más que oírlo, lo sentía trepidando a través de sus dientes y rebotando dentro de su cráneo.

Al mismo tiempo empezaron a pasar muchas cosas. Sus temblores aumentaron de intensidad hasta convertirse en espasmos incontrolables y un olor insoportable a plástico quemado le inundó las fosas nasales. Cuando sintió en su boca el regusto metálico de su propia sangre, descubrió que se había mordido la lengua y otra cosa más, aún más preocupante.

Estaba sufriendo un ataque. *El Ataque.*

Las murallas habían caído y el Cáncer Malo prendía fuego a su cabeza. Nada de lo que le rodeaba era real. Tenía que ser eso.

Le dio tiempo a ver el rostro tranquilo de Ágata y su mirada de satisfacción antes de perder el control de sus músculos y derrumbarse sobre la hierba, entre contracciones salvajes.

Y después, la oscuridad.

26

RAQUEL

No recuerdo haberme despedido del profesor. Sé que salí del Café Moderno a toda prisa, tropezando con uno de los camareros, al que se le cayó una bandeja cargada de loza. Murmuré una disculpa apresurada, mientras el ruido de pocillos rotos y maldiciones retumbaba a mi espalda. Pero no tenía tiempo para ellos.

Julián. Tenía que llegar junto a él cuanto antes.

La gente se apartaba a mi paso mientras corría por las calles de Pontevedra. Supongo que no ofrecía la mejor imagen de mí misma, pálida, desencajada y sudorosa. Yo también habría salido del camino de alguien así.

En cuanto me subí en el coche arrojé mis cosas sobre el asiento de atrás y arranqué quemando rueda. El motor del viejo Terrano lanzó un tosido asmático que se convirtió primero en un tableteo y por fin en un ronroneo inestable. Metí la marcha y salí de la plaza con un chirrido de neumáticos, aunque no llegué demasiado lejos. Al acercarme a la barrera de la salida del *parking* recordé que me había olvidado de pagar la estancia. Frené de golpe, pero para entonces ya había un par de vehículos haciendo cola detrás de mí. Me quedé bloqueada por un segundo, incapaz de resolver un problema tan sencillo, pero que en aquel instante, para mi mente sobrecargada, se había transformado en un rompecabezas irresoluble. El conductor situado justo detrás hacía aspavientos, sin atreverse de momento a tocar el claxon a un coche patrulla de la Guardia Civil.

El encargado del *parking* se asomó a la ventana de su garita extrañado ante el parón, y yo aproveché para conectar la sirena y las luces a toda potencia. El aullido retumbó dentro del subterráneo con la suficiente fuerza como para que el empleado se metiese de nuevo dentro de su cubículo como el muñeco de resorte de una caja. De forma mágica, la barrera se alzó apenas un segundo después. Salí del subterráneo pegando un acelerón, con las luces encendidas en el techo y sin un solo remordimiento por haber utilizado un vehículo oficial de una forma tan irregular.

Mientras me abría paso entre el congestionado tráfico de la circunvalación de la ciudad, advertí que la luz del día se había convertido en un resplandor apagado. El cielo estaba cubierto de nubes negras y además, para mi sorpresa, descubrí que ya eran las cuatro de la tarde. Había pasado más tiempo del que me había imaginado en el Archivo y conversando después con el profesor y ni siquiera me había dado cuenta. En un par de horas sería noche cerrada, y por el aspecto del cielo, prometía ser una especialmente desapacible.

Cuando enfilé la carretera de salida de la ciudad, rebusqué con una mano en el bolso sin apartar los ojos de la carretera hasta encontrar mi teléfono. Marqué el número de Vilanova mientras circulaba al doble de la velocidad permitida y adelantaba en línea continua a una furgoneta de reparto. Estaba vulnerando todas las normas de tráfico posibles, pero la sensación de urgencia que me devoraba era imparable.

Si tenía razón, Julián estaba en peligro. Y yo aún estaba a más de una hora de distancia.

La línea zumbó durante un par de segundos, mientras los chasquidos de la red vibraban en el terminal. Por fin, dio tono. Una, dos, tres veces. Al final, una voz femenina pregrabada me informó amablemente de que el titular del número al que estaba llamando no se encontraba disponible en aquel momento. Como si no me hubiese dado cuenta.

Volví a marcar y una vez más obtuve el mismo resultado. Nada. No sabía dónde se encontraba Vilanova, ni lo que estaba haciendo, pero era evidente que su teléfono no estaba cerca de él ni entraba en la ecuación.

Probé entonces con el número de teléfono de la Casa Grande de Fosco. Tenía que conseguir que Ágata no se moviese de casa con Julián hasta que yo llegase, para lo que necesitaba alguna excusa convincente que aún no tenía pensada. El teléfono dio línea durante unos segundos interminables, pero nadie respondió. Sin apartar los ojos de la calzada más que lo necesario, recorrí la agenda de favoritos hasta llegar al móvil de Julián.

El teléfono crujió durante unos segundos interminables y finalmente empezó a emitir los tonos de llamada, hasta que acabó por saltar el mensaje pregrabado del contestador automático.

Maldije por lo bajo y pegué un acelerón. Aquello no era normal. Desde que Julián había tenido aquel terminal, nunca había dejado de atender mis llamadas. La situación no pintaba nada bien. El Terrano se sacudió al engranar otra marcha mientras su viejo motor se quejaba de forma lastimosa. Dudaba que nadie lo hubiese hecho circular a aquella velocidad en años, y si seguía así, probablemente reventaría algo en el motor. Tendría que correr el riesgo.

El camino se me hizo interminable, los veinte minutos más largos de mi vida. Estuve a punto de salirme de la calzada en el último tramo, cerca ya de la casa de Vilanova. Al coger la salida a la altura del monasterio de San Pedro de Tenorio, las ruedas del lado derecho patinaron por un momento en el barro acumulado alrededor de una zanja de drenaje y el pesado todoterreno se bamboleó de forma peligrosa. Aquello sirvió para que recuperase un poco de cordura al volante y bajé el ritmo. Antes de enfilar su calle, apagué las sirenas y las luces. No necesitaba un ejército de vecinos mirones asomando a las puertas.

Detuve el Terrano enfrente de la verja de entrada de la casa de mi compañero. Las primeras gotas de la tormenta empezaban a caer justo en ese instante, estrellándose contra el suelo en forma de balas de plomo helado. La casa tenía todas las luces exteriores apagadas y el interior también parecía a oscuras.

El Audi de Vilanova, sin embargo, estaba aparcado en el camino de entrada, así que no podía haber ido a ninguna parte.

Llamé al timbre durante un rato y esperé. Enseguida me pudo la impaciencia y volví a apretar el botón, esta vez durante mucho más de lo que se considera educado o incluso normal. Como mi compañero no respondía, la emprendí a golpes con la puerta. Los perros del vecino enloquecieron con el estruendo y comenzaron a ladrar de forma histérica. Comprobé de reojo cómo se encendía la luz del porche de una casa cercana y ya iba a marcharme yo sola a por mi hijo cuando, por fin, la cerradura al otro lado de la hoja de madera se descorrió y Vilanova abrió la puerta.

—¡Juan, te he llamado media docena de...! Oh, Dios santo.

Vilanova se apoyaba en el marco de la puerta con pinta de haber tenido que correr una maratón para llegar hasta ella. Si en el diccionario hubiese una entrada para la expresión «estar hecho polvo», estoy segura de que la foto de Juan Vilanova tendría que aparecer al lado, en color y ocupando media página.

Aunque aquella mañana ya tenía mal aspecto, las horas de descanso que se había tomado a lo largo de aquel día terrible no habían hecho ningún efecto benéfico. Su piel tenía un aspecto apagado, sin brillo y estaba amarillenta, del mismo color que un enfermo de hepatitis en fase terminal. Debajo de sus ojos, las bolsas habían tomado un tono purpúreo y estaban hinchadas, como si alguien le hubiese dado una paliza a mi compañero. La ropa le colgaba como sábanas puestas a secar y, de alguna forma, por imposible que fuese, parecía que Vilanova había adelgazado. No, no me refiero a perder un kilo o dos, sino a que parecía haberse quedado en los huesos, como recién salido de una enfermedad especialmente agresiva.

La expresión de espanto se debió de dibujar de una manera muy clara en mi rostro, porque Vilanova hizo un amago de sonrisa que resultó todavía más aterrador. Sus labios estaban secos y cuarteados y al hacer la mueca, una red de pequeñas grietas se abrió en ellos.

—Hola, compi. —Su voz sonaba como un desprendimiento de grava—. Perdona por no haber respondido tus llamadas. He tenido un día regular, ¿sabes?

—Juan... —balbuceé—. Necesitas ver a un médico de inmediato.

Vilanova negó con la cabeza de un lado a otro muy despacio. Angustiada, comprobé que le habían caído unos cuantos mechones de pelo de las sienes, dejando una calva de aspecto feo e irregular.

—No creo que un médico pueda hacer nada con esto, compi. —Levantó su brazo izquierdo para enseñármelo—. Mira.

Contuve el aliento. La palma de la mano con la que ayer mismo había tocado al encapuchado, y que aquella mañana estaba llena de cicatrices, ahora tenía unas feas marcas negras longitudinales.

—Tiene que ver con esos de Arufe, Raquel. No tengo ni idea de qué me hicieron, pero está claro que no es nada bueno.

—La Compaña —susurré, negándome a creer lo que tenía delante de mis ojos.

—¿La Santa Compaña? —Vilanova se dobló en dos a causa de un ataque de tos. Cuando se incorporó, me pareció ver restos de sangre en la comisura de su boca—. No digas tonterías, anda.

—No tiene nada de santa, Juan. Ni son espíritus. Son personas de carne y hueso y han estado jugando con nosotros todo el rato.

—¿De qué hablas? —Vilanova me miró confuso ante aquel galimatías.

—Necesito que vengas conmigo ahora mismo. —Mi voz había recuperado la firmeza—. No te lo pediría si no fuese una urgencia, pero eres la única persona en la que puedo confiar y preciso de tu ayuda para encontrar a Julián. Además, creo que sé cómo podemos arreglar lo tuyo y resolver nuestro maldito caso de una vez. Pero tenemos que darnos prisa.

—¿Vas a contarme por fin de qué va todo esto? —Vilanova se enfurruñó—. Estoy harto de correr a ciegas.

—Te lo contaré por el camino. —Señalé hacia el todoterreno—. Tenemos que irnos. Ya.

—Está bien, está bien —suspiró él—. Suena peligroso. ¿Debo llevar el «taladro»?

Hizo un gesto con la barbilla hacia la mesa de la entrada, donde todavía reposaba su pistola reglamentaria. Asentí con la cabeza.

—De acuerdo —dijo al fin—. Dame un segundo.

Se puso un chaquetón oscuro sobre la ropa y antes de salir abrió un armarito cerrado con llave situado al otro lado del pasillo. Vi cómo cogía tres cargadores de munición y los metía meticulosamente en los bolsillos. Por último sacó de una bolsa de lona un artefacto pesado de color negro. Tardé un rato en darme cuenta de qué se trataba.

—Unas gafas de visión nocturna —dije—. ¿De dónde narices has sacado eso?

—No solo juego al rol —jadeó al erguirse—. También participo en batallas de *paintball*. Son muy prácticas, ¿sabes? Tiene toda la pinta de que se acerca una tormenta de las gordas. Y ya has visto lo que ocurre con el suministro eléctrico por aquí cuando eso pasa. Seguro que nos vienen bien.

—Eres el frikazo más adorable que me he cruzado en la vida, Juan Vilanova. —Le apreté el brazo—. Y el mejor compañero que he tenido nunca.

—Tú tampoco estás mal. —La tos le volvió a interrumpir—. Aunque tendrás que conducir tú, compañera. Creo que no estoy en condiciones.

Al cabo de cinco minutos rodábamos a toda velocidad hacia nuestro destino. La lluvia ya descargaba con tanta fuerza contra el parabrisas que las escobillas apenas daban abasto para despejar el cristal. De vez en cuando retumbaba algún trueno a lo lejos y la luz ya se había convertido solo en un tenue resplandor pálido que se agostaba por segundos. En poco más de una hora tendríamos la tormenta encima de nosotros, y prometía ser de las fuertes.

—Bien. —Vilanova se giró hacia mí—. ¿Por qué no empiezas a contarme de qué va todo esto?

Comencé a hablar. Le conté lo que había averiguado en el Archivo y le enseñé las copias de las fotos que había encontrado allí. También le repetí lo mejor que pude la conversación que había mantenido con el profesor Santaló en el café y todo lo que me había explicado, incluyendo lo de la Compaña. Estuve hablando durante casi quince minutos sin que él me interrumpiese ni una sola vez. Cuando terminé de hablar, el silencio se hizo dentro del coche patrulla.

—¿Y bien? ¿Piensas que todo es una locura?

—No más que esto. —Levantó su palma ennegrecida—. Tengo una prueba en la mano, literalmente.

—Pero parece sacado de una leyenda, Juan…

—Las leyendas no son más que retazos de hechos auténticos que se han ido transformando con el paso de los siglos y de distintos narradores, Raquel. Detrás de cada leyenda, por muy disparatada que parezca, siempre se esconde un trozo de verdad.

—Ya lo sé —murmuré entre dientes—. Es solo que…

—Entonces, a ver si he entendido bien tu teoría. —Se removió en el asiento y empezó a levantar dedos a medida que hablaba—. Hay un grupo de personas en Fosco que creen que la Puerta del Más Allá es un portal que comunica con el mundo de los muertos y que los espíritus pueden cruzar a nuestro plano de existencia. Por ello, cada doce años, el primero de noviembre, hacen un sacrificio humano con el objetivo de manipular esa puerta. ¿Voy bien?

—No es lo que yo creo, es lo que *ellos* creen —puntualicé—. Pero, sí, sospecho que la cosa va por ahí.

Aquello no iba de un grupo que quisiera silenciar a una *menciñeira;* no iba de una chica curada milagrosamente del cáncer a la que asesinaban para enviar un mensaje. Ya no podía seguir creyéndolo, aunque me negaba a pensar dónde nos dejaba eso a mi hijo y a mí.

—Vale, aceptemos que tenemos a esta especie de secta

convencida de que la Puerta debe ser vigilada. ¿Por qué cada doce años? ¿Por qué no dos, o seis o cada año? ¿Y para qué quieren abrir esa condenada puerta?

—No lo sé. —Negué con la cabeza—. Ni siquiera sé si quieren abrirla o cerrarla. Es algo que espero que nos cuenten cuando los interroguemos.

—¿Y por qué Fosco?

—Está alineado con la Puerta… y creo que algunos de sus habitantes pueden ser los descendientes directos de aquellos que la construyeron, de una forma u otra.

—Muy bien, pero entonces ¿cómo es que a lo largo de los años no los han descubierto nunca?

—Para eso sí que tengo una respuesta —musité—. Hasta hace apenas cien años esta era una zona remota y mal comunicada. Un mundo rural, sin teléfono, radio ni periódicos. Hasta entonces, las desapariciones eran algo normal. No había censos fiables y la gente moría joven. A lo largo de los siglos les resultaría muy sencillo sacrificar a alguien en lo alto de una montaña aislada sin que nadie se diese cuenta.

—Ya, pero estamos en el presente, no hace cien años.

—Y ellos lo saben, por eso han cambiado de *modus operandi* —repliqué—. Creo que ahora buscan a personas que no tengan relación con este lugar, ni familiares o amigos que los reclamen, como parece que ocurre con nuestra chica de la montaña. O como Julián: solo me tiene a mí. Si los dos desapareciésemos…

—Yo os buscaría —murmuró mi compañero con voz rota.

Supe que lo decía en serio.

—Piénsalo, Juan —insistí en la idea—. Van a por personas anónimas que no dejen rastro o que están tan desesperadas y que acuden a ellos atraídas por alguna promesa. Y además, sospecho que cada vez que terminan el ritual se deshacen de los cuerpos de alguna forma. Allí arriba no es tan difícil. En nuestro crimen no pudieron hacerlo porque alguien los interrumpió en plena faena, cuando los operarios del parque eólico tropezaron con ellos de casualidad.

Vilanova dio un gruñido de asentimiento.

—De todos modos, sabemos que además cuentan con amigos en puestos importantes, por si todo falla —seguí—. Gente con suficiente poder a nivel local como para amortiguar el ruido de cualquier posible noticia. Gente como el sargento. Gente como la que hizo callar a Méndez hace doce años. La misma gente que lo asesinó en cuanto empezamos a hacer preguntas. No es disparatado. Si llevan siglos haciendo esto, han tenido décadas para prepararse.

Juan guardó silencio durante un momento. Entonces suspiró.

—Todo eso tiene sentido. —Sacó el móvil del bolsillo—. Mientras tú estabas revolviendo periódicos viejos en Pontevedra, yo aproveché para hacer un par de llamadas telefónicas a unos amigos de la Policía Nacional, de la sección de Crimen Organizado.

—¿Para qué?

—Nuestra víctima de la montaña era muy guapa y joven, llevaba una manicura perfecta y me dijiste que hablaba con acento extranjero, del Este. Por otro lado, no tenía documentación ni nada que la pudiese identificar dentro del sistema de huellas dactilares. Así que me pregunté en qué lugar puedes encontrar a chicas con esas señas por aquí. —Se dio unos golpecitos en la sien con el dedo índice—. Y pensé en los clubes de alterne. Repletos de mujeres guapas y sin papeles. Crimen Organizado tiene bastante controlados la mayoría de esos tugurios y llevan un censo aproximado de las chicas que se mueven en ellos. No es fácil, porque los proxenetas las hacen rotar muy rápido, pero si alguna desaparece sin más, lo anotan.

—Entonces..., ¿crees que era una prostituta?

Por toda respuesta, Juan me enseñó el móvil. En la pantalla aparecía una foto de ficha policial de una joven rubia, seria pero llena de vida. Una joven que conocía demasiado bien.

—Se llamaba Ludmila Ivanova, tenía veintitrés años, había llegado de Bielorrusia y llevaba menos de ocho meses en un club de carretera cerca de Vigo. La identificaron en una redada a principios de verano. La foto es de entonces. Desapareció hace tres semanas, días antes de que descubrieran el cuerpo en la montaña. Los dueños del club no denunciaron su desaparición, porque la habían comprado a una red de trata de blancas. Sabían que si denunciaban tendrían que dar demasiadas explicaciones. Seguramente dieron por sentado que la chica se había escapado.

—Sin familia, sin amigos…

—… sin conexiones con la zona —terminó Vilanova—. La víctima perfecta. Es probable que la secuestraran, convencidos de que nadie la buscaría durante mucho tiempo.

—No, no la secuestraron. —Fruncí los labios—. Participó voluntariamente. Hablé con ella por teléfono, recuerda. Su tono no era el de alguien forzado a contar una historia a punta de pistola. Realmente *quería* que la creyese.

—Pero la iban a sacrificar. —Negó con la cabeza—. Nadie se presta voluntario a que le arranquen el corazón, Raquel.

—No creo que cuando esa chica bielorrusa me llamó supiese que poco después iba a ser el sacrificio, ni que nos estaba atrayendo a una trampa. Seguramente la engañaron de alguna manera para que participase en todo el ardid.

—¿Cómo? —Juan tosió varias veces y tuvo que detenerse un momento—. ¿Qué le ofrecieron?

—Vete a saber. Empezar de nuevo. Participar en una pequeña estafa. Algo así. No es difícil: «Yo puedo sacarte de aquí, darte una nueva vida, ven conmigo». Lo típico. Y me juego lo que quieras a que, si enseñamos a sus compañeras de club las fotos de los vecinos varones de Fosco, podrán identificar a alguno de ellos sin problemas.

—Mierda, pues claro —masculló Juan.

Guardamos silencio durante un segundo, mientras el Terrano devoraba la carretera entre la lluvia.

—Pero también recibí otra llamada. —Esta vez frunció el ceño—. ¿Te acuerdas del silbato de madera que te regaló el manco, ese tal Saavedra?

La imagen del carpintero de Fosco con la barba llena de virutas vino de inmediato a mi mente. Asentí.

—El tipo me dio muy mala espina cuando hablamos con él, por lo de las botas, así que mandé el silbato a Criminalística, para que le sacasen las huellas. ¿A que no adivinas qué pasó? —Vilanova levantó ambas manos, como un mago haciendo un truco—. Que no aparecían en la base de datos. Ese tío no existe en el sistema, Raquel. Está fuera del radar. Y no se trata de una chavala del Este a la que hayan traído engañada ni un sin papeles cualquiera. Es un paisano de aldea, un puñetero carpintero manco con el acento gallego más cerrado que te puedas imaginar. Así que la pregunta es: ¿cómo es posible?

—¿Y cuál es la respuesta?

—No tengo ni idea —admitió derrotado—. O no la tenía hasta que me has enseñado esta foto de ese tipo sacada hace setenta años en la que tiene el mismo aspecto que hoy.

Fue mi turno para girarme hacia él estupefacta. La carretera volaba bajo las ruedas del coche patrulla, pero a mí me parecía que íbamos a cámara lenta.

—¿Qué insinúas?

—No sé cómo, pero creo que ese carpintero, ese Saavedra, si es que se llama así realmente, lleva dando vueltas por Fosco desde hace mucho tiempo. Posiblemente desde antes de que se estableciese la Seguridad Social, los documentos de identidad y cualquier otro registro moderno. Viviendo en Fosco se las ha apañado para mantener un perfil bajo. Y no me extrañaría que alguno de los demás vecinos tuviese una historia parecida.

—Eso no tiene sentido. —Negué con la cabeza—. Los vecinos de la zona se darían cuenta de que al menos hay un habitante en Fosco que no envejece. Dos, si Ramona aún vive en Fosco. La gente hablaría.

—¿Gente? ¿Qué gente? —Señaló hacia la espesura forestal negra que nos rodeaba al otro lado de las ventanillas—. Por si no te has dado cuenta, esta parte del mundo se muere, Raquel. Hay zonas que tienen menos densidad de población que Laponia. Las aldeas se vacían, la gente joven se ha ido, solo quedan ancianos que apenas salen de sus terruños. No creo que a Fosco lleguen demasiadas visitas.

Me quedé en silencio meditando sobre sus palabras. Parecía difícil, pero encajaba perfectamente. Si en algún sitio podía pasar algo así era en un lugar aislado y solitario como Fosco. Quedaba por explicar el motivo de esa longevidad exagerada, por supuesto, pero tenía la sensación de que esa era una pregunta cuya respuesta solo podían darnos los propios interesados.

De repente, la angustia me asaltó en forma de una oleada anegadora. Necesitaba hablar con Julián, saber que estaba bien o me volvería loca. Como todas esas ideas obsesivas que se anclan en la cabeza, no podía quitarme de la cabeza imágenes espantosas de mi hijo siendo conducido a la muerte. Con un ojo en la carretera, volví a marcar el número de la Casa Grande de Fosco. El teléfono sonó de forma interminable, y de nuevo nadie contestó, lo mismo que el móvil de mi hijo.

Las lágrimas se me agolparon en los ojos. Sentía que la situación me superaba por momentos. Cuanto más sabía de lo que pasaba, más cuenta me daba de que el tiempo corría en nuestra contra y la sensación de opresión que se había instalado en mi pecho no me dejaba respirar bien.

—No puedo localizar a Julián. —Me temblaba la voz—. Es la primera vez en años que no sé dónde está. Juan, tengo miedo de que sea demasiado tarde.

Vilanova tuvo el detalle de no tratar de calmar mi angustia con palabras vacías, pero vi cómo fruncía el ceño pensativo.

—¿Su móvil da línea?

—Sí, pero no contesta.

—¿Y por qué no buscas su localización? Es un iPhone como el tuyo, ¿verdad?

Sentí ganas de darme un puñetazo en la cara. Pues claro. Julián y yo compartíamos cuenta y podía buscar la posición de su móvil con la aplicación de mi teléfono. Tenía que haber pensado en aquello desde el principio, pero estaba tan asustada por él que ni se me había pasado por la cabeza.

Detuve el Terrano en una cuneta. Los focos alumbraron a un par de sobresaltados conejos, que se alejaron brincando de la conductora maníaca que casi los arrolla, pero ni siquiera me fijaba en ellos. Toda mi atención estaba puesta en la pequeña pantalla de mi terminal. Mi único salvavidas antes de sumirme en la desesperación.

El programa se abrió con una lentitud desesperante. Durante unos momentos, la aplicación no fue capaz de localizar el terminal de Julián, pero de repente el icono se ubicó sobre un edificio cuadrado y de aspecto antiguo.

Parpadeé, incapaz de ubicar aquella imagen cenital. No sabía dónde estaba, pero sin duda no era Fosco.

—No me fastidies —silbó Vilanova. Parecía estupefacto.

—¿Sabes dónde es este sitio? —La urgencia impregnaba hasta la última de mis sílabas.

—Pues claro. Llevo yendo ahí casi todos los días desde hace cinco años. Y tú también has estado a menudo.

Le miré sin comprender.

—Es el puesto de la Guardia Civil de Viascón, Raquel —musitó compungido—. Nuestro puesto. Julián está con el sargento Nogueira.

27

La lluvia arreciaba y ya era noche cerrada cuando aparqué el Terrano en la puerta del destacamento. Había estado allí por primera vez, de pie y con Julián agarrando mi mano, tan solo un par de semanas atrás, y sin embargo tenía la sensación de que habían transcurrido eones desde entonces.

—Esto va a ser desagradable —observé dubitativa a Vilanova—. ¿Estás seguro de que puedes venir?

—Precisamente por eso tengo que ir —resopló mi compañero, aunque más bien parecía pedir a gritos una semana en la cama de un hospital.

Lo que fuera que le habían inoculado en Arufe cuando tocó el brazo de aquel encapuchado estaba destrozando su organismo. No era capaz de imaginarme qué tipo de sustancia podía hacer algo así, pero sin duda era lo suficientemente potente como para transformar a un hombretón como él en un cervatillo tembloroso y empapado en sudor que apenas podía respirar. En otras circunstancias habría llamado una ambulancia de inmediato, pero por desgracia esa posibilidad quedaba fuera de discusión. El cabo Vilanova era mi único refuerzo en aquellos momentos. Y eso decía mucho de lo fastidiados que estábamos.

Cruzamos el aparcamiento a paso lento bajo la lluvia. Tan solo quedaban un par de coches patrulla y el viejo Volvo color chocolate del sargento Nogueira aparcado en una esquina.

—A esta hora debería estar él solo —jadeó Vilanova, que arrastraba los pies sobre la grava empapada—. Se queda haciendo el papeleo del día hasta que llega el retén de noche y luego se va.

—Mucho mejor —musité.

Teníamos escaso margen antes de que llegase el relevo. Y lo que íbamos a hacer necesitaba de pocos testigos, sospechaba.

La oficina de atención al público estaba desierta y las luces apagadas. Solo el resplandor tenue de la pantalla de un ordenador bañaba la estancia con un brillo fantasmagórico. Pasamos entre nuestras mesas como si fuésemos ladrones, procurando no hacer ruido. Al fondo estaba el despacho de Nogueira y por debajo de la puerta cerrada se filtraba una línea de luz amarillenta. Desde dentro se oía el tableteo sincopado de un teclado, en el que el sargento estaba trabajando. No había pistas de Julián por ninguna parte.

No tenía la menor idea de cómo afrontar aquel encuentro. Por el camino había imaginado la conversación de mil maneras distintas y las había desechado todas. La sensación pegajosa y urgente de que nos estábamos quedando sin tiempo era cada vez más intensa. Tendríamos que improvisar.

Respiré hondo y abrí la puerta. El sargento Nogueira apartó los ojos del teclado y nos miró por encima de sus gafas apoyadas en la punta de la nariz. En honor a la verdad, tengo que decir que ni siquiera se sobresaltó. Y eso que Vilanova y yo componíamos una estampa que parecía sacada de una película de terror, empapados, ojerosos y con mi compañero más cercano a un no muerto que a un agente de la Guardia Civil.

—Vilanova, Colina. —Echó la silla hacia atrás y se quitó las gafas—. Están aquí.

Están aquí. No «qué quieren» o «qué le ha pasado, Vilanova». Simplemente constatando un hecho. Como si se lo esperase.

Tranquila, Raquel, me ordené. *No enseñes aún tus cartas.*

Hasta donde yo sabía, Nogueira no tenía ni la menor idea de qué nos había llevado hasta allí. Por una vez, mi experiencia urbanita me había dado una ventaja sobre ellos. No habían tenido la precaución de apagar el teléfono de Julián, lo que significaba que Nogueira no se olía que estábamos al corriente de que mi hijo estaba allí, en alguna parte. Debía actuar con cautela o las cosas podrían salirse de madre demasiado rápido.

—Tenemos que hablar —musité, y acto seguido me sentí un poco estúpida tras decir esas palabras.

—Sí, supongo que sí —dijo él reclinándose en el respaldo.

—Lo sabemos todo —gruñó Vilanova dejándose caer a plomo en una de las sillas—. Lo de la Puerta, Méndez, Fosco, que usted también está implicado. Se acabó, sargento.

Nogueira nos miró con los ojos entrecerrados, lo que le daba el aspecto de una comadreja enfadada. Entonces se echó a reír. Una risa sarcástica, desconocida para mí hasta ese momento.

—No sabéis una mierda —nos espetó—. Dais palos de ciego.

—Sabemos que nos ocultó los análisis de Toxicología, los de Méndez y los nuestros. —Mi voz sonaba tensa, incluso a mis oídos—. Sabemos que avisó a su gente para que nos siguiesen a la casa de Méndez, para intentar robar sus archivos. Que ayer avisó de que íbamos a ir a Arufe.

Esto último era un tiro al aire por mi parte, pero la expresión del sargento me demostró que había dado en el blanco. Sentí que una cólera pura e hirviente como el acero fundido me inundaba.

—Los avisó. Sabía que nos iban a tender una emboscada allí y no hizo nada para impedirlo —gruñó Juan—. Eres un hijo de puta, Nogueira.

Él nos miró en silencio, durante un par de segundos, pensativo. Evaluándonos.

—Ya está bien de tonterías. —Dio una palmada en la mesa—. Largo de mi despacho. Marchaos con vuestras insensateces a otra parte y dad gracias por que no os abra un expediente por esto.

—¿Sabe una cosa? —Vilanova articulaba muy despacio las palabras, como un borracho, pero con total aplomo—. Un expediente es lo último que me preocupa ahora mismo, sargento. Me importa un carajo, si me permite la expresión, caray.

Me di la vuelta para observar a mi compañero. En la mano sostenía su pistola reglamentaria y con ella estaba apuntando al sargento.

—No sé si se ha dado cuenta, pero creo que me muero.

—Lo último sonó como *memuedo*. Era escalofriante—. Algo que me hicieron sus amigos, sospecho. Y si la única manera de evitarlo es meterle un plomo en la cabeza, le juro por su madre que lo haré. ¿Podemos empezar de nuevo, por favor?

—Baje el arma, Vilanova —susurró Nogueira, sin poder evitar que el temor asomase a su rostro—. Es una orden.

Vilanova levantó la pistola y apretó el gatillo. El estampido dentro de aquel pequeño cuarto fue tan intenso que mis tímpanos se retorcieron de dolor y por un momento solo pude oír un pitido intenso.

La bala abrió un agujero en la frente del rey Felipe VI, que nos miraba de forma solemne desde la fotografía colgada detrás del escritorio del sargento, justo antes de descolgarse con un estrépito de cristales rotos. Parecía que Juan había abandonado el plan prudente, lo que me obligaba a mover ficha.

—La próxima se la meto a usted en el hombro —mascullo Vilanova empapado en sudor—. Y la siguiente en el otro. Y así hasta que acabe el cargador. Usted elige, sargento.

—¿Está chalado? —Ahora había pánico en la voz de Nogueira—. ¡Colina, dígale algo! ¡Pare esta locura! *¡Por favor!*

Me encogí de hombros. Con aquel disparo habíamos cruzado un Rubicón, uno de aguas muy profundas. Solo podíamos seguir cabalgando o derrumbarnos.

—¿Dónde está mi hijo? —articulé con frialdad—. Sabemos que está aquí.

—¿De qué habla?

Por toda respuesta, saqué mi móvil del bolsillo y marqué el número de mi hijo. Al instante, una vibración casi inaudible salió de una bolsa de papel colgada del perchero, al lado de la gabardina del sargento. Me levanté de un salto y revisé su contenido. Junto con el móvil de Julián estaba la ropa que se había puesto aquella mañana y su par de deportivas favoritas. Sentí una náusea recorriendo mi estómago.

No, por favor, no.

—Esto les queda grande, par de idiotas —balbuceó. Sus

axilas tenían dos grandes manchas de sudor—. No saben lo que están haciendo. A qué se están enfrentando.

—Eso ya lo hemos oído antes. —Mi voz era glacial, cargada de amenazas y dolor—. Ahora, dígame dónde está mi hijo o le juro por Dios que la que le pega un tiro soy yo.

—Yo solo soy un peón en esta partida. —Nogueira lanzaba miradas precavidas al cañón de la pistola de Vilanova, que oscilaba un poco. El pulso de mi compañero no estaba tan firme como le gustaría—. Mi único papel es evitar que las cosas se salgan de madre. Apagar fuegos, controlar que nadie escarbe demasiado.

—Por eso escondió los análisis.

Nogueira asintió.

—Yo solo me limito a hacer lo que Ramona me pide. Ella es la que lo dirige todo. La que manda. Me dieron esa bolsa y me dijeron que me deshiciese de su contenido. Ni siquiera había mirado dentro. No sé dónde está su hijo, Colina. Se lo juro.

—¿Por qué lo hace, Nogueira? ¿Qué gana usted con todo esto?

—¡Yo no gano nada! —Sus ojos brillaron furiosos—. ¡No habéis entendido una mierda! ¡Es la Puerta, idiotas! ¡Tenemos que hacer lo que hacemos o las consecuencias serán terribles!

—Ya, seguro —jadeó Vilanova. La pistola temblaba visiblemente en su mano—. No me creo que se trague esa historia de la comunicación con el más allá. Venga, hombre.

—Vilanova, eres un buen tipo. —A Nogueira se le escapó una risa nerviosa—. Un mal agente, pero un buen tipo. No tienes ni idea. ¿Sabes cuántos años llevo aquí? Y antes de que llegase a este puesto, mi padre y su padre y su abuelo sirvieron al mismo fin que yo. ¿Sabes qué hay allí arriba? ¿SABES LAS COSAS QUE HE VISTO?

La última frase la pronunció en un rugido de rabia, con la furia de un zorro atrapado que pelea a dentelladas por soltarse la pata destrozada en el cepo. No quedaba nada del hombre amable y sonriente que había conocido hasta entonces.

—Ramona, Saavedra… ¿Quién más está implicado en Fosco? —le apreté.

No pensaba dejar que me distrajese con sus ideas delirantes sobre la Puerta. No cuando eran personas de carne y hueso las que estaban detrás de aquella locura. Personas que podían hacernos daño. Personas que tenían a Julián en su poder.

—Todo el pueblo, hasta donde yo sé.

—¿Ágata también?

Nogueira asintió y noté cómo una bola de hielo se me atragantaba en la garganta. Yo misma les había servido a mi hijo en bandeja de plata, como una idiota. Aunque no podía haberlo sabido entonces, no me servía de consuelo.

—¿Alguien más? —conseguí decir con voz estrangulada.

—Gente. —Nogueira se encogió de hombros—. Poca gente, pero en puestos clave. Alguien en el hospital, dos o tres en los juzgados, personas de peso en la prensa, incluso un par de funcionarios en el Ayuntamiento. Menos de una docena. Es muy fácil hacer que las cosas encallen en la maquinaria si sabes cómo y pagas bien. No necesitas demasiado.

Tenía todo el sentido. No necesitas una enorme conspiración si tienes a la gente indicada en pocos lugares concretos. No eran una panda de catetos adorando a unas piedras viejas en lo alto de una montaña, sabían lo que hacían. Aunque, en honor a la verdad, habían tenido años para prepararse. Siglos.

—Tengo una lista, una agenda. —Nogueira se pasó la lengua por los labios de forma nerviosa—. Te la daré. Es tuya, pero deja que me vaya. Por favor.

—Quiero verla. —Alguien de aquella lista sabía dónde estaba Julián y me quedaba sin tiempo—. Ahora.

—Está en ese archivador. —Señaló con la cabeza a un pesado armario de acero verdoso colocado al lado de la puerta—. En el cajón de arriba.

—Ya la cojo yo —dije sin apartar la vista de él—. Juan, no le quites ojo.

—Descuida.

Me acerqué al archivador y tiré del asa superior. El cajón traqueteó un par de centímetros y se detuvo, encallado. Volví a tirar con fuerza, pero no se movió ni un centímetro más.

—Está atascado —murmuré—. No puedo...

Tenía que haberlo visto venir. En otras circunstancias no habría caído en un truco tan obvio, pero estaba demasiado cansada, demasiado sobrecargada y con demasiada prisa. Al oír mi queja, Vilanova desvió la mirada hacia mí durante una fracción de segundo, pero fue suficiente.

Sonó otro estampido dentro del cuarto, pero esta vez al dolor de tímpanos se sumó una horrible sensación de quemazón en mi cadera, cuando algo me golpeó con una fuerza brutal. La habitación giró a mi alrededor a la vez que yo caía al suelo.

Vilanova giró la cabeza aturdido, pero en ese instante Nogueira se levantaba de un salto para acercarse a él. En la mano empuñaba un pequeño revólver de cañón corto, feo pero letal. Si Vilanova hubiese estado al cien por cien de sus facultades, los sesos de Nogueira habrían dibujado un precioso grafiti rojo en la pared del fondo antes de que hubiese dado dos pasos, pero mi compañero estaba al límite de sus fuerzas. Vi cómo se giraba a cámara lenta, en una recreación angustiosa de un robot que se queda sin batería, justo un segundo antes de que Nogueira descargase un golpe terrible con la culata de la pistola en su sien. Vilanova se desplomó con estrépito en el suelo, arrastrando la silla en su caída.

Me toqué la cadera y mi mano se empapó de sangre. *De tu sangre, es tu sangre*, chillaba una vocecita histérica en mi cabeza. No tuve demasiado tiempo para darle vueltas al hecho de que estaba herida, porque Nogueira se metió el revólver en el cinturón y acto seguido se montó a horcajadas sobre mí.

—¡Puta asquerosa! —Gotas de saliva salían disparadas de su boca mientras cerraba sus manos sobre mi cuello—. ¿Quién te has creído que eres? ¡Entras en mi despacho y me amenazas! ¡A mí! ¿Piensas que eres algo frente al poder de la Puerta? ¿FRENTE A NOSOTROS? ¡ERES UNA MOSCA, UN INSECTO, NO ERES NADA!

Nogueira estaba aullando, con los ojos fuera de las órbitas. Una sonrisa enloquecida y fanática se dibujaba en su cara mientras sus manos apretaban con fuerza mi garganta.

No podía respirar. Pequeñas motas danzarinas de luz bailaban delante de mis ojos cuando mis pulmones peleaban por atrapar algo de aire. Lancé un gancho débil contra el costado del sargento, pero era como un gatito en las fauces de un perro de presa.

—¡Tú y ese gordo de mierda no valéis nada! ¡Él es un puto agente barrigón, pero tú, tú eres mil veces peor que él! ¡Una listilla madrileña del tres al cuarto que se cree que...!

Ya no le oía. Mis oídos zumbaban con el latido apresurado de mi corazón. La negrura me invadía. Tan solo podía pensar en Julián, en que no había podido despedirme de él. En que no iba a volver a verlo. Aquello era mil veces peor que saber que estaba a punto de morir.

En ese momento, la presión sobre mi cuello cedió de golpe. Di una gigantesca bocanada y el aire enrarecido y con olor a pólvora de la habitación inundó mis pulmones. Ni el oxígeno más puro de una montaña alpina me habría sabido mejor.

Vilanova se había puesto de pie detrás de Nogueira y lo sujetaba por el cuello como si fuese un cachorro maleducado. De la frente de mi compañero manaba un hilo de sangre, pero eso no era nada comparado con la expresión enloquecida de sus ojos. Demente. Furiosa.

De un tirón arrancó el revólver del cinturón de Nogueira y lo lanzó detrás del escritorio. El sargento se retorcía despavorido, pero incluso enfermo los ciento y pico kilos de Vilanova eran una fuerza de la naturaleza imposible de controlar. Con un gesto casi indiferente, lo arrojó de cabeza contra la ventana, que se quebró con estrépito. Un viento cargado de lluvia se coló al instante en la habitación, envuelto en sombras escurridizas.

Vilanova arrastró al sargento, que sangraba por varios cortes en la cabeza, hasta el centro de la habitación devastada. El hombre gemía de dolor, pero Juan estaba fuera de sí. Le apoyó una rodilla en el pecho y comenzó a descargar puñetazos sobre el rostro de Nogueira. Sus puños eran dos enormes mazas que subían y bajaban sin pausa, con la regularidad de un metrónomo. Cada golpe en la cara de Nogueira sonaba como un *chof* acuoso y los aullidos de dolor del sargento se convirtieron en un gorgoteo ahogado. Gotas de sangre salían disparadas en arcos extravagantes cada vez que Vilanova levantaba uno de sus puños antes de dejarlo caer de nuevo.

—¡Juan, para! —Mi voz era un graznido. No me había dolido tanto la garganta en toda mi vida—. ¡Lo vas a matar!

Vilanova se detuvo, vibrando como un motor a punto de explotar. Su pecho se agitaba, incapaz de proporcionarle todo el aire que necesitaba. Espantada, le sujeté con delicadeza la barbilla. La sangre de su herida se mezclaba con la de Nogueira dibujando caprichosos arabescos en sus mejillas. Las ojeras debajo de sus párpados eran dos inmensas bolsas que parecían abarcar todas las gamas del color negro.

—Te ha disparado. —La voz le temblaba a causa del *shock*. La descarga de adrenalina que había reunido se estaba agotando y esta vez sí que parecía a punto de desmayarse—. Pensé que te iba a matar, pensé que… Oh, joder.

Le acaricié el cabello con ternura. Parecía imposible que Vilanova, mi Juan, el compañero gentil y sensible que me había acompañado durante todo ese tiempo, fuese la misma persona que aquel maníaco que casi mata a golpes a Nogueira. Y, sin decirlo en voz alta, di gracias al cielo por ello.

—Estás herida. —Me señaló, al tiempo que se dejaba caer agotado.

Bajé la vista para comprobar los daños. El dolor se extendía en cuchilladas punzantes hacia mi pierna mientras algo caliente y húmedo empapaba mi pantalón. La bala del sargento me había rozado justo a la altura del hueso de la cadera, dejando un feo surco de poca profundidad. Había tenido suerte. Dos centímetros más a la derecha y me habría abierto un agujero en la ingle a la altura de la femoral. Aun así, dolía como mil millones de picaduras de avispa.

—Me rindo, me rindo —gimoteó Nogueira tumbado boca arriba.

Su cara se había transformado en una masa tumefacta de

carne en distintos y gloriosos tonos púrpura. Le faltaban un par de dientes y apostaría cien euros a que media hora más tarde no sería capaz de abrir los ojos.

—Somos compañeros —gorgoteó—. Me he rendido, somos compañeros, no podéis hacerme esto. Seamos civilizados.

—¿Qué están planeando los de Fosco, Nogueira? —Le miré con desprecio—. ¿Dónde está mi hijo? ¿Qué pintamos Julián y yo en todo esto? ¡Responde!

—Hay que... completar... el ritual en la Casa Grande. —Las palabras sonaban extrañas entre sus labios partidos—. Hay que... Ouch, mi cara.

Nogueira se llevó la mano al rostro con un gesto de dolor. Pude vislumbrar por una décima de segundo la pequeña bola de color azulado que sostenía entre los dedos antes de que se la metiese en la boca.

—¡No! —grité.

Pero era demasiado tarde. Nogueira tragó con dificultad y me dedicó una última sonrisa de triunfo amargo.

—La Puerta... me espera. —Un esputo de sangre se escurrió por la comisura de su boca—. Nos... espera... a todos.

Su cuerpo se sacudió un par de veces en una serie de rápidas convulsiones. Por un angustioso segundo todo su cuerpo se arqueó y quedó apoyado tan solo sobre la nuca y los talones, en un espasmo agónico. Y de golpe, se desplomó. Un parpadeo más tarde, tan solo quedaba un cadáver machacado sobre la alfombra de su despacho, uno al que se le estaban aflojando los esfínteres como a un odre pinchado.

—Mierda —susurró Juan. Estaba casi tan pálido como el cuerpo de Nogueira—. ¿Y ahora qué hacemos?

Miré a mi alrededor. Un huracán parecía haber atravesado aquel despacho. La lluvia entraba por la ventana rota y mojaba los pies del que hasta unas horas antes había sido mi jefe. Había agujeros de bala y manchas de sangre por doquier. No quería estar allí cuando llegase el relevo de noche, en un rato.

—Nos vamos a Fosco. —Todos mis músculos se quejaron cuando me puse en pie—. Tenemos que encontrar a Julián.

—¿No sería mejor pedir refuerzos a la comandancia de Pontevedra?

Abrí los brazos para señalar el caos que nos rodeaba.

—Para cuando acabemos de explicarle todo este desastre, puede ser demasiado tarde —musité furiosa. La ira estaba empezando a hervir de nuevo dentro de mí—. Primero tenemos que encontrar a Julián.

28

Nos llevó diez minutos saquear la enfermería para poner un apósito sobre el rasguño de mi cadera. No era ni de lejos tan grave como había temido, y cuando hice la cura con la ayuda de Vilanova, casi había dejado de sangrar, aunque mis pantalones y mis bragas estaban totalmente arruinados. Incluso en aquel momento, Juan apartó la mirada con timidez cuando me bajé la ropa para poder desinfectar bien la herida, en un gesto tan dulce que tuve ganas de darle un abrazo.

Él estaba hecho un desastre, aunque se mantenía milagrosamente en pie. Por un segundo estuve tentada de entrar en el armario de pruebas y ofrecerle los dos gramos de *speed* que le habían intervenido unos días atrás a un camello de poca monta. Total, acababa de liarme a tiros con mi propio sargento en el interior del puesto. Un crimen más no marcaría la diferencia. No veía la manera de evitar que aquello acabase con nosotros en la cárcel, de una forma u otra. Pero sabía que Vilanova era demasiado recto como para aceptar un empujón químico ilegal, incluso aunque lo estuviese necesitando a gritos.

El trayecto hasta Fosco fue rápido y en silencio. La carretera estaba desierta y no nos cruzamos más que con la interminable cascada de lluvia que descargaba la tormenta. El dolor de la cadera era un palpitar sordo que me recordaba, cada poco rato, que nos enfrentábamos a un peligro real. Y saber que mi hijo estaba en el corazón de ese peligro ponía un nudo de angustia y culpabilidad en mi cuello que apretaba mucho más que las manos de Nogueira cuando había intentado estrangularme.

Por fin subimos la colina que conducía al pequeño valle en el que reposaba Fosco. Había empezado a soplar un fuerte viento que sacudía las ramas de los árboles y arrancaba cortezas de eucalipto y miles de hojas, que revoloteaban como murciélagos borrachos entre la tormenta. Al llegar a la cima, me detuve en seco. El agua repiqueteaba sobre la chapa del todoterreno y solo rompía el silencio el *zum-zum* acelerado de los limpiaparabrisas.

—Está todo a oscuras —murmuré con un puño estrangulándome el corazón—. Todas las casas. La mía también.

—Seguramente la tormenta ha tumbado alguna línea de electricidad —me tranquilizó Vilanova, aunque observé de reojo cómo sacaba la Beretta del bolsillo y la apoyaba sobre su regazo—. Sigue.

Arranqué de nuevo y no detuve el coche hasta que estuvimos en la plazoleta que se abría delante de la Casa Grande de Ágata. Me bajé del todoterreno de un salto sin ni siquiera apagar el motor y corrí como pude hacia la puerta. Vilanova me seguía, resoplando bajo la lluvia. Mis manos nerviosas tardaron una eternidad en encontrar la llave que abría la puerta. Por fin la introduje en la cerradura y crucé el umbral.

El interior estaba oscuro como el fondo de una caverna y hacía frío. La calefacción llevaba apagada un buen rato y el único sonido que se escuchaba era el del viento zumbando contra las antiguas paredes de piedra. Apreté el interruptor, pero las luces no se encendieron.

—¡Julián! —grité mientras subía las escaleras—. ¡JULIÁN!

Su cuarto estaba vacío. Tampoco estaba en el salón que ocupábamos siempre, ni en ninguna de las otras habitaciones de la planta superior. El corazón me galopaba en el pecho, las manos me temblaban. Estaba furiosa y mortalmente asustada a la vez.

Bajé las escaleras saltando los escalones y tropecé con Vilanova en el vestíbulo. Sujetaba una linterna en la mano y tenía un aspecto desolador.

—La planta baja está desierta —me dijo—. No hay nadie en casa.

—No en este lado —mascullé—. Pero hay otra ala que aún no hemos registrado.

Si estaban «completando el ritual», como había dicho Nogueira, de pronto tenía claro en qué parte del pazo lo estaban haciendo. Sin darle tiempo a contestar, corrí hacia la pesada puerta que conectaba aquel lado de la casa con el opuesto. Sacudí el portón, pero estaba cerrado a cal y canto. Un rugido de impotencia se me escapó de la garganta. Descargué un puñetazo furioso contra la hoja de roble, pero lo único que conseguí fue despellejarme los nudillos.

—Espera un momento —gruñó Juan—. Tengo una idea. Sujeta esto.

Vilanova me tendió la linterna y salió por la puerta principal. Menos de un minuto después estaba de vuelta con una pata de cabra en las manos, una palanqueta de aspecto formidable.

—La puerta es fuerte, pero esas bisagras tienen aspecto de llevar en su sitio más de cien años. A ver cómo les sienta un poco de fuerza bruta.

Introdujo el extremo hendido de la palanqueta en el quicio de la puerta y comenzó a hacer fuerza. Resopló y se puso rojo mientras apoyaba todo su peso contra la jamba, pero lo único que consiguió fue que se oyese un crujido profundo de la madera.

—Creo que voy a necesitar ayuda —jadeó, con la frente perlada de sudor—. No estoy al cien por cien. Cuando te diga ya, apoya todo tu peso contra la palanca y empuja, ¿vale?

Asentí y sujeté el extremo de la pata de cabra.

—¿Estás lista? Uno, dos, tres, *¡ya!* ¡Empuja!

Apoyé todo mi peso contra la barra mientras Juan hacía lo mismo. Los músculos de mis brazos empezaron a lanzar chispazos de dolor hacia mi cerebro, pero los ignoré y continuamos empujando. De repente, el crujido profundo de un momento antes se transformó en el sonido de algo rasgándose. La puerta cedió de golpe con un *craaac* sonoro y los dos nos vimos lanzados hacia delante por la inercia.

Las viejas bisagras, tal y como Vilanova había sospechado,

no soportaron nuestra fuerza combinada y se habían desprendido de la hoja, que se quedó colgando, sujeta por un único tornillo doblado.

Vilanova le dio una patada a la puerta maltrecha, que cayó al suelo con un ruido formidable. Una nube de polvo ancestral nos envolvió por un segundo.

—Dame la linterna —susurró— y cúbreme la espalda.

Cruzó el umbral con la linterna en una mano y la Beretta en la otra. Yo le seguí con mi arma bien aferrada entre los dedos y la mirada saltando en todas direcciones.

Aquel lugar parecía tan abandonado como se suponía que tenía que estar. Las escaleras que subían a la planta superior eran un manojo de maderos podridos que se sostenían sujetos entre ellos de puro milagro. Nadie podía haber subido por allí, ni siquiera un niño delgado como Julián.

El resto de la planta baja estaba vacío. Al final, acabamos junto a las escaleras que daban acceso al sótano. Si Santaló tenía razón, la entrada al inframundo de los antiguos celtas tenía que estar allí abajo.

Entonces nos miramos.

—¿Puedes sentirlo? —murmuré.

Él asintió. Era aquella sensación incómoda de pesadez en la cabeza. Notaba el cerebro abotargado y mis sentidos, de repente, parecían funcionar al diez por ciento de su capacidad. Hasta me resultaba más complicado respirar.

—Viene de ahí abajo.

—Hay algo en el aire. Quizá sea alguna de esas hierbas alucinógenas.

—Procura respirar despacio —me dijo Vilanova mientras sacaba del bolsillo un par de viejas mascarillas—. Y ponte esto. Supongo que algo podrán hacer.

—¿Crees que podrás bajar conmigo?

—No te dejaría ir sola por nada del mundo —replicó, tratando de dar firmeza a su voz, mientras se ponía con dedos torpes su máscara. El problema era que parecía a punto de derrumbarse por el esfuerzo.

—Esta vez voy yo delante —le arrebaté la linterna de las manos con decisión y comencé a bajar las escaleras.

Los gastados escalones de granito giraban lentamente en algo que parecía una enorme escalera de caracol. Si aquello era un sótano, era el sótano más absurdo y diseñado de la forma más extraña que jamás había visto. Las paredes estaban excavadas en roca viva, que en algunos sitios chorreaban agua y en otros estaban cubiertos de diminutos hongos blancos de aspecto venenoso. Mientras bajaba los escalones, la sensación de malestar se acentuaba por momentos. En algún rincón, detrás de mis ojos, habían comenzado a surgir diminutas chispas de colores que giraban trazando patrones erráticos. Trastabillé en un escalón y me hubiese caído rodando hasta el final de la escalera si Vilanova no me hubiese sujetado del brazo.

—¿Puedes oír eso?

—¿A qué te refieres? —contesté—. No oigo nad…

Entonces lo oí o, mejor dicho, lo percibí. Era un coro de voces que susurraban muy bajo, cruzándose entre ellas, diciendo cosas que no entendía. Sacudí la cabeza y abrí y cerré la boca varias veces, pero cuanto más intentaba descifrar las palabras, más complicado me resultaba. Solo al cabo de unos segundos comprendí que aquellas voces, de alguna manera, resonaban *dentro* de mi cabeza, no fuera.

—No le prestes atención —logré articular—. No sé qué es, pero nos aturde. Tenemos que seguir.

Juan asintió dos veces, pero su mirada estaba vidriosa. Las voces, por algún motivo, parecían afectarle a él mucho más que a mí.

Bajar los siguientes doce escalones nos llevó una eternidad. Había perdido la noción del tiempo y me resultaba complicado pensar con claridad. La luz de la linterna bailaba en mis manos y arrancaba sombras extrañas de los rebordes pétreos de las paredes.

De repente tropecé al llegar a la parte inferior. Ya no había más escalones. Me apoyé contra la pared, con la boca abierta como una trucha fuera del agua. Juan se dejó caer en el último escalón con las últimas fuerzas que le quedaban, al borde del colapso.

Apunté la linterna hacia el interior de aquella sala. Era una caverna angosta, de no más de diez metros de largo por tres o cuatro de ancho, totalmente vacía, excepto por un pozo hecho con piedras bastas y poco labradas que se levantaba en medio y medio.

—Espera aquí —jadeé—. Voy a ver.

—Estás… sangrando… por… la na… la nariz.

—Tú también —repliqué yo señalando la mancha rojiza de su mascarilla, aunque sonó a algo como *dutanién.* Mi lengua se había convertido en un trapo reseco.

Me arrastré como pude hasta el borde del pozo. Las voces se habían transformado en un griterío ensordecedor dentro de mi mente, pero ahora sonaban furiosas. Enfadadas. Irritadas. Vengativas.

Sabía que no estaban allí. Que eran una alucinación provocada por algo que estábamos respirando. Tenía que ser eso. Pero eran *TAN* reales…

Me asomé al borde del pozo y alumbré hacia su interior. La luz de la linterna se perdió en las entrañas de aquel tubo que parecía infinito, sin llegar a alumbrar el fondo. Una vaharada de aire helado me golpeó la cara, con un olor indescriptible a viejo. Di un paso atrás a duras penas.

Allí abajo había algo. Y fuera lo que fuese estaba lleno de sed. Una sed que solo se podía apagar con sangre. Era una fuerza de voluntad tan poderosa que me arrastraba.

Raqueeel.

Raqueeeeel.

Me llamaba. Tenía que ver qué era. Mis piernas dieron un paso vacilante hacia delante, funcionando de forma autónoma con respecto a mi cerebro, fuera de mi control, aunque al mismo tiempo ansiaba saber qué era lo que había en el fondo del pozo. No, mejor dicho, *necesitaba* saberlo.

Me incliné sobre el brocal una vez más, pero esta vez doblé

la cintura sobre el borde. Mi pelo se descolgaba alrededor de mi cara, sacudido por el aire frío que de allí salía.

Ven, Raquel.

Ven.

Baja.

Mi pie derecho se apoyó en una de las piedras inferiores del brocal y me impulsé hacia arriba. Sentía el musgo del borde deshaciéndose entre mis dedos, pero lo registraba a lo lejos, como si fuese el cuerpo de otra persona. Empecé a subir el otro pie, curiosamente indiferente a lo que estaba haciendo. Solo sabía que tenía que ir.

Necesitaba ir.

Justo en ese momento una mano me aferró por el cuello del abrigo y pegó un tirón violento hacia detrás. Caí en el suelo, al lado de Vilanova, y mi cabeza chocó contra una losa de granito. Por un instante sentí el sabor de la sangre en la boca y el zumbido de un millón de abejas luchando por salir. El dolor llegó apenas una fracción de segundo después.

—*Afueda* —gorgoteó Vilanova al límite de lo posible. El pánico brillaba en sus ojos—. *Ahoda. Porfadooor.*

Teníamos que salir de allí. Ponerme de rodillas fue un esfuerzo increíble y para levantar a Juan tuve que emplear toda mi fuerza de voluntad. Apoyados el uno contra el otro, como un par de borrachos, nos arrastramos hasta las escaleras. Estábamos a oscuras. La linterna había quedado abandonada en el suelo, junto al pozo, pero ni en un millón de años sería capaz de volver a por ella. Sabía que si me acercaba de nuevo a aquel sitio sería lo último que haría. Por nada en el mundo volvería al lado de aquel agujero maldito.

Nos derrumbamos en el suelo del vestíbulo del ala izquierda y nos arrancamos las mascarillas en busca de oxígeno en cuanto llegamos a lo alto de las escaleras. Tenía el pelo empapado en sudor y cada una de mis extremidades parecía pesar cien toneladas.

—¿Qué ha pasado ahí abajo? —graznó Vilanova. Tenía los

ojos cerrados y parecía que estaba haciendo un esfuerzo heroico para no vomitar.

—No lo sé. —Mis articulaciones crujían mientras me incorporaba—. Pero no vamos a bajar de nuevo.

—Secundo la moción —resopló—. Ayúdame a levantarme.

En cuanto estuvo en pie, le tendí en silencio un pañuelo para que se restañase la sangre que manaba por sus fosas nasales mientras yo hacía lo mismo. Ninguno de los dos tenía demasiadas ganas de hablar de lo ocurrido. Era demasiado raro y aterrador, incluso en un momento en el que el mundo parecía haber perdido todo sentido común.

—¿Cómo explicas esto, Juan?

—¿Alguna droga flotando en el ambiente, quizá? Algo que hemos tocado o que hemos respirado...

—No lo sé —meneé la cabeza. No conocía ninguna sustancia que pudiese hacer efecto de tal manera y, sobre todo, tan rápido.

—Joder, parecía real —gimió Vilanova—. Si es un viaje de drogas, es la peor basura que nadie podría tomar jamás.

—Pero, entonces, ¿por qué no estamos alucinando ahora mismo?

—Quizá solo está concentrado ahí dentro.

—Allí abajo había algo malo —susurró por fin, como si temiese que alguien más pudiese escuchar sus palabras—. No sé en qué narices anda metida esta gente, pero no es bueno. Y me asusta.

—A mí también.

—Sentía la cabeza llena de voces, pero no recuerdo qué decían. —Vilanova se estremeció—. Y por un segundo creo que también vi... algo.

—¿El qué?

Vilanova negó con la cabeza. Estaba temblando como un flan.

—No lo sé. Da igual. Olvídalo. Salgamos de aquí de una vez, por favor.

—Sí —asentí nerviosa—. Tenemos que encontrar a Julián. ¡Vamos!

Cuando nos asomamos al exterior de la casa, el viento nos empujó con fuerza. La tormenta que un momento antes estaba insinuando su poder ya había desatado toda su furia. El aire vibraba contra los aleros del tejado lanzando sonidos roncos que me ponían los pelos de punta. En algunos lugares de la plaza los charcos ya tenían casi un palmo de profundidad. La tierra no era capaz de tragar el diluvio que se precipitaba desde el cielo y docenas de regueros improvisados se abrían por doquier.

—¿Cuánto tiempo hemos estado ahí abajo? —murmuré.

—Mi reloj se ha parado. —Vilanova sacudió su iWatch, pero este seguía con la pantalla fundida en negro—. Estaba cargado al salir de casa.

—Eso da igual —musité con voz pastosa.

—No, no da igual —replicó él—. Significa que en ese foso hay una especie de pulso o…

Un rayo rasgó el cielo en aquel preciso instante bañando toda la plaza con una claridad cegadora que duró apenas un latido. Pero fue suficiente para que se me encogiese el alma y un gemido de pura angustia brotase de mi boca.

Porque durante aquel breve destello de luz, había adivinado algo que ya tendría que haber deducido al ver que mi hijo no estaba dentro de la casa.

A lo lejos, a varios kilómetros, se había recortado por un segundo la imponente mole del monte Seixo, con la cumbre perdida entre las nubes de la tormenta.

«Lo están haciendo mal», había dicho el profesor Santaló.

No era el Pozo del Inframundo adonde tenía que ir.

Me había equivocado. Otra vez. Nogueira nos había engañado antes de morir.

Solo entonces entendí dónde estaba Julián. En la Puerta.

Lo que no podía saber era si llegaría a tiempo para salvar su vida.

29

El motor del todoterreno gemía cada vez que aceleraba al salir de una curva. Conducía a una velocidad maníaca, con toda la atención puesta en la carretera. La lluvia era tan intensa que las cortinas de agua limitaban la visibilidad a apenas un par de metros, pero nada de eso me importaba en aquel momento. Se habían llevado a mi hijo a lo alto de aquella montaña y, si no lo impedía, acabaría como la chica bielorrusa, el pequeño Nicanor Taracido y todas las otras personas que a lo largo de los años habían sido sacrificadas en aquellas piedras horrendas. Comprender aquello era algo parecido a sentir un enorme agujero negro abriéndose debajo de mis pies.

—¡Raquel, afloja un poco, por Dios! —Vilanova se sujetaba a la correa situada sobre su puerta, con la piel perlada de sudor—. ¡Nos vamos a matar!

—¡Tienen a Julián! ¿No puedes entenderlo?

—Lo entiendo perfectamente, pero, a la velocidad a la que vas, no llegaremos de una pieza —se esforzaba en adoptar un tono tranquilo—. Si se cruza un animal salvaje o viene un coche de frente, nos estamparemos sin remedio. Muertos no seremos de ninguna ayuda para Julián.

El razonamiento de Vilanova, sensato como siempre, se coló despacio en mi agotada mente y reduje un poco la velocidad. Aún íbamos deprisa, pero al menos ya no éramos un cohete con ruedas.

—No podemos subir allí arriba nosotros dos solos —continuó él, con el mismo tono de voz que usaría un domador para aplacar a un león irritado—. No sabemos lo que nos podemos encontrar. Tenemos que llamar a la base y pedir refuerzos.

—¿Pues a qué esperas? ¡Llama de una vez!

Vilanova marcó un número en su móvil y esperó un rato. Entonces lo metió de nuevo en su bolsillo con gesto de desaliento.

—No tengo cobertura —dijo—. La tormenta ha averiado algún repetidor de señal. Déjame el tuyo.

Le pasé mi teléfono sin apartar los ojos de la calzada y Vilanova lo volvió a intentar, con el mismo resultado. Solo salían chasquidos y zumbidos del terminal.

—Nada —suspiró.

—¿No hay una emisora en este coche patrulla?

Vilanova meneó la cabeza y adiviné lo que iba a decir.

—Las retiraron hace seis meses para una actualización del sistema y aún no las han repuesto —señaló con voz lóbrega—. Los recortes y la burocracia.

—¡Mierda! —Descargué un puñetazo furioso sobre el volante—. ¡Joder, joder, joder!

—Tenemos que volver a la ciudad. Comunicarnos con la comandancia de Pontevedra y preparar un equipo. Sabes que es la manera correcta de hacerlo.

—¡No sabemos si alguien de la comandancia está implicado o no, Juan! Además, tardaríamos una eternidad mientras bajamos hasta la ciudad y volvemos con la caballería. Si lo hacemos así, Julián puede estar muerto cuando lleguemos a la cima del monte. —Negué con la cabeza, obcecada—. Tenemos que seguir.

—¡Raquel, piensa con frialdad, por favor!

Pegué un frenazo tan brusco que las ruedas traseras del pesado todoterreno derraparon por unos segundos. El Terrano se cimbreó de un lado a otro de la carretera hasta detenerse bajo la lluvia. Me giré hacia Vilanova muy seria.

—Bájate si quieres, Juan. —Le señalé el exterior, con la voz helada—. Camina hasta la comandancia o vete a tu casa, haz lo que prefieras. Pero voy a subir a ese monte ahora mismo, sin esperar ni un minuto. Lo voy a hacer sola o contigo, y nadie me lo va a impedir.

Vilanova levantó las manos en son de paz. Las marcas negras de su palma derecha tenían un aspecto supurante y horrible.

—Ey, ey, afloja. —Me miró con calma—. Estoy en tu equipo, Raquel, no lo olvides. Somos compañeros. Solo quiero que pienses en que nos estamos metiendo en la boca del lobo sin saber qué vamos a encontrar. Te recuerdo que el último que interrumpió un ritual de esa gente acabó con la garganta rebanada. No se andan con chiquitas.

—Y yo tampoco estoy de broma. —Palmeé amenazadora la funda sobaquera en la que llevaba el arma—. Además, ellos no saben que vamos hacia la Puerta.

Vilanova suspiró, agotado, y bajó la cabeza.

Inmediatamente me sentí avergonzada de mi explosión. No había sido justa con él, con el hombre que me había demostrado su apoyo y lealtad inquebrantable desde el primer instante. No tenía que haberle hablado así.

—Lo siento, Juan —murmuré una disculpa—. Sé que tienes razón, pero no me queda otra alternativa. Tengo que ir. Ahora.

Vilanova guardó silencio un momento, dejando que las cosas se enfriaran. Finalmente suspiró, como si hubiese tomado una decisión muy importante.

—Julián necesita que mantengas la cabeza fría, si quieres que gocemos de alguna oportunidad. —Me dio un apretón pensativo en el brazo—. Si vamos los dos solos, como héroes de película barata, ¿crees que serás capaz de hacerme caso si las cosas se ponen feas?

Asentí más calmada.

—Sigo pensando que es una idea estúpida de todas formas —añadió.

—Lo sé.

—Pero tienes razón, en el fondo. No nos queda otra.

—Lo sé —repetí.

—Entonces, vamos allá. —Señaló la calzada—. No perdamos tiempo.

Arranqué de nuevo, sintiéndome mucho más tranquila. La tormenta de mi cabeza, a diferencia de la del exterior, parecía haberse apaciguado y de repente era capaz de empezar a pensar con claridad otra vez.

—Hay algo que no entiendo —musitó Vilanova mientras nos abríamos paso por la estrecha calzada—. ¿Qué pinta la Compaña en todo esto? ¿Por qué disfrazarse como si fuese un carnaval?

—Esta gente cree que la Compaña está relacionada con la Puerta —especulé—. Según la tradición, son las almas de los fallecidos que vienen a anunciar una muerte inminente. Quizá la Compaña siempre ha estado asociada a la Puerta y a su actividad, pero con el paso de los siglos la historia cobró vida propia y pasó a ser una leyenda independiente. Algo fácil de contar y recordar, algo que podía asustar a los niños por la noche. Con el transcurso del tiempo, la parte relativa a la Puerta se fue olvidando y solo quedó la Santa Compaña, la procesión de los muertos. Para todos menos para los de Fosco.

—Pero Santaló te contó que hay tradiciones parecidas en un montón de sitios de Europa. —Vilanova frunció el ceño—. No pueden estar relacionadas entre sí.

—Quizá sí —murmuré—. A lo mejor, hace muchos siglos, había más sitios como la Puerta repartidos por ahí. Sitios que ya no existen y por eso ya nadie habla de ello más que como una historia vieja. Tú mismo lo dijiste, toda leyenda…

—… contiene fragmentos de verdad —terminó él la frase antes de dedicarme una sonrisa amarga—. Esto no es algo para lo que te preparan en la academia, ¿verdad?

Negué con la cabeza. Claro que había oído historias de compañeros de la Policía y la Guardia Civil que habían tropezado, a lo largo de los años, con fenómenos inexplicables, pero ninguno era tan extraordinario como el que habíamos visto nosotros.

—Esa cosa..., lo que había en ese pozo en el sótano. También está conectado con la Puerta, ¿no?

Guardé silencio. No sabía muy bien cómo explicar qué habíamos visto o sentido. Estaba casi segura de que había sido una alucinación inducida por algún tipo de droga dejada allí como línea de defensa para intrusos como nosotros. Pero «casi» no era estar segura al cien por cien.

—¿Por qué tú? —La mente de Vilanova no paraba de darle vueltas al asunto.

—¿Por qué yo qué?

—¿No te llama la atención que Julián y tú acabaseis en Fosco? ¿No crees que es una casualidad excesiva haberte cruzado con esa *menciñeira*?

Me mordí los labios. Aún no tenía una respuesta segura para eso, aunque sospechaba cuál era. Nogueira se la había llevado consigo antes de poder arrancársela. En todo caso, tendría que esperar. Lo primero era llegar junto a mi hijo.

La carretera llegó al desvío de tierra que subía hacia lo alto de la montaña, el mismo cruce que habían tomado tan solo un par de semanas antes los operarios del parque eólico que habían encontrado a la joven bielorrusa. Tan solo algo más de dos semanas y daba la sensación de que había pasado toda una vida. Giré el volante y metí el todoterreno en el camino de grava con una sacudida.

Conducir por allí era totalmente distinto a hacerlo sobre el asfalto. El agua de la tormenta buscaba de forma natural el camino más rápido para bajar de la montaña y la pista de tierra que habían construido para el parque eólico hacía las veces de aliviadero perfecto.

Sus diseñadores habían previsto esa posibilidad, así que habían abierto unas profundas zanjas de drenaje a ambos lados, pero no habían tenido en cuenta la virulencia de los inviernos gallegos. Sucesivas tormentas habían ido arrastrando material, que poco a poco había ido taponando las zanjas, y el agua, al no encontrar por dónde fluir, se abría camino a través de surcos cada vez más grandes en el terreno. Conecté la reductora y el todoterreno emitió un crujido poco halagüeño en la transmisión.

—Con cuidado —me advirtió Vilanova—. Procura no meter una rueda en un agujero o nos quedaremos atascados.

—Eso intento —mascullé mientras daba un volantazo para evitar un desnivel abrupto surgido en medio de la calzada. El Terrano dio un bote que me hizo entrechocar los dientes.

—Compi, no seré capaz de subir andando. —La voz de Vilanova sonaba débil—. Intenta llegar de una pieza hasta la cima.

Le miré de reojo preocupada. El aspecto de mi compañero era cada vez peor. Desde que habíamos salido del sótano de la Casa Grande, parecía apagarse por momentos. Si su vitalidad fuese una vela, se diría que la llama se había reducido a la mitad de su tamaño normal.

Seguimos trepando por la estrecha pista durante unos interminables veinte minutos. El camino estaba casi deshecho en algunos puntos y tenía que reducir la velocidad al paso de una persona caminando para negociar las trialeras más complicadas. El Terrano se tambaleaba y crujía como si se fuese a partir, pero, cada vez que pensaba que nos íbamos a quedar atascados, sus cuatro ruedas motrices arañaban el terreno y nos impulsaban un poco más.

—Ahí —Vilanova señaló un lugar de la pista alumbrado por los focos del coche—. Mira.

En un punto estrecho, el agua había reventado la pista por la mitad y un torrente de espuma blanca burbujeaba donde unas horas antes había una superficie lisa de grava. Pero no era eso lo que me señalaba.

A un lado de la calzada había una amplia franja de helechos tronchados y partidos por la mitad, como si los hubiese embestido algo muy pesado. En el suelo saturado de agua se veían a la perfección las marcas que unos juegos de neumáticos de taco habían dejado al pasar.

—Rodearon el camino por aquí —dijo Vilanova—. Las huellas aún no se han deshecho con la lluvia. No deben de haber pasado ni hace quince minutos.

Sentí que mis esperanzas renacían. Les íbamos pisando los talones. Durante todo el camino me había estado torturando, imaginando que el ritual ya habría terminado hacía horas y que solo encontraríamos el cuerpo helado de Julián a los pies de la Puerta. Pero esas marcas significaban que, como mucho, los de Fosco estaban a punto de llegar a la cima.

La ventaja de ir detrás de ellos era que podíamos circular mucho más rápido. A partir de aquel punto me limité a seguir las marcas de neumáticos que habían dejado al pasar, en vez de tener que averiguar cómo atravesar cada punto complicado. De repente, sonó un ruido metálico en los bajos del coche y el corazón me dio un vuelco.

Ahora no. Tan cerca no, por favor.

—Es un paso canadiense —me tranquilizó Vilanova al ver mi expresión de agobio—. Unas barras metálicas en el suelo para evitar que las vacas y los caballos salvajes se metan por el camino. Eso significa que estamos casi en la cima.

Tenía razón. Un par de curvas después, el terreno de repente se nivelaba. La cumbre del Seixo no era un pico aislado, sino una inmensa plataforma de varios kilómetros de longitud que se extendía a lo largo de varias cumbres hermanas. El camino ya era casi horizontal y allí la pista estaba en un estado mucho mejor, que nos permitía avanzar más rápido.

—Tenemos que apagar las luces —me sugirió—. De lo contrario nos verán llegar.

—Pero así yo tampoco podré ver el camino —repliqué, aunque le hice caso. Apreté el interruptor y los haces de luz de los focos se desvanecieron.

De repente, la oscuridad que nos rodeaba era casi total. Tan solo nos alumbraba el débil resplandor de las luces del cuadro de mandos. Fuera, la tormenta rugía furiosa y sacudía el Terrano como un juguete.

—Vale, ahora ponte esto. —Vilanova metió la mano en su macuto y sacó sus gafas de visión nocturna.

Trasteó un rato con ellas hasta que emitieron un par de pitidos largos. Entonces me las colocó con cuidado sobre la cara.

El mundo cobró vida a mi alrededor, teñido de un tono verdoso. Podía ver con relativa claridad hasta unos veinte metros de distancia, pero a partir de allí las imágenes se desdibujaban hasta convertirse en un borrón.

—No es un modelo militar, así que tiene alcance limitado, pero te servirá de sobra para conducir. La tormenta tapará el sonido de nuestro motor, así que podremos llegar hasta el pie de la Puerta sin que se enteren. —Rio por lo bajo, como si hubiese descubierto un chiste especialmente gracioso—. Seremos como fantasmas, ¿no es irónico?

Sonreí a mi pesar.

—¿Qué hace un tipo tan listo como tú en un puesto de mala muerte como el de Viascón, Juan? —le pregunté admirada mientras me apoyaba las gafas en la frente. Nunca dejaba de sorprenderme su mente de ajedrecista, siempre un paso por delante.

Silencio, tan denso que pensé que no había oído mi pregunta.

—Supongo que esperar a que llegase una mujer tan especial como tú —respondió él con voz queda.

No añadió nada más. No podía ver su cara en la oscuridad del coche, pero estaba segura de que se había puesto rojo como un tomate, o lo habría hecho de no estar tan enfermo.

Me recliné en el respaldo y observé su silueta recortada contra el cristal. Tan grandote y a la vez tan inocente. Tan simple y al mismo tiempo tan complicado. Suspiré.

—Juan, tú y yo tendremos que hablar muy seriamente cuando todo esto acabe, ¿sabes?

Me incliné hacia él y le besé en la comisura de los labios. Su piel estaba fría, pero sentí el respingo de emoción que lo sacudió.

No esperé su respuesta y dejé que todas las promesas implícitas quedasen flotando en el aire. Me coloqué de nuevo las gafas y seguí rodando hacia la Puerta, que estaba detrás de la siguiente loma.

Si el viento en el valle era tan fuerte como para sacudir los árboles, en la cima de la montaña era huracanado. Las hélices de los molinos de viento estaban detenidas, incapaces de soportar aquella fuerza brutal, y reposaban sujetas por los mecanismos de seguridad que saltaban de forma automática cuando el viento era demasiado fuerte. Cada pocos metros un coloso blanco se perdía en las alturas, marcando el camino hacia nuestro destino.

De pronto vi algo que me obligó a dar un frenazo. Aparcados en un lateral al pie de uno de los molinos había un Lada Niva baqueteado, una preciosa *pick up* japonesa de color rojo con la parte trasera abierta y un viejo Land Rover oxidado que parecía mantenerse de una pieza de milagro. Conocía bien esos tres vehículos. Los había visto aparcados en Fosco, al lado de las casas de mis vecinos, en más de una ocasión a lo largo de las últimas dos semanas. Al fondo, a apenas doscientos metros, se alzaba la Puerta, como venía haciendo desde hacía veinticinco siglos, y un poco más lejos se adivinaba la silueta oscura de aquel menhir de nombre extraño, el Marco do Vento.

Levanté la vista hacia el montículo sobre el que se erguía la Puerta, que de repente quedó envuelta en un destello cegador. Me quedé deslumbrada por un momento. El fogonazo de luz me golpeó la retina y durante un segundo solo pude ver manchas de colores dando vueltas a mi alrededor.

—¡No mires directamente hacia las luces con las gafas! —me avisó Vilanova un poco tarde.

—Ya me había dado cuenta —gruñí, a la vez que me quitaba las gafas de un tirón.

Las manchas de colores fueron difuminándose y por fin pude enfocar la vista en la Puerta. Alguien acababa de encender un par de potentes focos de luz para alumbrar el viejo monolito de piedra y durante un segundo divisé una sombra fugaz proyectada contra una de las rocas cuando una persona pasó por delante.

Desabroché el cinturón y me preparé para abrir la puerta, pero Vilanova me apoyó la mano en el hombro para detenerme.

—Está bien, lo haremos de la siguiente manera. —Sacó su arma y la amartilló cuidadosamente—. Aún no saben que estamos aquí, así que por ahora tenemos ventaja. Tú irás lo más cerca posible de la Puerta, para ver cuántos son y qué están haciendo. Entonces yo haré ruido para que vengan hacia mi posición y tú aprovecharás ese momento para rescatar a Julián, ¿qué te parece?

—Es un plan lamentable, Juan —respondí con sinceridad—. ¿Por qué no vamos juntos?

—Mírame. —Se señaló con la mano buena—. Apenas me tengo en pie. No creo que sea capaz de trepar hasta ahí arriba saltando entre las rocas y las zarzas.

—Podemos ir por el camino principal. Hay un sendero.

—Lo tendrán vigilado. —Negó con la cabeza—. Al menos es lo que yo haría. ¿Aún tienes la linterna?

Torcí el gesto.

—Quedó tirada al lado del pozo en el sótano, en Fosco.

—Lástima. —Arrugó la nariz en un mohín gracioso—. Nos hubiese venido de perlas para que dieses la señal.

—Tiene que haber algo por aquí. —Busqué furiosa en las guanteras del coche. Mis dedos tropezaron con un mechero Zippo abollado en una esquina y giré la rueda. Lanzó un par de chispazos antes de encenderse con una llama brillante y fuerte.

—Eso servirá —gruñó Juan—. Cuando estés en posición, enciende el mechero. Aunque estés lejos, con las gafas de visión nocturna lo veré sin problemas. Entonces los atraeré hasta aquí y tú aprovecharás para poner a Julián a salvo.

—Ni siquiera es un plan —me quejé—. Hay mil cosas que pueden salir mal. Es muy peligroso.

—A mí no me mires. La que insistió en subir a la montaña cargando como los marines fuiste tú. No se me ocurren más alternativas. Además, solo son un puñado de ancianos.

—Antes dijiste que no se andaban con chiquitas —le pinché—. ¿En qué quedamos?

—¿Quieres pasarte la noche discutiendo o vamos a salvar a Julián?

Tenía razón, como siempre. Asentí antes de abrir la puerta. De inmediato, el viento amenazó con arrancarla de cuajo y gimió sobre sus goznes. Salí al exterior luchando para ponerme la capucha. La lluvia caía formando extrañas espirales, impulsadas por el vendaval, y antes de darme cuenta estaba empapada de nuevo. Fuera del habitáculo, el zumbido del viento se había convertido en un rugido ensordecedor. No era de extrañar que no nos hubiesen oído llegar.

Juan salió por el lado opuesto del vehículo, colocando las gafas sobre su rostro. El aparato le daba el aspecto de un insecto venido de otro planeta, pero por su manera de moverse sobre el terreno irregular estaba claro que veía mucho mejor que yo.

Intentar hablar con aquel viento era casi imposible. Vilanova me indicó el megalito con una seña y se parapetó detrás del vehículo. Sin pensarlo dos veces, eché a caminar hacia la cima del montículo en el que se levantaba la Puerta. Los focos que habían colocado las gentes de Fosco lanzaban chorros de luz hacia el cielo y se reflejaban en los miles de gotas de agua que destellaban al caer sobre las piedras, envolviendo el monumento en un halo casi mágico que lo dotaba de cierta belleza perturbadora.

Cada pocos pasos tropezaba y maldecía. El agua me chorreaba sobre la cara y la oscuridad era absoluta. Las nubes cubrían el cielo y, aunque no hubiese sido así, estábamos en pleno novilunio y la luna solo era un círculo oscuro en el cielo, por lo que no hubiese ayudado lo más mínimo. No podía ver el laberinto de piedras, raíces y zarzas que se interponían en mi camino y al cabo de apenas veinte metros estaba rascada y magullada en cada centímetro de piel que llevaba al descubierto.

Cuando llegué a la cercanía de la Puerta, reduje el ritmo y me agaché para confundirme con la vegetación. El viento aullaba con fuerza y no podía oír nada, pese a que sabía que ellos tenían que estar a poco más de diez metros de donde me encontraba. Trepé sobre la última piedra luchando por no resbalar sobre el musgo empapado y por fin llegué a la cima del montículo reptando sobre mi vientre.

Estaban al otro lado de la Puerta, en el lado más cercano al este. El lado de la vida, comprendí esperanzada. Podía ver a los doce vecinos de Fosco, seis hombres y seis mujeres, vestidos con unas túnicas bastas de color ocre que identifiqué de inmediato. Distinguí a Ramona Valongo, la sanadora, sujetando una vela envuelta en un tubo de parafina roja y con expresión de éxtasis en la cara, al lado de Ágata. Entre las dos, sentado en el suelo y vestido con una túnica blanca que recordaba sospechosamente a un camisón antiguo, estaba Julián, con la cabeza gacha y la mirada perdida en la piedra.

El corazón me dio un bote en el pecho. Mi hijo parecía estar bien, pero no reaccionaba a ningún estímulo externo. El agua resbalaba por su cabeza pelada y se descolgaba en chorretones que descendían hasta su nariz. Tenía la tela tan pegada a la piel por la lluvia que podía distinguir el contorno de su cuerpo. Se me aceleró el corazón, espoleado por la furia.

Estuve tentada a ponerme de pie y entrar en aquel círculo a punta de pistola, pero entonces me fijé en que al fondo, casi pegado a una de las enormes piedras del dintel, se apoyaba Saavedra, el carpintero manco, que tenía bajo su único brazo una escopeta de caza de aspecto letal. El hombre paseaba sus ojos oscuros de un lado a otro, atento a todo lo que sucedía.

Maldije entre dientes. Estaba claro que habían aprendido la lección del último intento de ritual y querían estar seguros de que nadie los interrumpiría en esta ocasión. No podía saber si algún otro iba armado. Debajo de aquellos sayones podían ir artillados como un ejército y no tenía forma de averiguarlo, aunque debía dar por sentado que el manco no era el único con un arma.

Ramona Valongo sacó unas velas de una bolsa y las fue encendiendo una a una. A medida que las prendía con la suya, las iba pasando al resto de los presentes, que las sujetaban en silencio. En ese instante, Ágata empezó a cantar. Era una melodía con una tonalidad extraña, en una lengua que no podía entender, dotada de una musicalidad antigua. A su voz cascada se le fue sumando, uno a uno, el resto de los integrantes del grupo, hasta que al cabo de un momento, todos repetían las mismas palabras, pero cada uno con un retraso de unos segundos sobre el anterior. Tendría que haber sido una cacofonía, pero de algún modo las voces empastaban a la perfección, con un sonido arrullador.

No me di cuenta de que me había quedado prendada bajo aquel hechizo hasta que una gota traviesa y helada se coló por mi cuello y resbaló hasta mi pecho. Di un respingo aturdida. Volvía a sentir la misma sensación esponjosa en mi mente que había notado cuando me acercaba al sótano en Fosco. No era tan fuerte, pero se trataba del mismo influjo.

Me arrastré de nuevo, esta vez en dirección contraria, hasta llegar al resguardo de una piedra, para asegurarme de que no me descubrían. Desde allí aún podía ver parte de la ceremonia, pero no tenía visión directa sobre Julián.

Metí la mano en un bolsillo y saqué el mechero. Sentía los dedos torpes a causa del frío y me temblaban las manos. Caí entonces en que no tenía ni la menor idea de dónde estaba Vilanova. Aunque el coche patrulla no podía estar a más de cincuenta metros, había dado tanto rodeo para llegar a la cima que me había desorientado en medio de la negrura más absoluta y ya no podía ver nada. Comprendí de golpe que Vilanova tampoco podía verme, ni siquiera con sus gafas de visión nocturna. Eran poco más que un juguete caro y a esa distancia yo tan solo sería un borrón verdoso fundido contra la oscuridad.

Giré la rueda del mechero y saltó un chispazo débil que arrastró el viento. Solté una palabrota y volví a intentarlo, pero no conseguía encender el maldito Zippo. Cada vez que la chispa brotaba, el viento apagaba el mechero.

A mi espalda, el cántico había aumentado su ritmo. Miré por encima del hombro y vi que los miembros del grupo se habían puesto las capuchas sobre la cabeza. Vestidos de esa forma se parecían de tal manera a los integrantes de la Compaña del libro del profesor Santaló que se me erizaron los pelos.

Solo son personas normales y corrientes, tranquilízate. No pierdas el control.

Piensa.

Aquel condenado encendedor no se iba a prender. Tenía que buscar otra alternativa. Era más fácil de decir que de hacer, de pie en medio de la tormenta. Me palpé los bolsillos, en una búsqueda desesperada. No tenía nada, aparte de mi pistola.

Entonces tuve una idea absurda, pero que podría funcionar. A situaciones desesperadas, soluciones descabelladas.

Saqué el cargador de la Beretta y extraje una de las balas de nueve milímetros del arma. Por un momento sostuve el letal cartucho de cobre en la palma de mi mano y me puse en cuclillas. Con la mano libre comencé a palpar a ciegas el terreno a mi alrededor. Me pinché los dedos con una zarza y toqué un par de cosas gomosas que reptaban y que preferí pasar por alto, hasta que mis dedos se cerraron en torno a una piedra de tamaño mediano, con un borde afilado. Podría valer.

Apoyé el proyectil en el suelo, inspiré profundamente y descargué un golpe seco con la piedra. Los cánticos resonaban con más fuerza. Sentí cómo empezaban a moverse al otro lado de la Puerta. Alguien debió de ayudar a Julián a ponerse en pie, porque al cabo de un instante lo vi aparecer al otro lado del dintel de piedra tambaleándose. Caminaba en un estado catatónico, apoyado en Ramona y con una expresión vacía en la cara. La mujer le susurraba algo al oído que no podía oír desde allí. Poco a poco todos los integrantes del grupo pasaron bajo la Puerta hasta colocarse en el lado de los muertos, al oeste de la estructura.

La ansiedad me dominó. Descargué otro golpe sobre el casquillo, pero lo único que conseguí fue mellar uno de los bordes. En aquel momento estaban tumbando a Julián sobre la piedra, en el mismo lugar en el que habíamos encontrado el cuerpo de la chica bielorrusa semanas atrás. El ceremonial estaba entrando en su parte principal y yo todavía no había hecho nada para evitarlo.

Furiosa, descargué una serie rápida de golpes sobre el proyectil. La piedra se desmenuzaba en mis manos, lanzando una lluvia de esquirlas, pero el cartucho parecía reírse de mis esfuerzos.

—Ábrete, ábrete, por favor —siseé entre dientes—. ¡Ábrete, cabrón!

Con un último golpe logré que cediese el engarce de cobre entre el proyectil y la vaina, con un suave clac metálico. Me quedé mirando el casquillo incrédula. Lo había conseguido.

Me dejé caer de rodillas y cubrí cuidadosamente el proyectil abierto para que la lluvia no lo mojase. Con la paciencia de un orfebre, vacié la vaina llena de pólvora sobre la piedra y cogí el mechero.

Solo tendría una oportunidad antes de que la pólvora se empapase. Recé una plegaria silenciosa y giré la rueda.

El chispazo saltó de inmediato e impactó sobre el montoncito de polvo negro que tanto trabajo me había costado. De inmediato surgió un fogonazo deslumbrante acompañado de un siseo que apenas duró un segundo. Tan pronto como había empezado, se acabó.

Me había quedado deslumbrada. No había tenido la prudencia de apartar la mirada y por unos segundos interminables fui incapaz de ver nada a mi alrededor. Sentía una ansiedad desbocada. ¿Lo habría visto Vilanova? No sabía si tenía tiempo para otro intento. Al otro lado de la Puerta, los ceremoniantes se habían arrodillado en torno al cuerpo de Julián y algo estaba a punto de pasar.

Un aullido rompió de repente la noche, acompañado de un destello cegador de luces azules. Vilanova había conectado la sirena del coche patrulla, que lanzaba alaridos bajo la tormenta. *Sí, eso es.* Noté cómo la euforia me invadía.

De golpe, empezaron a pasar muchas cosas a la vez. Los integrantes de la ceremonia levantaron la cabeza con expresión perpleja. Saavedra se irguió de inmediato, con la escopeta en la mano, y corrió hacia el otro lado de la Puerta, seguido por otros tres hombres. Con un estremecimiento, vi que cada uno de ellos tenía un arma.

El carpintero se colocó detrás de una roca y apoyó el fusil

sobre el reborde, aprisionando el cañón con destreza bajo su brazo ortopédico. Apuntó con cuidado e hizo el primer disparo de la noche. Uno de los luminosos del coche patrulla explotó en mil pedazos con un chirrido eléctrico desagradable. El hombre volvió a apuntar y al instante siguiente reventó la otra luz. La sirena seguía sonando mientras tanto. Desde el coche, Vilanova hizo un par de disparos al aire, para tratar de amedrentarlos. No podía verlos a esa distancia y seguramente temía que una bala perdida me acabase dando a mí.

El plan no estaba saliendo como habíamos pensado. En vez de bajar hacia el todoterreno, los vecinos de Fosco mantenían su posición alrededor de la Puerta, disparando contra el coche patrulla. Alguien giró uno de los focos y de repente el Terrano quedó bañado por un haz de luz amarillenta que lo resaltaba a la perfección. Me dio tiempo a ver cómo Vilanova, deslumbrado, se arrojaba detrás del todoterreno un instante antes de que un aluvión de balas comenzase a perforar los costados del coche patrulla.

El sonido de las balas al atravesar la chapa del vehículo sonaba como un *claaanc, claanc* monocorde. Una ventanilla estalló justo al mismo tiempo que otro disparo certero de Saavedra silenciaba para siempre la sirena del vehículo.

Aquel tipo tenía una puntería fabulosa para ser manco. Estaban acribillando a Vilanova y gracias a eso lo tenían inmovilizado. Además, mientras el manco disparaba, los otros encapuchados se deslizaban sigilosamente entre las rocas, acercándose por los lados hacia el Terrano para rodearlo.

Tenía que hacer algo de inmediato.

Salí de mi cobertura y levanté el arma tal y como había entrenado mil veces en la academia. Jamás le había disparado a nadie, pero para todo había una primera vez.

—¡Eh! —grité a todo pulmón—. ¡Aquí!

Saavedra levantó la cabeza sorprendido y por un segundo su mirada perpleja y la mía se cruzaron. El tipo era rápido como una serpiente e intentó girar el cañón de su fusil hacia mí, pero el brazo ortopédico se le quedó enganchado durante un segundo precioso en el reborde rocoso. Aquello fue suficiente.

Disparé tres balas en rápida sucesión y el carpintero manco se derrumbó con otros tantos rosetones rojos floreciendo en el pecho. Estaba muerto antes de tocar el suelo.

El problema era que al disparar acababa de revelar mi posición. Un estallido de esquirlas de piedra me bañó la cara cuando una bala se estampó contra la roca que tenía a mi izquierda. Desde el otro lado de la Puerta, Ramona Valongo había arrojado la vela al suelo y sujetaba una pequeña pistola de cañón chato. Parecía una de esas Ruby de calibre 6,35 mm que se podían conseguir por poco dinero en el mercado negro. No eran muy precisas, pero a tan corta distancia me abriría un agujero tan mortal como los de mi Beretta sin ninguna duda.

Por fortuna, justo en ese instante Vilanova cambió de estrategia. Aprovechando que Saavedra ya no le disparaba, salió de detrás del Terrano e hizo fuego dos veces contra el proyector que apuntaba hacia su posición. El halógeno estalló en medio de una crepitación de ozono y de repente todo volvió a sumirse en la penumbra. Sus perseguidores se quedaron entonces en una posición incómoda, a oscuras en medio de la maleza, sin tener claro dónde se encontraban sus compañeros.

Habíamos ganado un momento precioso, pero los disparos seguían resonando. Otra bala impactó en algún lugar sobre mi cabeza. Oí un alarido y vi cómo una mujer mayor se acercaba hacia mí blandiendo un cuchillo de aspecto afilado. Reconocí a la mujer, una anciana de acento dulce y mirada bondadosa que le había regalado unos caramelos a Julián en una ocasión, unos días antes. Ahora tenía el rostro retorcido por la ira y cargaba con determinación, pero sus piernas, lastradas por la edad, no iban a la velocidad que le dictaba su cerebro.

Sin pensarlo demasiado le disparé en el vientre. A tan corta distancia, el impacto de la bala la lanzó hacia atrás. La mujer soltó un *ufff* apagado antes de rodar por la pendiente resbaladiza de roca. En ese instante, Ramona Valongo volvió a abrir fuego.

Si hubiese dispuesto de un arma de más calidad o supiese disparar mejor, sin duda se habría acabado todo para mí, pero el disparo de la Ruby salió alto. Apreté el gatillo cuatro veces, en rápida sucesión, sobre ella y las cabezas de los oficiantes que aún se guarecían en torno a Julián. Ramona se derrumbó como si alguien hubiese tirado de un enchufe imaginario.

Se desató el caos. Alguien tumbó el segundo foco al salir corriendo y nos quedamos completamente a oscuras. Respiré hondo, disfrutando de aquel breve momento de tranquilidad en el que no me disparaban. Allí arriba no parecía quedar nadie con ganas de pelea, pero en el fondo de la vaguada, junto a los coches, la situación era muy distinta. Los tres tiradores estaban convergiendo en torno al coche patrulla, que se estremecía bajo los disparos. No podía verlo, pero oía los chasquidos de las balas al morder la carrocería.

Vilanova estaba en desventaja. Solo tenía un arma corta, mientras que sus oponentes disparaban con armas largas, lo que les permitía mantenerse a cubierto y confiar en que mi compañero cometiese un error.

Vacilé por un segundo. Julián estaba a apenas cinco metros, tumbado en el suelo, pero no parecía correr ningún peligro inminente. Ahogué mis ganas de correr a su lado y me dejé caer por la pendiente de roca hacia la vaguada, para ayudar a Juan.

El problema era que los tres tiradores vestían de oscuro y se fundían con el entorno a la perfección. Maldiciendo, saqué el cargador vacío y lo sustituí por el de repuesto. Al fondo, sonó un gemido de dolor. Recé por que no fuese Vilanova mientras apuraba el paso.

De repente la oscuridad se rasgó cuando los focos del Terrano se encendieron. El todoterreno lanzó un sonido estrangulado en el momento en que Vilanova apretó el acelerador y el coche patrulla arrancó pegando botes. Por un instante pude ver recortada ante los focos la silueta de uno de los tiradores, que parecía estar recargando su fusil. Su boca se abrió en un óvalo perfecto de sorpresa un segundo antes de que el parachoques del vehículo lo golpease en el pecho y lo lanzase volando por los aires varios metros.

Aquello bastó para que los disparos cesasen. Los otros dos tiradores perdieron las ganas de seguir jugando en aquella carnicería. Se oían voces agitadas y gritos quedos, mezclados con una serie de golpes secos cuando las puertas de los vehículos se cerraban y el sonido de los motores al encenderse. En medio de una lluvia de gravilla empapada, los tres coches de los vecinos de Fosco salieron en estampida dando bandazos por la pista de tierra. Los supervivientes de aquella matanza se daban a la fuga y a mí me parecía una idea genial.

Recorrí agotada los últimos metros hasta el coche patrulla, que recordaba a un colador. Las ventanillas estaban destrozadas y los laterales estaban punteados de agujeros. El motor se había apagado y emitía unos chasquidos metálicos, envuelto en una nube de vapor que salía del radiador perforado.

Vilanova se bajaba en aquel momento del asiento del conductor, con aspecto de encontrarse a un millón de kilómetros de la expresión «estar bien». Se dejó caer contra el vehículo y yo me derrumbé a su lado.

Los oídos me pitaban a causa del tiroteo y el aire apestaba a pólvora. Traté de calmar el temblor de mis manos, mientras mi cerebro procesaba que acababa de matar al menos a tres personas y encapsulaba aquella idea en un paquetito que tendría que abrir más tarde.

—¿Y Julián? —preguntó Vilanova.

Estaba jadeando, mortalmente pálido. Una esquirla de cristal le había arañado la frente, se le había vuelto a abrir la herida que le había hecho Nogueira y tenía la cara salpicada de sangre y algo que olía como líquido de frenos.

—Está ahí arriba. —Señalé con la pistola—. Creo que lo han drogado, pero parece estar bien.

—¿Queda alguien con él?

Negué con la cabeza.

—Creo que le he dado a uno —musitó Vilanova mirando hacia la oscuridad—. Y al que he atropellado seguro que se habrá quedado sin ganas de bailar una temporada.

—Al final, tu plan lamentable ha salido bastante bien, compi —murmuré al borde de la extenuación. Las manos me temblaban sin control.

—Algo así, sí. —La voz de Vilanova sonaba débil.

Me giré hacia él alarmada. Entonces vi que mantenía una mano apretada sobre su costado derecho.

—¡Joder, Juan, te han dado!

—Eso parece —gimió—. Ugh, cómo duele.

—Déjame ver.

Aparté la mano y de inmediato un chorro de sangre de un color rojo intenso comenzó a brotar. Hice que volviese a taponar la herida de inmediato.

—Voy a por Julián. Necesitamos evacuarte ya mismo. Tú no te muevas de aquí, volveré enseguida, te lo prometo.

—No, compi, voy contigo.

—¿Estás de broma? ¡Tienes un agujero en el pulmón!

—No quiero quedarme aquí a solas —susurró Vilanova entre pitidos asmáticos—. Si esos viejos chalados son capaces de encontrarse los huevos y deciden volver, estaré bien fastidiado. Aquí estoy al descubierto y pueden flanquearme. Al menos ahí arriba podremos defendernos.

—Está bien. ¿Puedes moverte?

Vilanova meneó la cabeza, en un gesto que tanto podía decir que sí como que no, pero hizo el amago de incorporarse. Pasé su brazo sobre mis hombros y nos pusimos en pie.

Subimos hacia la Puerta a paso de tortuga. Cada pocos metros teníamos que detenernos para que Vilanova pudiese tomar algo de aire. Su respiración se había transformado en una sinfonía de silbidos burbujeantes, lo que indicaba que uno de sus pulmones se estaba anegando de sangre, pero Juan se negaba a quedarse atrás.

Cuando llegamos al megalito de piedra, la tormenta había decidido concedernos una tregua. La lluvia torrencial había dado paso a una fina llovizna que casi no se notaba y el viento había cesado por completo. Comparado con el rugido de un rato antes, el silencio resultaba incómodo.

Pasamos sobre el cadáver de Saavedra, que estaba tendido boca arriba, con una expresión de incredulidad pintada en la cara. Vilanova les echó una mirada apreciativa a los tres disparos bien agrupados del pecho, pero no comentó nada.

Yo me sentí aliviada al verlo. En un momento de angustia, me había imaginado que aquella persona de longevidad antinatural sería capaz de volver de la muerte y nos estaría esperando para rematar su trabajo.

Pero no, era un ser humano normal, muerto y bien muerto. Podría tener cien años o más, pero el plomo le sentaba tan mal como a cualquiera.

Cruzamos bajo la Puerta al borde del agotamiento. El foco que quedaba encendido estaba tumbado en un ángulo extraño que iluminaba en horizontal el cuerpo pálido de Julián. A un lado estaba el cadáver de Ramona Valongo, pero mi sorpresa fue mayúscula al comprobar la identidad del otro cuerpo aovillado a pocos metros.

Ágata estaba tumbada, con una fea herida de bala en el estómago. La mujer gemía débilmente de dolor, incapaz de moverse. Una bala perdida debía de haberla alcanzado en la confusión del tiroteo.

Apoyé con cuidado a Vilanova contra la Puerta, con la espalda recostada contra uno de los marcos de piedra. Soltó un breve quejido de dolor al sentarse, pero apretó los labios intentando controlarse. Se veía a la legua que estaba al borde del desmayo.

Entonces me abalancé sobre Julián. La lluvia le había empapado de tal manera que daba la sensación de que acababa de salir de una piscina. Estaba helado, la piel de color cerúlea y apenas podía sentir su respiración. Le cogí la muñeca. Su pulso era un tañido débil que llegaba de forma lenta y espaciada.

Gemí cuando me dejé caer sobre las rodillas. Sentía el sabor amargo de la derrota en el paladar, pero pronto fue barrido por una sensación de pena negra desgarradora.

Mi hijo se moría en mis brazos.

Y yo no podía hacer nada.

30

Un «ay» quedo surgió del bulto deforme que era Ágata. La mujer se giró, con las manos sobre la herida del estómago y el rictus deformado por el dolor. La sujeté por el cuello de su sayo y la agité sin contemplaciones.

—¿Qué le habéis hecho? ¿Qué le pasa a mi hijo?

Ágata jadeó rechinando los dientes. Una herida de bala en el vientre es algo parecido a tener un nido de víboras retorciéndose dentro de ti y tenía que estar sufriendo un horror, pero me daba igual.

—Solo... ha tomado... una decocción... de higuera del infierno. Para que estuviese tranquilo hasta que todo acabase.

—¿Cuánto le habéis dado?

Ágata gimió de dolor, pero la sacudí de nuevo:

—¡Responde!

—Lo mismo de siempre... No lo sé. Ramona se encargaba de prepararla.

Lo mismo de siempre. Recordé la conversación con los forenses del hospital. La dosis de escopolamina que le habían dado a la chica bielorrusa estaba en el límite de lo tolerable por un organismo humano y aquella muchacha debía de pesar el doble que mi hijo. En el caso de Julián, era una dosis mortal.

—¡Eres una asesina! ¡Lo habéis matado!

Ágata bizqueó, sin comprender lo que le decía. Seguramente no tenía ni idea de umbrales de tolerancia ni cosas por el estilo. Y para qué, si total la sumisión química solo tenía como objetivo mantener tranquilas a las víctimas hasta el momento de sacrificarlas. Tan solo necesitaban que respirasen al realizar su ritual.

La mujer debió de seguir mi línea de pensamiento, pues se incorporó entre quejidos y se recostó contra una roca. Su mirada estaba turbia, empañada de dolor.

—Lo siento mucho, Raquel —musitó—. Esto no tenía que haber acabado así.

—¿No? —rugí—. ¿Y cómo tenía que haber acabado, entonces? ¿Con Julián destripado como un pez, para cumplir vuestra ridícula profecía? ¿Y todo para qué? ¿Para que pudieseis seguir viviendo eternamente, pandilla de cabrones?

Ágata abrió mucho los ojos sorprendida.

—Sí, lo sé todo —escupí—. Sé que sois mucho más viejos de lo que aparentáis. Asesináis cada doce años a una víctima en este montón de piedras y eso os permite detener vuestro reloj biológico de alguna forma. Queríais drenar la vitalidad de mi hijo para poder seguir viviendo. Sois despreciables.

Entonces hizo algo que me sorprendió. Negó con la cabeza, con una sonrisa triste en la boca.

—No has entendido nada, Raquel. Vivir como servidor de la Puerta no es ninguna bendición. —Señaló hacia el cuerpo sin vida de Ramona—. Ella es afortunada. Al fin y al cabo, ahora puede descansar. Y yo la seguiré muy pronto.

—Explícate.

—Hay fuerzas, fuerzas oscuras que ni siquiera alcanzas a comprender. Esto es más grande que tú y que yo. Viene de la... —se interrumpió con una mueca de dolor—. De la noche de los tiempos.

—¿Te refieres a la Puerta? ¿A este montón de piedras en medio de ninguna parte?

—Sí..., y a cosas mucho peores.

—Lo que se esconde en el sótano de tu casa.

—¿Has bajado al pozo? —Meneó la cabeza—. Oh, insensata. Es lo más peligroso que podrías haber hecho. Resulta fácil quedarse atrapado a ese lado para siempre.

—Y sin embargo, estoy aquí —repliqué furiosa—. Atrapada contigo.

Esa era la triste verdad. El coche patrulla estaba destrozado y no arrancaría nunca más. No teníamos manera de bajar de la montaña, salvo a pie, y eso era un camino que nos podría llevar horas, sin contar con que tendría que hacerlo cargando con el cuerpo de Julián y con el de Vilanova. Cuando llegase a la carretera, aún me quedaría una larga caminata hasta el primer sitio habitado. Para entonces, mi hijo estaría muerto.

—Sé que lo que hacemos puede parecer algo terrible. —La mujer se recolocó con un quejido—. Pero, si me dejas explicártelo, lo entenderás.

Sentí unas ganas irrefrenables de meterle una bala en la cabeza. Mandar a aquella víbora traidora al otro lado de su Puerta para siempre y que las alimañas del Seixo se comiesen sus tripas hasta dejar unos huesos mondos blanqueándose bajo la lluvia. Pero no serviría de nada.

—Habla —musité con la cabeza de Julián en el regazo. Quizá no pudiese salvar su vida, pero al menos obtendría respuestas. Eso me evitaría vivir el resto de mi existencia devorada por preguntas que nadie podía contestar.

—Los doce de Fosco somos los servidores de la Puerta. Ninguno de nosotros escogió esto. —Hizo un gesto vago con su mano ensangrentada—. Ninguno pidió estar aquí. Desde que nacimos, nos enseñaron que esta sería nuestra obligación cuando nuestros antecesores ya no estuvieran. Una vez cada doce años, nos aseguramos de mantenerla cerrada, como hemos hecho durante décadas y antes hicieron nuestros padres y los padres de nuestros padres. Es nuestro deber.

—¿Cerrada para qué?

Ella me miró con sorna.

—¿Tú qué crees? Para evitar que aquello con lo que tropezaste en el sótano del pazo cruce a nuestro mundo. Para impedir que el caos y la negrura definitiva reinen en nuestro universo.

Sonaba a disparate de chiflada moribunda, pero no me

quedaba más remedio que creerla. Había estado allí y lo había visto con mis propios ojos. Aquel pozo enterrado debajo de la Casa Grande era algo mucho más complicado que un simple agujero en el suelo. Lo había *sentido.* Aunque quisiera negar lo evidente, había algo de verdad en toda aquella locura. Pero no sabía qué.

—¿Por qué vivís tanto tiempo? ¿Cómo lo hacéis?

—Eso no lo puedo explicar del todo, aunque creo entenderlo. La Puerta da y la Puerta quita. Cada sacrificio sirve para mantener el nexo entre los dos mundos cerrado, pero el equilibrio entre la vida y la muerte no puede ser alterado. La vida que se entrega al otro lado también se reparte de alguna manera entre los doce sirvientes. —Señaló con la barbilla el cadáver retorcido de Saavedra—. Aunque no es para siempre, como habrás comprobado. Solo nos da algo más de tiempo, pero no es eterno. A lo largo de los años vamos muriendo a causa de enfermedades, accidentes, cosas así..., como otro... cualquiera.

Ágata cerró los ojos agotada. La zarandeé para espabilarla.

—¿Y por eso hacéis esto, para poder ganar unos años extra de vida?

Ella negó con la cabeza una vez más. El color de sus labios había adquirido un preocupante tono morado. Eso significaba que su organismo estaba lanzando las últimas bengalas de alarma al aire. No podía dejar que se fuese sin darme las respuestas que necesitaba.

—No —jadeó—. Ya te he dicho que... que el objetivo es mantener la Puerta cerrada. Hace muchos siglos era una carga que se repartía entre miles de personas. En los tiempos antiguos, en esta misma montaña se juntaban enormes cantidades de creyentes en una celebración que duraba días. Las víctimas se ofrecían de forma voluntaria. Pero los siglos pasaron, las viejas creencias fueron muriendo y ahora solo quedamos nosotros. Somos los últimos guardianes.

La observé con atención. La mujer no me mentía.

—¿Cuántos años tienes, realmente?

—He perdido la cuenta, pero de todos los de Fosco yo era la más anciana. —Una sonrisa amarga asomó por un momento breve en su rostro—. Aunque si crees que eso es una bendición, te repito, estás muy equivocada. Ver envejecer y morir a todos tus seres queridos, cambiar el mundo en el que has crecido, desaparecer todas las cosas que te hacen feliz… Es una condena.

—No vas a darme lástima —la corté—. Te confié a mi hijo y míralo. Habéis matado a docenas de personas inocentes.

Ella me miró fijamente, con sus ojos claros perdiendo brillo por momentos.

—Julián va a morir de todas formas, Raquel. Lo sabes. Está en las últimas fases de su enfermedad. Solo queríamos que su muerte al menos tuviese una utilidad. Que ayudase al resto de la humanidad.

Tragué saliva devorada por el dolor. Lo que decía era retorcido e insano, pero tenía un poso de verdad.

—¿Por qué cada doce años? —graznó de pronto Vilanova.

Me había olvidado de él por completo. Seguía en el sitio donde lo había apoyado, pero la mancha de sangre en su pecho era mucho mayor que un minuto antes.

—Ese conocimiento se perdió hace siglos —admitió Ágata. Parecía avergonzada de no saber algo tan esencial—. Tan solo nos limitamos a evitar que el ciclo se cumpla. Doce sirvientes tienen que cerrar la Puerta cada doce años, en la primera luna del mes de Samaín, el mes de los muertos. No vale de nada… agh… hacerlo antes o después. Eso es todo lo que sé. Ramona te podría haber explicado algo más. Ella… ella sabía cosas, pero no las compartía con nosotros. Ahora, ese conocimiento se ha perdido para siempre.

—Vamos, que sois como monos apretando botones sin saber qué hacen en realidad —le espetó Juan—. No comprendéis el funcionamiento de la Puerta y aun así seguís aquí, a sus pies, repitiendo algo que no acabáis de entender.

—Tú… tú también conduces tu coche y no por eso sabes… sabes exactamente cómo funciona hasta el último… el último mecanismo del motor, ¿verdad? —Ágata había empezado a temblar a causa del *shock* hemorrágico—. No es necesario entender el funcionamiento, pero sí tener claro cuál es… cuál es el objetivo. Y ese conocimiento jamás se ha olvidado, porque es lo realmente importante.

Vilanova guardó silencio, ante la lógica implacable de la mujer.

—¿Qué me habéis hecho? —extendió la palma ennegrecida de su mano—. ¿Y por qué?

—Ra… Ramona era la responsable de las hierbas. A eso le llamaba el Beso de la Muerte o algo por el estilo. Sé que lleva veneno de dos serpientes, belladona, eléboro y algunas plantas más. El efecto se pasa en un par de semanas, pero mientras tanto te deja… así. —Se encogió de hombros—. Solo queríamos daros un susto. Ralentizaros. ¿Qué importa ahora, de todos modos?

—¿Por qué yo? —fue mi turno para preguntar—. ¿Por qué nos engañasteis a Julián y a mí para venir aquí?

—El mundo ha cambiado —borboteó Ágata—. Cada vez es más difícil llevar a cabo el ritual. Vivimos en un mundo en el que todo está medido, controlado…, pautado. Para pasar desapercibidos, necesitábamos encontrar a personas cuya desaparición no levantase demasiadas sospechas. No… no me siento orgullosa de haberos… de haberos engañado, pero no nos quedaba otra opción.

Yo tenía razón, era lo mismo que había deducido, lo que le había dicho a Vilanova. Julián y yo no teníamos otra familia, aparte de su padre, que nos había borrado hacía tiempo de su existencia. Él era un crío desahuciado y yo una madre desesperada que recurría a curanderos buscando una rama de esperanza a la que aferrarse. Si de repente desaparecíamos sin más, todo el mundo supondría que nos habíamos ido corriendo detrás del enésimo vendedor de humo o que Julián había muerto por fin y yo no había podido afrontarlo. Un par de almas rotas, sin domicilio fijo.

Unas víctimas perfectas.

La idea de la web… fue de Ramona. —Ágata seguía hablando entre jadeos, sin fijarse en la mancha acuosa de sangre que se extendía por su vientre—. Era una mujer mucho más lista de lo que podrías pensar. No entiendo mucho sobre esa cosa…, ese internet…, pero es sorprendente la cantidad de personas que se creen lo primero que le ponen brillando delante de la cara, sobre todo si coincide con sus deseos.

Asentí con amargura. Yo era la prueba viviente de que decía la verdad.

—Pero ya teníais a la chica que sacrificasteis. ¿Por qué nosotros?

—Erais un plan de contingencia, por si algo salía mal…, y como sabes, salió mal.

—¿Un plan de qué? —No daba crédito a lo que oía.

—Desde hace unas décadas, siempre escogemos dos posibles sacrificios para la Puerta, por si algo no va bien durante la noche del sacrificio. Nos tomamos muy en… muy en serio nuestra res… nuestra responsabilidad. —Una baba roja se descolgó por la comisura de su boca, pero Ágata no pareció darse cuenta—. La chica era nuestra primera opción. Saavedra la sacó del club en el que trabajaba y al principio incluso colaboró con nosotros, habló contigo por teléfono…, no sabía en qué se estaba metiendo. Pensaba que participaba en una pequeña estafa, o algo así…, estaba realmente enamorada de él. Supongo que se dio cuenta de lo que pasaba de verdad la noche en la que la subimos hasta aquí, pero ya era tarde para ella. Y entonces, todo se empezó a complicar.

—No pudisteis terminar el ritual.

—El brebaje de Ramona tardó más de lo nor… de lo normal en hacer efecto. —Se sacudió con un espasmo—. La chica logró escapar y tardamos un buen rato en dar con ella de nuevo en medio de la noche. Cuando la encontramos, ya casi era de día y entonces aparecieron esos trabajadores del parque…

—Y matasteis a uno de ellos —dije cargada de reproche—. Un hombre inocente cuyo único pecado fue cruzarse con vosotros cuando no debía.

—Eso no tenía que haber pasado, es cierto. —Su voz sonaba cada vez más débil—. Pero no podíamos permitir que se fuese con vida, no después de vernos. Lo peor de todo es que el ritual quedó a medio realizar, ya era demasiado tarde. Por eso lo estábamos repitiendo hoy, aún bajo la primera luna del mes de Samaín, la luna de los muertos. Esta noche es la última oportunidad para cerrar la Puerta, Raquel.

Miré hacia la enorme mole pétrea causante de tanta muerte. A la luz del día parecía un montón de rocas normal y corriente, pero en aquel momento vibraba con una energía propia. Me estremecí.

—Todo esto para nada —musité con amargura.

Ágata se inclinó hacia mí haciendo acopio de sus últimas fuerzas.

—Pero aún no me has hecho la pregunta más importante de todas. —Los ojos le brillaban enfebrecidos. Mojada como una rata, con el sayo empapado en sangre y la mirada extraviada, parecía una hechicera salvaje de un rito olvidado—. Lo que deberías querer saber.

—¿Y cuál es esa pregunta?

—El motivo por el que te estoy contando todo esto.

Abrí la boca para responder y la cerré al instante. Era una buena pregunta.

—Aún hay tiempo —me susurró febril. Me apretó la muñeca con fuerza—. Todavía puedes cerrar la Puerta. Se ha completado casi todo el ritual. Doce sirvientes han cruzado al lado de los muertos con la ofrenda portando doce velas. Tan solo hay que entregar el sacrificio.

La miré espantada. Si aquella vieja loca insinuaba que sacrificase a mi propio hijo es que estaba más chalada de lo que parecía. Ella pareció leer el desprecio en mi mirada, porque negó con la cabeza.

—No, no me refiero a él.

—¿Quieres que te sacrifique a ti?

Ágata puso un gesto de pesadumbre.

—Me encantaría entregar mi vida para salvar a la humanidad del mal, pero no puedo ser yo. Soy una sirviente de la Puerta, no una ofrenda. Mi vida ya le pertenece. No valdría de nada.

—Entonces, ¿a qué te refieres?

Se hizo un largo silencio hasta que una voz conocida lo quebró.

—Se refiere a mí, Raquel. Y vas a hacerlo.

Giré la cabeza hacia Vilanova atónita. Mi compañero me miraba con expresión serena.

—No puedes estar hablando en serio, Juan.

—Escúchame. Sabes que tiene razón. Hay algo malo que intenta salir de ese pozo. Los dos estuvimos allí y pudimos sentirlo. No podemos permitir que eso pase. —Juan jadeó, su voz era una colección de pitidos burbujeantes—. Es nuestro deber.

—No. —Negué con la cabeza—. No, no, no y no.

—Raquel, Raquel, por favor. —Juan insistió con un hilo de voz—. ¿Recuerdas que te dije que había visto algo en el pozo?

Asentí con la cabeza. En algún punto había empezado a llorar sin darme cuenta.

—Vi este momento, Raquel. Entonces no lo entendía, pero ahora lo comprendo a la perfección. Cuando veníamos hacia aquí yo sabía que no bajaría con vida de esta montaña.

—Juan, no, por favor… —lloré.

Él levantó la mano para interrumpirme y pude ver las marcas negras que le había dejado el contacto con la Compaña.

—Juan, no te voy a asesinar a sangre fría. —Mi voz se quebró.

—Ya estoy muerto, compi. —Se señaló el agujero en el pulmón—. Hagamos que mi muerte por lo menos sirva para algo.

Giré la cabeza hacia Ágata y, para mi asombro, la mujer tenía los ojos anegados en lágrimas. Parecía aliviada más allá de lo imaginable.

—Gracias —musitó—. Gracias por entenderlo.

—No lo haré —contesté obcecada—. ¡Te necesito a mi lado, Juan!

Él me regaló una sonrisa trémula, la sonrisa más bonita que había visto en mi vida.

—Y yo necesito que viváis, Raquel. Los dos.

Le miré sin comprender. Entonces me fijé en que sus ojos estaban clavados en el cuerpo cada vez más frío e inerte de Julián.

—La Puerta quita…

—… y la Puerta da —terminé la frase ahogándome en sollozos.

—Si le salvas, todo esto habrá merecido la pena. Hazlo por él. Por mí. Por ti.

Juan Vilanova se apoyó en el monolito de piedra y con un gruñido comenzó a levantarse. Las piernas le temblaban y divisé el enorme charco de sangre que se había extendido a sus pies durante la conversación. Era un milagro que aún estuviese con vida.

Vilanova se tambaleó hasta nuestro lado y se dejó caer con un quejido junto a Julián. Sus ojos empezaban a presentar ese brillo empañado que anuncia la muerte. Comparado con él, mi hijo parecía un elfo diminuto salido de otra leyenda perdida.

—Tienes que clavarle esta daga en el corazón. —Ágata me tendió un cuchillo curvo de aspecto antiguo con manos temblorosas—. Y después de que exhale el último suspiro, debes colocar el corazón justo bajo la Puerta. Puedes hacerlo.

—No.

—Tienes que hacerlo. Ahora.

Seguí negando con la cabeza, pero cogí el cuchillo que me ofrecía. Era pesado y la hoja estaba tremendamente afilada. Parecía encajar en mi mano con naturalidad, como si siempre hubiese estado destinado a colocarse en mi palma.

Apoyé la cabeza de Julián en el suelo con delicadeza y me arrodillé al lado de Vilanova. Su respiración era un estertor ronco que se apagaba por segundos. Giró los ojos hacia mí intentando enfocarme.

—Raquel, ¿estás ahí?

—Chssst, calla. —Lloré mientras le apretaba una mano—. Estoy aquí.

—Cuéntale a Julián lo que he hecho, ¿vale? —Su voz ya solo era un tenue hilo—. Haz que viva la vida con plenitud.

Me incliné sobre él y le besé los labios. Sentí cómo se fundía conmigo en un último aliento. Su mano se aflojaba en la mía.

—Te quiero, Juan Vilanova. —Una lágrima pesada cayó de mis ojos a su rostro—. Gracias por estar conmigo.

Cogí la mano inerte de Julián y la cerré en torno a la empuñadura del cuchillo. Su mano infantil parecía incongruente en aquella hoja milenaria. Cerré mi puño en torno a ella de forma que los dos sosteníamos el instrumento de sacrificio. Lo haríamos juntos.

Entonces levanté la hoja y la dejé caer con fuerza sobre su pecho, justo en el lugar en el que estaba su corazón. El cuchillo entró con suavidad en su cuerpo, con un sonido apagado. Vilanova se estremeció, y con un último temblor, la chispa vital se apagó en sus ojos.

Un trueno restalló en el cielo con un crujido grave que se prolongó durante varios segundos. Solté la hoja y miré hacia Julián. Seguía igual que un minuto antes, al borde de la muerte. Me sequé las lágrimas con la manga de la chaqueta. Estaba manchada con la sangre de Vilanova y me emborroné la cara sin darme cuenta.

—¿Y ahora qué? —Me giré hacia Ágata, pero solo para comprobar que la mujer ya no respiraba. La vieja servidora había muerto.

Estábamos solos, Julián y yo, en la Puerta del Más Allá. A mi alrededor, las sombras de la noche se cerraban en un círculo compacto, silenciosas y tan inmóviles como las piedras del monumento.

Solo podía hacer una cosa. Apoyé todo mi peso en la empuñadura del cuchillo e hice palanca hacia un lado, hasta hacer una incisión lo bastante grande como para meter la mano. Saqué el corazón inerte de Vilanova y lo sujeté con fuerza. Estaba caliente y resbaladizo.

La Puerta me esperaba. Con paso vacilante me acerqué a ella y con delicadeza apoyé el corazón de Vilanova en el umbral. Di un paso atrás expectante. La Puerta pareció crepitar durante un segundo.

Y entonces Julián abrió los ojos.

31

Fosco, tres meses más tarde

Se me hace complicado mirarme en el espejo. La imagen que me devuelve aún me sigue sorprendiendo todas las mañanas. En mi pelo brillan unas hebras blancas que antes no estaban. Me salieron en aquella noche infernal en la Puerta, quizá como un recordatorio. Quizá como una marca para señalarme como lo que soy ahora.

No es difícil imaginar el caos que se desató durante los días siguientes, sobre todo con lo de Nogueira. Ni siquiera los contactos en los medios de los servidores de la Puerta pudieron evitar que aquella noticia, la misteriosa muerte de un sargento de la Guardia Civil en un puesto aislado de las montañas gallegas, saltase a todas las portadas. En su momento, media España lo leyó en la prensa y lo vio en los informativos hasta la saciedad. Incluso hubo conexiones de televisión en directo.

Durante unas semanas tuvimos periodistas desplazados desde Madrid dando vueltas por los pueblos de la zona, tratando de obtener alguna declaración jugosa de los vecinos. Nadie sabía nada, por supuesto. Pocas cosas hay más impenetrables que los ancianos del rural, sobre todo cuando se sienten presionados por alguna acelerada y joven reportera de capital en busca de su minuto de gloria. Y si son del rural gallego, ni te cuento.

Además, a ninguno de aquellos corresponsales se le ocurrió pasar por Fosco, un sitio demasiado apartado y sin vinculación con el sargento. Como si les hubiese servido de algo, por otra parte. Al final se batieron en retirada, cuando algún otro evento escabroso en un sitio diferente de España llamó a los carroñeros.

Y sin embargo, en las noticias no salió absolutamente nada sobre la Puerta. Ni una línea, ni una imagen. Tan anónima y oculta como durante los últimos siglos, ajena a aquel revuelo. Normal, porque no había nada que contar.

Las cosas pasaron de forma natural, como si fuese un guion prefijado de antemano. A la mañana siguiente del sacrificio, cuando salió el sol, Julián y yo seguíamos en lo alto de la montaña. Había abrigado a mi hijo con uno de los sayos oscuros que los servidores habían dejado abandonados y estábamos sentados a los pies de la Puerta, abrazados, en silencio.

Demasiado felices por estar vivos y juntos.

Demasiado conmocionados por lo que había sucedido.

Entonces llegaron ellos, los vecinos supervivientes de Fosco. Supongo que intrigados por lo que podrían encontrar allí, habían vuelto a lo alto de la montaña. Pude oír el rugido de los motores de sus coches entre la niebla antes de verlos. No recuerdo demasiado bien qué me dijeron o qué les conté. Estaba demasiado agotada como para hacerles frente y aquel puñado de ancianos tampoco tenía ganas de pelea. Lo cierto es que, tras unos minutos de duda, subieron hasta la Puerta y vieron lo que había sucedido.

Los vi dar vueltas en medio de aquel escenario dantesco, murmurando y rascándose la cabeza, confusos y aliviados a la vez, sin duda intrigados por el hecho de que la misma persona que había intentado detenerlos hubiera llevado a cabo, de todas formas, lo que ellos pretendían.

Al final, comprendieron lo que había pasado.

Y sin hacer ninguna pregunta, uno de ellos nos acompañó con delicadeza hasta uno de los todoterrenos para llevarnos de vuelta a Fosco, mientras el resto se quedaba allí arriba haciéndose cargo de todo.

Quizá alguien quiera saber por qué no los arresté de inmediato (si es que una mujer agotada y aislada en la cima de una montaña con su hijo convaleciente pudiese hacer algo así) y por qué no cerré el caso. Simplemente, no podía hacerlo.

No es solo que yo misma hubiese quebrantado un buen puñado de leyes hasta llegar allí: posible homicidio involuntario, profanación de cadáveres, asalto y tortura a un superior, omisión de deber... La lista era larga. Seguir el procedimiento habitual solo serviría para conducirme con rapidez a una celda, sin arreglar nada más.

Pero es que, además, Julián y yo estábamos vinculados con la Puerta de alguna manera. No podía negar lo evidente.

Aquella noche había cruzado una línea difusa al completar el ritual. Para los servidores de la Puerta, no había diferencia alguna entre ellos y nosotros, pese a todo lo que había sucedido. Las mismas personas que habían intentado matarme la noche anterior se hacían ahora cargo de Julián y de mí con toda naturalidad, aunque con frialdad. Como si fuese lo más normal del mundo.

Ahora era uno de ellos.

Y yo lo sabía, aunque me negase a creerlo.

La pequeña congregación de la Puerta estaba acabada. A lo largo de la semana siguiente, los pocos supervivientes de aquella locura se fueron marchando del pueblo sin hacer ruido, rumbo a sabe Dios dónde. Cada pocos días descubría que otra casa estaba cerrada a cal y canto, como las viviendas de Arufe, abandonadas por sus dueños años atrás. Pronto solo quedaríamos Julián y yo en Fosco, hasta que algún promotor avispado encontrase allí una ganga o los herederos de aquella gente decidiesen vender las propiedades.

Durante un par de días extraños los pude ver tal y como eran en verdad: tan solo un puñado de ancianos asustados, desconcertados y recelosos, cuando no ligeramente hostiles hacia mí. Sí, yo era uno de ellos, pero también era la responsable de la muerte de algunos de los vecinos y amigos con los que habían compartido décadas de servicio en aquel lugar. Hay cosas que no se olvidan así como así. Y mucho menos se perdonan.

Ninguno sabía gran cosa, o al menos no quisieron contarme demasiado. Ramona había sido durante todo aquel tiempo la encargada de gestionar el ritual y el vínculo que los unía, mientras los demás tan solo se limitaban a cumplir sus órdenes. Ella era la última depositaria del saber asociado a la Puerta, y se lo había llevado todo consigo a la tumba. Tratar de recomponer lo que sabían de la Puerta era como intentar que los pasajeros de un avión me explicasen cómo pilotar el aparato. Y sin Ramona, ya nada los retenía allí. «Ahora la Puerta es tu problema», me decían sus miradas acusadoras mientras se alejaban para siempre de Fosco.

Aliviados, quizá, por poder dejar un servicio de décadas. Felices de poder ir, por fin, a los brazos de la muerte, como ancianos normales y corrientes. Resulta difícil de comprender, pero juro que era lo que parecían sentir.

La Casa Grande es ahora mía, o al menos nadie se ha pasado por aquí para reclamar su propiedad. Dudo mucho que tal cosa suceda. El resto de Fosco puede que pronto albergue nuevos vecinos, si hay alguien tan deseoso de aislamiento como para venirse a vivir aquí, pero no esta enorme casa. Lo que alberga en sus cimientos es demasiado peligroso como para que lo vean ojos no iniciados.

¿Y por qué no me voy yo? ¿Por qué no volvemos a Madrid para dejar atrás esta pesadilla? Ya he dicho que no podemos.

Es maravilloso ver a Julián ahora. Tiene un aspecto vibrante, lleno de vida. Los mechones de pelo negro han comenzado a sembrar de nuevo su cabeza y parece una oveja joven a punto de ser esquilada. Su piel está tersa y tiene un saludable tono rosado, como el de cualquier niño sano de su edad. Come por dos y no es capaz de estarse quieto ni un minuto, y en estos tres meses ha pegado un estirón que hace que su nariz ya esté a la altura de mi hombro.

Está creciendo. Está feliz.

Está sano.

Los médicos no son capaces de explicar qué ha sucedido, pero el cáncer parece haber remitido por completo. O, mejor dicho, ha quedado en un estado latente. Todavía tiene células cancerosas en su organismo, pero no se replican y están sumidas en un profundo letargo. La mancha oscura que se extendía por su cerebro en los TAC se ha reducido a un punto diminuto, como el resto pegajoso que queda en el borde de un sumidero cuando levantas el tapón para que se escape el agua sucia.

Los doctores hablan de un milagro. Dicen que una recesión de estas características se da una vez cada diez millones, que hay poca literatura médica al respecto, pero que sucede de cuando en cuando. No se cansan de repetir la suerte que ha tenido mi hijo.

Pero yo sospecho que hay algo más. No puedo demostrarlo, por supuesto, aunque creo que algo pasó aquella noche en la Puerta. La vida de Vilanova sirvió de moneda de cambio por la vida de mi hijo. Quizá sea una locura, quizá esté demasiado sugestionada por todo lo que he vivido, pero si alguien tiene una explicación mejor, adelante. Estoy deseando oírla.

No puedo explicar por qué mi hijo desahuciado se ha curado, ni mucho menos el motivo por el que mi propia piel tiene mejor aspecto que cuando tenía veinte años. Han desaparecido todas las arrugas y me siento… mejor. Tampoco puedo explicar el motivo por el que esas fotos antiguas de Ramona Valongo y del manco Saavedra me atormentan de tanto en tanto, las noches que ese enigma irresoluble me asalta y las saco del cajón donde están guardadas para contemplarlas durante horas, incapaz de entender cómo pudieron desafiar el paso del tiempo. Convencida de que se trata de un error, de un elaborado montaje o de una autosugestión por la que me he dejado llevar.

Porque, si acepto la explicación de la Puerta, entonces todo mi mundo racional amenaza con venirse abajo.

El pozo del sótano ha dejado de emitir su fuerza aterradora. Cuando bajé allí por primera vez después de los acontecimientos de la Puerta, me quedé sorprendida. La energía oscura que parecía desprender se había reducido a un rumor sordo que solo puedes notar cuando te acercas mucho al brocal, aunque aumenta lentamente día tras día. Es algo muy sutil, pero que puedes percibir si te sientas en su borde, como hago yo en ocasiones. De todas formas, he hecho instalar una pesada puerta de acero blindado en el acceso al sótano. Que sepa que está ahí no significa que quiera sentirlo a diario.

Presenté mi renuncia en la Guardia Civil en la misma semana que se montó todo el revuelo. La muerte de Nogueira hizo pasar a un discreto segundo plano la repentina desaparición del cabo Juan Vilanova, pero desde luego no faltó quien vinculase ambos sucesos durante la investigación. Por suerte, Vilanova había sido un hombre recto y de conciencia limpia toda su vida, sin ningún cadáver en el armario que pudiesen encontrar los responsables del caso.

Aun así, seguiría siendo el principal sospechoso de aquella investigación, que estaba condenada a acabar en el cajón de casos sin resolver. Me interrogaron infinidad de veces, por supuesto, y siempre me ceñí a lo mismo: tan solo llevaba en Galicia dos semanas y apenas había tenido tiempo de conocer en profundidad a aquellas personas. No sabía nada. No había visto nada, no había oído nada. Me había pasado casi todo el tiempo cuidando de mi hijo enfermo. Estaba tan sorprendida y horrorizada como ellos. No podía ser de ninguna ayuda, lo sentía mucho.

Me moría de ganas de contarles el gesto de generosidad absoluta de Juan, de gritar a los cuatro vientos el sacrificio que había realizado en lo alto de aquella montaña, pero era imposible.

No podía.

Justificar mi renuncia fue fácil. Dije que quería centrarme en mi hijo y nadie hizo demasiadas preguntas. Tampoco es que una vez descartada como sujeto de la investigación les importase demasiado. Pronto mi vieja vida quedó atrás, como un abrigo que ya no te pones. En lo alto de un armario, dentro de una caja de cartón, dormía para siempre mi uniforme y mi arma reglamentaria, junto con las gafas de visión nocturna de Juan, envueltas en papel de seda.

La Casa Grande está llena de antigüedades valiosas. Cada cierto tiempo vendo alguna por internet y saco suficiente dinero para que Julián y yo podamos vivir con comodidad. Todas las mañanas lo llevo al colegio y siempre me sorprende la facilidad que tienen los niños para adaptarse a las nuevas situaciones. Julián se ha integrado, ya tiene amigos y parece disfrutar sinceramente de la posibilidad que le ha brindado el universo de llevar una vida normal.

Nunca he vuelto a hablar con él de lo que sucedió en la Puerta. Sé que sabe cosas, que ha tenido su propia experiencia, diferente a la mía, pero todavía no la quiere compartir. Quizá aún no estamos preparados.

Sin embargo, percibo que siente lo mismo que yo. Lo noto en un millón de pequeñas cosas, como su empeño en restaurar el ruinoso invernadero lleno de mariposas de la parte trasera, o su manera de mirar hacia el sendero que se abre camino hasta el claro del bosque situado detrás de la casa. Allí, al pie de una piedra con una serpiente grabada hace miles de años, reposan los cuerpos de Vilanova y todos los fallecidos en la montaña. Como ha sido la norma desde hace siglos.

Así que aquí estamos, incapaces de alejarnos de este sitio, demasiado atrapados en su historia, que ahora es la nuestra.

No tengo ni la menor idea de qué sucederá dentro de once años y nueve meses, cuando se cumpla de nuevo el ciclo de la Puerta. No sé qué sucederá con el pozo, si volveremos a sentirnos asaltados por esa sensación malsana o no.

No sé qué haremos cuando llegue ese momento.

Porque algo tendremos que hacer, eso seguro.

Si Juan Vilanova estuviese aquí, seguro que sabría aconsejarme. Lo echo de menos, todos los días. Noto que falta una pieza que me complementaba a la perfección, y cada vez que recorro el hueco que ha dejado su ausencia, me siento menos segura. Hace un par de semanas me pareció vislumbrar su figura entre la niebla de Fosco, vestido con un pesado sayón oscuro, como un miembro de la Compaña. Por supuesto, no era real.

O eso creo.

Febrero sigue igual de frío y parece que va a llover. Otra vez. Tengo los dedos agarrotados, pero me gusta escribir aquí, en el porche de la Casa Grande. De vez en cuando me permito lanzar miradas hacia la lejanía.

En algún lugar, allá arriba, en lo alto de la montaña, como ha hecho durante siglos, la Puerta espera.

AGRADECIMIENTOS

Tropecé por primera vez con la Puerta un frío y nuboso día de invierno de 2015, después de una ruta en ATV especialmente complicada. Mi amigo y compañero de aventuras de montaña, Juanjo Cerviño, me insistía en que debíamos visitar un lugar mágico del que le habían hablado, situado en la cima del monte Seixo. No me podía imaginar, cuando llegamos allí, cubiertos de barro y cansados, que nos encontraríamos un sitio tan extraño. Nada menos que un monumento megalítico de casi tres mil años de antigüedad que, aunque pareciese imposible, seguía en uso de una forma muy parecida a la que le dieron sus constructores.

Alrededor de la Puerta, durante el rato que pasamos allí, descubrí incontables ofrendas de todo tipo: comida, plantas, velas, notas insertadas en las grietas de las rocas. Por suerte no nos tropezamos con ninguna chica sacrificada (aunque sí los restos de un potro recién devorado por los lobos), pero la sensación de estar en un lugar diferente es poderosísima allí arriba.

El entorno del Seixo y sus creencias se están muriendo. En un par de décadas, si no antes, no quedará demasiada gente viviendo en la zona. Hoy en día se puede subir fácilmente a la cima de la montaña a través de la pista de tierra que han abierto para dar servicio a los aerogeneradores que salpican la cumbre. Si venís por esta zona de Galicia, os invito a que os acerquéis hasta allí. Disfrutaréis de la hospitalidad de su gente, de la belleza salvaje de sus paisajes verdes y, por supuesto, tendréis una oportunidad única de experimentar una aventura casi mágica en un lugar que parece diseñado para ello.

Fosco no existe, pero el resto de los lugares que aparecen en esta historia son absolutamente reales, incluida la aldea de Arufe. Me he tomado algunas libertades cambiando el nombre de personas, moviendo alguna ubicación unos kilómetros o desplazando el puesto de la Guardia Civil, pero todo lo demás lo podéis visitar vosotros mismos.

Son muchísimas las personas a las que tengo que dar las gracias en estas páginas y posiblemente me deje a alguna fuera, para mi vergüenza.

A los oficiales de la Guardia Civil Jorge Abilleira y Juan Touza, por la infinita paciencia que mostraron mientras los interrogaba sobre el funcionamiento y las características de un puesto apartado como el de Viascón. Gracias por compartir conmigo el argot del cuerpo y todos los pequeños secretos del día a día de un lugar como ese, del que hay cientos salpicados por todo el país. Me he tomado algunas libertades narrativas para adaptar lo que me contasteis, pero he intentado que fuese un cuadro lo más real posible. Os debo una tonelada de cafés.

Al doctor Tomás Camacho García, eminencia médica y aún mejor persona, al que tengo el placer de llamar amigo. Entre otras muchísimas cosas (si tuviese que poner aquí todo su currículum necesitaría varias hojas), el doctor Camacho es Fellow of the American College of Medical Toxicology, experto Internacional en Toxicología por el Colegio Oficial de Químicos de Sevilla y además es el coordinador del área de Toxicología Clínica de AETOX (Asociación Española de Toxicología). Fue él quien, con paciencia monacal, me explicó los entresijos de la escopolamina, los efectos y dosis de las drogas naturales, cómo prepararlas y administrarlas y todo lo que necesitaba saber sobre ese mundo. Su conocimiento es enciclopédico, solo al nivel de su enorme humildad y humanidad. Por cierto, el doctor es un ávido coleccionista de microscopios antiguos, así que, si tenéis alguno perdido por casa, poneos en contacto con él.

Casi todo lo relacionado con las tradiciones que envuelven a la Puerta del Más Allá lo he ido recopilando de las entrevistas que mantuve durante meses con los vecinos de la zona, los pocos que aún quedan. Para ellos, la Puerta es algo que forma parte de sus vidas desde siempre, como antes lo fue para sus padres. Cuando no estén, quizá la magia de ese lugar se apague para siempre, quizá no. No lo sé. En todo caso, si alguien tiene curiosidad, le recomiendo que lea la obra del antropólogo Carmelo Lisón Tolosana o, mejor aún, que se acerque a las inmediaciones del Seixo a hablar con ellos. Tranquilos, nadie os querrá sacrificar, aunque es probable que os acaben invitando a beber un vaso de vino mientras disfrutáis de su hospitalidad.

Gracias enormes a Adrián Guerra, Marcela Serra y Marina Tarrús, por leerse fragmentos de la novela mientras iba creciendo y darme sus siempre acertados puntos de vista, atender mis llamadas y escuchar mis inquietudes. Sois un vaso de agua en el desierto.

Muchísimas gracias a mi querido amigo Juan Gómez-Jurado, que siempre está dispuesto a echarme una mano y con el que tengo una deuda kilométrica, por sus sabios consejos y por todo lo que me aporta. Es un placer infinito tenerte en mi vida, cabezón. Qué haría yo sin ti.

Gracias especiales a Maya Granero, posiblemente una de las mejores, si no la mejor, correctoras en lengua española que existe. Maya me llevó de la mano durante la fase final del manuscrito y tengo que reconocer que casi todas las peleas que tuvimos sobre algún aspecto de la historia acabaron en un clarísimo triunfo a su favor. Gracias, Maya, por soportar mis llamadas a horas intempestivas, por responder con claridad a mis vaguedades, por aguantar interminables conversaciones y por ayudarme a hacer que *La Puerta* sea algo mucho mejor. Siempre en mi equipo, te lo ruego.

A Antonia Kerrigan, mi agente, por ayudarme a calmar los nervios y saber decirme la palabra adecuada en el momento justo. Sabes de sobra lo mucho que te aprecio y las puertas (je, je) que me has ayudado a cruzar. Y las que quedan.

Por supuesto, tengo que nombrar a Raquel Gisbert y Puri Plaza, mis editoras, que fueron las primeras en atreverse a cruzar la Puerta conmigo y que me ayudaron (y de qué manera) a dar forma a aquella idea que bullía en mi cabeza. Gracias también a Belén López, directora editorial de Planeta, que creyó en esta novela mientras se la explicaba haciendo aspavientos sobre un mantel y adivinó, con el olfato que siempre ha tenido, que este era un hilo del que había que tirar. Gracias a las tres, de verdad. No sé cómo explicar lo feliz que me hacéis.

A todo el formidable equipo humano de Planeta: Lolita Torrelló, Silvia Axpe, Marc Rocamora, Sergi Álvarez, Isabel Santos... y los que me dejo. Este libro no habría llegado adonde está ahora mismo si no fuese por todo vuestro trabajo, ilusión y empeño. Sois unos profesionales formidables y además sois unas bellísimas personas, que es algo que se agradece todavía más. Nunca trabajar con alguien fue tan fácil como con vosotros.

Gracias a la red comercial de Planeta, gente bregada y sensata que siempre sabe qué hacer, y sobre todo a los libreros, esos personajes que con su amor por las historias y la tinta sobre el papel permiten que *La Puerta* llegue a vuestras manos. Gracias por acogerme en las firmas de libros, por vuestra amabilidad y por permitir que ocupe un pedacito de vuestras estanterías.

A toda esa pandilla maravillosa que me rodea casi a diario: Víctor, Josiño, Beltrán, Héctor, Alfonso, Juan, J. Amedo, Dani, David..., vosotros sabéis quiénes sois. Si el tamaño de un hombre se mide por la calidad de sus amigos, hacéis que me sienta un gigante. Gracias por mantener mi cordura dentro de unos límites aceptables mientras escribo cosas.

A mi familia, que me da su amor incondicional y sin cortapisas. Os quiero, más de lo que se puede explicar en pocas líneas. Os necesito.

Y por supuesto a Lucía, la primera en leer lo que escribo, el valle donde rebota mi eco y el agua que calma mi sed. No sé qué he hecho en otra vida para merecerte, pero debo de haber sido alguien muy bueno. Te quiero, *parrula*.

A mis hijos Manel y Roi, por la infinita paciencia que tienen conmigo cada vez que me veo atrapado en una historia y siento la necesidad de volcarla en un papel. Ellos doman mi ansiedad y me recuerdan a diario lo que es realmente importante en la vida. No hay nada más grande que un hijo.

Y, claro está, a vosotros, los más importantes, los lectores. Gracias a todos los que habéis llegado hasta la última página, atrapados por la historia y con esa sensación rara que te queda en el cuerpo cuando se termina un libro. Gracias por todas las horas que le habéis robado al sueño mientras pasabais páginas, gracias por ese «un capítulo más y lo dejo», gracias por ese importantísimo «tienes que leer este libro» susurrado con emoción al día siguiente. Gracias por acompañarme en las firmas, por vuestra paciencia en las colas, por vuestras opiniones en las redes sociales, por ser los mejores embajadores que nadie podría haberse imaginado nunca. Estoy montado en un misil prodigioso gracias a vuestra ayuda y confianza y me siento honrado, abrumado y feliz de compartir este viaje juntos.

Gracias, gracias, gracias. De corazón.
Nos vemos en la próxima.

Manel
Twitter: Manel_Loureiro
Instagram: Manel_Loureiro

booket